GOLDMANN

*Buch*

Mandy Ashton hält es in der sterbenslangweiligen Garnison, in der jeder ihrer Schritte bewacht wird, nicht länger aus. Sie will das Leben, das Abenteuer, das im schillernden und pulsierenden Sacramento lockt. Hawk, ein Weißer, der bei den Cheyenne aufgewachsen ist, soll sie auf dem Weg durch die Wildnis beschützen. Widerwillig nimmt er den Auftrag an, denn er weiß, wie schnell sein hitziges Temperament mit ihm durchgehen kann. Und Mandy ist eine blutjunge Schönheit, sprühend vor Leidenschaft und Abenteuerlust. In den einsamen Prärienächten ihrer Reise spürt sie bald, daß sie in Hawks Armen etwas finden wird, von dem sie nicht einmal zu träumen gewagt hat. Nur eins würde den Zauber ihrer Liebe zerstören: Wenn er wüßte, wer sie wirklich ist...

*Autorin*

Kat Martin studierte an der University of California Geschichte und Anthropologie. »Ich war schon immer fasziniert von der Vergangenheit, von romantischen Liebesgeschichten und Schauspielern wie John Wayne, Clark Gable oder Errol Flynn.« Kat Martin lebt mit ihrem Mann Larry, auch einem Schriftsteller, in Bakersfield, Kalifornien.

*Bereits von Kat Martin bei Goldmann erschienen:*
Kreolisches Feuer. Roman (42054)
Der Pirat und die Wildkatze. Roman (42210)

# KAT MARTIN

# Heißer Atem

ROMAN

Aus dem Amerikanischen
von Uschi Gnade

GOLDMANN VERLAG

Die Originalausgabe erschien unter dem Titel
»Magnificent Passage« bei Pageant Books, New York

Deutsche Erstveröffentlichung

*Umwelthinweis:*
Alle bedruckten Materialien dieses Taschenbuches
sind chlorfrei und umweltschonend.
Das Papier enthält Recycling-Anteile.

Der Goldmann Verlag
ist ein Unternehmen der Verlagsgruppe Bertelsmann


Umschlaggestaltung: Design Team München
Umschlagillustration: Schlück/Accornero, Garbsen
Satz: Uhl+Massopust, Aalen
Druck: Elsnerdruck, Berlin
Verlagsnummer: 42224
Lektorat: Angela Kupper/AK
Herstellung: Stefan Hansen
Made in Germany
ISBN 3-442-42224-8

1 3 5 7 9 10 8 6 4 2

Für Larry, meinen Mann,
der mir den Antrieb gegeben und mir bei den
Nachforschungen geholfen hat.
Für meine beste Freundin Diana Kerr,
die mich davon überzeugt hat,
daß ich es schaffen kann.
Und für meine Agentin Sherry Robb
und die wunderbaren Leute bei Pageant Books,
die es wahr werden ließen.

# *Prolog*

*2. Oktober 1865*
*Fort Laramie, Dakota Territories*

Sie hätte nicht dort sein dürfen – am Paradeplatz bei der Militärkaserne. Um die Wahrheit zu sagen, hatte sie noch nicht einmal die Erlaubnis, sich so weit vom Haus zu entfernen. Aber sie hatte ein wenig frische Luft schnappen wollen, und als der Wagen herangerollt war, hatten das Klirren des Pferdegeschirrs, das Rattern der Räder und der große Mann mit dem rotblonden Haar, der die Zügel hielt, ihre Aufmerksamkeit gefesselt.

Der Mann hielt das Pferdegespann kurz vor dem Hauptquartier des Kommandanten Russel an, zog die Bremse und band die Zügel fest. Er stieg vom Kutschbock und richtete sich entschlossen auf. Als die Soldaten näher kamen, sprach er nur kurz mit ihnen, deutete auf die Ladefläche des Wagens und betrat dann zielstrebig den niedrigen Lehmziegelbau.

Samantha Ashton sah zu, wie sich die Soldaten um den Wagen drängten und ein stämmiger Korporal die Plane anhob, die über etwas auf der Ladefläche geworfen worden war. Sein Gesicht wirkte blaß, als er fortging. Zwei weitere Soldaten hoben die Decke an, standen einen Moment lang versteinert da und ließen dann hastig die Plane fallen. Sie warnten etliche näherkommende Frauen, die flüsternd davoneilten, ohne einen Blick zurückzuwerfen.

Mandy – denn so nannten sie ihre Freunde – wurde immer neugieriger auf den Wagen.

Der Tag war stürmisch und bewölkt und brachte strenge Kälte

mit sich. Wie kleine Messerklingen zerschnitt sie die Luft. Mandy zog ihren strapazierfähigen grauen Wollumhang enger um ihr schlichtes marineblaues Kleid, doch der Wind zerrte weiterhin an dem schweren Stoff. Sie hatte sich das kastanienbraune Haar unter den breitkrempigen Hut gesteckt, und daher war nur ein kleiner Teil ihres Gesichts der beißenden Kälte ausgesetzt. Da sie neben einem Pfosten vor Johnsons Gemischtwarenhandlung stand, war sie nah genug, um die Vorfälle zu beobachten, aber doch weit genug entfernt, um unbemerkt zu bleiben. Wenige Leute waren auf der unbefestigten Straße unterwegs, und noch weniger schenkten ihr auch nur die geringste Beachtung. Eine zweite Gruppe von Männern näherte sich dem Wagen, die von der ersten Gruppe herbeigeholt worden war, und wieder schien es, als könnten sie dem Drang nicht widerstehen, hinzusehen. Ein Mann lief schnell mit grünlichem Gesicht um das Gebäude herum. Weitere Soldaten schauten in den Wagen, doch sie entfernten sich alle schnell. Innerhalb von Minuten war die Männerschar verschwunden, und nur der Wagen – und sein Inhalt – blieben zurück und lockten sie an.

Mandy war von jeher neugierig gewesen – ein Charakterzug, von dem sie sicher war, daß sie ihn von ihrer Großmutter hatte. Großmama Ashton sagte immer, die Neugier töte den Kater nie, sie mache ihn nur klüger. Inzwischen war Mandys Neugier so übermächtig geworden, daß sie sie wie einen Juckreiz empfand.

Sie straffte die Schultern und ging zu dem Wagen, der verlassen am Rand des Paradeplatzes stand, dabei nagte sie nervös an ihrer Unterlippe. Wenn ihr Vater das herausfand, würde er fuchsteufelswild werden. Aber schließlich, argumentierte sie, war er ohnehin die Hälfte der Zeit wütend auf sie.

Als sie sich dem Wagen näherte, befeuchteten winzige Schweißperlen das Haar auf ihren Schläfen. Ein schwacher, fauliger Geruch drang ihr in die Nase, wenn auch der Wind den Gestank weitgehend fortwehte. Sie konnte die grobgezimmerten Seiten des Wagens und den Rand der Plane sehen, die von der Ladefläche hing. Nur noch ein paar Schritte, und sie war da.

Eine große, kräftige Hand packte ihren Arm, hielt sie zurück und drehte sie gleichzeitig zu sich um.

»Das täte ich nicht, wenn ich Sie wäre, Miss.« Der Mann mit dem rotblonden Haar umklammerte fest ihren Arm. Er hatte ein energisches Kinn, und sein Gesicht unter dem breitkrempigen Hut blickte sie grimmig an. Er war derb gekleidet, trug ein Wildlederhemd mit Fransen, eine enganliegende Wildlederhose und Mokassins anstelle von Stiefeln. Sein fehlerloses Englisch erstaunte sie.

»Und warum nicht?« fragte sie steif, denn sie ärgerte sich darüber, daß sie ertappt worden war. Er hielt weiterhin ihren Arm fest, ohne seinen Griff zu lockern. Er schien einer von der harten Sorte zu sein, obwohl er sich gut ausdrückte, und plötzlich kroch ein Schauer der Furcht über ihr Rückgrat.

Er ließ sie los, als spürte er ihre Angst.

»Das ist kein Anblick für eine Dame«, sagte er ausdruckslos mit kalten dunklen Augen.

Die Worte ließen Funken in ihrem Kopf sprühen. *Kein Anblick für eine Dame.* Mandy hatte es so satt, »eine Dame« zu sein, daß sie am liebsten aufgebraust wäre. Das war alles, was sie in den letzten drei Jahren von ihrem Vater gehört hatte – seit dem Tod ihrer Mutter.

Sie musterte den Fremden neugierig. »Sagen Sie mir eins, Sir, was wissen Sie eigentlich darüber, was es heißt, *eine Dame* zu sein?«

Er lächelte wider Willen, und Mandy konnte einen Blick auf gleichmäßige weiße Zähne erhaschen. Er war ein großer, muskulöser Mann mit kräftigen Armen und einem breiten Nacken. Seine Taille und seine Hüften waren jedoch schmal. Sein braungebranntes Gesicht wies auf stundenlange Arbeit in der Sonne hin.

»Wie Sie schon andeuten, Miss, nicht gerade besonders viel.

Aber um Ihrer selbst willen sage ich Ihnen, Sie sollten nach Hause gehen, wo Sie hingehören.«

*Nach Hause, wo Sie hingehören.* Für Mandy war das eine Kampfansage. Ihr Vater hatte sie in den letzten drei Jahren zwar nicht gerade eingeschlossen, sie aber regelrecht im Haus festgehalten. »Bleib zu Hause, Mandy. Dort bist du sicher. Eine Frau gehört ins Haus.« Sie wollte Pferde reiten, sich im Freien aufhalten, vielleicht sogar fischen gehen, wie sie es früher getan hatte, ehe ihre Mutter gestorben war. Natürlich war sie damals noch ein Kind gewesen – ein Wildfang, wie ihre Mutter gesagt hatte. Da sie jetzt älter geworden war, nahm man an, daß diese Dinge ihr keinen Spaß mehr machten. Aber sie machten ihr Spaß.

Gestern war sie sechzehn Jahre alt geworden. Jetzt wollte sie tanzen gehen und hübsche Kleider tragen, doch selbst das durfte sie nicht. Auf die Ladefläche dieses Wagens zu schauen, wurde für Mandy wichtiger als alles andere in ihrem Leben. Es war eine Geste der Freiheit, ein Schritt nach vorne auf dem Weg, eine erwachsene Frau zu werden.

»Ich glaube, das ist meine Angelegenheit, Sir, nicht Ihre.« Sie starrte ihn entschlossen an. »Es sei denn, versteht sich, daß der Inhalt des Wagens Ihnen gehört.«

»Wohl kaum. Ich war nur versehentlich zum richtigen Zeitpunkt am falschen Ort.«

»Dann werde ich mir das jetzt ansehen, wenn Sie mich nicht gewaltsam zurückhalten.«

»Es ist nicht mein Recht, Sie zurückzuhalten«, sagte er. »Aber in diesem Wagen liegt ein toter Mann, und ein Toter ist kein Anblick für eine Frau.«

Jetzt war Mandy fest entschlossen. Trotzig reckte sie das Kinn in die Luft und ging an ihm vorbei auf den Wagen zu.

Er rührte sich nicht.

Kurz bevor sie die Plane hochhob, drehte sie sich zu ihm um und bemerkte etwas Unergründliches in seinen Augen. Dann wandte sie sich wieder um und hob, plötzlich mutlos geworden, die Plane hoch.

Sie schluckte die Galle hinunter, die in ihre Kehle aufstieg. Ihre Hand umklammerte die Plane so fest, daß ihre Knöchel weiß hervortraten. Jegliche Farbe schwand aus ihrem Gesicht, und ihr war kalt, doch sie konnte die Plane nicht loslassen. Auf der Ladefläche des Wagens lag ein einstmals blonder Soldat, der sie dort, wo sein Mund früher gewesen war, durch eine Schnittwunde angrinste. Seine Kopfhaut war bis auf einen von einem Haarkranz bedeckten Teil fast vollständig abgezogen worden. Anstelle von Augen starrten dunkle leere Löcher zu ihr auf. Sein Körper war nackt, doch sie brauchte keinen Anstoß an seinem Geschlecht zu nehmen – von den männlichen Geschlechtsorganen war nichts mehr übrig. Jeder Zentimeter seines mageren blutleeren Körpers war von winzigen Holzsplittern durchbohrt, die man angezündet hatte und die bis auf sein Fleisch heruntergebrannt waren. Seine Knöchel und Handgelenke waren von den Lederriemen, mit denen er gefesselt war, so tief eingeschnitten, daß stellenweise die Knochen freilagen.

Die Welt drehte sich vor ihren Augen. Sie ließ die Plane fallen und wandte sich zu dem großen Mann um, der mit schnellen Schritten auf sie zukam. Er fluchte leise, doch sie konnte die Worte nicht verstehen. Ihr Magen hob und senkte sich, und sie mußte mit aller Kraft gegen die Übelkeit ankämpfen. Ihr Blickwinkel engte sich immer mehr ein, und von Sekunde zu Sekunde sah sie weniger. Sie blickte zu dem Mann auf und wankte.

»Das war Davey«, flüsterte sie. »Mein Freund Davey Wil...« Die letzte Silbe weigerte sich, ihr über die Lippen zu kommen, als sie in Schwärze versank.

Travis Langley verfluchte sich dafür, daß er ein solcher Dummkopf war. Er hob das junge Mädchen hoch und trug es den weiten Weg zum Quartier des Sanitätsoffiziers. Ihr zartgebauter Körper war federleicht. *Warum hatte er sie nicht zurückgehalten?* Er hatte gewußt, was passieren würde; selbst schlachterprobte Soldaten waren bei so einem Anblick schon ohnmächtig geworden. Die Wahrheit war, daß er nicht wirklich damit gerechnet hatte, daß sie es tun würde. Die meisten Frauen wären schon allein vor dem Geruch fortgerannt. Und er hatte wirklich nicht erwartet, daß sie den Soldaten kannte. Der Junge war noch nicht mal in Fort Laramie stationiert gewesen, zumindest hatte Oberst Russel ihm das gesagt.

Er biß die Zähne zusammen und verfluchte sich noch einmal, als er über die unbefestigte Straße lief und das zierliche Mädchen an seine Brust preßte. Etliche Soldaten musterten ihn neugierig, als er auf die Sanitätsbaracke zuging, doch niemand versuchte, sich einzumischen. Er schien den Trick rauszuhaben, wie man andere Leute auf Armeslänge von sich fernhielt. Sowohl seine Kleider als auch die Jahre, die er bei den Cheyenne verbracht hatte, unterschieden ihn von den meisten anderen Menschen. Sie fühlten sich in seiner Anwesenheit nie ganz wohl.

Er schaute auf das Mädchen in seinen Armen herunter. Er konnte wegen dem Hut nicht viel von ihrem Gesicht sehen, das zudem größtenteils von ihrem dichten kastanienbraunen Haar bedeckt war. Das trug nicht gerade viel zu ihrer Verschönerung bei. Er hatte das Gefühl, sie könnte hübsch sein, wenn sie die richtigen Kleider getragen hätte, wenn ihr Kopf unbedeckt gewesen wäre und sie das Haar lose getragen hätte, statt es unter ihrem Hut zu verbergen.

Die Tür des Arztes stand einen Spaltbreit offen, und Langley stieß sie mit einem in einem Mokassin steckenden Fuß weit auf.

»Ach du meine Güte!« Der kleingewachsene Arzt mit dem runden Gesicht ließ seinen Bleistift fallen, stand von seinem Schreibtisch auf und huschte wie eine aufgeschreckte Maus auf das Mädchen zu.

»Sie ist nicht verletzt. Sie ist nur in Ohnmacht gefallen. Sie hatte das Pech, den toten Soldaten auf der Ladefläche meines Wagens zu sehen. Dabei hat sich erwiesen, daß es jemand ist, den sie kannte.«

»Bringen Sie sie hierher. Ich sorge dafür, daß man sich um sie kümmert.« Mit einem Anflug von Geringschätzung musterte der Arzt die derbe Kleidung des Mannes. »Sie ist Hauptmann Ashtons Tochter. Er wird furchtbar wütend werden, wenn er herausfindet, was sie angestellt hat. Er ist ein richtiger Tyrann, wenn es um Samantha geht.«

Travis lächelte in sich hinein. Er konnte sich nur zu gut vorstellen, wie der brave Hauptmann darauf reagieren würde, daß seine Tochter auf den Armen eines Mannes wie ihm durch das Fort getragen wurde.

»Vielen Dank für Ihre Hilfe«, sagte der Arzt, ihn mit diesen Worten barsch entlassend.

Travis legte eine Hand an die breite Krempe seines Filzhutes. »Ich bin sicher, daß sie in guten Händen ist, aber bevor ich aufbreche, werde ich noch einmal vorbeischauen, um mich zu vergewissern, daß es ihr gutgeht.« Er ging durch die Tür und schloß sie leise hinter sich. Er fühlte sich mehr als nur ein wenig schuldig. Er hätte sie zurückhalten sollen, und das wußte er verdammt gut. Aber sie hatte ihn herausgefordert – was die wenigsten Männer je taten –, und sie war kaum mehr als ein Kind. Er bereute sein Verhalten, aber jetzt ließ sich daran kaum noch etwas ändern.

Zielstrebig lief er wieder zum Wagen zurück. Er würde froh sein, wenn Fort Laramie nur noch ein kleiner Flecken in der Ferne war, ein geographischer Anhaltspunkt, den er über die Schulter zurückblickend sah. Er hatte es eilig, sich wieder auf den Rückweg nach Kalifornien zu machen – nach Hause.

Der Raum kreiste um sie, wurde klar und verschwamm wieder, doch in Gedanken weilte sie in der Vergangenheit. Sie war dreizehn Jahre alt gewesen, als sie Davey das letzte Mal gesehen hatte. Der flachsblonde, sommersprossige Davey Williams war ihr bester Freund gewesen, ehe seine Familie fortgezogen war.

Mandy rümpfte die Nase, weil ein beißender Geruch in ihre

Nasenflügel drang. Sie setzte sich kerzengerade auf und versuchte, ihre Orientierung wiederzufinden und dem ekelhaften Geruch zu entkommen.

»Wo bin ich?«

»Entspannen Sie sich, Miss Ashton. Ich fürchte, Sie haben einen kleinen Schock erlitten.«

Sie erkannte Doktor Millikens schrille Stimme, als er das Ammoniak-Riechsalz zuschraubte. Sie lehnte sich auf das Kissen zurück. Das schmale Feldbett unter ihr schien stabil zu sein, und dieser feste Halt war ihr willkommen.

»Ja, ich... ich erinnere mich jetzt wieder.« Sie erschauerte, schloß die Augen und spürte eine Woge von Übelkeit in sich aufsteigen.

»Bemühen Sie sich, nicht daran zu denken, Miss Ashton. Jetzt ist es vorbei.«

Dicke Tränen rollten über ihre Wangen. »Es war Davey«, sagte sie zu ihm. »Davey Williams. Sie hätten sehen müssen, was die Indianer ihm angetan haben.« Sie wandte ihr Gesicht ab und schluchzte leise in das Kissen.

Das Geräusch der sich öffnenden Tür lenkte sie ab. Mühsam schniefte sie und hielt frische Tränen zurück.

Der große Mann mit dem rotblonden Haar kam an ihre Bettkante. »Ist alles in Ordnung mit Ihnen?« fragte er mit belegter Stimme und kniete sich neben das Feldbett.

Sie nickte und wischte sich die Tränen aus dem Gesicht. Er reichte ihr ein Taschentuch.

»Ich muß mich bei Ihnen entschuldigen, Miss Ashton. Ich hätte Sie zurückhalten müssen.« Seine braunen Augen füllten sich mit Sorge. »Ich habe einfach nicht geglaubt, daß Sie es wirklich tun würden.«

Sie lächelte ihn mit bebenden Lippen an, überrascht, daß er den Mut aufbrachte, seinen Irrtum einzugestehen.

»Es war nicht Ihre Schuld, Mr....?«

»Langley. Travis Langley.«

»Es war nicht Ihre Schuld, Mr. Langley. Ich hätte auf Sie hören sollen. Ich weiß nicht, warum ich es nicht getan habe. Ich wollte mir wohl selbst etwas beweisen.«

»Und ist Ihnen das gelungen?«

»Nicht wirklich, aber ich glaube, das macht nichts.« Sie wandte den Blick ab.

»Vielleicht ergibt sich eines Tages eine andere Gelegenheit«, sagte er und richtete sich wieder zu seiner vollen Größe auf. Die sanfte Art, mit der er neben ihrem Bett gekniet hatte, fiel von ihm ab, und seine braunen Augen wurden wieder unergründlich. Sie fröstelte plötzlich, als sie ihn betrachtete.

»Vielleicht«, stimmte sie ihm matt zu. »Haben Sie mich hierhergebracht?«

Er nickte geistesabwesend, und es schien, als sei er jetzt, da er sicher war, daß es ihr gutging, in Gedanken bereits woanders.

»Ich danke Ihnen für alles, Mr. Langley, was Sie für mich getan haben.«

»Gern geschehen, Miss Ashton. Was auch immer Sie sich beweisen wollen, ich wünsche Ihnen viel Glück dabei.«

Sie lächelte befangen, setzte sich auf und rückte ihren Hut zurecht, der etwas verrutscht, aber immer noch unter ihrem Kinn zugebunden war.

»Auf Wiedersehen, Mr. Langley.«

Er legte eine Hand an die Hutkrempe, ging rückwärts durch die Tür und schloß sie leise hinter sich. Er war ein Mann von der harten Sorte, das konnte man wohl sagen. Vielleicht war er sogar gefährlich. Er schien einer von den Männern zu sein, vor denen ihr Vater sie so oft warnte.

Dennoch konnte sie ihn in den nächsten Tagen nicht aus ihren Gedanken verbannen. Sie fragte sich, wer er wohl war, woher er kam und wohin er ging. Sie dachte an ihn, während ihr Vater sie ausschimpfte und ihr eine Woche lang verbot, das Haus zu verlassen. Sie dachte an ihn, während sie im Garten arbeitete und erfolglos versuchte, den entsetzlichen Anblick des toten Davey

Williams aus ihrer Vorstellung zu löschen. Sie dachte nachts an ihn, bevor sie einschlief, ohne zu verstehen, warum.

Travis Langley, stellte sie fest, war ein Mann, den man nicht leicht vergessen konnte.

# *1. Kapitel*

*20. Juli 1868*
*Fort Laramie, Dakota Territories*

Samantha Ashton steckte eine lose Strähne kastanienbraunen Haares in den strengen Knoten auf ihrem Hinterkopf und wünschte inbrünstig, sie hätte etwas Tröstliches zu ihrer jüngeren Cousine sagen können.

Es war der zehnte heiße Tag, wenngleich auch ein paar Wölkchen über den Bergen auf eine Linderung hinwiesen. Sie hatte das Fenster offengelassen, um jeden Windhauch einzulassen, doch die drückende Hitze ließ sie in ihrem hochgeschlossenen Kleid aus braunem Musselin schwitzen. Vergeblich fächelte sie sich mit einem bestickten Taschentuch Luft zu und lehnte sich auf ihrem hochlehnigen Stuhl zurück.

Sie und ihre Cousine Julia sprachen – zum zehntenmal an diesem Tag – über Julias Zukunft, und Mandy bereitete es Schwierigkeiten, sich auf die hitzigen Worte ihrer Cousine zu konzentrieren. Unbewußt schweifte ihr Blick aus dem Fenster.

Wie immer um diese Jahreszeit tummelten sich Unmengen von Menschen auf den geschäftigen Straßen: Auswandererfamilien samt Wagen, Ochsen, Pferden, Kindern und Hunden; Soldaten in staubigen blauen Uniformen und Händler, von denen manche Squaws im Schlepptau hatten.

Auf den Feldern dahinter war das hohe Gras, das sich in der sachten Brise wiegte, schon vor langem golden geworden. Ein paar tiefe Rinnen, in denen sich die letzten kostbaren Tropfen des jüngsten Sommerschauers hielten, waren alles, was noch grün geblieben war. Drei hellbraune Antilopen grasten friedlich. Nur ihre schwarzen Hörner und die weißen Bäuche, die sich gegen die goldenen Hügel abhoben, verrieten sie.

Mandy seufzte sehnsüchtig und wünschte, sie wäre irgendwo im Freien und nicht in ihrem Zimmer eingesperrt, als sie ihrer Cousine wieder ihre Aufmerksamkeit zuwandte. Julia Ashton war klein und zierlich, vollbusig und hatte große grüne Augen und ein spöttisches Lächeln auf rubinroten Lippen. Sie war von Reichtum und Statusdenken umgeben aufgewachsen und verzogen und egoistisch, aber doch gutherzig, und sie hatte Mandys Freundschaft immer sehr zu schätzen gewußt.

Julia lebte zwar mit ihrem Vater in Kalifornien, doch sie hatte dieses Jahr in Boston verbracht. Sie hatte ihr Mädchenpensionat verlassen und war mit dem Zug gekommen, um Mandy den Sommer über zu besuchen. Gemeinsam hatten sie das kleine Zimmer bewohnt, das vor Julias Ankunft kärglich bestückt gewesen war und jetzt von Spitzenunterwäsche und Parfümflakons überquoll, mit Kleidern, Hüten, Reisekostümen und sogar einem Reitkostüm vollgestopft war. Julia war nie mit wenig Gepäck gereist. Zwischen den rohgezimmerten Wänden der Hütte und Mandys schmalem Lattenbett auf Rollen war fast kein Platz mehr, doch Julia nutzte jeden Zentimeter. Sie lief durch das Zimmer wie eine Katze im Käfig.

»Vater versucht schon seit Jahren, mir mein Leben aus der Hand zu nehmen«, sagte Julia hitzig und stemmte ihre schlanken Arme in die Hüften. »Aber das ist ihm noch nie gelungen, und diesmal wird er es auch nicht schaffen.«

Wenn Julia nicht so verstört gewesen wäre, hätte Mandy vielleicht gelächelt. *Sie ist in ihrer Art ganz die Tochter des Gouverneurs*, dachte Mandy. So sah sie ihre Cousine immer vor sich – hochmütig und arrogant, unbändig, leichtsinnig und von einer leidenschaftlichen Starrköpfigkeit, wenn sie der Überzeugung war, im Recht zu sein. Während sie durch das Zimmer lief, biß sich Julia abwechselnd unsicher auf die Unterlippe und kniff beide Lippen zu einem schmalen, entschlossenen Strich zusammen.

»Ich weiß, wie dir zumute ist, Julia«, sagte Mandy, die sich von Julias Empörung mitreißen ließ. »Ich weiß, wie sehr du Jason liebst. Ich wünschte, es gäbe etwas, was wir tun können.«

»Du hast keine Ahnung, wie mir zumute ist! Du bist nie verliebt gewesen. Du hast nie auch nur einen Freier gehabt!«

Die Worte trafen sie wie eine Ohrfeige. Mandy wandte den Blick ab. Obwohl sie ein Jahr älter als ihre Cousine war, hatte Mandy nie mehr getan, als mit ein paar Jungen aus dem Ort zu tanzen, und das war bestenfalls gerade noch erträglich gewesen. Einige junge Männer, vorwiegend Soldaten, hatten versucht, um sie zu werben, doch ihr Vater hatte sie immer entmutigt. Natürlich würde sich all das eines Tages ändern, sagte sie sich. Sie würde Fort Laramie verlassen und das Leben kennenlernen, wieder auf sich selbst gestellt sein – so, wie es früher einmal war, ehe ihre Mutter gestorben und ihr Vater so streng und herrisch geworden war.

Julia blieb stehen und drehte sich um, und ein sanfterer Ausdruck stand auf ihrem Gesicht. »Tut mir leid, Mandy. Es war nicht nett von mir, das zu sagen. Ich bin wohl ein wenig aus der Fassung.«

Mandy fand die letzten Worte etwas untertrieben.

Julia hob einen Rüschenpetticoat vom Bett hoch, und ihre Finger glitten geistesabwesend über die Spitze. »Ich wünschte, ich hätte meinem Vater niemals diesen Brief geschrieben.«

»Dein Vater hätte von Jason früher oder später sowieso erfahren. Wenn du nicht nach Boston zurückgekommen wärst, wäre er vor Sorge krank geworden. Wahrscheinlich hätte er die Kavallerie herangezogen, und dann hättest du wirklich in Schwierigkeiten gesteckt.«

Ein schnelles unsicheres Lächeln huschte über Julias Gesicht. »Wahrscheinlich hast du recht«, sagte sie. Seufzend trat sie zu Mandys Stuhl. »Eines Tages, wenn du dich verliebst, wirst du verstehen, warum ich nicht von Jason ablassen kann. Er ist der wunderbarste Mann, der mir je begegnet ist. Er ist nicht wie die anderen – und glaube mir, ich muß es wirklich wissen! Jason ist freundlich und rücksichtsvoll. Er ist charmant – und er sieht gut aus. Er liebt mich, und ich liebe ihn!« Sie ballte ihre kleinen Hände zu Fäusten. »Verdammt noch mal, Mandy, ich gehe nicht nach Kalifornien und lasse ihn hier zurück!«

Mandy wünschte, die Dinge stünden anders. Onkel William war immer ein guter Mann gewesen, aber er war ehrgeizig. Er hatte keine Zeit für seine Tochter gehabt, doch hatte er sich immer bemüht, für sie sein Bestes zu tun. Aber Julia war stur und unbändig und stand in zweifelhaftem Ruf. Ihre Eskapaden hatten im ganzen Land Schlagzeilen gemacht. Sie galt als »eine Frau von legendärer Schönheit«, und überall fielen ihr die Männer zu Füßen. Nicht so Jason Michaels. Vielleicht war das der Grund, weswegen sich Julia in ihn verliebt hatte.

»Und was ist mit der Lebensform, die du gewohnt bist?« fragte Mandy und schnitt ein Problem an, von dem sie sicher war, daß Onkel William es in Betracht gezogen hatte. »Du hast immer alles gehabt, was du wolltest. Wie wirst du damit zurechtkommen, die Frau eines Soldaten zu sein?«

»In einem Jahr habe ich mein eigenes Geld. Mama hat mir einen Teil von Großpapa Whittingtons Erbe hinterlassen. Es gehört mir, wenn ich achtzehn werde. Jason und mir wird es an nichts fehlen. Er hat schon ein Gesuch eingereicht, in den Osten versetzt zu werden. Bei seiner Führung wird es sicherlich bewilligt werden. Wenn Vater unsere Ehe erst einmal akzeptiert hat, kann er Jasons Karriere sogar fördern.«

Julia zog die Schultern zurück und lief wieder auf und ab. Jedesmal, wenn sie umkehrte, beschrieben ihre Petticoats einen weiten Bogen. Die Bodendielen quietschten unter ihren zierlichen Füßen, als sie ungeduldig umherging.

»Warum will Vater bloß nicht vernünftig sein? In meinem Alter waren er und Mutter längst verheiratet.«

»Dein Vater ist meinem zu ähnlich«, sagte Mandy. »Er glaubt immer, er wüßte, was das Beste ist. Er wird Männer herschicken, die dich zurückholen und ...«

»Ich denke gar nicht daran mitzugehen!«

Mandy schaute ihrer Cousine ins Gesicht, das immer finsterer wurde, und bemerkte, daß Julia ihr aufbrausendes Temperament kaum noch zügeln konnte. *Sie ist so selbstsicher und so unerschütterlich entschlossen. Sie fürchtet sich vor nichts und niemandem.* Mandy spürte, wie ihr der Neid auf den Mut ihrer Cousine einen Stich versetzte. Sie hatte Mumm, sie hatte Feuer. Sie stürzte sich mit Volldampf auf das Leben, nahm sich, was sie wollte, und gab nie auf.

Als Kinder waren sie die besten Freundinnen gewesen. Ihre Familien hatten beide in Highland Falls gelebt, einem kleinen Städtchen im Staate New York, bis Onkel William mit seiner Familie nach Kalifornien gezogen war und das Militär George Ashton und seine Familie an die Grenze versetzt hatte.

Jetzt lebten sie und Julia in zwei verschiedenen Welten. Onkel William war reich und mächtig geworden und zum Gouverneur von Kalifornien gewählt worden. Mandys Vater gab sich damit zufrieden, ein Soldat zu sein. Er freute sich schon darauf, eines Tages in den Majorsrang befördert zu werden, aber weiter reichte sein Ehrgeiz nicht.

»Wir haben alle Möglichkeiten durchgesprochen, Julia. Selbst wenn du mit Jason ausreißt, finden sie dich sicher. Dein Vater ist einflußreich, und er ist von Rechts wegen immer noch dein Vormund.«

»Mir ist egal, was Vater ist! Er kann mich nicht dazu bringen, Jason aufzugeben.« Julias grüne Augen verengten sich zu Schlitzen. Winzige Goldsprenkel sprühten wie Funken, als drohten sie, die Holzbalken zu entzünden. Ihr Kinn reckte sich in einem vertrauten trotzigen Winkel vor. Sie stolzierte ans Fenster, zog die Chintzvorhänge zur Seite und schaute verbissen auf den Paradeplatz.

Mandy hatte dieses entschlossene Profil schon öfter gesehen, und meist verhieß es irgend jemandem Übles. Sie fragte sich, wer dieses Mal wohl leiden mußte, und schüttelte die warnende Stimme mit einem Achselzucken ab.

»Du mußt auch an Jason denken. Wenn ihr ausreißt, kann es sein, daß dein Vater die Ehe *niemals* akzeptiert. Er könnte Jasons Karriere ruinieren, statt sie zu fördern.«

Julia biß die Zähne zusammen. Tränen der Wut und der Enttäuschung traten in ihre grünen Augen, doch sie sagte kein Wort.

Wenn Mandy auch nie verliebt gewesen war, konnte sie doch nachvollziehen, welche Qualen ihre Cousine durchlitt. Sie hatte sich oft vorgestellt, den richtigen Mann zu finden: Ihr Vater und ihre Mutter waren schrecklich verliebt ineinander gewesen. Ihr Vater hatte sich bis heute nicht vom Tod ihrer Mutter erholt.

Sie stand auf und wünschte, ihr fiele etwas Tröstliches ein, was sie hätte sagen können. Vor dem Fenster hockten zwei indianische Späher mit blauen Mützen stoisch auf den Fersen und warteten, bis die Truppe C geschlossene Ordnung exerziert hatte. Etliche Raben schrien laut auf dem Schornstein von Major Murphys Hütte und flogen dann fort, um das Dach der weißgetünchten Hütte nebenan zu erkunden.

Mandy dachte an Julias Entschlossenheit, an ihre Bereitwilligkeit, sich gegen einen Mann wie den Gouverneur zu stellen. Wie sehr sie wünschte, sie hätte den Mut besessen, sich gegen ihren eigenen Vater zu stellen, aber ein strenger Blick aus den harten grauen Augen ihres Vaters genügte, und sie war vernichtet.

Das Geräusch von klirrendem Eisen durchbrach die Stille des Zimmers. Ein Schmied hämmerte ein Rad wieder an, das von der Achse eines übel zugerichteten Planwagens abgegangen war, und der Lärm seines Ambosses durchdrang die Luft. Mandys Kopf begann, im Rhythmus mit dem klirrenden Eisen zu pochen.

Übertrieben dramatisch hielt Julia schniefend die Tränen zurück. »Jason sagt, er wird Urlaub nehmen. Hier im Fort wird uns niemand trauen, aber wir können die Gebietsgrenze überqueren. Ich werde Jason unter einem angenommenen Namen heiraten. Die Ehe wird nicht rechtsgültig sein, aber wenn wir es schaffen, eine Zeitlang zusammenzusein, wird sich Vater vielleicht Sorgen wegen des Skandals machen und nicht gegen die Heirat einschreiten. Ich bin sicher, daß er uns seine Zustimmung geben wird, falls er Jason je kennenlernt. Es geht um Zeit, Mandy. Was wir brauchen, ist Zeit.«

Mandy drückte Julia tröstend an sich und versuchte, sich so reif zu geben, wie ihre achtzehn Jahre es zuließen. Neiderfüllt fragte sie sich, ob sie je das Glück haben würde, so sehr zu lieben, wie ihre Cousine liebte.

Das Geräusch der schweren Männerstiefel, die über den Kies neben dem Haus knirschten, lenkte ihre Aufmerksamkeit auf sich.

»Jason!« Julia flog zur Fensterbank, beugte sich hinaus und nahm die Hand des gutaussehenden Offiziers, der draußen stand. Seine dunkelblaue Uniform war makellos, die Messingknöpfe waren so blank geputzt, daß sie schimmerten.

»Ich bin bis acht im Dienst«, sagte Jason Michaels zu Julia. »Vielleicht können wir einen Spaziergang machen, wenn ich Dienstschluß habe.« Er lächelte sie liebevoll an. Die Freude, die es ihm bereitete, sie zu sehen, ließ seine blauen Augen funkeln.

Mandy spürte einen Kloß in der Kehle. Die beiden wirkten so glücklich, waren ein perfektes Paar. Es erschien ihr einfach nicht richtig, daß Onkel William sie auseinanderbringen wollte. Mandy war sicher, daß Onkel William nicht glaubte, wie sehr Julia Jason wirklich liebte, doch Mandy glaubte es ihr. Nie hatte sie ihre Cousine so glücklich erlebt.

Julia war zwar immer ein Mensch gewesen, der jedem Fest Leben einhauchte, doch innerlich war sie einsam gewesen. Wenn sie Jason verlor, konnte es sein, daß sie für immer einsam bleiben würde. Mandy spürte, wie bleischwer ihr Herz war.

»Onkel George ist heute morgen zu einer Dienstreise nach

Fort Sedgewick aufgebrochen«, sagte Julia zu Jason. »Mrs. Evans, unsere Nachbarin, soll uns beaufsichtigen. Sie behält uns im Auge wie ein Gefangenenwärter, aber ich bin sicher, daß ein Spaziergang nicht als ein Ausbruch aus dem Gefängnis angesehen wird.« Sie blickte lächelnd zu dem großen Leutnant auf.

»Dann sehen wir uns also heute abend«, sagte Jason.

Sie nickte, beugte sich hinaus und küßte ihn auf die Wange. Als er ging, schaute sie seiner kleiner werdenden Gestalt nach, bis er aus ihrer Sichtweite verschwunden war, dann wandte sie sich an Mandy.

»Mandy, es gibt etwas, worüber ich mit dir reden muß.« Sie holte tief Atem, als bereitete sie sich auf einen Kampf vor, bei dem die Willen aufeinanderprallten, und Mandy verlagerte nervös ihr Gewicht von einem Fuß auf den anderen. »Seit ich Jason kennengelernt habe, ist mir klargeworden, was ich wirklich vom Leben will – ein Zuhause, ein richtiges Zuhause und eine Familie. Ich will Jason heiraten, und es gibt nichts auf Erden, was mir wichtiger ist. Bitte, Mandy, du mußt mir helfen.«

Mandy spürte, wie sich ihre Brust zuschnürte. »Ich wünsche, das könnte ich, Julia, ich wünsche es wirklich. Wenn es irgend etwas gäbe, dann würde ich es für dich tun.«

»Ich hatte gehofft, daß es nicht dazu kommen würde«, sagte Julia händeringend. Sie schien ein wenig nervös zu sein, und ihr Blick war eine Spur verzagt. »Es *gibt* etwas, was du für mich tun kannst. Darüber mache ich mir schon Gedanken, seit ich Vaters Telegramm bekommen habe.« Sie straffte entschlossen die Schultern.

»Bisher habe ich nichts davon gesagt, weil ich sicher war, daß uns noch etwas anderes einfällt. Jetzt wird die Zeit knapp, und die Ideen sind uns ausgegangen.«

»Ich kann mir nicht vorstellen, daß es eine Möglichkeit gibt, die wir übersehen haben«, sagte Mandy, die fand, daß die Chancen, den Gouverneur zu überlisten, schlecht standen. »Aber wenn es doch etwas gibt, bin ich natürlich ...«

»Du weißt, daß ich dich nicht darum bitten würde, wenn es eine andere Möglichkeit gäbe. Ich bin verzweifelt, Mandy. Bitte, sag, daß du es für mich tun wirst.«

Mandy musterte ihre Cousine argwöhnisch. Julia war es schon immer gelungen, jeden zu allem zu überreden. »Worum geht es, Julia? Was willst du von mir?« Sie sah ihre Cousine wachsam an. Grüne Augen schimmerten schelmisch, und Mandy spürte, wie sich in ihrer Magengrube eine seltsame Übelkeit regte.

»Ich möchte, daß du an meine Stelle trittst«, erklärte Julia. »Ich möchte, daß du dich für mich ausgibst.«

»Was?« Mandys Hände umklammerten das Fensterbrett. Eine Hand schlich zu ihrer Kehle und spürte dort einen schnellen flatternden Puls. »Das kann unmöglich dein Ernst sein! Wie kannst du so etwas auch nur vorschlagen? Das ist bei weitem die verrückteste Idee, die du je gehabt hast.«

»Du schaffst es! Ich kann es dir beibringen! Wir haben dieselbe Haarfarbe und dieselbe Augenfarbe.« Julia drehte Mandy herum und betrachtete sie von allen Seiten. »Du bist ein bißchen kleiner, aber das wird niemandem auffallen. Vater hat dich seit Jahren nicht gesehen. Ihm wird nicht klar sein, wie ähnlich wir einander inzwischen sehen. Er käme nie auf den Gedanken, wir könnten die Plätze miteinander tauschen.«

»Aber ich sehe doch nicht aus wie du – oder?« Dieser Vergleich schmeichelte Mandy. Ihr war die Ähnlichkeit noch nie bewußt gewesen. Als sie jetzt darüber nachdachte, stellte sie die frappierende Ähnlichkeit ihrer Gesichtszüge fest: ausgeprägte Wangenknochen, volle Lippen, eine Nase, die leicht nach oben wies, und einen klaren Teint, wenn Julia auch ein wenig dunklere Haut hatte. Wenn sie sich anders zurechtmachte, eine andere Frisur und andere Kleider wählte, waren sie einander wahrscheinlich ähnlich genug, um einen völlig Fremden zu täuschen – sogar einen, der eine Daguerreotypie besaß.

»Aber, Julia«, wandte Mandy ein, die immer noch nicht überzeugt war, »selbst wenn wir einander ähnlich sehen, verhalten wir uns anders. Diese Männer werden die Informationen bekommen haben, sie sollen sich auf... auf...«

»Eine Range gefaßt machen?« schlug ihre Cousine vor.

»Ja, nun... nicht auf jemanden, der... der...«

»Still und zurückhaltend ist – und sich vor Männern fürchtet.«

»Ich fürchte mich nicht vor Männern! Wenigstens glaube ich das nicht. Ich hatte nur noch nicht oft Gelegenheit, es herauszufinden. Du weißt, daß ich in Wirklichkeit gar nicht so still bin – und auch nicht zurückhaltend. Ich gebe mich nur so, um Vater bei Laune zu halten.«

»Dann tust du es also!« sagte Julia mit einem breiten Grinsen und voller Selbstzufriedenheit.

»Natürlich nicht! Diese Männer könnte ich niemals zum Narren halten.«

»Aber das ist ja gerade die Rolle, die ich dir beibringen werde! Du bist eine gute Schauspielerin. Du hast deinen Vater jahrelang zum Narren gehalten – das hast du selbst gerade gesagt, und außerdem werde ich dir genau zeigen, was du tun mußt.«

»Oh, Julia, ich bin vielleicht nicht so zurückhaltend, wie Vater es gern glauben möchte, aber wie du habe ich mich nie benommen. Ich meine...«

»Als wir jünger waren, waren wir gar nicht so verschieden«, sagte Julia. »Damals hattest du Pläne und Träume. Du hast dein Haar offen getragen und hübsche Kleider angehabt. Wenn ich mich recht erinnere, warst du sogar ein wenig wild – du bist geritten wie der Wind und hast Lehmburgen gebaut –, und du warst fischen! Tätest du diese Dinge denn nicht gern wieder?«

Mandy verstummte. Wie oft hatte sie sich schon geschworen, Fort Laramie eines Tages zu verlassen, dem herben Regime ihres Vaters zu entkommen, auf sich selbst gestellt loszuziehen und das Leben so zu genießen wie vor dem Tod ihrer Mutter. Sie spürte eine Aufregung wie schon seit Jahren nicht mehr. Die Männer würden Julia nach Kalifornien zurückbringen. Kalifornien – das goldene Land. Dort war alles möglich. Dort fingen

Menschen ein neues Leben an und fanden das Ende des Regenbogens.

Julia legte Mandy die Hände auf die Schultern. »Du könntest tatsächlich lernen, dich wieder zu freuen, zur Abwechslung mal wieder Spaß zu haben.«

Mandy ging zu ihrem schmalen Bett und ließ sich darauf niedersinken. Wie könnte sie so etwas Verrücktes tun, wie das, was ihre Cousine vorschlug? Andererseits: Sollte sie sich die Chance ihres Lebens entgehen lassen? Ihres ganzen Lebens. Vielleicht die einzige Chance, die sich ihr je bieten würde, ihr Leben zu ändern.

»Glaubst du wirklich, daß es klappen könnte?«

»Natürlich wird es klappen. Die Männer treffen erst in ein paar Wochen ein, und somit bleibt mir jede Menge Zeit, dir alles beizubringen, was du können mußt. Außerdem wird dir vieles wieder von allein einfallen. All die gesellschaftlichen Umgangsformen, die deine Mutter dich gelehrt hat und die du nur vergessen hast. Sobald du dich in deiner Rolle wohl fühlst, können Jason und ich aufbrechen.«

Mandys Herz pochte heftig. Es konnte unmöglich klappen, aber vielleicht eben doch... Sie wollte es gern versuchen, und das nicht nur, um Julia einen Gefallen zu tun. Endlich würde sie von den Zwängen frei sein, die ihr ihr Vater auferlegte!

Sie blickte lächelnd und aufgeregt zu ihrer Cousine auf. »Julia, ich mache es! Sag mir genau, was du von mir willst – und bete, daß Gott auf unserer Seite ist.«

## 2. *Kapitel*

*Mokelumne Hill, Kalifornien, 1868*

»Ist hier jemand, der Langley heißt? Travis Langley?«

Ein alter Mann mit grauem Schnurrbart stieß die Pendeltür auf. Im Saloon war es laut, voll und finster, sogar am hellichten Tage. Rauch hing in hellen Schwaden über schlechtbeleuchteten Tischen, und im Raum roch es nach Bier und verschwitzten Männern.

Langley wandte sich zur Tür um. »Wer will das wissen?« Seine tiefe Stimme übertönte mühelos den Lärm im Raum. Er richtete sich auf seinem Stuhl auf und rieb sich den schmerzenden Nakken.

Er hatte stundenlang Poker gespielt, kleine Summen dabei gewonnen, aber in erster Linie einfach versucht, sich nach seinem letzten Auftrag zu entspannen. Er und sein Partner James Long hatten für Jack Murdocks Firma die Löhne transportiert, und dabei hatte es nichts als Ärger gegeben. Sie hatten auf zwei Straßenräuber geschossen und beide verwundet, dann mußten sie mit den Schwierigkeiten kämpfen, das Geld zu transportieren und die beiden Gefangenen dem Sheriff zu übergeben. Er war verdammt froh, daß das vorbei war.

»Hab' hier 'n Telegramm vom Capitol. Vom Gouverneur persönlich«, sagte der kleine Mann. Er wirkte lebhaft und robust, aber so alt wie die Eichen, als hätte das Alter ihn wie einen alten Baumstamm knorrig werden lassen, damit er dann im Lauf der Jahre verwitterte.

Langley schob seinen Stuhl zurück, legte sorgsam seine Karten verdeckt auf den Tisch und ging auf die Tür und den grauhaarigen alten Mann zu. »Ich bin Langley.«

»Das hier ist auch noch für 'n Mr. Long«, teilte der alte Mann ihm mit und verrenkte sich den ledrigen Hals, um Langley in die Augen zu sehen.

»Danke.« Langley drückte dem alten Mann für seine Mühe eine Münze in die Hand. Er öffnete den dünnen elfenbeinfarbenen Umschlag, überflog leicht neugierig die Nachricht und kehrte zu seinem Tisch zurück. Ein dralles Barmädchen trat vor ihn hin, und die lange schwarze Pfauenfeder in ihrem Haar streifte anzüglich seine Wange.

»Wohin gehst du, Süßer?« fragte sie. Ihr voller Busen preßte sich verlockend an seine Brust. Widerstrebend riß er den Blick von den reizvollen Wölbungen los und lächelte ihr in das hübsche Gesicht. Ihr knielanges Kleid aus schwarzer und roter Spitze ließ nur wenig Spielraum für die Phantasie.

»Bist du gerade erst in die Stadt gekommen?« fragte er. »Dich habe ich hier noch nicht gesehen.« Er betrachtete den Schwung ihrer Hüften und das wohlgeformte Bein, das auf den Stuhl gestellt war, um ihm den Weg abzuschneiden.

Sie lächelte zu ihm auf. »Du bist mein erster Kunde.«

Er grinste, taxierte sie mit bedauernden Blicken und schüttelte den Kopf. »Tut mir leid, Rotschopf, vielleicht das nächste Mal.«

»Bist du ganz sicher, Süßer?« Sie schlang einen schmalen Finger in die Fransen seines Wildlederhemds.

»Erst die Arbeit, dann das Vergnügen«, sagte er zu ihr. Er steckte ihr einen Dollarschein in den Ausschnitt.

Sie ließ eine Hand verführerisch über die Innenseite seines Oberschenkels gleiten.

Widerstrebend riß er sich los. »Ich komme wieder«, versprach er. Sie fuhr sich mit der Zunge über die roten Lippen, wandte sich dann von ihm ab und lächelte ihn über die Schulter blickend an. Die blauen Augen verfinsterten sich zu einem enttäuschten Schmollen.

Mit einem spöttischen Lächeln gab er ihr einen Klaps auf den wohlgeformten Hintern und schickte sie mehr als nur ein wenig reumütig fort. Sie sah so aus, als gäbe sie eine feurige Bettgenossin ab – genau die Sorte, die ihm gefiel. Er fragte sich, woher sie kam. Im Westen standen Frauen nach wie vor hoch im Kurs, sogar Frauen wie sie. Sie wirkte zu jung, um schon lange im Geschäft zu sein – aber andererseits war das hier eine rauhe Gegend. Männer – und auch Frauen – waren gezwungen, schnell erwachsen zu werden.

Er schüttelte den Kopf über die grausamen kleinen Scherze des Lebens und ging wieder an seinen Tisch mitten im Saloon.

»Es sieht so aus, als müßten wir das Spiel abbrechen, meine Herren.« Im Stehen warf er sein Blatt auf den Tisch und wartete dann, bis sein Partner James Long die Runde zu Ende gespielt hatte. James, der groß und schlank war und ein zartgeschnittenes Gesicht hatte, wirkte manchmal fast knabenhaft. Es war leicht, ihn zum Lachen zu bringen, und er sah das Leben immer von seiner besten Seite.

»Was ist los?« James rückte seinen Stuhl näher an den Tisch. Seine schwarzen Augen funkelten schelmisch, als er seine letzte Karte aufdeckte.

Langley lächelte in sich hinein – Karo As. Auf James konnte man sich immer verlassen, wenn die Karten schlecht standen. Und das galt nicht nur für das Pokern.

James grinste, rechte seine Gewinne zusammen und wandte sich dann an die anderen Männer am Tisch; zwei Grubenarbeiter, die gerade aus Bergwerken im Norden kamen, einen Cowboy aus Texas, der sich verändern wollte, und einen Kaufmann, der mehr Geld machte als sie alle zusammen, am Spieltisch aber leicht auszunehmen war.

»Ich wünsche euch beim nächsten Mal mehr Glück, Jungens«, sagte James. Die Männer murrten, hinderten ihn aber nicht daran, sich das zu nehmen, was ihm zustand.

»Gouverneur Ashton sagt, daß wir dringend gebraucht werden«, sagte Langley. »Es wäre ohnehin an der Zeit gewesen, mal wieder den Heimweg anzutreten.«

James stand auf, dabei achtete er sorgsam darauf, einen verräterischen Fussel von seinem schwarzen Maßanzug zu entfernen.

Langley nahm seinen abgetragenen breitkrempigen Hut von der Tischkante und ging auf die Tür zu, gefolgt von James.

»Hey, Langley, wohin, zum Teufel, wollen Sie denn gehen? Wir beide haben noch eine Rechnung miteinander zu begleichen!« Von einem Tisch am hinteren Ende des Saloons erschallte Bull Millers Stimme, die vom Whiskey belegt war, durch die Bar.

Langley versteifte sich. Miller war schon immer ein Dummkopf gewesen. Jetzt schien es, als hätte billiger Schnaps den letzten Rest seines gesunden Menschenverstandes verwässert.

»Ich habe nichts mit Ihnen abzurechnen, Bull«, sagte Langley, als er sich zu dem großen, bärtigen Mann umdrehte.

»Was Sie nicht sagen! Sie haben mich um einen verdammt guten Job gebracht!« Millers Gesicht rötete sich; er schüttelte die geballte Faust und schob geräuschvoll zwei klapprige Holzstühle zur Seite, die ihm den Weg verstellten.

Langleys Haare sträubten sich, und seine Muskeln spannten sich instinktiv an. Er wollte sich nicht mit dem muskulösen früheren Wächter anlegen, aber er dachte auch nicht daran, davonzulaufen. »Sie hätten sich nicht betrinken sollen, Miller. Für diesen Geldtransport waren Sie verantwortlich.«

James Long gestattete sich ein belustigtes Lächeln, als er erst seinen großen muskulösen Partner ansah, dann den gigantischen Bull Miller, die Spiegel in den dunklen Eichenrahmen und die kunstvollen Bleiglasscheiben hinter der Bar. Wenn die Gewichtsklasse zwischen den Männern auch unausgewogen war, hatte James doch keinen Zweifel an dem Ausgang. Miller war keineswegs der erste Mann, und der Golden Nugget war keineswegs der erste Saloon, die den Zorn seines Freundes zu spüren bekamen.

»Das könnte teuer werden, Hawk«, flüsterte er und benutzte den Indianernamen, den sein Freund vorzog. Er trat zurück, um nicht zwischen den beiden Männern zu stehen.

Miller spuckte Tabaksaft aus und verfehlte den Spucknapf unter der Bar. Wütend stürmte der riesige Mann durch den

Raum auf seinen Gegner zu. Eine schinkengroße Faust zischte durch die Luft. Hawk wich ihr mühelos aus und hieb dann Miller eine Faust in den Magen, so daß er sich krümmte. Miller schnappte nach Luft, brüllte vor Wut und stürzte sich erneut auf ihn. Tische wurden zur Seite gestoßen, um den beiden Männern Platz zu machen, und die Menge bildete lauthals anfeuernd einen Kreis um sie herum. Wetten wurden abgeschlossen, und es kam zu einigen kleineren Schlägereien. Die schreienden, ringenden Männer veranstalteten einen ohrenbetäubenden Lärm.

Hawk umkreiste seinen Gegner vorsichtig. Als der Mann wild mit den Armen ausholte, aber nicht in der Lage war, gezielt zuzuschlagen, trat Hawk zur Seite und verpaßte Miller einen gewaltigen Kinnhaken, der den bärtigen Riesen der Länge nach auf zwei Holzstühle fallen ließ, die unter seinem Gewicht zerbrachen. Mit einem dumpfen Schlag sank er auf den Fußboden.

Hawk schüttelte seinen schmerzenden Knöchel und schaute finster auf den Mann zu seinen Füßen herab. Bull, der vor Schmerz wimmerte und stöhnte, hob den massigen Körper, versuchte, sich hochzuziehen, und versank dann in Bewußtlosigkeit.

James grinste breit. Sein Partner war im Vorteil gewesen, weil er nüchtern und flinker war. Hawk klopfte sich das Wildlederhemd und die Wildlederhose ab, obwohl es nicht nötig gewesen wäre, und fuhr sich mit einer Hand durch das rotblonde Haar. Seine Füße, die in Mokassins steckten, bewegten sich lautlos über den Boden.

»Hier.« James reichte ihm den staubigen Hut, und Hawk zog ihn sich wie üblich tief in die Stirn. Dann warf er einen Blick auf den bewußtlosen früheren Wächter.

»Der wird schon wieder«, sagte er zu niemand Bestimmtem, und fügte hinzu: »Wir sollten uns besser auf den Weg nach Sacramento City machen.« Zum erstenmal grinste er. Weiße

Zähne hoben sich gegen seine sonnengebräunte Haut ab. »Es wäre mir äußerst verhaßt, mich mit ihm schlagen zu müssen, wenn er nüchtern ist.«

James lachte laut. »Da hast du recht, aber so fest, wie du zugeschlagen hast, sind wir schon auf halbem Weg nach Sacramento, ehe er aufwacht.« Er wurde ernst. »Was, glaubst du, will der Gouverneur diesmal von uns?«

Hawk klopfte seinem Freund auf den Rücken. »Schwer zu sagen. Das finden wir wohl erst heraus, wenn wir dort angekommen sind.« Er ließ eine Goldmünze für die zerbrochenen Stühle auf der Bar liegen, zwinkerte dem Rotschopf vielsagend zu und stieß die Pendeltür auf.

Er schwang sich auf den Sattel seines großen braunen Hengstes; sein Freund stieg auf seinen Rappen, und dann bahnten sie sich einen Weg durch die geschäftigen Straßen von Mokelumne Hill. Chinesische Hilfsarbeiter, mexikanische *Vaqueros*, Indianer, die mit Schilf und Kaninchenfell bekleidet waren, Einspänner und schwerbeladene vierrädrige Wagen verschworen sich alle miteinander, ihnen den Weg zu blockieren.

Zu zweit brachen sie nach Sacramento City auf. Es war zwar schon spät am Tag, doch wenn sie sich beeilten, konnten sie Jackson noch vor Anbruch der Nacht erreichen.

Es war ein lockerer Ritt, doch die Hitze des Tages ließ ihn unangenehm werden. Kaufleute ließen ihre schweren Eisenläden klappernd herunter, als die Pferde durch die engen staubigen Straßen von Jackson trotteten und der Tag sich seinem Ende zuneigte. Ein kleiner dunkelhäutiger, mexikanischer Jugendlicher lief neben den Pferden her, und sein Kopf reichte kaum bis an Hawks Steigbügel.

»Mister, Chapo kümmert sich um Ihre Pferde«, sagte er zu Hawk. »Arbeite billig, kümmere gut.«

Sie bogen um eine Ecke und hielten ihre Pferde vor dem National Hotel an, und der kleine Junge rannte immer noch hinter ihnen her.

Hawk warf ihm eine Münze zu. »Führ sie hinter das Haus, und vergewissere dich, daß beide Hafer bekommen.« Der Junge nickte selig, ergriff beide Zügel und führte die Pferde um das Hotel herum.

Das National war ein dreistöckiges Gebäude mit breiten Veranden vor zwei Stockwerken. Vor dem Bürgerkrieg hatte man es als das Louisiana-Haus gekannt. Das Empfinden der Nordstaatler diktierte die Namensänderung. Hawk folgte James in das kühle Innere.

»James! Und Hawk! Es ist aber auch an der Zeit, daß ihr beide euch mal wieder in dieser Gegend blicken laßt.« Letty Neal kam um den Tresen herum.

Hawk bückte sich und zog die kleingewachsene Frau mit den breiten Hüften fest in die Arme. »Schön, dich zu sehen, Letty.« Hawk wohnte gern im National. Letty führte das Hotel mit eiserner Hand, und sowohl das Essen als auch ihre Gesellschaft machten einen Aufenthalt dort immer lohnend.

James zog seinen Hut ab, beugte sich vor und gab der alten Frau einen keuschen Kuß auf die Wange. »Hast du zwei Zimmer für uns, Letty?«

»Für euch Jungen habe ich immer ein Zimmer. Wohin geht's denn diesmal?«

»Nach Hause. Der Gouverneur will uns sehen«, antwortete Hawk.

»Ihr seht beide wirklich müde aus«, sagte sie. »Habt ihr vor, euch früh schlafen zu legen, oder darf ich euch etwas zu trinken ausgeben?« Sie warf einen Blick auf Hawk. »Laurel hat schon nach dir gefragt.«

Hawk lächelte. »Ich glaube, den Drink nehme ich an.«

»Ich auch.« James zwinkerte Letty zu. »Meinst du, Sarah könnte heute abend Durst haben?«

Letty grinste. »Ihr Jungen habt ja reichlich Appetit. Kommt, laßt uns etwas trinken.«

Hawk folgte den beiden in die Bar. Mit dem Drink und dem

Abendessen ließ sich ein Teil von Hawks Gelüsten stillen; für den Rest sorgte Laurel oben in seinem Zimmer. Als er endlich entspannt war, schloß er die Augen und schlief ein. Gedanken an die dringende Mitteilung des Gouverneurs ließen ihn unruhig schlafen.

»Travis ... James. Kommen Sie rein, kommen Sie rein.« Gouverneur Ashton hieß sie herzlich willkommen und führte sie in sein dunkles Arbeitszimmer, das mit Walnußholz getäfelt war und an dessen Wänden sich Bücher reihten. Er drückte ihnen die Hand und wies auf zwei tiefe rote Ledersessel.

»Ich gehe davon aus, daß Ihre Reise nicht übermäßig anstrengend war«, sagte er und setzte sich hinter einen massiven Mahagonischreibtisch mit Schnitzereien.

»Nicht mehr als sonst um diese Jahreszeit«, erwiderte James förmlich.

»Und Sie, Travis; Sie sehen gut aus.«

»Danke, Sir«, erwiderte Hawk.

»Ich komme direkt zur Sache, meine Herren.« Der Gouverneur war ein grobknochiger Mann mit grauem Haar, der Macht und Autorität ausstrahlte und Augen hatte, denen wenig entging und die noch weniger verrieten, doch heute schien er nervös und besorgt zu sein.

»Ich habe Sie für einen äußerst wichtigen Auftrag zu mir bestellt – wichtig für mich und meine Familie.« In dienstlichen Angelegenheiten reichte seine Gewissenhaftigkeit bis an den Punkt der Besessenheit, doch er sprach selten von seiner Familie.

Hawk blickte neugierig in die grauen Augen des Gouverneurs. Sie spiegelten Entschlossenheit wider, und doch schwang auch ein Zaudern mit. Das sah ihm gar nicht ähnlich.

»Ich nehme an, keiner von Ihnen hat bisher meine Tochter kennengelernt«, sagte der Gouverneur und blätterte in den Papieren, die auf seinem Schreibtisch lagen. Er schaute sich im Zimmer um, als wolle er seine Verlegenheit überspielen.

»Nein, Sir«, erwiderte James für beide.

»Nun, ich bin sicher, daß Sie wenigstens Geschichten über ihre zahlreichen Eskapaden gelesen haben.«

Hawk lächelte und stellte fest, daß James dasselbe tat. Julia Ashton hatte in jeder Zeitung im Westen Schlagzeilen in der Gesellschaftsspalte gemacht. Sie war bezaubernd schön und verwegen, und ihre Heldentaten sorgten für große Auflagen. Hawk erinnerte sich noch ganz genau an einen Vorfall vor etwas mehr als einem Jahr, als Miss Ashton angeblich den größten Teil ihrer Kleidung abgelegt hatte und im Garten des Anwesens Sanford in einen Brunnen gesprungen war. Die Zeitungen hatten den Vorfall bis in alle Einzelheiten beschrieben, sehr zum Kummer des Gouverneurs.

Gerüchteweise hieß es, sie hätte mit der Hälfte aller Dandys in Sacramento geschlafen, obwohl sie kaum mehr als ein Kind war. Über Julia Ashton wurde getuschelt, geschrieben und gehöhnt, doch sie war eine Frau, die von jedem Mann begehrt wurde, der sie je kennenlernte. Der Gouverneur kam nur selten auf sie zu sprechen. Seit er sein Amt angetreten hatte, war sie für ihn tatsächlich ein ständiger Quell der Peinlichkeit gewesen.

»Wie ich sehe, verhält es sich so«, bestätigte der Gouverneur. Er trommelte mit den Fingern auf die lederne Schreibunterlage auf seinem Schreibtisch. »Nach ihrem Fiasko habe ich sie in den Osten geschickt, in ein Mädchenpensionat in Boston. Da sie in Boston keine Schwierigkeiten gemacht hat, habe ich ihr erlaubt, den Sommer bei meinem Bruder und seiner Tochter in Dakota Territory zu verbringen. Ich bin, allerdings zu Unrecht, davon ausgegangen, in dieser Wildnis böte sich ihr wenig Gelegenheit, sich in Schwierigkeiten zu bringen. Wie dem auch sei ... sie hat sich mit einem jungen Kavallerieoffizier aus Fort Laramie eingelassen. Ich bin sicher, daß es sich wie üblich nur um eine ihrer Launen handelt, doch sie behauptet, sie sei verliebt und wolle den Mann heiraten. Das kann ich natürlich nicht zulassen.«

»Vielleicht ist sie wirklich verliebt«, wandte James ein.

Hawk fragte sich, ob das die »Angelegenheit von größter Bedeutung« war, von der der Gouverneur in seinem Schreiben gesprochen hatte.

»Julia ist außerordentlich verzogen«, sagte der Gouverneur. »Ich fürchte, ich habe ihr viel zuviel nachgesehen. Sie ist halsstarrig und egoistisch... Sie hat nie jemand anderen als sich selbst geliebt, und selbst wenn sie wirklich verliebt wäre, was für ein Leben würde sie dann führen? Sie ist immer nur verhätschelt und umsorgt worden. Als Frau eines Grenzsoldaten würde sie nicht überleben. Nein, ich muß sie vor sich selbst retten. Und deshalb, meine Herren, sind Sie hier.«

»Aber, Gouverneur Ashton, was könnten wir mit alldem zu tun haben?« fragte Hawk, der sich zum erstenmal zu Wort meldete.

»Sie, meine Freunde, werden das kleine Schätzchen nach Hause holen.«

»Was!« rief Hawk aus.

»Aber Gouverneur...«, protestierte James.

»Ich werde dafür sorgen, daß es für Sie durchaus lohnend ist. Ich garantiere Ihnen, daß sie zu dem Zeitpunkt, zu dem Sie nach Sacramento City zurückkommen, den Namen des Jungen vergessen hat und bereit ist, die gesellschaftlichen Anlässe der Saison wahrzunehmen.« Er lächelte. »Ein paar lange Wochen auf dem Pferd oder in einer überfüllten Kutsche sollten sie die Bequemlichkeiten hier zu Hause gewaltig vermissen lassen.«

»Aber, Gouverneur«, setzte Hawk an, der von seinem Stuhl aufstand, um den Mann über den Schreibtisch hinweg finster anzusehen, »wir sind keine Kindermädchen. Wir können kein kleines Mädchen gegen seinen Willen durch Tausende von Meilen unwirtlichen Landes schleifen. Das entspricht nicht unserem Arbeitsstil.«

Der Gouverneur schien unbeirrt zu sein. »Ich versichere Ihnen, meine Herren, niemand *außer* Ihnen könnte sie hierher *schleifen*. Sie haben die Zeitungen gelesen. Sie machen sich eine gewisse Vorstellung davon, womit Sie es zu tun haben. Wenn Julia etwas will, tut sie alles, was in ihrer Macht steht, um es zu bekommen. Ich habe Sie um Ihre Hilfe gebeten, weil es niemand anderen gibt, dem ich trauen kann. Sie mag zwar hitzköpfig sein, aber sie ist trotzdem meine Tochter. Seit dem Tod ihrer Mutter war unser Verhältnis nicht sehr eng, aber ich bin für sie verantwortlich, und es ist höchste Zeit, daß ich etwas unternehme. Ich zahle Ihnen sechs Monatslöhne dafür, daß Sie sie nach Hause bringen.«

Bei dieser Summe zog Hawk eine Augenbraue hoch. Dieser Auftrag würde längstens zwei Monate beanspruchen – der Lohn für ein halbes Jahr war daher keine schlechte Bezahlung. Zusammen mit den Ersparnissen, die er bereits hatte, würde das mehr als genug für die letzte Zahlung sein, und dann gehörte ihm die Ranch, die er in der Nähe von Placerville kaufte, endgültig. Der Kauf würde sich früher als vorgesehen tätigen lassen. Je schneller er die letzte Rate zahlen konnte, desto eher konnte er das Grundstück an sich bringen. Er konnte es kaum erwarten.

Er warf einen Blick auf seinen Partner. James nickte.

»Nun, Gouverneur, es sieht so aus, als hätten Sie gewonnen.« Hawk ließ sich langsam wieder auf seinen Stuhl sinken und war froh wegen des Geldes, aber keineswegs glücklich über die Natur des Auftrags. Das letzte, was er sich gewünscht hätte, war, eine unwillige Frau quer durch das halbe Land zu schleifen – und dann auch noch eine derart verzogene wie Julia Ashton. Er hatte jetzt schon eine Abneigung gegen das Mädchen gefaßt, schon allein von den Geschichten her, die er gehört hatte.

»Es gibt nur noch eine Forderung, die ich stelle«, fügte der Gouverneur hinzu. Er kratzte sich die graumelierten Schläfen. »Ihr feierliches Wort darauf, als Gentlemen und als meine Freunde, daß Sie sich bei meiner Tochter keine« – er suchte nach den richtigen Worten – »*Freiheiten* herausnehmen. Ich weiß, wie verführerisch sie sein kann, aber ich will Ihr Wort darauf, daß Sie sie in keiner Weise ...«

Hawk sah dem Gouverneur fest in die Augen. »Sie haben mein Wort darauf.«

»Meines auch, Sir«, fügte James hinzu.

»Dann wäre das also geregelt.« Der Gouverneur wirkte erleichtert. »Hier ist eine Daguerreotypie meiner Tochter. Sie ist schon etwas älter, aber ich ziehe sie den Fotogravüren in den Zeitungen vor. Mein Sekretär Isaac wird Ihnen die übrigen Informationen geben, die Sie vor Ihrem Aufbruch noch brauchen.

Die Sache muß strikt unter uns bleiben. Julias Ruf würde noch mehr besudelt, als er es ohnehin schon ist, wenn herauskäme, daß sie ohne eine weibliche Begleitperson hierhergereist ist. Aber sie hat gegen meinen ausdrücklichen Wunsch Mrs. Ridan in Boston zurückgelassen. Außerdem werden Sie Ihre gesamte Weisheit brauchen, um *sie* hierherzubringen. Sie wird versuchen, Ihnen das Leben auf dieser Reise zur Hölle zu machen. Schrecken Sie nicht davor zurück, innerhalb eines vernünftigen Rahmens jegliche Gewalt einzusetzen, die erforderlich ist, damit sie sich benimmt. Und jetzt schlafen Sie sich eine Nacht lang gründlich aus. Ich wünsche Ihnen eine erfolgreiche Reise.«

Der Gouverneur drückte den beiden Männern die Hand. »Viel Glück, Gentlemen. Wenn Sie mich jetzt entschuldigen würden, ich habe nämlich eine Sitzung im Kapitol.« Als er ging, war seine Haltung etwas aufrechter und seine Schultern etwas weiter zurückgezogen als bei seinem Kommen.

Ein Dienstmädchen brachte den beiden Männern einen Whiskey, und Isaac brachte die notwendigen Informationen. Hawk leerte sein Glas in einem Zug. James tat es ihm nach, und sie verließen das Arbeitszimmer.

Sie liefen zum Haupteingang und über die breite Veranda vor dem Haus und traten in die strahlende Sonne. Die Villa war von großen gepflegten Rasenflächen umgeben, und neben dem Haus blühten rote, rosafarbene und gelbe Rosen. Die beiden Männer liefen zu der gewundenen Auffahrt, auf der ihre Pferde angebunden waren.

»Tja, Hawk, was glaubst du, worauf wir uns da eingelassen haben?« fragte James.

»Das weiß nur Gott. Ich schätze, wir werden es in Fort Laramie herausfinden – falls sie überhaupt noch da ist.«

## *3. Kapitel*

*12. August 1868*
*Fort Laramie, Dakota Territories*

Julia faltete die nächste Bluse zusammen und legte sie auf die anderen Gegenstände im Koffer.

Sie und Mandy versuchten, nur die Dinge auszusuchen, die Julia brauchte, wenn sie ausreißen wollte – »das Allernotwendigste« hieß für Julia mindestens ein voller Überseekoffer.

»Jason ist so nervös, daß er kaum noch etwas essen kann«, sagte Julia. »Ich glaube, er hätte seinen Urlaub sogar vorgezogen, wenn das Fort nicht so verflixt knapp an Soldaten wäre. Er hat den geliehenen Wagen schon vor drei Tagen gepackt.« Ihre Kleider waren in Mandys Schlafzimmer verstreut.

»Tja, jetzt braucht er nur noch einen Tag zu warten.« Mandy reichte ihrer Cousine ein rotkariertes Kleid, eines der wenigen praktischen Kleider, die Julia besaß. »Dann könnt ihr euch trauen lassen, sowie ihr weit genug von hier fort seid, und du wirst Mrs. Jason Michaels sein.«

»Das klingt doch hübsch, findest du nicht? Mrs. Jason Michaels. Oh, Mandy, ich kann es kaum erwarten.« Julias Gesicht strahlte vor Glück, wie das eines kleinen Mädchens, dessen geheimer Wunsch gerade wahr wird.

Mandy fragte sich, ob die leuchtenden Augen ihrer Cousine ihre Begeisterung für ihre Hochzeit widerspiegelten – oder ihre Vorfreude auf die Flitterwochen. Sie spürte, wie sich ihre Wangen bei diesem Gedanken röteten.

»Ich glaube wirklich, daß wir bisher prima geplant haben«, sagte Julia. »Wenn ich richtig schätze, werden die Männer meines Vaters frühestens in einer Woche hier ankommen. Angesichts unseres Vorsprungs, deiner dreiwöchigen Reise und der Wochen, die es die Männer kosten wird, zurückzukommen und die Suche wieder aufzunehmen, sollten Jason und mir genug Zeit bleiben, uns trauen zu lassen – und soviel Zeit allein miteinander, daß Vater sich Sorgen machen wird, ich könnte schwanger sein.«

»Julia!«

Julia lächelte, als sei Mandy ein naives Kind, und sie schüttelte den Kopf. »Manchmal, Mandy, weiß ich einfach nicht, woran ich mit dir bin.«

Mandy war nicht bereit, sich aufzuregen.

Julia packte ein Spitzenhemd ein und schnupperte dann an einem Stück Geißblattseife, das Mandy ihr zum Geschenk gemacht hatte, und packte es weg. Plötzlich kicherte Julia.

»Erinnerst du dich noch daran, als wir der alten Mrs. Finch die chinesischen Feuerwerkskörper in den Ofen gesteckt haben?«

Mandy lachte. »Diese Feuerwerkskörper haben nicht wir in den Ofen getan – das warst du! Aber es war wirklich komisch. Mrs. Finch hat immer wieder gesagt: ›Was habe ich bloß in diese Pasteten getan?‹ Sie hat tatsächlich geglaubt, sie hätte den Ofen zum Explodieren gebracht!«

Mandy sank auf das Bett und wischte sich vor Lachen die Tränen aus den Augen. Sie schaute zu dem jüngeren Mädchen hinüber.

»Du wirst mir fehlen, Cousine.«

Sie und Julia umarmten einander, denn sie wußten, daß es Monate, vielleicht sogar noch länger dauern würde, bevor sie einander wiedersahen. Aber jetzt gab es kein Zurück mehr. Mandy fragte sich flüchtig, was für einen Weg jede von ihnen eigentlich eingeschlagen hatte.

Sie schaute über Julias Schulter, und ihr Blick fiel auf die Straße vor dem Schlafzimmerfenster. Ein Mann in einer Wildlederhose und ein zweiter in einem staubigen schwarzen Anzug ließen sich gerade das Haus zeigen. Ihre schaumbedeckten Pferde machten den Eindruck, als hätten sie einen harten Ritt hinter sich.

»Wenn du erst einmal ...«

»Julia!« fiel Mandy ihr ins Wort. »Schau dir die beiden Männer dort drüben an.« Sie wies auf die Straße. »Sie kommen auf das Haus zu. Du glaubst doch nicht etwa ...? Die Männer deines Vaters können doch unmöglich schon hier sein!« Mandy sah wieder aus dem Fenster.

»O mein Gott!« kreischte Julia, die schnell an ihren Fingern die Wochen abzählte, seit sie das erste Mal an ihren Vater geschrieben hatte. »Wenn er keine Zeit vergeudet hat, wenn er von Anfang an wild entschlossen war – dann könnten sie es sein!«

Diese Worte versetzten Mandy in Panik. Sie stürzte händeringend ans Fenster. Schweißperlen bildeten sich auf ihren Schläfen. *Worauf hatte sie sich bloß eingelassen?* Wie hatte sie je in Julias Plan einwilligen können? Sie schloß die Augen und öffnete sie langsam wieder. Die Männer näherten sich dem Haus.

»Wir müssen ruhig bleiben, Mandy«, sagte Julia immer wieder. »Wir haben diese Szene zwanzigmal durchgespielt. Wir haben lediglich gehofft, daß es nicht ganz so plötzlich dazu kommt, das ist alles.«

Mandy nahm die Worte ihrer Cousine kaum wahr. Sie konnte sich nicht rühren und brachte auch kein Wort heraus. Ihre Augen waren glasig. Das »Aufgebot«, denn diesen Spitznamen hatte sie den Männern lachend gegeben, wirkte noch furchteinflößender, als sie es sich ausgemalt hatte.

»Mandy, bitte. Bewahre jetzt die Ruhe«, sagte Julia, als ginge Mandy zu einem Ball, statt sich auf eine Reise von tausend Meilen durch die rauheste Gegend auf dem ganzen Kontinent zu begeben.

»Es wird alles gutgehen. Geh jetzt, und zieh deine ›Julia‹-Kleider an, nur für alle Fälle. Ich werde die Männer im Auge behalten.« Sie hatten mehrere von Julias Kleidern geändert – ein roséfarbenes Batistkleid, ein hellrotes Musselinkleid, ein Reitkostüm –, bis sie perfekt saßen. So hübsche Kleider hatte Mandy seit Jahren nicht mehr getragen.

»Wahrscheinlich sind es noch nicht einmal die richtigen Männer«, sagte Julia, doch es klang nicht überzeugt. »Sicherheitshalber werde ich mich trotzdem im Zimmer deines Vaters verstekken. Falls sie es sind, mußt du jetzt anfangen, deine Rolle zu spielen. Du lockst sie von hier fort. Ich werde Mrs. Evans eine Nachricht hinterlassen, in der steht, du hättest dringend fortgehen müssen, um drüben in Fort Casper deine kranke Tante Adelaide zu besuchen. Ich sage natürlich auch, ein Adjutant aus dem Fort sei gekommen, um dich zu holen. Mrs. Evans rechnet ohnehin damit, daß ich abreise, das ist also kein Problem. Wenn ich fertig bin, gehe ich zu Jason. Wir können aufbrechen, sowie es dunkel ist.«

Mandy starrte einfach nur aus dem Fenster und konnte nichts von dem, was hier geschah, als Wirklichkeit akzeptieren. Bis jetzt war ihr alles wie ein Spiel vorgekommen. Das Flirten lernen, Schwindel- und Ohnmachtsanfälle lernen. Julia hatte Mandy sogar Lektionen darin erteilt, wie man auf Knopfdruck weinte, wenn sie es auch nicht fertigbrachte. Julias schmale Hände legten sich auf Mandys Schultern und drehten sie um.

»Bitte, Mandy«, flehte Julia, »wenn dir mein Glück etwas bedeutet, dann tust du jetzt das, was wir geplant haben. Du mußt diese Männer so lange wie möglich von Sacramento City fernhalten. Jason und ich brauchen Zeit!«

Mandys starrer Blick war immer noch ausdruckslos, während sie versuchte, die Worte ihrer Cousine zu begreifen.

Julia schloß die Augen. Ihre Unterlippe zitterte, und große Tränen rannen über ihre Wangen. Es war eine gute schauspielerische Leistung, die immer Wirkung zeigte. Doch diesmal war Mandy sicher, daß die Tränen echt waren.

Sie schüttelte den Kopf, um wieder klarer denken zu können,

umarmte schnell ihre Cousine, faßte den festen Entschluß, sie nicht im Stich zu lassen, und eilte zu ihrer kleinen Truhe am Fenster. Sie zog Julias roséfarbenes Batistkleid heraus und zog an den Nadeln, die ihr Haar festhielten. Sie stieg in das tiefausgeschnittene Kleid, das dazu gedacht war, Julias üppigen Busen zu betonen wie all ihre anderen Kleider auch. Als sie warme Luft auf Bereichen ihrer Haut spürte, die selten freilagen, liefen Mandys Wangen flammend rot an. O Gott, wie sollte sie es je schaffen, ein solches Täuschungsmanöver durchzuhalten?

Sie strich das Oberteil des Kleides glatt und puderte sich die Nase. Julia schnappte sich eine Bürste und gab Mandys Haar Form und Fülle, das jetzt kürzer geschnitten war und sich bis kurz über ihre Taille lockte. Ein paar zarte Strähnen kringelten sich um ihre Ohren.

Mandy schaute in den Spiegel und betonte ihre Wangenknochen mit ein wenig Rouge, ehe sie ein wenig Farbe auf ihre Lippen tupfte. Das dichte Haar, das sie sich ins Gesicht gekämmt hatte, bürstete sie zurück, so daß mehr von ihrem zarten hellen Teint zu sehen war. Wie in den Augen ihrer Cousine glitzerten auch in ihren grünen Augen Goldsprenkel. So verwandelt kam zum erstenmal Mandys Schönheit, die mit Julias mithalten konnte, zur vollen Geltung.

Innerhalb von Minuten waren sie fertig. Mandy nahm all ihren Mut zusammen. Sie wußte, daß sie nun wie Julia aussah, fühlte sich allerdings überhaupt nicht so wie sie. Ihr ganzer Körper kam ihr empfindungslos vor, und in ihren Ohren surrte es laut.

Die Männer stiegen vor dem Haus von ihren Pferden ab.

»Weißt du, Mandy«, flüsterte Julia, als sie auf die Schlafzimmertür zuging, »daß du nach Kalifornien gehst, könnte sich als das Beste erweisen, was dir je zugestoßen ist.«

Mandy seufzte. »Vielleicht – vorausgesetzt, dein Vater bringt mich nicht um, wenn ich dort ankomme.«

Julia lachte. »Ich wünschte, ich wäre dabei und könnte sein Gesicht sehen.«

Bei dieser Vorstellung schnitt Mandy eine Grimasse, und sie spürte, wie ihr vor Furcht flau im Magen wurde. *Himmel, sie mußte von Sinnen sein!*

Als dreimal laut an die Tür geklopft wurde, setzten sie ihren Plan in die Tat um. Es hieß jetzt oder nie. Mandy vergewisserte sich noch einmal, daß die Tür zum Schlafzimmer ihres Vaters fest geschlossen war und Julia sich dort versteckt hatte, als das Pochen nachdrücklicher wurde. Sie straffte die Schultern, warf ihr Haar zurück und stolzierte resolut zur Haustür. Sie öffnete die Tür nur einen Spaltbreit.

»Miss Julia Ashton?« Ein großer dunkelhaariger Mann schaute sie durch den schmalen Spalt an. Der Mann trug einen gutgeschnittenen schwarzen Anzug, der so dick mit Staub bedeckt war, daß er fast grau wirkte. Seinem ungekämmten Haar und seinem unrasierten Gesicht konnte man deutlich ansehen, daß er einen langen, harten Ritt hinter sich hatte.

Sie blickte ihn mit der Geringschätzigkeit an, mit der Julia ihn bestimmt auch angeschaut hätte, ehe sie sich hochmütig an den Mann wandte. »Was wollen Sie?«

Er schien sich über ihre Einschätzung im klaren zu sein, denn er antwortete beinahe entschuldigend: »Es tut mir leid, daß mein Freund und ich nicht die Zeit gefunden haben, uns dem Anlaß entsprechend zu kleiden, Miss Ashton. Ich heiße James Long, und das ist Travis Langley. Wir sind von Ihrem Vater geschickt worden, damit wir Sie nach Hause holen.«

Travis Langley! Bei diesem Namen rannen ihr Schauer über den Rücken. Sie konnte die zweite Gestalt hinter der Tür kaum sehen, doch sie erinnerte sich nur zu gut an den großen Mann. Jetzt war ihr Plan zum Scheitern verurteilt, und alles würde mißlingen, bevor es auch nur begonnen hatte. Sie stand in der Tür und versuchte, zu einem Entschluß zu gelangen. Mehr als zwei Jahre. *Ob er sich wohl noch an sie erinnerte? Ob er sie wohl wiedererkennen würde?* Sie erkannte sich selbst kaum wieder.

»Nein!« schrie sie, schlug ihnen die Tür vor den Gesichtern zu und schob den Riegel vor. Sie konnte ihre Stimmen durch das Holz hören.

»Verdammt noch mal! Das hätten wir uns doch denken können«, sagte Long.

»Jetzt werden wir die Tür aufbrechen müssen«, murrte Langley. Mandy stürzte ans Fenster, lüpfte den Rock, kletterte über die Fensterbank und ließ sich auf den Boden gleiten, und dann rannte sie durch den winzigen Garten zu den Ställen. Sie wußte, daß sie sie einholen würden, aber sie mußte Julia Zeit geben, zu Jason zu laufen. Ihr Herz schlug rasend. Sie konnte nicht glauben, daß sie all das wirklich tat. Und jetzt hatte sie es auch noch mit Travis Langley zu tun. Schlimmer hätte es nicht kommen können! *Wie konnte das Schicksal bloß jemanden schicken, dem sie schon einmal begegnet war?*

Hawk warf sich mit einer stahlharten Schulter gegen die Kiefernbretter der Tür. Der hölzerne Riegel gab sofort nach, und er stürzte schwungvoll ins Haus. James folgte dicht hinter ihm. Chintzgardinen bauschten sich vor einem offenen Fenster und verrieten, daß die Dame entkommen war.

»Du folgst ihr. Ich mache einen größeren Bogen und schneide ihr den Weg ab«, ordnete Hawk an. James nickte und rannte zum Fenster, während Hawk durch die Haustür wieder ins Freie lief. Es würde ihm ein leichtes sein, sie mit ihren kleinen Schritten einzuholen. Hawks Wut loderte auf, als er sich die zerzauste junge Frau mit dem üppigen Busen, den kastanienbraunen Haaren und den großen grünen Augen vorstellte, die er durch den Türspalt flüchtig gesehen hatte. Sie war entschieden nicht die Kindfrau, die er erwartet hatte. Ihre atemberaubende Schönheit hatte sie beide überrumpelt. Er war nicht bereit, sich ein zweites Mal überrumpeln zu lassen.

Sobald die Männer gingen, schlich sich Julia durch die Hintertür hinter den Schuppen und zu Jasons Unterkunft. Auf dem Weg machte sie nur einmal halt und legte Mrs. Evans eine Nachricht vor die Tür. Niemand schien in der Nähe zu sein, als sie zu Jason eilte und ihm von ihrem Dilemma berichtete. In wenigen Stunden würde es dunkel sein. Wenn sie es schafften, im Schutze der Nacht zu ihrem Wagen zu kommen und die Stadt zu verlassen – und wenn Mandy ihre Rolle gut spielte – dann hatten sie möglicherweise eine Chance.

Mandy rannte Hals über Kopf den staubigen Pfad hinunter, und die vollen Röcke des Kleides wirbelten Erde und Kieselsteine auf. *Sie mußte es tun. Es mußte sein. Es mußte einfach sein.* Im Rhythmus ihrer rennenden Füße sagte sie die Worte vor sich hin. Sie mußte es für Julia tun. Sie mußte es für sich selbst tun.

Sie kam an einer blühenden Bougainvillea vorbei, und ihr Blick fiel auf die weißgetünchten Wände des Stalles. Wie im Himmel mache ich nun weiter? fragte sie sich. Sie rannte so schnell, wie ihre kleinen, winzigen Füße es vermochten. Und dabei warf sie einen Blick über die Schulter zurück, weil sie sehen wollte, ob ihr jemand folgte. In halsbrecherischem Tempo bog sie um die Ecke des Stalls und prallte mit einem harten Gegenstand zusammen. Dieser plötzliche Stillstand ließ sie atemlos und benommen zurück. Sie atmete schwer vor Anstrengung, ihre Knie waren weich, und ihr Körper bebte. Sie wußte, daß sie hätte fallen müssen, doch etwas hielt sie hoch. Anscheinend fand sie die Orientierung einfach nicht wieder. Sie lehnte sich an, schloß die Augen und wartete darauf, daß sich nicht mehr alles drehte.

Als sie die Augen wieder aufschlug, schlug ihr Herz noch rasender als zuvor. Ihr Blick glitt von einer breiten muskulösen Brust zu den ausgeprägten gebräunten Gesichtszügen des Mannes, der sie in seinen Armen gefangen hielt. Travis Langley! Dieses Gesicht hätte sie überall wiedererkannt.

Sie erinnerte sich an seine harten, kalten Augen, und ihre Instinkte mahnten sie, sie solle sich losreißen, fortlaufen und den verrückten Plan vergessen. Die Hysterie drohte sie zu überwältigen. Sie mußte weg, fort von hier. Nur Gott wußte, welche Strafe

Langley über sie verhängen würde, wenn er dahinterkam, was sie und Julia für ein Spiel spielten. Sie wehrte sich gegen ihn, doch er hielt sie mühelos fest, und die Intensität seines unbeirrten Blicks hypnotisierte sie.

Sie schluckte schwer und spürte, wie ihr schon wieder schwindlig wurde. Sollte sie ihm sagen, wer sie war, und den ganzen Plan vergessen? Statt dessen richtete sie sich in seinen Armen auf und bemühte sich, gegen ihr Zittern anzukämpfen. Er hatte noch kein Wort gesagt; er hielt sie nur fest, damit sie sich nicht von der Stelle rühren konnte. Ihr Unbehagen schien er auszukosten. Ein träges laszives Lächeln verzog einen seiner Mundwinkel.

»Ich möchte mich Ihnen vorstellen, Miss Ashton. Ich bin Travis Langley. Ihr Vater hat mich geschickt, damit ich Sie heil und gesund nach Kalifornien bringe. Ich habe die Absicht, genau das zu tun!«

Je ruhiger sie wurde, desto klarer wurde ihr, daß er nicht im entferntesten ahnte, ihr schon einmal begegnet zu sein. Er glaubte wirklich, sie sei Julia. In den letzten beiden Jahren hatte er nie auch nur einen Gedanken an Samantha Ashton vergeudet, während sie so oft an ihn gedacht hatte. Diese Erkenntnis versetzte sie in Wut, die durch ihre Adern rauschte und ihr Mut gab.

Er hält mich wirklich für Julia! dachte sie erbost. Nun gut, Mr. Langley. Sie wollen Julia, hier haben Sie sie. Sie stürzte sich in ihre Rolle und versuchte dahinterzukommen, was Julia getan hätte, denn der Erfolg flößte ihr Mut ein.

Sie holte tief Atem, biß die Zähne aufeinander und trat dem großen Mann fest gegen das Schienbein. Er zuckte nicht zusammen, doch sein Lächeln verflog, und er umklammerte sie noch fester. Sie wußte, daß dieser Tritt ihr mehr Schmerzen als ihm bereitet hatte, da er die derbe Lederhose trug, und doch schüttelte er sie.

»Du kleines Biest«, sagte er mit gesenkter und drohender Stimme. Die Härte um seinen Mund bekräftigte seine Drohung.

Mandy konnte spüren, wie das Blut aus ihrem Gesicht wich.

*Wie konnte sie den weiten Weg nach Kalifornien mit diesem brutalen, anmaßenden Mann zurücklegen?* All die furchtbaren Erinnerungen an Davey Williams und den rauhen Mann mit der Lederhose tauchten wieder auf und setzten ihr zu. Er war ein harter, rücksichtsloser Kerl, und wenn sie nicht ihre wahre Identität eingestand, war sie gezwungen, wochenlang mit ihm unterwegs zu sein. Nur Gott wußte, wozu dieser Mann fähig war.

Sie machte schon den Mund auf, um zu sprechen, doch dann dachte sie an Julia und Jason. Sie hatte ihr Wort gegeben, versprochen, ihnen beim Ausreißen zu helfen. Jetzt konnte sie nicht mehr zurück.

Er lächelte ohne jeden Humor auf sie herab. »Sie sollten lieber lernen, sich wie eine Dame zu benehmen, Miss Ashton... sonst könnte ich vergessen, daß ich ein Gentleman bin. Uns steht eine lange Reise bevor. Sie tun sich selbst einen Gefallen, wenn Sie von Anfang an genau das tun, was ich sage. Sie werden feststellen, daß Sie mit mir kein so leichtes Spiel haben wie mit Ihren Dandys in Sacramento.«

*Diese Dreistigkeit!* Der Mann mußte der fieseste Kerl sein, der ihr je begegnet war. Sie hätte sich gern gegen ihn gestellt, ihm genau gesagt, was sie von ihm hielt, doch ihre Instinkte warnten sie davor. Selbst durch die dichten Falten ihres Rockes konnte sie seine harten Schenkel spüren, und gegen ihren Willen erschauerte sie in seinen Armen, die sie fest umschlungen hielten, und plötzlich hatte sie Angst, auch nur einen Muskel zu bewegen. Sie schluckte schwer und starrte ausdruckslos in das unnachgiebige Gesicht des großen, breitschultrigen Mannes. Zum erstenmal in ihrem Leben fühlte sie sich absolut hilflos.

»Wie Sie meinen, Mr. Langley«, brachte sie erstickt heraus und versuchte, die Fassade aufrechtzuerhalten, war aber nicht sicher, ob ihr das gelungen war. Jetzt war es erst recht unumgänglich, daß sie die Rolle ihrer Cousine spielte. Es konnte passieren, daß Travis sich plötzlich erinnerte.

Hawks Griff lockerte sich, doch er ließ sie nicht los. »Das ist ja schon viel besser. Jetzt beruhigen Sie sich, und dann machen wir uns auf den Rückweg zum Haus. Sie können ein paar Sachen einpacken, und dann machen wir uns auf den Weg, ehe das gesamte Fort zu Ihrer Verteidigung anrückt.«

Bisher hatte er Glück gehabt. Wenige Menschen hatten ihr Gerangel beobachtet, und diese wenigen schienen kein allzu großes Interesse daran zu haben, sich mit jemandem von seiner Körpergröße anzulegen. Er lachte in sich hinein, als er an die Lederhose dachte, die er trug, und an das blinkende Jagdmesser, das er sich ans Bein geschnallt hatte. Die meisten Leute zogen es vor, nicht mit jemandem aneinanderzugeraten, von dem sie sicher waren, daß er ein abtrünniges Halbblut war.

»Sie sollten sich lieber vorsehen, Sir«, hörte Mandy sich sagen und konnte nicht glauben, daß das ihre eigenen Worte waren. »Sie sollten besser daran denken, mit wem Sie es zu tun haben.« Da er seinen Griff jetzt gelockert hatte, fiel ihr ein Teil der Lektionen wieder ein, die sie in ihrem Schauspielunterricht gelernt hatte. Sie beschloß, lieber weiterzumachen, ehe ihr Mut schwand.

»Wenn Sie Hand an mich legen, werden Sie sich vor meinem Vater verantworten müssen.«

Hawk schaute auf das kleine Mädchen herunter, das seine schmalen Hände trotzig gegen seine Brust preßte. Über dem tiefen Ausschnitt ihres Kleides hob und senkte sich ihr Busen, und ihr kastanienbraunes Haar fiel ihr wild um die Schultern.

»Ihr Vater hat uns ausdrücklich angewiesen, jegliche Form von Gewalt anzuwenden, die notwendig ist, um Sie nach Sacramento City zurückzubringen, darunter auch, daß wir Sie wie einen Sack Kartoffeln verschnüren dürfen, wenn es nötig wird.« Er konnte es nicht lassen, die Worte des Gouverneurs ein wenig auszuschmücken. Diesen Auftrag hatte er von Anfang an nicht annehmen wollen. Die Vorstellung, die verzogene und egoistische Tochter des Gouverneurs den weiten Weg nach Kalifornien zurückzuschleppen, provozierte ihn gewaltig – und jetzt noch mehr, nachdem er festgestellt hatte, wie attraktiv sie war.

»Aber er kann doch nicht... er würde nie...«, sprudelte Mandy heraus. Sie konnte einfach nicht glauben, daß sie richtig gehört hatte. Bestimmt würde Gouverneur Ashton nie zulassen, daß diese Männer seiner eigenen Tochter etwas antaten. Das war das einzige, womit sie sich getröstet hatte.

»O doch. Und jetzt wollen wir uns in Bewegung setzen.« Er packte ihren Arm und zerrte sie unsanft wieder zum Haus.

Mandy lüpfte mit der freien Hand ihre Röcke und folgte dem großen, kräftigen Mann den Weg zum Haus hinauf. Himmel, wie hatte sie je in Julias Plan einwilligen können? Als sie den muskulösen Rücken des Mannes vor ihr anstarrte, fragte sie sich, ob sie den Mut hatte, jetzt wirklich mitzuspielen – und ob Julias Glück das wert war. Dann dachte sie an ihr scheußliches Musselinkleid, das sie in die Kommodenschublade gestopft hatte, und an die letzten fünf jämmerlichen Jahre, die sie im Fort verbracht hatte. *Kalifornien*. Dort konnte sie ihr eigenes Leben führen. Daran mußte sie immer denken.

Als die beiden näher ans Haus kamen, konnte Mandy Sergeant Dickerson auf der Veranda sehen, der den zersplitterten Riegel inspizierte. Ein Pochen in ihrer Schläfe löste Alarm aus. Jemand mußte den Trubel gehört und den Sergeanten geholt haben. Und was sollte sie jetzt tun? Er würde sie gewiß wiedererkennen und ihre Pläne vereiteln!

Der große Mann in dem staubigen Anzug stand bereits wieder auf der Veranda und war anscheinend zuversichtlich, was die Fähigkeiten seines Partners anging, ihren widerstrebenden Schützling zum Haus zurückzuschleifen. Mandys einzige Hoffnung bestand darin, mit blanker Unverfrorenheit durchzukommen. Sie riß sich von dem Mann los und stolzierte wortlos an dem Sergeanten vorbei. Sie trat ans Fenster und blieb mit dem Rücken zum Zimmer stehen. Als sie über die Schulter zurückschaute, konnte sie sehen, wie der Mann in Schwarz ein Dokument aus seiner Brusttasche zog, das einen offiziellen Eindruck machte. Er begann, seinen Auftrag zu erklären, und er schien dem Sergeanten die Unterschrift und das Amtssiegel des Gouverneurs zu zeigen. Mandy hielt dem Sergeanten weiterhin den Rücken zugekehrt und betete, er würde nicht bemerken, wie »Julia« in den letzten Stunden geworden war.

Qualvolle Minuten vergingen. Endlich schien der Sergeant zufrieden zu sein. Er legte die Finger an die Hutkrempe, richtete sich zu seiner vollen Größe auf und ging zur Tür. Ein schlichtes »Ma'am«, und er war gegangen. Erleichterung spülte über sie hinweg wie ein warmer Frühlingsregen. Das war das zweite Mal, daß sie in ihrer Rolle Erfolg gehabt hatte. Etwas zuversichtlicher begab sie sich ins Schlafzimmer und fing an, ein Kleidungsstück nach dem anderen lieblos in eine Tasche zu werfen. Es kostete wirklich eine Menge Energie, ein verzogenes Kind zu spielen.

James und Hawk hatten gehofft, sie könnten ein paar Tage im Fort verbringen, sich gründlich reinigen, Vorräte kaufen und ein wenig ausruhen, ehe sie sich auf den Weg nach Sacramento City machten. Nachdem sie jetzt gesehen hatten, daß der Sergeant seine Zweifel hatte und da sie einen Vorgeschmack darauf bekommen hatten, was sie von seiten ihrer Schutzbefohlenen erwartete, entschieden sie, es sei das Beste, wenn James die nötigen Vorräte besorgte und Hawk und das Mädchen an einem vereinbarten Treffpunkt außerhalb des Forts wiedertraf. Dann konnten sie noch drei oder vier Stunden reiten, ehe sie ihr Nachtlager aufschlugen. Je weiter sie sich vom Fort entfernen konnten, desto besser.

»Beeilen Sie sich, wir haben nicht den ganzen Abend Zeit«, ordnete Hawk an. Er behielt sie vom Wohnzimmer aus genau im Auge. Das kleine Biest hatte ihn einmal zum Narren gehalten; er hatte nicht vor, es zu einer Wiederholung kommen zu lassen.

»Und was jetzt?« erkundigte sich Mandy hochmütig. Sie stand da, hatte das Kinn in die Luft gereckt und die Arme in die Hüften gestemmt, wie sie es an ihrer Cousine oft gesehen hatte. Herablassend wartete sie darauf, daß er die Tür schloß.

»Was heißt was jetzt?« entgegnete er kalt. »Soll ich vielleicht reinkommen und Ihnen beim Packen helfen?« Sein selbstgefälliger Gesichtsausdruck besagte, daß das Ausmaß ihres Problems ihm völlig bewußt war.

»Ich muß mich umziehen. Kann man denn hier niemals ungestört sein?«

»Wozu? Damit Sie wieder aus dem Fenster steigen können? Das kommt gar nicht in Frage.«

»Sie erwarten doch wohl nicht von mir, daß ich mich in Ihrer Gegenwart umziehe?« Mandy fühlte sich plötzlich ganz elend. Diese Reise würde noch viel schlimmer werden als alles, was sie erwartet hatte.

Er sah sie fest an, wartete und ließ sich schließlich erweichen. »Wir werden Ihnen den Rücken zukehren, aber wenn ich irgend etwas anderes als das Rascheln Ihres Petticoats höre, dann versichere ich Ihnen, daß ich schneller in diesem Schlafzimmer bin, als Sie sich umdrehen können.«

Der unheilverkündende Tonfall des kräftigen Mannes ließ Mandy zusammenzucken. Eilig zog sie das dunkelgrüne hochmodische Reitkostüm an, wenn sie sich auch weigerte, die warme und beengende Hose unter dem Rock zu tragen. Sie zog die Stiefel an und rückte ihr Halstuch zurecht. Sie wußte, daß sie äußerlich mehr von einer englischen Gräfin hatte, die mit den Hunden zur Jagd reitet, als von einer jungen Frau, die zu einer anstrengenden Reise quer durch das Land aufbricht, aber die Männer hatten die Erwartungshaltung, die Tochter eines Gouverneurs zu begleiten – und sie hatte die Absicht, ihnen genau das zu geben, was sie wollten. Mit hocherhobenem Kopf schlenderte sie ins Wohnzimmer und bemühte sich, lässig zu wirken. »Falls Sie soweit sind – ich bin fertig«, war alles, was sie herausbringen konnte.

Der Mann in Schwarz warf nur einen einzigen Blick auf sie

und seufzte. »Haben Sie denn nichts Angemesseneres? Es wird eine lange und anstrengende Reise.« Er machte den Eindruck, als würde ihm selbst gerade erst klar, wie lang die Reise tatsächlich werden würde.

»Nehmen Sie mich so, wie ich bin, oder lassen Sie es bleiben!« fauchte Mandy ihn an und warf den Kopf zurück, wie sie es bei ihrer Cousine gesehen hatte. Sie traute diesen Fremden nicht, aber wenn sie jetzt zauderte, würde sie keinen weiteren Schritt mehr zuwege bringen. Innerlich graute ihr, und sie wußte, daß nur die reine Willenskraft sie antrieb.

Als sie durch das Zimmer lief, fiel ihr Blick auf ihr Spiegelbild. Es bereitete ihr immer noch Schwierigkeiten, das hübsche Mädchen zu erkennen, das sie aus dem Spiegel ansah. Ihr war nie wirklich klar gewesen, wie hübsch sie war, und doch dachte sie einen kurzen Moment lang: Oh, was gäbe ich nicht dafür, wenn ich mich jetzt hinter meine unauffällige Fassade verkriechen könnte.

»Es ist *Ihre* Haut!«, murrte der große Mann. Er umfaßte ihr Handgelenk und zerrte sie durch das Zimmer. »Wollen Sie Ihrer Cousine und Ihrem Onkel noch eine Nachricht hinterlassen, ehe wir aufbrechen?« Es schien fast, als sei ihm das jetzt erst nachträglich eingefallen.

»Ich bin sicher, daß Sergeant Dickerson sich darum kümmern wird, allen im Fort zu erzählen, daß Sie mich entführt haben und daß es aufgrund irgendeines albernen Dokuments nicht in seiner Macht stand, mir zu helfen!«

»Du hältst die Tür auf, Hawk. Ich nehme ihre Tasche.« Der schwarzgekleidete Mann hob die kleine gewebte Tasche hoch, die alles war, was sie ihr an Gepäck mitzunehmen erlaubt hatten, und ging auf die Tür zu. Travis Langley murrte leise vor sich hin und zog sie hinter sich her.

Mandy fragte sich einen Moment lang, warum Langleys Freund ihn Hawk nannte, aber als sie sein leicht indianisch wirkendes Äußere musterte, entschied sie, das sei ein passender

Name für diesen kräftigen brutalen Kerl. Es überraschte sie, daß er nicht *Bär* hieß!

Als sie über die Veranda liefen, fiel sie in ihre typische Rolle. »Ich hoffe, man erwartet nicht von mir, daß ich bis nach Kalifornien hinter einem von Ihnen auf dem Pferd sitze.«

»Wir hatten gehofft, Lady Ann könnte Ihnen genehm sein«, sagte James Long freundlich zu ihr. »Ihr Vater hat sie Ihnen geschickt, um Ihnen einen Geschenk zu machen.«

Mandys Blick fiel auf eine zierliche Stute, einen Fuchs mit vier weißen Füßen. Das Pferd tänzelte nervös unter seinem Sattel und wartete schon auf sie. Mandy ging auf die Stute zu und strich mit der Hand über den schmalen Hals des Pferdes. Sie hatte noch nie etwas so Schönes besessen. Es schien, als brächte es doch gewisse Vorteile mit sich, die Tochter eines Gouverneurs zu sein.

Mit James' Hilfe stieg Mandy auf. »Warum kann ich nicht im Damensitz reiten?« erkundigte sie sich und zog ihre Röcke hoch, damit sie so reiten konnte wie die Männer, was ihr insgeheim wesentlich lieber war.

»Weil die Gegend zu rauh ist«, antwortete Hawk. »Von uns wird erwartet, daß wir Sie in einem Stück nach Kalifornien bringen.«

Mandy saß steif auf dem Sattel. Sie war bereit, wenn auch kaum zuversichtlich, ihre Reise anzutreten.

Von dort aus, wo Hawk saß, konnte er über dem Knöchel des Mädchens, der in einem Stiefel steckte, ein Stück von einer wohlgeformten Wade sehen, doch sein Gesicht blieb eine versteinerte Maske. Unter den Cheyenne war es verbreitet, keinerlei Gefühl zu zeigen. Er brachte es sogar fertig, das Zucken zu beherrschen, das er plötzlich unter dem Wildleder seiner Hose spürte, als er das attraktive Gepäckstück ausgiebig bewunderte, das er transportieren würde. Innerlich stöhnte er und fragte sich, ob das Geld es wohl wert war.

Julia, die aus einer gewissen Entfernung durch die Spitzengardinen in Jasons Unterkunft alles beobachtete, seufzte erleichtert. Sie schaute dem Dreiergespann nach, als sie ohne weitere Zwischenfälle aus dem Fort ritten. Jason war fortgegangen, um den Wagen zu holen und die letzten Vorbereitungen für ihre Reise zu treffen. Bald würden sie in die entgegengesetzte Richtung aufbrechen, und beide konnten es kaum erwarten, mit der Ausführung ihres Teils des Plans zu beginnen.

Julia erschauerte, denn einen Moment lang versetzte ihr das Schuldbewußtsein einen Stich. Die Männer, die ihre Cousine mitgenommen hatten, machten einen noch bedrohlicheren Eindruck, als sie erwartet hatte. Aber sie wußte, daß ihr Vater großes Vertrauen in sie setzen mußte, denn sonst hätte er sie nicht geschickt. Es mochte zwar sein, daß er wütend war, aber sie wußte, daß er sie liebte, obwohl er es ihr nie zeigte. Sie atmete ein wenig entspannter. Es würde Mandy guttun, von ihrem Vater und ihrem Leben im Fort fortzukommen, und sei es nur für eine Weile. Lächelnd beschloß sie, längerfristig gesehen würde sich alles nur zum Besten wenden, und dann machte sie sich wieder daran, die letzten Vorbereitungen abzuschließen.

## *4. Kapitel*

Travis Langley trieb Mandy bis kurz vor Einbruch der Dunkelheit erbarmungslos an, er wollte das Fort so weit wie möglich hinter sich lassen.

Eine spärlich bewachsene, leicht hügelige Prärie zog sich beidseits an dem breiten, seichten Flußlauf entlang. Außerhalb des Forts waren sie an einer Reihe von Handelsniederlassungen vorbeigekommen, doch in der letzten Stunde war bis auf ein paar Wildschweine kein Lebewesen zu sehen gewesen. Sie nahmen eine Abzweigung und machten sich auf den Weg zu dem Treffpunkt: ein kleines Wäldchen an einem Nebenfluß, an dem die Männer auf dem Weg zum Fort vorbeigekommen waren.

Als sie weit nach Sonnenuntergang ihre erschöpften Tiere anhielten, stand Mandy kurz vor dem Zusammenbruch. Ihre Nerven waren angespannt, und ihre Muskeln schmerzten, weil sie stundenlang ohne jede Unterbrechung im Sattel gesessen hatte. Nur die kühle Brise, die durch die Kiefern rauschte, belebte sie wieder ein wenig, als sie müde auf ihrer Stute saß, und ihr Reitkostüm war mit einer dünnen Staubschicht bedeckt.

Sie seufzte ermattet und versuchte, wieder zu Kräften zu kommen. Sie griff nach dem Sattelhorn und wollte gerade absteigen, als sie zwei starke Hände auf ihrer Taille spürte, die sie mühelos aus dem Sattel hoben. Wenn sie auch insgeheim dankbar für diese Hilfe war, gab sie es doch nicht zu. Wenn der Plan gelingen sollte, war es unerläßlich, daß sie überzeugend wirkte. Sie wußte, was Julia in diesem Moment getan hätte.

»Stellen Sie mich augenblicklich hin, und lassen Sie die Finger von mir!« befahl sie, die ersten Worte, die sie seit ihrem Aufbruch äußerte. Sie stieß die Hände gegen die muskulöse Brust des kräftigen Mannes und schaute empört in das gebräunte Gesicht auf, das sie unter einem breitkrempigen Hut finster anfunkelte.

Er hielt sie nur noch fester, entschlossen, sie nicht loszulassen, da sie ihn jetzt herausgefordert hatte. Als sie den energischen Zug um seinen Mund sah, spürte sie ein besorgtes Prickeln, unterdrückte es jedoch schnell.

»Sie stellen meine Geduld auf die Probe, Miss Ashton«, sagte er. »Wir werden eine ganze Weile miteinander unterwegs sein. Wenn Sie beharrlich an dieser Einstellung festhalten, dann machen Sie es sich nur um so schwerer.«

»Ich komme bestens ohne Ihre Hilfe zurecht. Und ich wäre Ihnen dankbar, wenn Sie Ihre Finger von mir ließen.« Sie schaute so lange fest in Langleys durchdringende dunkle Augen, wie ihr

Mut es zuließ, aber dann verließ sie jede Tapferkeit. Sie konnte seine warmen Hände auf ihrer Taille spüren und erschauerte, und die Nervosität in ihrer Magengrube wurde von einem merkwürdigen kribbelnden Gefühl abgelöst.

»Es tut mir leid«, räumte sie steif ein, denn jetzt konnte sie es nicht mehr erwarten, in Ruhe gelassen zu werden. »Danke, daß Sie mir beim Absteigen behilflich waren. Wenn Sie jetzt vielleicht die Freundlichkeit besäßen, mich loszulassen. Ich bin sehr müde.«

»Das hört sich schon besser an«, erwiderte Langley selbstgefällig, und sein Mund verzog sich zu einem lasziven Lächeln. »Noch etwas mehr von dieser Haltung, und wir beide werden blendend miteinander auskommen.«

Sie konnte sehen, daß er mit sich zufrieden war, weil er die Oberhand gewonnen hatte, und ihr Zorn entflammte sich. »Wir werden niemals *blendend* miteinander auskommen, Mr. Langley, und Sie werden mich nie nach Kalifornien bringen, und daher könnten Sie ebensogut auch gleich aufgeben.«

»Darauf würde ich nicht wetten, wenn ich Sie wäre.« Er schaute finster, und seine Wut loderte wieder auf. Unvermittelt ließ er sie los, wodurch sie das Gleichgewicht verlor. Sie wankte gegen ihn, faßte dann wieder Fuß und konnte die eigene Wut kaum noch beherrschen.

Ohne ein weiteres Wort wandte er sich ab und stolzierte in die entgegengesetzte Richtung. Sie schaute ihm nach, als seine beängstigende Gestalt auf sein Pferd zuging, und innerlich verfluchte sie sich dafür, daß er ihr unter die Haut ging und sie es zuließ. Er war ein Grobian und ein Barbar. Sie gelobte sich, in Zukunft vorsichtiger zu sein.

In James' Abwesenheit machte Hawk das Nachtlager bereit. Er band den Pferden die Hufe zusammen und entfachte ein Feuer. Bald schon hatte er ein Wildbretragout zubereitet, aus Fleisch, das vom letzten Abendessen übriggeblieben war, und dazu gab es ein paar Rüben, die über den Kohlen brutzelten. Der deftige Geruch wehte durch das Lager, und er spürte, wie sein Magen knurrte. Als das Essen fertig war, waren Pferdehufe zu hören, die über den felsigen Boden klapperten. Hawk erkannte James' vertraute Gestalt schon aus der Ferne.

»Kein Ärger mehr im Fort?« fragte Hawk, dem James' entspanntes Lächeln sofort auffiel.

»Nicht die Spur. Ihr Leutnant muß auf Patrouille sein, und außerdem sind nicht viele Soldaten bereit, ihre Karriere zu gefährden, indem sie sich gegen die Befehle eines Gouverneurs stellen.« Er sprang schnell vom Pferd und nahm ihm den Sattel ab. Hawk nahm sich das Packtier vor, band die Plane los und entfernte die Halterung.

»Und wie seid ihr zurechtgekommen, du und Miss Ashton?« erkundigte sich James, während er dem Pferd das Halfter abnahm.

Hawk konnte das schelmische Funkeln in James' Augen sehen, und das ärgerte ihn.

»Warum fragst du nicht sie?« sagte er verdrossen, während er das Maultier trockenrieb.

James beobachtete, wie Hawk geräuschlos wieder zu dem kleinen Feuer zurücklief. Sie würden zwar einen Teil der Strecke in Kutschen zurücklegen, doch sie hatten sich entschieden, erst noch ein ganzes Stück weit nach Westen zu reiten, um ganz sicherzugehen. In Fort Bridger oder besser noch in Great Salt Lake City konnten sie die Kutsche nehmen.

James führte das Pferd und den Maulesel zu den anderen Pferden, band ihnen die Hufe zusammen und machte sich dann auf die Suche nach dem Mädchen. Er entdeckte sie ganz in der Nähe. Da seine Neugier angestachelt war, schlenderte er zu ihr und bemühte sich, lässig zu wirken.

»Guten Abend, Miss Ashton.« Sie rührte sich nicht und erwiderte seine Begrüßung mit keiner Geste und mit keinem Wort. Er probierte es noch einmal. »Ich hoffe, nach dem heutigen Ritt sind Sie nicht allzu übermüdet.« Da es ihm immer noch nicht gelungen war, sie in ein Gespräch zu verwickeln, versuchte er es mit einer anderen Taktik.

»Verstehen Sie, Miss Ashton, wir wollen keine Schwierigkeiten, wir werden Ihnen auch keine machen, wenn Sie halbwegs gefügig sind. Diese Reise wird bestenfalls lang und anstrengend werden. Wir haben nichts gegen Sie persönlich; für uns ist das nur ein Auftrag. Wir werden versuchen, Ihnen die Reise so angenehm wie möglich zu gestalten, falls Sie es erlauben.«

Allmählich begann er zu verstehen, was Hawk hinter sich hatte.

Mandy wollte lediglich in Ruhe gelassen werden. Im Moment konnte sie sich beim besten Willen nicht vorstellen, wie es passiert war, daß ihre Cousine sie zu einem derart verrückten Plan überredet hatte. Sie hatte ihr Wort gegeben, und sie würde es halten, doch die Frage blieb unbeantwortet. Wieder versuchte sie, sich auszumalen, wie Julia mit dieser Situation umgegangen wäre.

»Mr.... äh...«

»Long. James Long«, sagte er.

»Mr. Long«, fuhr sie hochmütig fort und bemühte sich, sich ihre Cousine vorzustellen, wenn sie besonders hochnäsig war. »Wenn mein Verlobter dahinterkommt, daß Sie mich entführt haben, wird er die Verfolgung aufnehmen und Sie töten.« Sie sprach leise, unheilverkündend, als sei die Drohung wahr. Sie hoffte nur, daß ihre Worte überzeugend klangen.

»Das, Miss Ashton, ist genau das, was wir zu vermeiden versuchen. Warum kommen Sie jetzt nicht mit und essen etwas? Der morgige Tag wird für Sie noch härter als der heutige werden.«

Der sanfte Tonfall dieser Männerstimme lullte Mandy ein und gab ihr eine gewisse Zuversicht. Dieser Mann war offensichtlich ein Gentleman; das bestätigten sowohl seine Ausdrucksweise als auch sein Gebaren. Vor seiner Rückkehr ins Lager hatte er sich rasiert und saubere Kleidung angezogen. In seinem gutgeschnittenen Anzug sah er erfrischend elegant aus. Vielleicht konnte sie ihn auf dieser Reise zu ihrem Verbündeten machen. Wenn sie an seinen unbeholfenen Partner dachte, war es nur allzu wahrscheinlich, daß sie früher oder später einen Verbündeten brauchen würde.

Als sie auf das Feuer und den Geruch des Eintopfs zuging, merkte Mandy, daß sie völlig ausgehungert war. Sie nahm den Blechteller entgegen, den ihr der Mann mit der Lederhose reichte. Dann würdigte sie ihn mit dem flüchtigsten aller Blicke, während sie die Nase rümpfte und Ekel heuchelte, und schließlich aß sie jeden Bissen auf, der auf ihrem Teller war.

Sowie ihr Hunger gestillt war, konnte sie an nichts anderes mehr denken als daran, wie sie sich ausruhen konnte. »Und wo soll ich schlafen?« erkundigte sie sich herablassend, denn sie war entschlossen, ihre Heuchelei beizubehalten.

»Wo Sie wollen«, lautete Langleys barsche Erwiderung. »Ihr Bettzeug liegt da drüben.« Er deutete auf drei Decken, die nebeneinander ausgebreitet waren, und Mandys Augen wurden groß. Mit steifen Schritten marschierte sie zu den Decken, zog ihre so weit wie möglich von den beiden anderen fort und legte sich hin.

Ihr entging nicht, daß die Männer belustigt lächelten, als sie ihr zusahen. Anscheinend bereitete es ihnen Vergnügen, sie in Verlegenheit zu bringen. Sie schüttelten die Köpfe und streckten sich auf ihren Decken am Feuer aus.

Mandy lag da und warf sich von einer Seite auf die andere. Die Stille war überwältigend. Sie wußte, daß die Männer schliefen; sie konnte James Longs vereinzelte Schnarchlaute hören. Es war eine klare und frische Nacht. Die Sterne am Himmel leuchteten hell, so daß sie von allen Seiten von ihnen angestrahlt zu werden schienen. Hohe Kiefern spreizten ihre Äste wie dunkelgrüne Giebel, doch sie gaben ihr keinen Trost. Sie lauschte ängstlich und hörte einen erschreckenden Laut nach dem anderen. Als ein Kojote heulte, schrie sie auf und rannte zum Feuer.

Beide Männer sprangen auf. »Was ist passiert?« fragte James besorgt. »Hawk, hast du etwas gesehen?« James blickte sich wachsam um.

»Ich habe ein Geräusch gehört«, sagte Mandy verlegen zu den Männern. »Ich ... ich ... bin wohl ein wenig erschrocken.« Sie wußte, daß sie albern war, doch ihr Herz pochte dennoch. Sie hatte schon tausend Koyoten gehört, aber nie war sie in dem Moment meilenweit von zu Hause mit zwei Männern, die sie nicht kannte, allein gewesen.

»Es ist nur ein Kojote«, sagte James und rieb sich schläfrig die Augen. »Legen Sie sich wieder schlafen.«

»Doch nicht mehr so tapfer, was? Stadtmädchen!« murrte Langley und ging wieder an seinen Platz neben dem Feuer zurück.

»Ich war nur erstaunt, das ist alles.« Mandy wünschte, sie hätte ihnen nicht gezeigt, daß sie sich fürchtete. Sie konnte froh sein, wenn sie überhaupt einschlief. Die zweibeinigen Kojoten am Feuer bereiteten ihr weit mehr Sorgen als die vierbeinigen in den Hügeln.

Als sie zu ihrem Schlaflager zurückkehrte, dachte sie über die bevorstehende harte Prüfung nach. Sie hoffte, es würde sich noch als Vorteil erweisen, daß sie in einer Soldatenfamilie aufgewachsen war. Sie erinnerte sich an ihre jungen Jahre, als sie ständig geritten und auf Bäume geklettert war, lange Wanderungen unternommen hatte und mit den Jungen fischen gegangen war. Früher hatte sie besser als die meisten Männer auf dem Pferd sitzen können. Sie konnte auch mit Gewehren und Faustfeuerwaffen schießen und hatte das Fährtenlesen ein wenig gelernt. In den letzten Jahren war sie manchmal mit ihrem Vater ausgeritten, aber nicht mehr so oft, wie sie es gern getan hätte.

Ihre Gedanken wandten sich dem Mann zu, der sie großgezogen hatte, und den letzten fünf elenden Jahren, die sie mit ihm verbracht hatte. Er war vollkommen unerreichbar geworden. Sie vermutete, daß nach dem Tod ihrer Mutter etwas in seinem

Innern zersprungen war. Das war einer der Gründe, aus dem sie ihre jüngere Cousine so gut verstand – sie hatten beide in jungen Jahren einen großen Verlust erlitten, und beide waren mit Männern aufgewachsen, die ihre Liebe nicht zeigen konnten.

Sie war dankbar dafür, daß sie das in mancher Hinsicht abgehärtet hatte. Aber sie wünschte, sie könnte etwas härter sein, wenn es um Männer ging. Sie besaß so wenig Erfahrung, und ihr Vater hatte ein so abscheuliches Bild davon entworfen, wie Männer in Wirklichkeit waren, daß ihr Herz jedesmal heftig schlug, wenn sie daran dachte, mit diesen beiden mehr als drei Wochen allein in der Einöde zu verbringen. Alles war ihr so problemlos erschienen, fast unwirklich, als sie und Julia Pläne geschmiedet hatten. Jetzt war sie hier – allein mit ihnen – und die Geschichte sah schon ganz anders aus. *Was konnte sich Onkel William dabei gedacht haben – Männer auf Julia anzusetzen und keine Anstandsdame mitzuschicken?*

Hawk schlief wieder ein, aber er schlief unruhig. Er hielt immer noch ein Ohr offen, für den Fall, daß unerwünschte Eindringlinge nahten; das war etwas, was er sich selbst vor Jahren beigebracht hatte. Als er jetzt schlief und sich gegen seinen Willen herumwarf, kam der Traum.

Er war wieder ein kleiner Junge, der sich auf der Ladefläche eines Planwagens auf fadenscheinigem Bettzeug aus Wollstoff zusammenkauerte. Sein Körper wirkte geschrumpft und zerbrechlich; sein rotblondes Haar klebte auf seiner Stirn. Schweißperlen rannen über seine hohlen Wangen.

»Papa ... Papa ...? Wo ... bist du, Papa?« Er wälzte und wand sich und stöhnte im Schlaf. Er spürte eine Hand auf seiner Stirn und setzte sich kerzengerade auf.

»Schon gut, mein Junge.« Sein Onkel Marty beugte sich über ihn. »Wir werden beide eine Weile brauchen, um uns daran zu gewöhnen, daß dein Pa und deine Ma nicht mehr da sind.«

Travis streckte sich und kämpfte gegen das Brennen hinter seinen Augen an. Sein Vater hätte sich gewünscht, daß er jetzt stark war. »Es ist nicht gerecht, Onkel Marty. Warum mußte das ausgerechnet ihnen passieren?« Seine Wangen glühten vor Hitze. Er wurde immer wütend, wenn er an den Unfall dachte, obwohl er wußte, daß niemand daran schuld war.

»Es sieht nicht so aus, als sei das Leben jemals fair, mein Junge, deine Tante Beulah und ich haben unser ganzes Leben lang hart gearbeitet. Wir haben nie jemanden betrogen, immer nur versucht, das Richtige zu tun, aber unser Junge ist uns genommen worden wie dir deine Ma und dein Pa. Wer kann die Wege des Allmächtigen verstehen?« Onkel Marty kratzte sich das Kinn mit den Bartstoppeln. »Vielleicht entschädigt es uns etwas, daß wir drei jetzt zusammen sind.« Sein Onkel lächelte.

Der Traum sprang in eine andere Zeit und an einen anderen Ort zurück. Erst verschwommen, dann gestochen scharf.

Er redete mit seinem Vater – ein »Männergespräch«. Sie fuhren in der blinkenden offenen Kutsche, bewegten sich durch die schattigen Straßen von St. Louis. Sie hielten vor dem zweistöckigen Haus im Kolonialstil, das der Familie gehörte, und sein Vater legte Travis eine Hand auf die Schulter.

»Ich werde in der nächsten Zeit ziemlich viel verreisen, mein Sohn«, sagte sein Vater. »Unsere finanzielle Lage spitzt sich etwas zu, und es ist an der Zeit, daß ich etwas dagegen unternehme. Ich möchte, daß du auf deine Mutter aufpaßt. Wenn ich fort bin, bist du der Mann im Haus, und ich erwarte von dir, daß du die Verantwortung übernimmst.« Sein Vater drückte ihn fest an sich. »Ich bin stolz auf dich, mein Sohn.«

Der Traum verschwand und nahm dann wieder klare Gestalt an.

Thomas Rutherford saß im Wohnzimmer seines Hauses in einem schwarzen Anzug neben ihm auf dem Sofa.

»Es tut mir leid, mein Sohn«, sagte er, »daß sie nicht mehr am Leben sind. Das Rad ist von der Kutsche abgesprungen, als sie über den Fluß gefahren sind. Dein Vater und deine Mutter sind unter den Trümmern der Kutsche ertrunken.« Mr. Rutherford legte einen Arm um Travis' Schultern. »Es tut mir leid.«

Travis rührte sich nicht und sagte kein Wort.

»Ich fürchte, es wird nicht viel Geld übrig sein, wenn die Rechnungen erst bezahlt sind. Ich würde dich gern bei mir aufnehmen, aber dein Onkel Marty ist der Meinung, daß du bei Familienangehörigen bleiben solltest. Er bricht nach Westen auf. Es sieht so aus, als gingest du mit ihm.«

Der Traum beschrieb einen Kreis von dreihundertsechzig Grad.

Er lag wieder in dem Wagen, und die Sonne schlich sich gerade über den Horizont und gab den zerklüfteten Bergen im Osten Konturen. Er konnte sehen, wie sich Strauchwerk sachte in der frischen Morgenbrise beugte und der dunkle Himmel zu einem rosig getönten Gold ausbleichte. Er nahm wahr, wie sich in den beiden anderen Lagern, die nur wenige Meter entfernt waren, die ersten Aktivitäten regten. Da sie kein Geld für den Güterzug hatten, das weitaus sicherere Transportmittel, zogen sie mit nur zwei weiteren Familien nach Westen.

Travis schaute zum Himmel, der sich aufhellte, zog sich das Hemd und die Hose an und wartete darauf, daß ein wenig Wärme in die nächtliche Wüstenkälte einsickerte.

Er sah sie in dem Moment, ehe ihre schrillen Schreie durch das Lager hallten. Die gespenstischen Laute ließen ihn noch mehr als sein Fieber frösteln. Er stand regungslos da und spürte, wie sich das Haar in seinem Nacken aufstellte.

Onkel Marty sprang über die Deichsel des Wagens, griff nach einer Flinte und steckte sich ein Messer mit einer langen Klinge, das zum Enthäuten von Tieren gedacht war, in den Bund seiner Unterhose. Tante Beulah schluchzte hysterisch. Sie schaute über die Horde bemalter Angreifer; ihre schwieligen Hände gruben sich in die Schürze, die sie sich über das Kattunkleid gebunden hatte. Der Boden bebte unter den Geräuschen galoppierender Pferde, deren Hufe die harte, trockene Erde aufwirbelten.

Travis sprang vom Wagen und rannte auf seinen Onkel zu, und in dem Moment kauerte sich seine Tante unter den Wagen.

»Onkel Marty«, rief Travis, »es sind so viele! Was tun wir jetzt bloß?« Sie waren schon so nahe, daß er ihre nackte braune Haut sehen konnte, die bemalt war und vor Schweiß glänzte.

»Kriech unter den Wagen, Junge – und bete!« war alles, was sein Onkel noch sagen konnte, ehe er loswankte, um sich den beiden anderen Männern anzuschließen, die über die Lichtung rannten.

Die Luft war von schrillen Schreien durchdrungen. Als Travis sich umdrehte, sah er gerade noch, wie ein Krieger, dessen Gesicht eine rote Maske mit glühenden, gräßlichen, weißumrandeten Augen war, eine Hand unter den Wagen streckte.

»Tante Beulah!« Travis beobachtete, wie sie panisch davonlief und bei ihrem Versuch zu entkommen über den Saum ihres Rockes stolperte. Sie fiel auf die Knie und schluchzte und flehte. Der Krieger zögerte nicht einen Moment lang. Er grub die Schneide seines Messers zwischen ihre Brüste, und sie brach auf der staubigen Erde zusammen.

»Nein!« schrie Travis, und Tränen der Wut und des Entsetzens rannen über seine Wangen. Menschen, die er liebte, starben hier. Das durfte er nicht noch einmal zulassen!

Er eilte vor und sprang dem Indianer in dem Moment auf den Rücken, in dem die alte Mrs. Murphy die abgenutzte Muskete ihres Mannes anlegte und abfeuerte. Der Krieger stieß einen erstickten Laut aus, rannte nach vorn und fiel der Frau tot zu Füßen.

»Diesen einen nehme ich schon mal mit«, gackerte sie. Sie versetzte dem toten Indianer einen Tritt und lud wieder nach.

Travis hörte das Zischen und dann das Übelkeit erregende Geräusch, mit dem der Pfeil neben ihrer Wirbelsäule eindrang.

Er zwang sich auf die Füße. Als er davonrannte, wich er etlichen Angreifern aus. Ein Hieb mit einem Tomahawk sandte einen Mann wankend in den Staub. Travis lief weiter. Jetzt zählte nur noch, daß er an die Seite seines Onkels gelangte. Nur noch wenige Meter. Er sah, wie der große bemalte Krieger einen Speer warf. Der Speer flog zischend vorbei, ein verschwommenes Gebilde aus Federn und Farbe. Der Schaft spießte seinen Onkel an den Wagen. Onkel Martys Blut sickerte in den Wüstensand.

Blutbedeckt und angewidert bis zur Übelkeit vom Anblick des Todes um ihn herum schaute Travis auf und sah in das Hundegesicht eines kleinen, stämmigen Kriegers, der vor Schweiß und Blut und Farbe glitzerte. Travis konnte sein eigenes Herz schlagen hören. Er schaute von dem Indianer zu dem leblosen Körper seines Onkels und sah dann wieder den Krieger an, der ein Siegesgeheul anstimmte.

Travis biß die Zähne zusammen und griff ihn an. Er trommelte mit den Fäusten auf die Brust des Indianers ein, zerkratzte ihn und hieb um sich, doch der gedrungene Krieger stieß ihn aus dem Weg, versetzte ihm einen schnellen, festen Schlag, der ihn vor den Füßen des Indianers wankend in den Staub fallen ließ.

Der Mann beugte sich über Travis, ehe er wieder aufstehen konnte, zog ihm die Hände auf den Rücken und fesselte sie mit einem Lederband, und dann band er ihm die Füße, mit denen er um sich trat. Mit einem lauten Aufschrei hob der Krieger ihn mühelos hoch. Er schleppte ihn zu einem gescheckten Pferd und warf ihn achtlos auf den Widerrist des Tieres. Er konnte das verschwitzte Fell des Reittiers spüren, den knochigen Rücken, der sich in seine Mitte preßte. Der Indianer schwang sich hinter ihm aufs Pferd.

Travis rang mit dem Leder, das seine Hände band, und er spürte, wie es sich in sein Fleisch schnitt, doch es ließ sich nicht lockern. Er konnte sehen, wie bemalte Krieger die Wagen ausräumten, und bei jeder neuen Entdeckung hörte er ihr schauerliches Triumphgeheul. Dann fingen sie an, die Toten zu skalpieren und zu verstümmeln.

Die Wagen ließen sie zu schwarzen Skeletten herunterbrennen, und Geier umkreisten die letzten bauschigen, schwarzen

Rauchschwaden, die in einen sonnenhellen Himmel aufstiegen, ehe der Krieger, der ihn gefangengenommen hatte, über den Kamm des ersten Hügels ritt.

Ein Geräusch durchdrang den Dämmer seines Traumes. Sein Messer blitzte auf. Travis packte den Eindringling am Fuß, riß ihn voller Wucht auf den Boden, wälzte sich auf ihn und stieß dem Mann die Klinge unter das Kinn.

Das hohe Keuchen und die schwache Gegenwehr des Eindringlings ließen Hawk vollends erwachen. Er starrte in riesige grüne Augen, die vor Furcht glänzten. Seidige Strähnen langen kastanienbraunen Haars umgaben seine Hände.

»Verdammt noch mal, Frau! Willst du unbedingt umgebracht werden? Tu das nie wieder. Weder mit mir noch mit irgendeinem anderen Mann, der auch nur einen Schuß Pulver wert ist!« Er konnte spüren, wie das Mädchen unter ihm zitterte, und ihr Busen hob und senkte sich schnell unter seiner Brust.

»Ich... ich... ich hatte den Eindruck, Sie hätten einen schlechten Traum. Ich wollte doch nur... ich habe nur versucht zu helfen.«

Hawk konnte sich kaum auf die Worte des Mädchens konzentrieren. Bei Gott, sie war eine Schönheit. In den gelben Mondstrahlen hatte ihr Gesicht einen zarten Schimmer. Volle rote Lippen, die vor Erstaunen leicht geöffnet waren, zeigten ihre zarte rosa Zunge.

Als er spürte, daß sie ihn zu erregen begann, wälzte er sich von ihr. Er zog das Mädchen auf die Füße. Ihr Gesicht sah blaß aus, und ihr Reitkostüm war mit Staub und kleinen Zweigen bedeckt. Er holte tief Atem und war ein wenig aus der Fassung über diesen Vorfall.

»Tut mir leid. In Ordnung? Tun Sie mir bloß keinen Gefallen mehr. Sie könnten dabei draufgehen. Ich hätte teuflische Schwierigkeiten, wenn ich das Ihrem Vater erklären müßte.«

Sie klopfte sich das Kleid ab; ihre Furcht legte sich, und statt dessen flackerte ihr Zorn auf. »Sie versuchen, mich umzubringen, und dabei sorgen Sie sich wegen meines Vaters?«

Hawk ging nicht auf sie ein. Der Himmel rötete sich im ersten Licht. Es war an der Zeit, daß sie aufbrachen. »Hören Sie, Sie sollten jetzt besser Ihr Bettzeug zusammenrollen. Sobald wir gegessen haben, machen wir uns wieder auf den Weg.«

Mandy biß die Zähne zusammen und stolzierte wieder zu ihrem Bettzeug. Wie kann er es wagen, mich so zu behandeln. Sie sah den großen Mann mit den aufblitzenden dunklen Augen vor sich, wie sich sein fester Körper gegen ihren preßte, und diese Bilder durchdrangen ihren Zorn. Ein merkwürdiger Mann, dieser Kerl. Sie fragte sich, worum sich sein Alptraum wohl gedreht hatte. Er hatte den Eindruck gemacht, als kämpfte er mit einem unbekannten Feind, als kämpfte er um sein Leben. Sie hatte ihm doch nur helfen wollen, dem undankbaren Flegel. Nun, diesen Fehler würde sie kein zweites Mal begehen.

Hawk beobachtete das Mädchen, als sie sich hinkniete und ihre Decken zusammenrollte. Er lächelte und schüttelte den Kopf, als er wieder an die Wärme dachte, die ihn durchflutet hatte, als sie regungslos unter ihm lag. Der Lavendelduft hing noch in seiner Wildlederhose. Er zog eine lange Strähne kastanienbraunes Haar von seiner Brust. Unter welchem Gesichtspunkt er es auch betrachtete – es würde eine teuflisch lange Reise werden!

## *5. Kapitel*

Sie nahmen ein einfaches Frühstück aus trockenem Brot und gedörrtem Wildbret zu sich.

James räumte zusammen, und Hawk sattelte die Pferde. Sie brachen in die Laramie Mountains auf und blieben nicht auf dem gewohnten Weg am Platte entlang, der von Kutschen und Wagen befahren wurde. Es war kein leichtes Vorwärtskommen, aber Hawk schien genau zu wissen, wohin er wollte. Mandy dachte an ihn jetzt schon als an Hawk. Er schien so sehr ein Teil des Landes zu sein, so sehr ein Teil der Natur wie die Indianer. Tatsächlich wirkte er die meiste Zeit weit mehr wie ein Indianer und weniger wie ein Weißer.

Mandys kleine Stute stolperte und spitzte dann die Ohren, als die Männer schneller ritten. Mandy ließ Lady Ann ihren eigenen Willen. Sie war geschickt und trat sicher auf, und Mandy saß bequem auf ihr. Mandy hatte nur ein einziges Mal in ihrem Leben ein Pferd besessen. Schooner, ihren großen braunen Wallach. Sie hatte dieses Pferd und die Freiheit geliebt, die ihr das Reiten gab. Als sie jetzt Lady Ann ritt, dachte sie an Schooner, und wie immer versetzte ihr die Reue einen Stich.

Sie war mit Schooner über die Prärie galoppiert, hatte sich ihrem Vater widersetzt und war schneller als je zuvor geritten. Sie hatte nicht genug auf die Bodenbeschaffenheit geachtet, und plötzlich war er gestolpert. Sein Kopf war nach unten gesunken, und Mandy war nach vorn geflogen; sie konnte die borstigen Haare seiner Mähne an ihrer Wange spüren, als sie über seinen Kopf flog. Große Staubwolken wogten um sie herum auf und verdunkelten das Licht, als sie und das Tier auf den Boden sanken. Sie spürte einen durchbohrenden Schmerz in ihrem Arm, als sie auf dem Boden auftraf, und sie hörte Schooners gemarterten Schrei. Dann fing das Pferd an, schrill zu wiehern, während es versuchte, vom Boden aufzustehen.

*O Gott, was hatte sie getan?* Sie wälzte sich herum. Der Schmerz in ihrem Arm durchzuckte sie, und der Arm pochte bei jeder Bewegung, doch die jämmerlichen Laute, die Schooner von sich gab, trieben sie an. Sie schmeckte Erde in ihrem Mund, und ihre Wangen waren zerkratzt und mit Lehm beschmiert. Sie kroch auf den Wallach zu und beobachtete hilflos, wie er wild seine rotbraune Mähne schüttelte und mit den Hufen die Luft zerteilte.

»Schooner, o Gott, Schooner. Bitte, mein Junge. Bitte, bleib still liegen.« Sie streichelte seinen schlanken Hals und murmelte ihm leise ins Ohr. Sie sah sich nach ihrem Vater um. Er war hinter ihr hergeritten und war wütend auf sie, weil sie sich zu weit vom Fort entfernt hatte. Als sie ihn am Fuß des Hügels entdeckte, kam er im Galopp auf sie zugeritten. Er sprang ab, ehe sein Pferd wirklich still stand, und rannte zu ihr.

»Bist du verletzt?«

Sie nickte. »Ich glaube, ich habe mir den Arm gebrochen, aber sieh lieber nach, was Schooner fehlt.« Sie schloß die Augen und betete, dem großen Fuchs möge nichts fehlen.

Ihr Vater strich dem Pferd über den Widerrist, über den Rücken und über die Flanken, streichelte es, beschwichtigte es, tastete es ab und untersuchte es. Als er damit fertig war, kam er wieder zu ihr zurück. Er nahm sich das gelbe Halstuch ab, das er umgeschlungen hatte, und band ihr den Arm auf die Brust, so gut es eben ging. Dann half er ihr auf die Füße.

»Aber was ist mit Schooner?« Ihr Herz pochte. Sie fühlte sich benommen. Ihr Vater sagte kein Wort. Statt dessen hob er sie behutsam auf seinen schmucklosen militärischen Sattel und zog dann seinen Karabiner aus der Scheide hinter der Hinterpausche.

»Nein!« schrie Mandy. Sie packte den Lauf der Waffe und weigerte sich, ihn loszulassen, obwohl jede Bewegung so schmerzhaft war, als würden tausend Nadeln in ihren Arm gestochen. »Du darfst Schooner nicht erschießen! Es war meine Schuld. Es war meine Schuld, daß wir gestürzt sind.« Tränen rannen über ihre Wangen.

»Bitte, Papa«, flüsterte sie. »Ich tue alles, was du willst, aber bitte, bitte, erschieß Schooner nicht.«

»Es ist nicht fair, ihn leiden zu lassen.«

»Bitte, Papa. Bitte. Es ist meine Schuld.«

»Ja, es ist deine Schuld! Verstehst du jetzt, wohin dein Leichtsinn führt?«

Mandy sah Schooner hilflos an. Jahrelang war das Pferd ihr

Freund gewesen – ihr einziger Verbündeter. Jetzt stand in seinen sanften braunen Augen rasender Schmerz.

»Er bittet uns zu tun, was richtig ist«, sagte ihr Vater.

Sie nickte und wandte den Blick ab. Die Schritte ihres Vaters knirschten auf der trockenen Erde und den Steinchen, als er auf Schooner zuging. Sie hörte, wie er den Hahn der Springfield spannte, und sie kniff die Augen fest zu.

Der Wind pfiff neben ihrem Ohr. Dann ließ der Schuß seine grimmige Botschaft erschallen, und die gequälten Geräusche von Schooners Atem endeten.

»Miss Ashton?« Hawks tiefe Stimme holte sie aus ihren Tagträumen. »Der Pfad steigt jetzt ziemlich oft steil bergan. Ich rate Ihnen, daß Sie aufpassen, statt von Ihrem Kavalier zu träumen.« Sein Tonfall ärgerte sie, und sie konnte es nicht lassen, ihm eine entsprechende Antwort zu geben.

»Was ist los, Mr. Langley, fürchten Sie vielleicht, ich könnte von einem Felsen fallen und Sie um Ihre Belohnung bringen? Darauf sind Sie doch nur aus, oder? Die Belohnung. Genau wie auf den Plakaten: Gesucht, ob tot oder lebendig, Julia Ashton, wegen unsäglicher Vergehen des Herzens.«

Hawk ließ sein Pferd zurückgehen, bis er wieder neben ihr war, und schaute sie finster an. »Ich finde das gar nicht lustig. Ihr Vater hält das, was er tut, für das Beste für Sie. Nach allem, was ich bisher gesehen habe, glaube ich, daß er damit recht hat.«

»Und was genau soll das heißen?«

»Das heißt, Miss Ashton, daß es an der Zeit ist, daß Sie erwachsen werden und anfangen, an jemand anderen als nur an sich selbst zu denken.«

»Und was ist mit Ihnen, Mr. Langley? Woran denken Sie denn außer an sich selbst?«

Er schaute noch finsterer, und sein Mund war ein grimmiger Strich. Sie lächelte über ihren kleinen Sieg, als Lady Ann wieder stolperte und beinahe stürzte.

»Halten Sie das Pferd an«, befahl er, und sein Tonfall war mürrisch.

Mandy tat wie geheißen. Hawk stieg ab und nahm Ladys rechten Vorderfuß in die Hand. Die Stute wieherte leise und schüttelte den Kopf.

»Sie hat sich einen Stein in den Huf getreten.«

Er stieß seinen Hut zurück, drehte sich dann zu Mandy um, und sein Mund verzog sich zu einem selbstgefälligen, zufriedenen Lächeln. »Sieht ganz so aus, als müßten Sie bei mir mitreiten.«

»Ich denke gar nicht daran! Lieber laufe ich.« Sie stieg ab, strich sich die Röcke glatt und lief auf dem schmalen Pfad weiter.

Hawk holte sie mit zwei großen Schritten ein.

»Ich habe gesagt, daß Sie bei mir mitreiten. Bis morgen wird es Ihrem Pferd wieder gutgehen, aber jetzt ist nicht der rechte Zeitpunkt für Ihre Spielchen, Miss Ashton.« Ehe sie den Mund öffnen konnte, um zu protestieren, hob er sie hoch und setzte sie grob rittlings auf seinen Sattel, und dann schwang er sich hinter ihr auf. Sie versuchte, sich nicht an seine breite Brust zu lehnen, doch es war kaum Platz zwischen ihnen.

James folgte auf seinem Wallach und konzentrierte sich darauf, nicht von dem schwierigen Pfad abzukommen.

Nach einer Stunde hatte die Anstrengung, den kräftigen Mann nicht zu berühren, sie gewaltig ermüdet. Sie konnte spüren, wie sich sein harter Blick in ihren Rücken grub, und sie wußte, daß er ihr Unbehagen genoß.

»Sagen Sie mir eins, Mr. Langley«, setzte sie an, denn sie befand, vielleicht würde eine kleine Unterhaltung sie davon ablenken, daß sie seinen festen Körper unangenehm warm und dicht an sich spürte. »Wie kommt es, daß mein Vater mich Ihnen anvertraut, damit Sie mich nach Hause holen?«

»Warum sollte er das nicht tun? Glauben Sie, er rechnet damit, daß ich Ihnen die Kleider runterreiße und Sie irgendwo auf der Strecke vergewaltige?«

Glühende Hitze stieg in ihre Wangen auf. *Wie konnte er bloß so etwas sagen?*

Er schien ihre Reaktion zu beobachten, als wollte er sich ein genaueres Bild von ihr machen. Sie hielt ihm den Rücken zugewandt, doch ihre Hand zitterte ein wenig, und sie wußte, daß er es gesehen hatte.

»Erzählen Sie bloß nicht, ich hätte Sie schockiert«, sagte er und drehte ihr Gesicht zu sich um und bemerkte die leuchtende Röte. »Ich hatte keine Ahnung, daß Sie eine derart zartbesaitete Frau sind.« Es bereitete ihm höllische Schwierigkeiten, hinter diese Frau zu kommen. Gewöhnlich konnte er in Frauen lesen wie in einem Buch und sich ein zutreffendes Bild von ihnen machen. Nicht so bei dieser. Das allerletzte, was er von Julia Ashton erwartete, war die Nummer der errötenden Jungfrau. Für einen wie großen Dummkopf hielt sie ihn eigentlich? Die Hälfte der Dandys in Sacramento City erzählten Geschichten über ihre Gelüste, und doch hatte ihre Reaktion auf seine schlichte, offene Bemerkung Schuldbewußtsein bei ihm ausgelöst.

Schließlich gab sie ihren Kampf mit dem Sattel auf und lehnte ihren Rücken zögernd an seine Brust. Es kostete ihn teuflische Mühe, sich auf den Weg zu konzentrieren, und noch härter war es, gegen die Schwellung in seinen Leisten anzukämpfen. Er wünschte, er hätte sie doch zu Fuß laufen lassen.

»Ihr Vater und ich haben einander vor vier Jahren kennengelernt«, erzählte er ihr schließlich in der Hoffnung, den Lauf seiner Gedanken in eine andere Richtung lenken zu können. »Ihre Tante Maud hat uns einander vorgestellt. Es überrascht mich, daß sie Ihnen die Geschichte nie erzählt hat.«

Er spürte, wie das Mädchen etwas steifer wurde. Dann zuckte sie die Achseln.

Er lächelte. Das Bild der drallen grauhaarigen Irin stand deutlich vor seinen Augen. »Ich mag Ihre Tante Maud. Sie ist eine echte Dame. Aber sie ist eben nicht lammfromm. Sie hat noch jede Menge Feuer.«

Er hörte, wie das Mädchen leise über seine Beschreibung lachte, und der klare, helle Laut setzte ihm wieder zu. Er räusperte sich und fuhr fort.

»Jedenfalls wurden sie und eine Freundin auf einer kleinen Seitenstraße zwischen San Francisco und Sacramento City von Straßenräubern überfallen. James und ich kamen zufällig hinzu und haben die Pläne der Räuber vereitelt. Darin sind wir gut – ich meine, im Vereiteln von Plänen. Sind Sie nicht auch meiner Meinung, Miss Ashton?«

»Es scheint sehr wenige Punkte zu geben, in denen wir miteinander einig sind, Mr. Langley.«

Er lachte leise in sich hinein. Mandy konnte spüren, wie seine Brust vibrierte. Schauer überliefen sie von Kopf bis Fuß.

»Maud hat uns Ihrem Vater vorgestellt. Wir haben einige Dinge für ihn erledigt, darunter äußerst vertrauliche Aufträge. Im Lauf der Zeit sind wir Freunde geworden, aber wir sind trotzdem noch Geschäftspartner. Ihr Vater ist ein guter Mann – aber andererseits bin ich sicher, daß Ihnen schon viele gute Männer begegnet sind, oder etwa nicht, Miss Ashton?«

Sie zögerte ein Weilchen. »Ich bin nicht sicher, worauf Sie hinauswollen, aber wenn Sie auf Jason Michaels anspielen, dann haben Sie durchaus recht. Er ist ein guter Mann.«

Sie wußte nur zu gut, daß das nicht das war, was er meinte. Diese Frau ist wirklich unglaublich, dachte er. Nicht nur verzogen und egoistisch, sondern noch dazu eine hervorragende Schauspielerin.

Mandy versuchte, sich auf die Unterhaltung mit dem kräftigen Mann zu konzentrieren, doch sie konnte an nichts anderes denken als an die Muskeln, die sich an ihrem Rücken rieben, sie errötete immer wieder, und die Glut seines Körpers ließ den Tag heißer denn je erscheinen. Am Ende des Rittes war jedes Gespräch abgeflaut, und Hawk war wieder mürrisch.

Für den Rest des Abends schenkte er ihr kaum Aufmerksamkeit, und sie war froh, Zeit für sich selbst zu haben. Sobald sie zu

Abend gegessen hatte, legte sie sich hin und schlief bereits erschöpft ein, ehe die Sonne untergegangen war.

Hawk schaute auf die zierliche Gestalt herunter, die am anderen Ende des Lagers tief eingeschlafen war. Er war froh, daß sie etwas Ruhe fand – sie würde ihre gesamte Kraft noch brauchen. Er hatte die Absicht, sie morgen noch einmal hart ranzunehmen, nur für den Fall, daß ihr *Jason* Pläne hatte, sie zurückzuholen. Er traute dem kleinen Biest kein bißchen. Bis jetzt war alles zu einfach gegangen. Irgend etwas stimmte hier nicht. Er konnte es in den Knochen spüren. Die langen Schatten des Nachmittags wichen der Dunkelheit. Er sah noch einmal nach den Pferden und legte sich dann am Lagerfeuer hin und lehnte sich mit dem Rücken an die rauhe Rinde eines umgestürzten Baumstammes. Er starrte in den Nachthimmel.

Riesige Pinien umstanden die Lichtung wie soldatisch stramme Wachposten. Der beißende Geruch nach Rauch, Ruß und Fett – Überbleibsel des gebratenen Wildbrets, das es zum Abendessen gegeben hatte – durchsetzte die Luft. Er hatte einen harten Tag hinter sich, und das hatte er der Nähe des grünäugigen Mädchens zu verdanken, doch das Wetter war erträglich gewesen, und die herzhafte Mahlzeit hatte stille Zufriedenheit in ihm wachgerufen. James lehnte ebenfalls an dem Baumstamm, und seine schwarzen Lederstiefel hatte er achtlos neben sich geworfen.

James lachte in sich hinein, während sein Blick auf der schlafenden Gestalt ruhte. »Nun, Hawk, was hältst du von ihr?« fragte er und brach damit das Schweigen. Geistesabwesend stocherte James mit einem unbelaubten Zweig in dem heruntergebrannten Feuer herum, und ein Funkenregen sprühte in den klaren Nachthimmel.

Hawk sah zu, wie die flackernden Lichter zwischen den Sternen verschwanden. Er zog die Stirn in Falten, stöhnte laut und zwang sich, die Frage zu beantworten.

»Ich tue mein Bestes, um gar nicht über sie nachzudenken, aber wenn du darauf bestehst...« Er unterbrach sich und bemühte sich, die richtigen Worte zu finden. »Ich schätze, sie ist ziemlich genau das, was ihr Vater gesagt hat – verzogen und egoistisch. Und zwischendurch denke ich immer wieder, vielleicht täuscht er sich. Bisher läßt sich das schlecht sagen. Sie ist eine verdammt gutaussehende Frau.« Er schob sich die Hände unter den Kopf und betrachtete weiterhin den Himmel. »Du hast viel mehr von diesen kleinen reichen Mädchen kennengelernt als ich, was meinst du?«

James lächelte in die Dunkelheit. Er knöpfte einen weiteren Knopf seines inzwischen staubigen weißen Hemdes auf und kratzte einen Moskitostich auf seinem Hals. Er dachte an die wohlhabende Familie aus Chicago, von der er sich gelöst hatte. Mit dem Leben, das sein herrschsüchtiger Vater für ihn geplant hatte, hatte er nichts zu tun haben wollen: in einem Büro arbeiten, den Familienbetrieb übernehmen, in der Stadt leben. Er war mit achtzehn von zu Hause fortgegangen und in den Westen gezogen, um dort sein Glück zu machen.

Wieder brachte ihn diese Erinnerung zum Lächeln. Er war gut zurechtgekommen, doch es war ein ungeordnetes Dasein mit geringen Zukunftsaussichten. Nachdem er sich mit Travis Langley zusammengetan hatte, war es ihm möglich gewesen, etwas Geld zu sparen. Zum erstenmal hatte er Pläne für die Zukunft, und dieser Auftrag war ein großer Schritt nach vorn.

Er wandte seine Aufmerksamkeit wieder seinem Freund zu. »Tja, die reichen Mädchen, die ich gekannt habe, waren ränkeschmiedende kleine Dinger, die es gewohnt waren, alles zu bekommen, was sie wollten.« Er dachte an die vielen Debütantinnen, die zu besuchen er gezwungen gewesen war. »Ich schätze, in dem Punkt scheint sie genauso wie die anderen zu sein. Aber in anderer Hinsicht entspricht sie dem Bild nicht ganz. Ich werde dir mal was sagen«, sagte er kläglich. »Wenn sie auch nur halb so stur ist, wie sie erscheint, dann haben wir ein Stück harte Arbeit vor uns. Ich habe den Verdacht, sie versucht, uns einzulullen, damit wir einen Fehler machen.«

Hawk knurrte und schaute starr in die Dunkelheit. Der Auftrag paßte ihm zwar nicht, und doch war er entschlossen, das Beste daraus zu machen.

»Ich habe das Gefühl, daß du recht hast, aber ich habe mir zu dem Thema selbst ein paar Gedanken gemacht. Ein paar Wochen hier draußen ohne ihre Kindermädchen sollten sie etwas ruhiger werden lassen. Ich habe vor, sie im Lauf der ersten Woche etwas hart ranzunehmen und fertigzumachen. Ihr einen Teil ihres Schneids abzukaufen. Je eher wir sie nach Hause bringen, desto eher werden wir bezahlt.«

James lachte in sich hinein. »Vielleicht wird sie den Rest des Weges wie ein kleines braves Miezekätzchen hinter uns herlaufen, und wir werden überhaupt keine Probleme bekommen.«

»Das ist unwahrscheinlich. So viel zahlt uns der Gouverneur nicht umsonst.«

»Damit hast du wohl recht«, gab James auf. »Sieh mal, Hawk, ich weiß, daß dieses kleine Abenteuer dich nicht gerade begeistert, aber das Geld kommt dir doch sicher gelegen.«

Jetzt war Hawk an der Reihe zu lachen. »Hast du deins schon in den Saloon gesteckt, den du kaufen wolltest?«

»Ich habe bisher einfach noch nicht genug, aber ich komme meinem Ziel ständig näher.« James stocherte wieder im Feuer. »Was ist mit dir? Wirst du genug haben, um den Handel abzuschließen und deine Ranch zu kaufen?«

Hawk antwortete nicht. Er war aufgesprungen und bewegte sich leise zum Rand des Lagers. Sein großes Messer blitzte im Mondschein. Seine Bewegungen waren verstohlen, und seine Mokassins dämpften die Laute, als er auf einen riesigen Geröllblock stieg und hoch genug raufkletterte, um dem Mann gegenüber im Vorteil zu sein, der versuchte, sich in ihr Lager einzuschleichen.

Hawk suchte jeden Felshang und jede Schlucht ab, und seine

Augen gewöhnten sich schnell an die Dunkelheit. Ein trockener Zweig zerbrach, und sein Körper spannte sich an. Sein Messer blitzte wieder auf, als er still dastand und sich für den Angriff bereitmachte. Der Schatten seiner Beute bewegte sich unter ihm durch das Geröll, und Hawk kauerte sich nieder und machte sich sprungbereit. Als seine Muskeln sich gerade für den Sprung anspannten, hielt er in der Bewegung inne, atmete langsam aus und bemühte sich, die Spannung abzubauen, die durch seine Adern strömte.

Sein Gesicht verzog sich zu einem breiten Grinsen, als er den Mann unter sich auf Cheyenne ansprach: »Rennender Wolf, du hast auf deine alten Tage nachgelassen.« Er sprang neben seinen indianischen Freund.

»Es gab eine Zeit, in der ich nur gewußt hätte, daß du hier bist, weil ich die Klinge an meiner Kehle gespürt hätte.« Der jüngere Mann lachte gutgelaunt. »Wenn ich dir gestattet habe mich zu hören, dann nur, weil ich deinem fortgeschrittenen Alter einen Tribut zollen wollte«, antwortete er und grinste ebenfalls breit.

Die beiden Männer ergriffen zur Begrüßung ihre Unterarme, und dann legte Hawk dem schlankeren Mann einen Arm um die Schultern. »Schön, dich zu sehen, mein Freund.« Sie gingen wieder zum Lager, und Hawk bemerkte, daß James seinen Revolver in das Halfter steckte, als sie näher kamen. »James, das ist Rennender Wolf.«

Der hagere Indianer begrüßte ihn in Zeichensprache, und James erwiderte seine Begrüßung auf die gleiche Weise. Dann setzten sich Hawk und Rennender Wolf im Schneidersitz ans Feuer und redeten ernst miteinander. Da er kein Cheyenne verstand, lehnte sich James wieder an den Baumstamm, zündete sich einen Stumpen an und bot wortlos Rennendem Wolf auch einen Stumpen an.

»Woher hast du gewußt, wo du mich findest?« fragte Hawk.

»Schwarzer Habicht, ein Mann wie du ist nicht schwer zu

finden. Wohin du auch gehst, dein Stamm beobachtet dich. Sie haben dich nicht vergessen.«

»Ich sie auch nicht.«

»Es ist zu viele Monde her, seit du das letzte Mal bei uns warst. Deine Mutter und dein Vater sehnen sich nach deiner Gegenwart in ihrem Wigwam.«

Ein Schatten fiel über Hawks Herz. Er nickte zustimmend. »Du hast recht, mein Bruder. Und doch kann ich nicht kommen. Aber bald, schon bald.«

Rennender Wolf zündete den Stumpen mit Glutasche an, sog den Rauch tief ein und spannte seine festen Muskeln an. Rauch stieg träge auf. »Ich bin nicht gekommen, um über die Familie zu reden, mein Freund. Ich bin gekommen, um dir von dem unerlaubten Vordringen des Weißen Mannes in die Schwarzen Berge zu erzählen. Sie suchen nach goldenen Steinen. Bislang gibt es dort wenig weiße Augen. Aber bald werden viele dort sein. Unser Land wird unter den Absätzen ihrer Stiefel zertreten werden.«

Es war nicht das erste, was Hawk von dem Vordringen der Weißen in die Gebiete der Nationen Cheyenne und Sioux hörte. Das war ein Thema, das ihn zerriß und spaltete.

»Ich habe schon davon gehört, Rennender Wolf, aber es läßt sich wenig dagegen machen. Die Habgier ist immer ein grausamer Gegner.«

»Ja, mein Bruder, aber du kennst viele der weißen Väter. Wir drängen dich, mit ihnen zu reden, ihnen von unseren Sorgen zu berichten. Du bist einer von uns. Du verstehst, warum wir dieses Land haben müssen.«

Hawk nickte. Seit er sein Dorf verlassen hatte, hatte er alles getan, was in seiner Macht stand, um seinem Stamm dabei zu helfen, Land zu finden, auf dem er sich ansiedeln und zu Hause fühlen konnte, doch seine Mühen hatten nur wenig Erfolg gehabt. »Ich werde tun, was ich kann.« Er fragte sich, wie hilfreich seine Worte sein würden.

Das hagere Gesicht von Rennender Wolf entspannte sich, da er seine Aufgabe nach bestem Können bewältigt hatte. Er lächelte strahlend und nickte beifällig. »Mehr kann ein Mann von einem anderen nicht verlangen.«

Das Gespräch wurde nur noch kurz fortgesetzt, da Rennender Wolf in Sorge war, weil ihm die Soldaten im Fort selbst hier noch zu nah waren. Als alles gesagt worden war, erhoben sich die beiden Männer.

»Auf Wiedersehen, mein Bruder.« Rennender Wolf packte Hawks Unterarme zum Abschiedsgruß, verabschiedete sich in Zeichensprache von James und verschwand lautlos zwischen den Kiefern, die ihm Deckung boten.

Hawk setzte sich wieder und berichtete James von dem Gespräch.

»Das ist ein Problem, für das es keine Lösung gibt«, sagte James.

»Nein, wohl kaum.« Hawk streckte sich der Länge nach auf seinen Decken aus, um seine verspannten Rückenmuskeln zu lockern.

»Wahrscheinlich bedeutet das nur noch mehr Blutvergießen«, sagte James.

»Ich fürchte ja.«

Es war eine warme Nacht, selbst noch in dieser Höhe. Hawk zog sich das Wildlederhemd über den Kopf, da er schlafen wollte. Ihn bestürmten Gedanken, da der Lauf der Ereignisse sich katastrophal für die Indianer auswirkte – und auch für viele Weiße. Wenn er nach Sacramento City zurückkam, würde er noch einmal versuchen, seinem Volk zu helfen, aber vorher würde er den Auftrag erledigen, für den er bezahlt wurde.

Er wälzte sich eine Zeitlang unruhig herum, doch schließlich wurden seine Lider schwer, und er schlief ein. Besorgte Gedanken an seine indianischen Brüder beschworen den Traum herauf.

Er konnte einen Jungen sehen, der endlos lief, und seine nackten Füße waren aufgesprungen und bluteten, und vor ihm erstreckte sich meilenweit die Wüste. Nur die Frauenstimmen, die die Kinder zusammentrieben, erhoben sich über das Donnern der Pferdehufe in dem dichten körnigen Staub. An der gegerbten Lederschnur um seinen Hals wurde kräftig gezogen, und zum zehntenmal fiel er hin. Jeder Muskel schmerzte.

Der Krieger auf dem gescheckten Pferd schrie etwas, was der Junge nicht verstand, als er versuchte, wieder auf die Füße zu kommen, doch nur, um wieder zu Boden gerissen zu werden. Er wußte nicht, wie er weitermachen sollte, aber er mußte es versuchen. Sein Vater hätte sich gewünscht, daß er es versuchte. Er stand wieder auf und mühte sich damit ab, voranzukommen, setzte einen Fuß vor den anderen. Er spürte, wie sich auf seinen Armen und auf seinem Rücken, wo die Indianer ihm das Hemd heruntergerissen hatten, damit seine bleiche Haut der Wüstensonne ausgesetzt war, Blasen bildeten. *Ich werde es schaffen*, gelobte er sich, er würde alles einstecken, was sie ihm antaten, und doch weitermachen – für seinen Vater, für Onkel Marty und die anderen, für sich selbst.

Der Traum wankte; die Wüste verschwand.

Er war in einem stillen, kühlen Wald. Er konnte die Vögel singen hören, und die Eichhörnchen huschten durch die Bäume. Es waren weitere Indianer da, dieses Mal andere. Die Frauen trugen Kleidung aus weichem weißen Leder; die Männer waren groß und hatten edle Gesichtszüge. Niemand trug Kriegsbemalung. Ein großer Indianer mit vollem Kopfschmuck kam auf ihn zu, trat zwischen ihn und den Indianer mit dem Hundegesicht, der ihn durch die Wüste geführt hatte.

»Du bist weit gekommen, Kleiner«, sagte der Mann in gebrochenem Englisch. »Du hast überlebt, woran die meisten gestorben wären.«

Er sah dem Mann in die Augen: wache Augen, die Gedanken lesen und seinen Charakter durchschauen konnten.

»Ich bin Starker Pfeil von den Cheyenne«, sagte der Mann.

Travis antwortete nicht.

»Wir liegen nicht im Krieg mit deinem Volk«, fuhr der Mann fort. »Es tut mir leid, daß du gelitten hast... Verluste erlitten hast.«

Travis spürte die Güte in den Worten des Mannes. Nur deshalb fühlte er sich schwach, und ihm war danach zumute, die Tränen zu weinen, die er nie vergossen hatte. Doch er wußte, daß er es sich nicht leisten konnte, seine Schwäche zu zeigen. Er stählte sich innerlich und machte sich auf die Folgen gefaßt, als er dem Mann vor die Füße spuckte.

Der Mann tat nichts.

»Meine Freunde sagen, ich sollte dich nicht aufnehmen«, sagte der Mann in gebrochenem Englisch. »Ich sollte dich bei dem Komantschen lassen. Aber ich habe meinen eigenen Sohn verloren. Einen Jungen... etwa in deinem Alter. Ich glaube, du hast niemanden, vielleicht werden wir einander helfen.« Der Mann sah Travis fest in die Augen. Der Entschluß war gefaßt.

Das Seil wurde von seinem Hals geschnitten, und er wurde fortgeführt. Man gab ihm Essen und Wasser. Zumindest würde er überleben.

Das Heulen eines Kojoten in der Ferne ließ ihn vollends erwachen. Eine dünne Schweißschicht bedeckte seine Brust und seine Arme, und der Nachtwind ließ ihn ein wenig frösteln. Er entfaltete eine dünne Decke und legte sich wieder hin, um weiterzuschlafen. Diesmal schlief er tief und fest. Nur der Gedanke an die Tochter des Gouverneurs, die keineswegs weit genug von ihm ihr Lager aufgeschlagen hatte, bereitete ihm einen Moment lang Unbehagen.

# 6. *Kapitel*

Erst mehrere Tage später war Mandy morgens entspannt genug, um die Schönheit der Berge zu genießen: die steinige rote Erde, das Kreischen der Blauhäher, die kühle saubere Luft.

Sie überquerten gerade die Wildbachberge, hatte Hawk ihr gesagt und auf ein Reh gewiesen, das mit seinem Kitz am Rand einer Schlucht graste. Ein rotschwänziger Habicht war darüber gekreist, und Mandy fragte sich, ob das ein Omen war, wie die Indianer glaubten.

Nachdem sie sich frisch gemacht hatte, kehrte sie ins Lager zurück, zu dem köstlichen Duft frisch gebrühten Kaffees, der gerade überkochte und auf die heißen Steine der Kochstelle schwappte. Hawk hatte sich anscheinend im Fluß gewaschen. Er war glatt rasiert und trug ein frisches Wildlederhemd und eine saubere Hose. Der tiefe V-Ausschnitt vorn zeigte einen beträchtlichen Teil seiner Brust mit der rotblonden Behaarung. Sein feuchtes Haar wellte sich über seinen Kragen. Als er sich hinkniete und ihr eine Tasse von dem dampfenden Kaffee einschenkte, zeichneten sich seine muskulösen Schenkel deutlich durch das weiche Leder seiner enganliegenden Hose ab.

Mandy fühlte sich plötzlich befangen. Sie holte tief Atem und wandte den Blick in eine andere Richtung. In den allerletzten Tagen war ihr langsam klargeworden, wie attraktiv dieser Mann war. Sie hoffte, daß ihr Herz nicht deshalb jedesmal heftig pochte, wenn er in ihre Nähe kam. Als sie die Tasse entgegennahm, wünschte sie fast, ihre zweite Begegnung mit ihm hätte sich unter anderen Umständen abspielen können. Wenn das so gewesen wäre, hätte er ihr natürlich mit größter Wahrscheinlichkeit nicht mehr Beachtung geschenkt als beim ersten Mal. Dieser Gedanke stimmte sie ärgerlich.

»Können Sie kochen?« erkundigte sich Hawk. »Es ist an der Zeit, daß Sie sich Ihren Unterhalt selbst verdienen.«

»Natürlich kann ich kochen«, erwiderte Mandy gereizt. Dann ahnte sie seinen nächsten Satz voraus und fügte hinzu: »Aber bestimmt nicht für Männer Ihresgleichen.« Sie fiel wieder in ihre Rolle als Julia zurück, und angesichts ihres Gedankenganges, bevor er sie angesprochen hatte, war das nur gut so.

»Sie werden kochen, oder Sie bekommen nichts zu essen«, bestimmte Hawk. »Niemand wird umsonst mitgenommen – noch nicht einmal die Tochter des Gouverneurs.«

Mandy bemerkte James' Seitenblick, doch Hawk schenkte ihm keine Beachtung.

»Dann werde ich eben nichts essen«, sagte sie trotzig, »und mein Vater wird Sie umbringen, wenn Jason es nicht tut.«

Bei der Nennung des Namens ihres Verlobten brauste Hawk auf. Wenn er schon beinah schwach geworden wäre, dann doch jetzt nicht. »Gut«, sagte er durch zusammengebissene Zähne. Dann fing er an, Speck zu braten. Irgendwo in seinem Hinterkopf fragte er sich, warum der Klang des Namens dieses Mannes ihn wütend machte.

Als das Frühstück fertig war, stürzten er und James sich heißhungrig darauf, und Hawk machte beim Schlürfen übertriebene Geräusche und leckte sich auffällig geräuschvoll die Finger ab. »Einfach köstlich! Ein solcher Jammer, daß Sie keinen Hunger hatten«, verhöhnte er sie.

»Ich habe Hunger, das gebe ich zu. Ich bin restlos ausgehungert, aber das interessiert Sie beide ja überhaupt nicht.«

»Sie brauchen nur zu kochen, und schon kriegen Sie was zu essen«, wiederholte Hawk. Etwas gründlicher als nötig kratzte er die Reste zusammen und warf sie in die Kohlen, und dann erstickte er das Feuer sorgfältig mit Sand. Mit einer Hand schnappte er Mandys Sattel, mit der anderen seinen eigenen und ging zu den Pferden.

Mandy biß sich auf die Zähne und versuchte, ihr Magenknurren zu ignorieren. Julia würde nie erfahren, welches Glück sie hatte, daß sie diese Reise nicht unternehmen mußte. Mandy ergriff ihre Tasche und stolzierte davon, und sie hatte eine größere Abneigung denn je gegen die Männer und gegen ihre Rolle.

Den ganzen Tag über ritten sie zügig durch ein rauhes Gelände. Die Sonne brannte gnadenlos auf sie herab. Sie überquerten mehrere Wiesen und kamen an einem kleinen See vorbei, der am Ausgang eines Tals versteckt war. Am späten Nachmittag fing Mandy an zu klagen, wie ihre Cousine es bestimmt auch getan hätte, denn sie wollte die Männer dazu bringen, langsamer weiterzureiten.

»Ich bin müde. Können wir nicht eine Zeitlang Rast machen?«

»Reiten Sie weiter«, lautete Hawks Antwort.

»Aber ich habe Durst.«

»Sie haben eine Wasserflasche.«

»Ich will aber *kaltes* Wasser trinken – aus dem Bach. Und ich sehe nicht ein, warum wir nicht rasten können.« Unvermittelt hielt sie ihr Pferd an und stieg ab. Der Saum ihres Reitkostüms ließ Kiesel hochsprühen, als sie auf den seichten Bach zuging.

Hawks Augen wurden schmal. Er griff seinem Pferd in die Zügel, schwang ein Bein über das Sattelhorn und sprang ab. »Auf in den Sattel mit Ihnen«, befahl er und überholte sie schnell mit seinen großen Schritten.

»Nein! Ich muß mich eine Weile ausruhen. Und ohnehin ist es um diese Tageszeit viel zu heiß, um weiterzureiten.«

»Ich habe gesagt, Sie sollen wieder aufsteigen. Bei dieser kleinen Expedition haben Sie nicht die Führung, und es ist an der Zeit, daß Sie sich das klarmachen.« Seine Stimme war gesenkt und klang bedrohlich. Mit gespreizten Füßen stand er da und blockierte ihr den Weg zum Bach.

»Nein, ganz bestimmt nicht!« Da sie entschlossen war, nicht schwach zu werden, lief sie um ihn herum und ging wieder auf den Bach zu.

»Sie landen wieder im Sattel, so oder so.« Hawks Mund nahm harte Züge an, und seine Entschlossenheit steigerte sich mit jeder Sekunde, die verging. Da er den verwöhnten Typ Frau, für den er die Tochter des Gouverneurs hielt, nur zu gut kannte, war er fest entschlossen, sich nicht von ihr kleinkriegen zu lassen und auch nicht von irgendeiner anderen Frau.

Mit flinken Bewegungen holte er sie ein und stellte sich ihr wieder in den Weg. Mit finsterem Blick schaute er in ihre Augen, die Funken sprühten, und ohne weitere Worte beugte er sich vor, hob sie hoch und warf sie sich über die breite Schulter. Murrend stieg er den Hang wieder hinauf.

Es half Mandy wenig, auf die festen Muskelstränge von Hawks Rücken einzuschlagen, um sich zu treten und zu schreien. Sie war wütend, aber Hawk war einfach zu kräftig für sie, und sie konnte sich nicht wehren. Er schenkte ihren Kämpfen keinerlei Beachtung, als sei ihm die Last auf seiner Schulter nicht lästiger als ein störendes Insekt. Als er die Pferde erreicht hatte, nahm er ihre beiden Handgelenke in eine breite Hand und band sie mit der anderen zusammen. Er warf sie roh bäuchlings über den Sattel. Dann schnappte er ein Lasso, griff unter das Pferd und packte ihre gefesselten Hände. Mandy stellte voller Entrüstung fest, daß sie auf ihrem Pferd festgebunden wurde und sich kaum noch rühren konnte.

»Sie sind ein gemeines, herzloses ... Ungeheuer! Sie können mich nicht so behandeln und sich einbilden, damit kämen Sie ungeschoren davon! Mein Vater wird davon erfahren. Binden Sie mich sofort los!«

Wortlos stieg Hawk auf seinen großen Rotschimmel und führte die kleine Stute mit der lauthals protestierenden Mandy auf dem Pfad weiter.

James, der die Spannung zwischen den beiden bereits gespürt hatte, beobachtete den Ablauf des Geschehens aus einiger Entfernung. Er hatte längst beschlossen, die Natur ihren Lauf nehmen zu lassen, wenn es um seinen Freund und diese Dame ging, und er hatte sich entschieden, sich so weit wie möglich im Hintergrund zu halten.

Nachdem sie ein paar Minuten lang gekeift hatte, wurde Mandy klar, daß es in ihrer derzeitigen Lage einfach zu anstrengend war, zu reden oder auch nur irgend etwas zu tun. Während sie dalag und bei jedem Schritt durchgerüttelt wurde und zusammenzuckte, verfluchte sie stumm den Mann, der wieder einmal einen Sieg über sie davongetragen hatte, und sie erneuerte ihren Schwur, es nie mehr dazu kommen zu lassen.

Zwei Stunden später, als Mandy gerade sicher war, daß sie vor Schmerz sterben würde, erbarmte sich Hawk. Er band sie behutsam los und hob sie von der Stute, und sein sanftes Vorgehen überraschte sie, als er sie festhielt, während sie noch versuchte, auf ihren wackeligen Beinen zu stehen. Wieder spürte sie ein unbekanntes Kribbeln in der Magengrube, und Glut strömte in ihre Wangen. Als sie aufschaute und ihm in die Augen sah, hätte sie schwören können, daß sein Blick sanfter wurde. Er hielt sie etwas länger als nötig fest, und sie rätselte an seinen Absichten herum. Dann ließ er sie plötzlich los, stieß sie fast von sich. Er wandte sich ab und ging schnell zu seinem Pferd. Sie wußte, daß sie wütend auf ihn hätte sein sollen, aber dafür war sie einfach zu müde.

Bis zum Abend hatte sie entschieden, kochen sei besser als verhungern, und sie war sicher, daß Julia ihr darin zugestimmt hätte.

»Ich habe mir überlegt, daß ich besser kochen kann als Sie«, sagte sie zu ihm und versuchte, möglichst würdevoll zu erscheinen. »Warum sollte ich nicht etwas Anständiges essen, solange wir zusammen sind.«

Er sah ihr in das müde Gesicht. »Wo haben Sie kochen gelernt? Ich dachte, eine Dame wie Sie hätte für diese Dinge Dienstboten.«

Die Art, wie er das Wort *Dame* aussprach, ließ sie zusammenzucken, doch sie ließ ihm die Bemerkung durchgehen. »Wir waren nicht immer reich, Mr. Langley«, sagte sie, denn näher durfte sie der Wahrheit nicht kommen. Es lag nicht in ihrer

Natur zu lügen. »Als ich ein kleines Mädchen war, habe ich in Highland Falls gelebt, in der Nähe der Militärakademie in Westpoint. Meine Cousine und ich haben beide dort gelebt. Unsere Väter haben beide die Akademie besucht.«

»Ich bin Ihrer Cousine schon begegnet«, sagte er zu ihr, und ihre Adern gefroren zu Eis.

»Ach, wirklich? Wann war das?«

»Vor etwas mehr als zwei Jahren. Ich fürchte, es war keine allzu angenehme Begegnung.«

»Was für ein Wunder«, sagte sie sarkastisch. Dann konnte sie nicht widerstehen, zu fragen: »Was haben Sie von ihr gehalten?«

Hawk schaute sie genau an. »Sie hat einen sympathischen Eindruck gemacht. Im Ausführen von Befehlen ist sie auch nicht besser als Sie – und nicht annähernd so hübsch.« Er grinste breit. Es war das erste Mal, daß sie ihn wirklich lächeln sah.

»Was hätten Sie gern zum Abendessen?« fragte sie, um mit dem Themenwechsel auf sicheren Boden zu kommen. Ihre Wangen glühten von seinem Kompliment – oder seiner Beleidigung. Sie war nicht sicher, was von beidem es gewesen war. Sie hielt das Gesicht abgewandt und streckte sich ein wenig, um die Verspannung in ihrem steifen Rücken zu lösen.

»Kommen Sie her.«

Sie hob skeptisch den Kopf. »Warum?«

»Weil ich es gesagt habe. Wann werden Sie anfangen, Befehle zu befolgen?« Seine Stimme klang streng, doch seine Augen waren spöttisch. »Ich dachte, Ihr Vater sei beim Militär gewesen.«

»So, wie die Dinge stehen, werde ich wohl nie das genau tun, was Sie sagen«, antwortete sie mit einem Anflug von Arroganz. Doch sie ging zu dem umgestürzten Baumstamm neben dem Feuer, auf dem er saß.

»Setzen Sie sich.«

Sie musterte ihn argwöhnisch. Er ergriff ihre Hand und zog sie in das Moos zu seinen Füßen.

»Heute abend koche ich«, sagte er zu ihr. »Sie haben heute schon genug Spaß gehabt.« Seine Augen funkelten schelmisch, und sie errötete wieder, als sie daran dachte, in welche peinliche Lage er sie an dem Tag schon gebracht hatte. »Sie können morgen früh als erstes damit anfangen«, beendete er seinen Satz. Mandy seufzte erleichtert auf. Jeder Muskel in ihrem ganzen Körper schmerzte. Als hätte er ihre Gedanken gelesen, spürte sie, wie große, warme Hände ihre Schultern massierten. Sie versteifte sich sofort, doch als sie erkannte, daß er keine bösen Absichten hatte, entspannte sie sich allmählich. Er massierte ihren Rücken, hob dann ihr Haar hoch und massierte noch ein wenig ihren steifen Nacken. Sie glaubte zu bemerken, daß seine Hand leicht zitterte, als er ihre nackte Haut berührte, doch war sie sich nicht sicher. Sie wußte, daß sich das, was er tat, nicht wirklich schickte, aber ihre Muskeln schmerzten derart und seine Finger wirkten solche Wunder, daß sie ihn weitermachen ließ.

Seine Stimme klang mürrisch, als er wieder etwas sagte. »Ich glaube, ich sollte jetzt lieber mit dem Abendessen anfangen.« Er wandte sich ab. »Bemühen Sie sich, morgen etwas umgänglicher zu sein, Miss Ashton. Je eher Sie anfangen, zu befolgen, was ich Ihnen sage, desto besser werden Sie dran sein.« Mit diesen Worten ging er.

Mandy kochte vor Wut über seine Arroganz. *Was ich Ihnen sage.* Für wen hielt er sich überhaupt? Für ihren Vater? Von Männern wie ihm hatte sie genug für ein ganzes Leben. Sie dachte gar nicht daran, Befehle von einem anderen Mann anzunehmen, wenn sie doch gerade anfing, sich endlich zu befreien.

Gegen ihren Willen schweiften ihre Gedanken zu der sanften Form seiner Berührungen ab, zu der Kraft und Sorge, die sie in seinen Händen gespürt hatte. Hawk war tatsächlich ein seltsamer Mann – aber attraktiv, wenn man seine abscheuliche Art ignorieren konnte. Er hatte ein faszinierendes Grübchen im Kinn ... und ein energisches Kinn, das sich kaum wahrnehmbar anspannte, wenn – o Gott! Wie konnte sie bloß solche Dinge denken? Ausgerechnet bei einem Mann wie ihm! Was stieß ihr bloß hier draußen in dieser Wildnis zu? Sie erschauerte bei dem Gedanken, daß sie ihrer Cousine von Tag zu Tag ähnlicher wurde.

## *7. Kapitel*

Die Woche endete mit einem weiteren anstrengenden Tagesritt.

Die Gegend veränderte sich, und die Steilhänge, die mit Kiefern bewaldet waren, wichen unfruchtbaren hügeligen Prärien, die sich Meilen über Meilen hinstreckten. Nur gelegentlich wurde die Landschaft von Hängen mit flachen Kuppen durchbrochen. Es war ein ödes und weltabgeschiedenes Land, doch es besaß seine eigene Form von roher Pracht.

Hawk blieb distanziert, wenn er auch höflich war, und Mandy reagierte darauf kühl. Sie fing an, James Long zu mögen. Er war ein wahrer Gentleman, geistreich und mit Sinn für Humor. Oft unterhielt er sie mit Geschichten über die früheren Abenteuer der beiden Männer, und er riskierte den Zorn seines Freundes, als er ihr etwas mehr über Hawks indianischen Hintergründe erzählte.

»Er ist sich immer noch nicht sicher, ob er mit uns *Weißäugigen* in Verbindung gebracht werden will«, sagte James grinsend und ignorierte Hawks finsteres Gesicht. Der gegenseitige Respekt war den beiden leicht anzusehen. Mandy sehnte sich danach, in ihren freundschaftlichen Umgang miteinander einbezogen zu werden, insbesondere hier draußen in dieser verlassenen Gegend.

Am späten Nachmittag war Mandy von den übermäßig langen Tagen im Sattel derart bis in die Knochen erschöpft, daß sie fast zu müde war, um das Tagespensum an Ärger zu verursachen, das sie sich vorgenommen hatte. Doch Hawk war erbarmungslos.

Sie dachte wieder an das Verprechen, das sie ihrer Cousine gegeben hatte, und sie fing an, das zermürbende Tempo erst leise zu verfluchen, dann schließlich lauthals.

»Versuchen Sie eigentlich, mich nach Hause zu bringen, oder wollen Sie mich meinem Vater endgültig vom Hals schaffen?« erkundigte sie sich bissig. Dann fragte sie sich, ob ihren Worten eine gewisse Wahrheit anhaften könnte. Er schwieg. »Besitzen Sie denn gar keinen Anstand? Wieviel soll ich denn noch über mich ergehen lassen, und all das nur, weil ich mich versehentlich verliebt habe?«

Auf diese Bemerkung hin hielten beide Männer ihre Pferde an. Sie machten den Eindruck, als hätten sie das Gefühl, ihre Überlegungen könnten nicht ganz unberechtigt sein.

»Ich denke, wir sind jetzt weit genug weg. Unsere Spur ist inzwischen so kalt, daß niemand sie mehr aufnehmen kann, und auf dem Weg, den wir eingeschlagen haben, sollten wir ihn ohnehin längst abgehängt haben. Wir werden unser Nachtlager früh aufschlagen«, versprach Hawk. Seine dunklen Augen streiften über die Landschaft.

»Gott sei Dank.« Mandy seufzte. Das bisherige Tempo hätte sogar den erfahrensten Reisenden fertiggemacht.

Auf der Nordseite des Mormonenpfades fanden sie einen kleinen Lagerplatz, und auf dieser Strecke würden sie jetzt bis Great Salt Lake City bleiben. Die Landschaft war flach und grasbewachsen. Der Weg wies die tiefen Furchen von Wagenrädern auf, von entschlossenen *Emigranten*, denn so nannte man sie, geprägt. Die Pilger, die nach Westen zogen, sahen sich als Menschen an, die *von* ihrer früheren Heimat fortgingen und nicht *in* eine neue Heimat aufbrachen, wie es die meisten *Immigranten* taten.

In einem Zedernwäldchen, das einen schmalen Wasserlauf säumte, der dort in den gewundenen Platte floß, banden die drei ihre Pferde an. Mandy konnte es kaum erwarten, den Staub und Schmutz einer Woche von ihrem Körper zu spülen.

»Ich werde jetzt flußabwärts ein Bad nehmen«, kündigte sie an, sowie sie das Lager aufgeschlagen hatten. »Ich wäre Ihnen sehr dankbar, wenn Sie mich ungestört baden ließen.«

»Sie gehen nirgends hin«, sagte Hawk. »Oder zumindest nicht, ehe ich die Gegend ausgekundschaftet habe.« Er wandte sich an James. »Ich habe vorhin eine frische Spur gesehen, die in diese Richtung führt.« Hawk wies flußabwärts. »Ich sollte mich lieber mal umsehen.«

Mandy war sicher, daß Hawk sie nur ärgern wollte. In der letzten Zeit hatte es keine Probleme mit den Indianern gegeben, zumindest nicht in dieser Gegend. Und außerdem hatte Rote Wolke bereits eingewilligt, einen Friedensvertrag zu unterzeichnen. Wen wollte Hawk hier eigentlich zum Narren halten? Er wollte sie damit doch nur dicht am Lager halten. Sie entschloß sich zu einer Auseinandersetzung und marschierte resolut in seine Richtung.

»Es macht Ihnen großen Spaß, mit mir zu streiten, stimmt's?« sagte sie zu ihm. »Sie versuchen doch nur, mir das Leben so beschwerlich wie möglich zu machen. Zahlt Vater Ihnen etwa mehr, wenn Sie mich auf dem weiten Weg nach Kalifornien ständig quälen?«

Sie war schmutzig und müde und verzehrte sich nach einem Bad im Fluß. Sie stampfte mit dem Fuß auf und zog einen Schmollmund, genau so, wie ihre Cousine es ihr beigebracht hatte. Aber allmählich bereitete es ihr Schwierigkeiten, ihre Rolle als »Julia« und die echte Samantha auseinanderzuhalten. Oder war sie ihrer Cousine in Wirklichkeit doch ähnlicher, als sie glaubte? Dieser rotblonde Fremde hatte sie frustriert und verwirrt.

Hawk schaute sie nur finster an und ging weg. »Sie sollten lieber tun, was er sagt«, sagte James und bedachte sie mit einem mitfühlenden Blick. »Ich finde auch, daß das Wasser sehr einladend aussieht, aber ich habe es gelernt, Hawks sechsten Sinn zu schätzen, wenn es Schwierigkeiten geben könnte. Das hat uns schon mehr als einmal den Kopf gerettet.« Er legte seine Hand auf ihre Schulter, weil er sie trösten wollte, doch sie stieß seine Hand von sich.

Sie war nicht dazu aufgelegt, sich beschwichtigen zu lassen. Sie wollte nur noch baden. Sie warf den Kopf zurück und ließ sich auf einen großen Stein sinken, ohne sich noch einmal umzusehen.

»Laß sie in Ruhe.« Hawk starrte auf den steifen Rücken des Mädchens und war sich nur allzu bewußt darüber, was für ein reizendes Bild sie in dem staubigen Reitkostüm bot. Als sie sich umdrehte, ließ ein gezackter Riß im Oberteil ihres Kleides den Spalt zwischen ihren Brüsten ein wenig zu deutlich erkennen, und ein Riß im Rocksaum legte ein großes Stück elfenbeinerner Haut frei. Er sah einen Moment lang vor sich, wie er ihr die Kleider Stück für Stück vom Leib riß, bis nur noch die kastanienbraune Mähne ihre Reize verhüllte. Er schüttelte den Kopf, als wolle er den unliebsamen Gedanken abschütteln.

»Ich komme vor Einbruch der Dunkelheit zurück«, teilte er James mit und ging auf den großen Rotschimmel zu. »Vielleicht ist unser kleines Biest bis dahin besser aufgelegt.« Der vielsagende Blick auf James' Gesicht drückte aus, daß alles dagegen sprach. Hawk lächelte vor sich hin, als er aus dem Lager ritt. Der Gouverneur hatte wahrhaft einen kleinen Hitzkopf großgezogen.

James beschäftigte sich damit, alles für die Nacht vorzubereiten. Die Pferde waren zwar schon trockengerieben und am Bach angebunden worden, doch bisher hatte sich noch niemand um den Packesel gekümmert, und es mußte Feuerholz gesammelt werden – falls Hawk beschloß, sie könnten gefahrlos Feuer machen. Er würde Julia eine Zeitlang in Ruhe lassen; vielleicht würde sich ihre Stimmung dadurch bessern. Morgen konnten sie das Tempo dann etwas herabsetzen. Vielleicht legte sich dann auch die nervliche Anspannung aller ein wenig.

Während James sich damit beschäftigte, alles für die Nacht bereitzumachen, ging Mandy im Schatten der Bäume spazieren. Niemand hatte sich das Zedernwäldchen genauer angesehen, sondern sie hatten es nur als einen günstigen Standort für ein frühes Nachtlager ausgesucht. Als Mandy sich jetzt einen Weg durch das kühle moosbewachsene Wäldchen bahnte und auf der anderen Seite wieder herauskam, entdeckte sie einen kleinen Nebenfluß, der geräuschvoll über abgeschliffene Steine sprudelte und unter einem Hügel, der mit gelbem Springkraut bewachsen war, einen seichten Tümpel bildete. Die Versuchung war einfach zu groß, um sich ein zweites Mal davon abhalten zu lassen. Sie sah sich schnell um und vergewisserte sich, daß niemand in der Nähe war – sie konnte ins Wasser springen und wieder heraussteigen, ehe man sie auch nur vermißte.

So schnell die nervösen Finger es ihr gestatteten, knöpfte sie die staubigen, einengenden Kleidungsstücke auf, stieg aus der Hose und stand in ihrem Hemd und ihrem Schlüpfer dar. Sie hatte eigentlich nur vor, am Wasserrand entlangzuwaten, doch der kühle Bach, der gegen ihre Beine plätscherte, war unwiderstehlich. Sie zögerte kurz, ehe sie schnell ihre übrigen Kleidungsstücke ablegte und sich in den Bach gleiten ließ. Als das Wasser knapp über ihre geschwungenen Hüften reichte, ließ sie sich in die kühlen Tiefen versinken. Ihre ermatteten Muskeln entspannten sich, als sie das belebende Wasser über sich hinwegspülen ließ, das den Staub und den Schmutz und einen Teil ihrer Kümmernisse mit sich trug.

Zum erstenmal seit Tagen fühlte sie sich unbeschwert, und sie tauchte mit dem Kopf unter die Wasseroberfläche, um möglichst viel von dem Schmutz aus ihrem Haar zu waschen, und dann ging sie resigniert wieder auf das Ufer zu.

Aus dem Nichts schoß eine Hand hervor, die sich auf ihren Mund preßte. Sie versuchte zu schreien, doch nur ein ersticktes Schluchzen kam heraus. Sie wurde gegen die feste Brust eines Mannes gedrückt und spürte, wie kräftige Arme unter ihre Knie griffen und sie aus dem Wasser hoben. Sie unternahm keine Anstalten, sich zu wehren, denn sie fürchtete sich so sehr, daß sie nicht einmal zu atmen wagte.

Mit aller Kraft zwang sie sich, ruhig zu bleiben, und sie richtete den Blick auf die Lederfransen am Hemd des Mannes und auf das rotblonde Haar auf seiner Brust. Sie blickte auf und erkannte augenblicklich die grimmigen Züge desjenigen, der ihr ein solches Unbehagen bereitete. Er bedeutete ihr, still zu bleiben, während er sie tropfend hinter einen überwachsenen umgestürzten Baumstamm trug.

Was dachte sich dieser Irre bloß? Hatte er ihr, als sie im Wasser war, die ganze Zeit über nachspioniert? Bestimmt wollte er sie nur dafür bestrafen, daß sie seine Befehle nicht befolgte. Sie richtete sich auf und wollte wütend verlangen, sie loszulassen, damit sie blitzschnell zu ihren Kleidern laufen konnte.

Er schüttelte den Kopf und wies wortlos zum Strom. Drei Sioux-Krieger mit nackter Brust und nackten Beinen ritten spärlich mit einem Lendenschurz bekleidet am anderen Bachufer entlang. Auf die schweißglitzernden Körper hatten sie sich die Kriegsbemalung geschmiert, rote, gelbe und schwarze Farbe in geometrischen Mustern. Ihre Ponys waren schaumbedeckt, und während sie sie tränkten, saßen sie nur wenige Meter von dem Baumstamm da und redeten leise miteinander. Mandy schwanden fast die Sinne. Sie hatte den größten Teil ihres Lebens an der Grenze zum Wilden Westen verbracht. Sie hatte mit eigenen Augen die Spuren der gräßlichen Folter gesehen, mit der die Indianer ihre Gefangenen quälten. Diese drei waren auf dem Kriegspfad – auf Skalps aus. Das Bild von Davey Williams' verstümmelter Leiche war das einzige, woran sie noch denken konnte. In ihrem Grauen klammerte sie sich an Hawk. Sie fürchtete sich zu sehr, um überhaupt noch daran zu denken, daß sie nackt war, und ihr Atem ging flach und kraftlos.

Hawk kauerte hinter dem dicken umgestürzten Baumstamm und hielt das zitternde Mädchen auf dem Schoß. Ihre Augen funkelten vor Furcht. Ihre Arme umklammerten seinen Hals. Inzwischen war seine Lederhose durchnäßt, und somit spürte er jede kleinste ihrer Bewegungen. Er verfluchte die Situation, in der er war, und die plötzliche Schwellung unter dem Wildleder.

Endlich hatten die Indianer ihre Pferde ausgiebig getränkt. Hawk spannte sich an, als die Krieger über den Bach sahen und in seine Richtung wiesen. Er konnte spüren, wie sich der Herzschlag des Mädchens an seiner Brust beschleunigte. Aus dem Geäst über ihnen flog ein Rabe auf. Die Indianer lachten, waren anscheinend zufrieden, wandten sich ab und wirbelten eine Staubwolke auf, als sie fortritten.

Hawk schaute erleichtert auf das Mädchen herunter, das sich voller Entsetzen an ihn klammerte. Glitzernde Wassertropfen rannen über vollendet geformte Brüste, die sich leicht nach oben bogen, als wollten sie die Wärme der Sonne auffangen. Die rosaroten Spitzen stellten sich gegen den Wind auf. Er konnte zarte Haut unter seinen Fingerspitzen fühlen.

Der Wind zerzauste ihr feuchtes Haar. Erst jetzt fiel Mandy ihre Lage wieder ein. Vom Scheitel ihrer feuchten Locken bis zu den Fußsohlen errötete sie und schaute kurz in Hawks Augen. Was sie dort sah, lähmte sie gleich ein zweites Mal. Die Augen, in die sie schaute, waren nicht von der Teilnahmslosigkeit verschleiert, die sie gewöhnlich dort sah, sondern sie schienen vor Hitze zu glühen. Sie konnte den Druck seiner muskulösen Schenkel unter sich spüren, die Wärme seiner starken Arme, und ihr Herzschlag beschleunigte sich.

Sie sprang augenblicklich auf, da sie eine neue, anders geartete Drohung wahrnahm, doch er packte ihren Arm und zog sie heftig an sich. Sein Mund legte sich auf ihren, und seine Lippen waren feucht und warm, aber unnachgiebig. Protestierend preßte sie die Hände gegen ihn, und die Muskeln unter seinem Wildlederhemd spannten sich bei ihrer Berührung. Sie versuchte noch einmal, ihn von sich zu stoßen, doch ihr Widerstand war schwach, es sei denn – ein Teil von ihr wollte sich gar nicht befreien.

Der Kuß wurde tiefer. Hawk schmeckte, erkundete und liebkoste sie mit seinen Lippen. Seine Zunge fand einen Weg in ihren Mund. Er schmeckte nach Moschus und Mann. Der Geruch nach Leder und Pferden durchdrang ihre Sinne. Er küßte sie tief und leidenschaftlich. Mit einer Hand hielt er ihr Kinn fest, die andere preßte er ihr in den Rücken und schmiegte sie eng an sich. Sie bebte heftig, und gegen ihren Willen glitten ihre Arme um seinen Hals. Sie hörte ein leises Stöhnen und nahm nur verschwommen wahr, daß es aus ihrer Kehle gedrungen war. Sie fuhr mit einer Hand über seinen Nacken, grub die Hand in dichtes rotblondes Haar und zog ihn enger an sich. Seine harte Brust preßte sich an ihre Brüste, und das Frösteln, das sie gerade erst verspürt hatte, wurde von einem Schauer der Vorfreude abgelöst.

Er küßte den Ansatz ihres Halses, und seine Lippen waren warm und feucht, und dann kehrten sie zu ihrem Mund zurück. Ihr Verlangen nahm zu und überflutete sie mit Wogen der Lust. Ihr war kalt und heiß zugleich, als ertränke sie in einem Teich flüssigen Feuers. Mit einem Stöhnen und einem letzten Aufwogen von Willenskraft riß sie sich los, und eine neue Form von Grauen ließ sie zittern.

Seine Blicke verschlangen sie. Sie schluckte schwer, versuchte sich zu fassen und bemühte sich, klar zu denken. »Wie... wie können Sie es wagen, sich heimlich an mich heranzuschleichen!« warf sie ihm vor und hoffte nur, daß ihre Stimme in seinen Ohren nicht so wacklig wie in ihren klang. »Für wen halten Sie sich eigentlich?« Es bereitete ihr Schwierigkeiten, an ihre Rolle zu denken, sich auch nur daran zu erinnern, wo sie eigentlich war. Die Welt schien verschwommen und unklar zu sein.

Seine Stimme klang barsch und heiser. »Du kleiner Dummkopf, fast hättest du dich um dein Leben gebracht, wenn dir nicht noch Schlimmeres zugestoßen wäre – eine weiße Frau mit einer solchen Mähne gäbe für den ganzen Stamm eine gute Trophäe ab – nachdem diese Krieger sich mit dir vergnügt hätten.« Er hatte nicht vorgehabt, ihr nachzuspionieren. Er war rein zufällig auf sie gestoßen. Er hatte die Absicht gehabt, sich versteckt zu halten, ihr die Intimsphäre zu lassen, die sie brauchte, aber doch Ausschau nach unerwünschten Eindringlingen zu halten. Aber die Rothäute hatten ihn zum Handeln gezwungen. Er mußte sie um ihrer aller willen aus dem Wasser holen.

Mandy drehte sich der Magen um. Sie schloß die Augen, erschauerte und sank taumelnd gegen ihn. *Er hatte recht!* Gott sei Dank, daß er genau in dem Moment hinzugekommen war. Sie blickte an sich herunter und bemerkte wieder ihre Nacktheit. Als sie spürte, wie sie von Kopf bis Fuß errötete, keuchte sie vor Schreck, schoß hinter dem Baumstamm heraus und rannte zu ihren Kleidern. Sie verbarg sich hinter einem Felsen und zog sich eilig an, denn sie wollte Hawk nicht noch mehr in Versuchung führen. Sie fühlte sich, als sei ihr Körper so gespannt wie eine Saite. *Was war nur los mit ihr?*

Mit zitternden Fingern knöpfte sie ihr Reitkostüm zu und war schockiert über ihr skandalöses Benehmen. In Wahrheit war sie, sowie die eigentliche Gefahr vorübergegangen war und ihre Angst sich gelegt hatte, froh, daß er sie nackt gesehen hatte. Froh, daß sie eine derartige Wirkung auf ihn hatte. Seine Gleichgültigkeit war ihr unerträglich gewesen. Jetzt wußte er wenigstens, daß sie eine Frau war – nicht irgendein sperriger Gegenstand, den er transportierte.

Sie zog ihre Reitstiefel an und zog kraftlos an den Bändern, doch ihre Gedanken verweilten bei der Wärme seines Kusses. Seine Lippen waren fordernd gewesen und hatten doch eine Zartheit ausgedrückt, die sie nicht erwartet hatte. Sie war schon einmal geküßt worden, von einem Soldaten im Fort, der sie nach einer Veranstaltung nach Hause gebracht hatte. Für seine Kühnheit hatte sie ihm eine schallende Ohrfeige gegeben. Nicht so bei Hawk. Warum hatte sie auf Hawks Küsse reagiert und auf die des Soldaten nicht? Was stimmte nicht bei ihr? Wie konnte sie an einen dickfelligen Rohling wie ihn auch nur einen Gedanken verschwenden? Sie konnte nicht glauben, daß sie dieselbe Frau war, die noch vor wenigen Wochen schlechtsitzende Kleider getragen hatte, um jede Aufmerksamkeit von männlicher Seite abzuwehren. Sie mußte wohl auf dem besten Weg sein, verrückt zu werden!

Hawk, der von diesem Zwischenfall weit mehr erschüttert war, als er es zugeben wollte, spürte einen Schmerz in seinen Lenden, der sich so schnell nicht würde lindern lassen. Er begab sich zu der Stelle, an der er den Rotschimmel angebunden hatte, ein Stück weit vom Fluß entfernt. Zum Glück war James so vernünftig, kein Feuer zu machen, solange er nicht wußte, daß es gefahrlos war.

Heute nacht würden sie es kalt in ihrem Lager haben.

Er fragte sich, welchem Stamm die drei Sioux angehörten. Rote Wolke setzte gerade einen Vertrag auf, und bisher herrschte ein unsicherer Frieden. Natürlich gab es immer ein paar Hitzköpfe, die sich nicht damit zufriedengaben, sich in den Reservaten zusammentreiben zu lassen. Nachdem er den größten Teil seiner Jugend bei den Cheyenne verbracht hatte, konnte er es ihnen nicht verübeln. Die Weißen drangen in das Land der Indianer ein und zerstörten es rücksichtslos. Wenn er den Stamm damals nicht verlassen und nicht gelernt hätte, wie sinnlos dieser Kampf in Wirklichkeit war, dann wäre er höchstwahrscheinlich selbst einer dieser Hitzköpfe.

Er band das Pferd los und führte es wieder zum Bach. Er konnte nicht behaupten, es täte ihm leid, daß er seine aufsässige Schutzbefohlene aus dem Bach zerren mußte. Er grinste in sich hinein. Sie war vielleicht das reizendste Gepäckstück, dessen Anblick ihm je vergönnt gewesen war. Er dachte daran, wie ihre grünen Augen blitzten, ihr kastanienbraunes Haar verführerisch ihre intimsten Reize verhüllte. Das Versprechen, das er ihrem Vater gegeben hatte, bereute er inzwischen sehr. Er hatte sie nicht küssen wollen – die untreue kleine Hexe, die angeblich so sehr in ihren *Jason* verliebt war. Er nahm an, daß ihr Vater wahrscheinlich recht hatte. Sie liebte wirklich nur sich selbst.

Nun, er würde sich jedenfalls ganz bestimmt nie verlieben. Das war eindeutig den Dummköpfen vorbehalten.

# *8. Kapitel*

Hawk, James und Mandy überquerten erschöpft bis in die Knochen den Big Sandy und den Green. Sie ritten durch eine besonders staubige Gegend weiter, doch sie konnten sich kaum noch auf dem Sattel halten.

Der Weg zog sich vor ihnen meilenweit dahin, und nur gelegentlich sprenkelten wilde Salbeisträucher den Boden. Mandy tat ihr Bestes, um sie so lange wie möglich aufzuhalten, während ein heftiger Staubsturm um sie herumpeitschte und die Luft noch drückender werden ließ.

Als die Staubwolken sich legten und sie wieder etwas sah, fiel Mandys Blick auf ein kleines Rotluchsjunges, das verletzt vor ihnen auf dem Weg lag und leise wimmerte.

Sie ritt darauf zu, stieg ab und näherte sich behutsam, um das Tier nicht zu erschrecken. Sie streichelte sein weiches Fell, redete beschwichtigend auf es ein und sah sich die Wunde an seinem Bein an. Das Junge wehrte sich nicht dagegen; es schien ihre Sorge zu spüren. Das unheilvolle Klicken eines Revolvers, der gespannt wurde, ließ sie sich eilig umdrehen.

»Gehen Sie wieder zu Ihrem Pferd, um das Junge kümmere ich mich«, sagte Hawk, und seine Augen schauten milde.

»Sie werden doch das arme kleine Ding nicht erschießen?«

»Wir können es nicht leiden lassen. Ich werde es von seinem

Elend erlösen.« Er kniff grimmig den Mund zusammen, doch seine Stimme verriet seine Teilnahme. »Bitte, tun Sie einfach, was ich gesagt habe.«

Mandy verlor sich in der Vergangenheit. Fast konnte sie die Stimme ihres Vaters hören, Schooners sanfte braune Augen sehen, die zu ihr aufblickten, als er hilflos die trockene staubige Erde aufwirbelte.

»Nein!« Sie stand auf und sah Hawk fest ins Gesicht. »Das Bein ist nicht gebrochen; wir müssen versuchen, das Tier zu retten.« In der heißen Nachmittagssonne klang ihre Stimme spröde.

Hawk sah starr auf sie herunter und hielt immer noch seinen Revolver umfaßt. »Es gibt nichts, was wir tun können. Und jetzt steigen Sie wieder auf Ihr Pferd.«

Mandy rührte sich nicht von der Stelle. »Ich lasse nur zu, daß Sie dieses Junge erschießen, wenn Sie vorher mich erschießen.«

Hawk schaute finster auf sie herunter. Einen Moment lang schien er unsicher zu sein. Dann seufzte er und steckte den Revolver in den Halfter.

»Frauen!« Mit schweren Schritten ging er zu seinem Pferd zurück. Mandy hatte das seltsame Gefühl, daß es ihn freute, daß sie nicht klein beigegeben hatte. Sie nahm das Junge auf den Arm und machte sich mit ihm auf den Weg zu einem nahen Bach. Sie reinigte die Wunde des Tieres so gut es ging, riß ein paar Streifen Stoff aus ihrem Unterrock und verband das verletzte Bein.

Für den Rest des Tages weigerte sie sich, sich von der Stelle zu rühren, während sie wartete und betete, die Entzündung möge zurückgehen und das Fieber möge sinken.

Hawk war wütend, aber Mandy hatte den Verdacht, daß er ihre Entschlossenheit mißmutig bewunderte und stolz auf die Teilnahme war, die sie dem wilden Tier entgegenbrachte. Mürrisch schlug er an Ort und Stelle das Nachtlager auf und rechtfertigte sich laut dafür, indem er erklärte, wenn man bedächte, was sie bezahlt bekämen, sei ein zusätzlicher Reisetag kein Grund zu

Aufregung. Er zeigte ihr sogar, wie man aus indianischen Kräutern und einer kleinen Menge tierischen Fetts eine Salbe für das verletzte Bein herstellte. Als sie zusah, wie er mit dem jungen Rotluchs umging, nahm sie wieder eine Zartheit an dem großen, kräftigen Mann wahr, die sie nicht für möglich gehalten hätte.

Am Morgen wies der kleine Rotluchs deutliche Anzeichen einer Besserung auf. Er aß die Reste von der Antilope, die Hawk am Vortag vor Einbruch der Dunkelheit zum Abendessen geschossen hatte, und er schaffte es, auf seinen drei gesunden Beinen umherzuhinken.

»Jetzt wird er wieder gesund«, versicherte ihr Hawk. Offensichtlich freute ihn, was sie für das Tier getan hatte. »Ich muß schon sagen, Miss Ashton, das haben Sie gut hingekriegt. Wo hat ein Mädchen aus der Stadt es bloß gelernt, ein Tier so zu verarzten?«

»Ich... öh... ich hatte früher eine Gouvernante, die Krankenschwester war«, stammelte Mandy, denn diese Frage warf sie aus der Bahn. Sie senkte den Blick und wandte den Kopf ab, denn sie war nicht bereit, sich seinen intensiven Blicken auszusetzen, und es war ihr verhaßt, ihn bei einer der wenigen Gelegenheiten zu belügen, bei denen er ihr Güte erwiesen hatte. Mandy spürte, daß er sie beobachtete. Er spürte ihren Stimmungsumschwung, und der Moment war vorübergegangen. Er warf noch einen unsicheren Blick auf sie und zog sich wieder in seine gewohnte wachsame Distanz zurück.

»Wir haben hier schon zuviel Zeit vergeudet. Wir müssen jetzt weiterreiten. Wir wollen doch den Gouverneur nicht warten lassen, nicht wahr?« Jetzt war er wieder hämisch wie gewohnt.

Und Mandy war wie üblich wütend. Wie konnte er in einem Augenblick so liebevoll besorgt und im nächsten Augenblick ein solcher Teufel sein? Sie hatte es ihnen in der letzten Zeit ohnehin viel zu einfach gemacht. Sie gelobte sich, das Vorwärtskommen zu behindern, und wenn sie sich vornahm, sie aufzuhalten, dann würde sie sie auch aufhalten. Früher oder später würde sich ihr eine günstige Gelegenheit bieten.

In der Prärie kamen und gingen die Tage und zogen sich so endlos dahin wie die Prärie selbst. Zwischen den dreien hatten sich stillschweigend feste Verhaltensmuster herausgebildet. Mandy und James gingen freundlich miteinander um, und ihre Freundschaft vertiefte sich mit jedem Tag, der verging. James schien immer aufmunternde Worte parat zu haben. Mandy und Hawk sprachen kaum miteinander. Manchmal ertappte sie ihn dabei, daß er sie ansah, wenn er glaubte, sie würde es nicht bemerken, doch er gestattete es sich nie, seinen Blick auf ihr ruhen zu lassen. Meistens behandelte er sie gleichgültig, immer höflich, aber mit einem Anflug von Geringschätzung, als wüßte er etwas über sie, was er mißbilligte.

Eines Abends, nachdem sie zum Essen ein zähes Präriehuhn über einem Feuer aus Salbeisträuchern gebraten hatten, schlenderte Mandy zum Rand des Lagers und bewunderte den Nachthimmel. Auf diesen grenzenlosen Weiten der Prärie waren die Sterne so zahlreich wie die Salbeisträucher, und sie schienen die Erde um sie herum zu berühren.

»Ist das nicht wunderschön, James?« bemerkte sie, als sie seine inzwischen vertrauten Schritte hinter sich hörte. Sie hatte zwar die meiste Zeit ihres Lebens in der Wildnis verbracht, doch hatte sie die Schönheit der weiten Landschaft nie wirklich zu schätzen gewußt. Hier draußen war es unmöglich, sie nicht zu würdigen. Die enorme Leere stellte jeden einzelnen Stern groß heraus und machte ihn zu einem perfekten Diamanten, einem Edelstein, der in einer Onyxfassung funkelte.

»Ja, einfach wunderschön. Fast so schön wie Sie.«

»James, nicht doch...«, flüsterte sie. Sie fürchtete schon seit einer geraumen Zeit, sie kämen einander zu nah, fürchtete, er könnte ihre Freundschaft falsch verstehen.

»Machen Sie sich keine Sorgen, Julia. Wenn Sie auch noch so hübsch sind und wenn ich auch noch so sehr wünschte, es wäre nicht so, dann sehe ich doch, wie Sie Hawk ansehen.« Seine offene Antwort bewirkte, daß diese Furcht sich legte, aber einer anderen Platz machte.

»Seien Sie nicht albern!« entgegnete sie und spürte, wie die Röte in ihre Wangen schoß. »Schließlich reden wir kaum ein Wort miteinander. Außerdem kann er mich nicht leiden.« Unerklärlicherweise deprimierte sie dieser Gedanke.

»Es stimmt nicht, daß er Sie nicht leiden kann, Julia«, erwiderte James und versuchte, ihr etwas zu erklären, was selbst er nicht verstand. In all den gemeinsamen Jahren hatte er nie erlebt, daß sein Freund sich so seltsam benahm.

»Es ist nur so, daß ... nun ja, Hawk ist von den Cheyenne großgezogen worden, und die haben ein ausgeprägtes Moralempfinden. Er glaubt eben, daß Sie verdorben sind und vielleicht etwas zu unbekümmert flirten. Wenn man bedenkt, daß Sie angeblich verliebt und verlobt sind, könnte da sogar etwas dran sein.«

»Wie kann er es wagen, so etwas von mir zu denken!« sprudelte Mandy heraus. »Schließlich habe ich mich nie mit diesem ... diesem ... er war doch derjenige, der mich aus dem Bach gezerrt hat. Ich habe ihn bestimmt nicht dazu aufgefordert!«

Als sie die Bestürzung auf James' schönem Gesicht sah, wurde Mandy zu spät klar, daß Hawk den Vorfall am Bach mit keinem Wort erwähnt hatte. In einem Winkel ihres Herzens dankte sie ihm mißmutig für seine Verschwiegenheit.

»Ich meine, ich kann mir nicht vorstellen, wie er auf den Gedanken kommt, ich würde flirten. Ich rede nicht einmal mit diesem Mann«, beendete sie unbeholfen ihren Satz.

»Beruhigen Sie sich«, sagte er begütigend. »Hawk ist kein Dummkopf, und ich bin es auch nicht. Ich wünschte nur, Sie sähen mich so an.«

»Sie irren sich aber beide!« brauste Mandy auf. »Ich bin in

Jason verliebt, und ich werde ihn heiraten. Hawk hätte bei mir nicht die geringste Chance!« Sie hoffte, daß es in James' Ohren überzeugender klang als in ihren eigenen.

»Würden Sie einen Rat von einem Freund annehmen?« fragte James.

Mandy war zu wütend, um darauf zu antworten.

»Passen Sie bloß auf, daß Sie sich nicht in Hawk verlieben.«

»Männer!« sagte sie aufbrausend und fragte sich, was diese Warnung zu bedeuten hatte. »Ihr seid alle gleich!« Wütend wandte sie sich ab und stapfte zum Lager zurück und warf dort einen Seitenblick auf Hawk, dessen hochmütiges Gesicht sie gern geohrfeigt hätte. Oh, dieser Mann, ob sie je aufhören würde, an ihn zu denken?

»Wie Sie wollen«, rief James ihr nach, als sie ging. Er sah ihrer kleiner werdenden Gestalt nach, die sich steif und entschlossen zurückzog, und er lächelte vor sich hin. Vielleicht wußte sie nicht, wie schön sie war, und vielleicht war ihr nicht klar, welche Wirkung sie auf die Männer in ihrer Umgebung hatte. Diese Vorstellung paßte nicht zu dem Bild, das man aus den Zeitungen von ihr bekam, aber eigentlich konnte ihm das egal sein. Er war sicher, daß sie in ihm nur einen Freund sah, auch wenn es noch so traurig war. Wenn er an das Versprechen dachte, das er dem Gouverneur gegeben hatte, dann war es auch besser so. Schließlich sah er den unablässigen Kampf, den Hawk mit sich selbst führte, um die Finger von dem Mädchen zu lassen.

James schaute wieder zum Feuer. Sie stand daneben und schaute starr in die Flammen. Ihm wurde klar, daß er sie ins Herz geschlossen hatte, ganz gleich, wen sie liebte. Er hoffte um ihretwillen, daß es dieser mysteriöse *Jason* war. Er bedauerte jede Frau, die auf Hawk hereinfiel. Hawk glaubte, für eine Frau gäbe es nur einen geeigneten Platz – und das war das Bett! Aber die Tochter des Gouverneurs war anders als die anderen Frauen. Das spürte er, und Hawk nahm es auch wahr. Abgesehen davon, daß sie eine der schönsten Frauen war, die James je gesehen hatte, war es fast so, als setze sie sich aus zwei verschiedenen Menschen zusammen. Die meiste Zeit war sie halsstarrig verzogen und lästig und machte ihnen ständig nur Ärger. Aber in anderen Momenten, zum Beispiel, als sie sich mit Hawk angelegt hatte, um das Rotluchsjunge gesund zu pflegen, konnte sie erstaunlich zartfühlend und liebevoll wirken.

Ein halber Tagesritt brachte sie in die Nähe von Fort Bridger. Mandy wußte, daß das Fort ursprünglich von einem Bergbewohner errichtet worden war, der Jim Bridger hieß, und daß Kit Carson, der berühmte Späher und Kundschafter, dort einmal zu Hause gewesen war. Seit Jahrzehnten war es ein Meilenstein an dieser Strecke. Im Lauf der Jahre war das Fort baufällig geworden, doch da es in den letzten Jahren viel Ärger mit den Indianern gegeben hatte, hatte das Militär beschlossen, es wieder zu beleben.

Mandy war noch nie so weit in den Westen gereist und freute sich schon darauf, einen Ort zu besuchen, von dem sie seit ihrer Kindheit gehört hatte. Dieser Vorstellung schob Hawk schnell einen Riegel vor. Statt dessen hielten sie in einiger Entfernung von dem Fort an, und James wurde mit dem Packesel hingeschickt, um die notwendigen Vorräte zu besorgen.

»Warum können wir nicht alle zum Fort reiten?« fragte Mandy sehnsuchtsvoll, als James losritt und sie ihm nachschaute. Sie sehnte sich nach einem Bad in einer Badewanne und nach einer Nacht in einem richtigen Bett.

»Sie wissen nur zu gut, warum, Kleines«, sagte Hawk gepreßt. »Weil nämlich weder James noch ich gegen die gesamte Kavallerie der Vereinigten Staaten kämpfen wollen, um Ihren Vater glücklich zu machen.«

Nach dem Vorfall mit dem Rotluchs hatte er begonnen, sie »Kleines« zu nennen. Mandy gefiel es, wenn er es mit einer leisen Andeutung des Akzents der Cheyenne sagte.

»Können wir nicht hinreiten, wenn ich Ihnen mein Ehrenwort

gebe, mit niemandem über unsere Reise zu sprechen?« Sie saßen auf einem breiten Baumstamm. Sie mußten noch Holz sammeln, das Bettzeug auseinanderrollen und das Essen vorbereiten, doch die kurze Ruhepause war wohltuend.

»Ich würde Sie nicht hinreiten lassen, wenn Sie mir auf einem Packen Bibeln und beim Grab Ihrer Mutter schwören würden«, sagte Hawk schließlich und beendete damit die Diskussion.

Der Kummer versetzte ihr einen Stich, als er auf ihre Mutter zu sprechen kam, und ihre Stirn zog sich in Falten. Dem großen, kräftigen Mann entging das nicht.

»Es tut mir leid«, entschuldigte er sich und wirkte so, als schämte er sich ein wenig. »Wie war sie?«

»Sie war eine wunderbare Frau. Wir haben alles gemeinsam unternommen. Sie hat mir das Kochen beigebracht«, neckte sie ihn.

»Dann hat sie gute Arbeit geleistet.«

»Sie hat mir auch das Nähen beigebracht und wie man einen Garten anpflanzt, wie man das Pianoforte spielt – Dutzende von Dingen. Mein Vater und ich haben sie mehr als alles andere auf Erden geliebt.« Sie drehte eine Locke um ihren Finger und fürchtete sich davor, noch mehr zu sagen, doch sie dachte sehnsüchtig daran, wie glücklich ihre Familie früher einmal gewesen war. Es war warm und gemütlich im Haus gewesen, nicht so trostlos und leer wie jetzt. Nach dem Tod ihrer Mutter hatte ihr Vater alles aus dem Haus geschafft, was ihn an seine Frau erinnerte, und jetzt war es nur noch spärlich eingerichtet.

Als ihre Mutter noch am Leben war, hatte es hübsche Spitzendecken gegeben, farbenfrohe Knüpfteppiche, Chintzvorhänge in warmen Tönen. Ihre Mutter war stolz auf ihr Haus gewesen, wenn es auch noch so schlicht war. Da sie in eine reiche Familie hineingeboren war, war sie mit jeglichem Luxus aufgewachsen, den man für Geld kaufen konnte, doch ihre Liebe zu einem jungen Offizier war ihr wichtiger gewesen.

Die Familie war an die Grenze zum Wilden Westen gezogen,

als Mandy neun war, und doch hatte ihre Mutter weiterhin darauf bestanden, daß sie all die gesellschaftlichen Umgangsformen erlernte, von denen sie fest überzeugt war, daß sie in der Erziehung einer jungen Frau unerläßlich waren. Als Mandy die Rolle der Tochter des Gouverneurs spielte, war sie dankbar für all die unerfreulichen Stunden, die sie darauf verwandt hatte.

»Sie war wunderschön«, flüsterte sie und sah ihre Mutter vor sich, wie sie sie anlächelte.

Hawks Blick verweilte auf ihrem Gesicht. »Wenn ich Sie ansehe«, sagte er, »dann fällt es mir leicht, das zu glauben.«

Mandy spürte, wie die Röte in ihre Wangen aufstieg. Schüchtern schlug sie die Augen nieder und kostete das Kompliment aus.

Hawk betrachtete sie noch eine Minute lang, dann räusperte er sich und wandte sich ab. »Wir sollten uns jetzt lieber an die Arbeit machen.«

Sie nickte und sah sich nach einer geeigneten Stelle um, um sich dort ihr Bett zu machen.

Später am Abend, nachdem sie gebratenes Kaninchen und das letzte Brot gegessen hatten, setzten sie sich auf einen flachen Stein neben dem Feuer. James würde nicht vor dem Morgengrauen zurückkommen, und Hawk schien gutgelaunt zu sein, nachdem er gerade im Schwarzen Fluß gebadet hatte. Sein Haar war noch feucht und wellte sich leicht, und seine enganliegende Wildlederhose, die stellenweise etwas feucht war, schmiegte sich an seine kräftigen Schenkel.

Mandy bemühte sich immer wieder, ihn nicht versehentlich anzuschauen, doch seine Nähe ließ ihr Herz heftig schlagen. Sie konnte spüren, wie sein Blick ihre Wange koste. Sie dachte daran, daß er schon am Nachmittag nett zu ihr gewesen war, und das stärkte ihren Mut.

»Eine wunderschöne Landschaft, nicht wahr?« setzte sie an.

»Ja, das stimmt.«

»Sie kennen sie gut.« Es war eine Feststellung, keine Frage.

»Ich bin nordöstlich von hier aufgewachsen. Dort lebt mein Stamm.« Er schaute in die Ferne und weilte in Gedanken an irgendeinem Punkt in der Vergangenheit.

Sie faßte das als ein gutes Zeichen auf. Vielleicht würde er etwas über sich erzählen. Sie würde es riskieren.

»Sie sagen immer noch ›Ihr Stamm‹. Sind die Weißen denn nicht auch ›Ihr Stamm‹?«

Er schaute gedankenverloren auf sie herunter. »Doch, ich nehme an, das sind sie. Wenn ich bedenke, wie sie die Indianer behandeln, wünschte ich manchmal, ich müßte mich ihnen nicht zugehörig fühlen. Aber die meiste Zeit bin ich genauso stolz auf mein weißes Erbe wie auf das indianische.«

Das war mehr als alles, was er je über sich selbst enthüllt hatte, und das gab ihr den Mut weiterzufragen.

»Wie sind Sie in Wirklichkeit, Mr. Travis Langley? Aber Ihnen ist der Name Hawk lieber, nicht wahr?« Er antwortete nichts darauf, sondern starrte nur in die Flammen. »Sind Sie wirklich das Scheusal, für das Sie sich ausgeben, oder sind Sie so weichherzig, wie ich es Ihnen manchmal unterstelle?« Sie dachte an das Rotluchsjunge und an die Gelegenheiten, bei denen er sie dann, wenn sie es am allerwenigsten erwartet hatte, sanft behandelt hatte.

Ein kleines Lächeln hob seine Mundwinkel. »Wahrscheinlich etwas von beidem, wie die meisten Leute. Ich glaube, die meisten von uns haben von Natur aus mehr als nur eine Seite.« Der Feuerschein flackerte verlockend und warf einen warmen bronzenen Schimmer auf seine Haut.

»Und Sie, Miss Ashton? Soll ich Sie Julia nennen?«

»Bitte, nennen Sie mich... Julia«, antwortete sie und wünschte dann plötzlich, sie könnte hören, wie er Samantha zu ihr sagte. Sie stellte sich vor, wie weich das klingen würde, wenn es kehlig und tief, männlich und sinnlich aus seinem Mund kam.

»Und Sie, Julia«, verbesserte er sich. »Sind Sie wirklich der rücksichtslose Hitzkopf, den Sie mir vorspielen, oder sind Sie die sensible junge Dame, die ich beobachtet habe, als sie das Rotluchsjunge gesundgepflegt hat?«

Sie lächelte und war darauf aus, ihm eine wahrheitsgemäße Antwort zu geben. »Etwas von beidem, vermute ich.« Sie sann über ihr Verhalten an dem Bach nach, lenkte ihre Gedanken jedoch schnell in eine andere Richtung.

Sie genoß die Intimität, die sich zwischen ihnen beiden herausbildete und die bisher nicht dagewesen war. Aber sie wollte das Gespräch von ihrer Person ablenken.

»James hat gesagt, Sie wären von den Cheyenne großgezogen worden. War das nicht furchtbar hart für Sie?« Sie wußte, daß Hawk so gut wie nie von seiner Vergangenheit sprach. Seine dunklen Augen sahen fest in ihre, als wollte er entscheiden, wieviel er ihr verraten durfte.

»Am Anfang war es hart. Aber als ich mein neues Leben erst einmal akzeptiert hatte, gefiel es mir. Die Cheyenne sind die einzige Familie, die mir noch geblieben ist. Meine richtigen Eltern sind bei einem Unfall mit einer Kutsche gestorben, als ich noch klein war. Ich bin mit meiner Tante und mit meinem Onkel in den Westen gezogen, als die Komantschen unseren kleinen Wagenverband überfallen haben. Ich war der einzige Überlebende.« Er wandte den Blick ab, und einen Moment lang spiegelte sich heftiger Schmerz in seinen Augen wider.

»Das tut mir leid.« Sie verspürte großes Mitleid mit dem kleinen Jungen, der eine solche Tragödie hatte erleben müssen.

Hawk sah dem Mädchen forschend in die grünen Augen. Sie schaute ihn an, als hätte sie am liebsten die Hand ausgestreckt und ihn getröstet. Als er das sah, schnürte sich seine Brust zusammen.

»Das ist schon lange her, ich hatte Glück, daß die Komantschen sich nicht mit einem aufgebrachten weißen Jungen abgeben wollten, und daher haben sie mich den Cheyenne überlassen. Die Cheyenne nennen sich ›die Menschen‹. Irgendwie paßt das auf sie. Es sind warmherzige, großzügige Leute.«

Ohne es zu bemerken, legte sie ihre Hand auf seine, als wolle sie versuchen, einen Teil der schmerzlichen Erinnerungen in sich aufzusaugen.

»Wie kam es, daß Sie fortgegangen sind?« fragte sie.

»Etwas schien mich zu rufen, meine Neugier ließ mich nicht ruhen, solange ich nichts über meine Vergangenheit in Erfahrung brachte. Ich bin nach St. Louis gegangen, weil ich einen Freund meines Vaters finden wollte – einen der wenigen Menschen, an die ich mich noch erinnern konnte, er hat mich aufgenommen, als sei ich sein längst verloren geglaubter Sohn. Er hat mir alles gegeben, was ich brauchte, um mich wieder an die Zivilisation zu gewöhnen – an die Bildung, die Manieren, die Ausdrucksweise. Ich werde ihn nie vergessen. Er ist vor ein paar Monaten gestorben.« Er spürte erneut einen Schmerz aufflakkern, und dann biß er die Zähne zusammen und rückte seine Maske wieder zurecht.

»Genug von mir«, fügte er etwas zu jovial hinzu. »Erzählen Sie mir etwas über sich. Glauben Sie wirklich, daß Sie in diesen Jason verliebt sind?«

Mandy glaubte, einen Moment lang Reue in ihm aufkeimen zu sehen, als hätte er die Frage gern zurückgezogen. Sie wünschte von ganzem Herzen, er hätte sie zurückziehen können.

Sie holte tief Atem, schloß einen Moment lang die Augen und versuchte, sich wieder zu fassen. Sie war gezwungen, an der Lüge festzuhalten. Wenn er – und sei es auch nur für einen Augenblick – den Verdacht schöpfte, daß sie nicht wirklich die Tochter des Gouverneurs war, bot sich weder ihr noch ihrer Cousine die Chance, ein neues Leben zu beginnen. Sie wappnete sich gegen das Schuldbewußtsein, von dem sie wußte, daß es sie überkommen würde, und sie antwortete mit aller Aufrichtigkeit, die sie aufbringen konnte.

»Ja, natürlich liebe ich Jason. Wir werden heiraten, und dagegen kann niemand etwas tun.« Wenn sie nicht gewußt hätte, daß es nicht sein konnte, hätte sie geschworen, daß sie ihn zusammenzucken sah. Dann trat in seine Augen, die noch vor wenigen Momenten samtig braun gewesen waren, ein kalter, stahlharter Ausdruck.

»Liebe...«, fauchte er. »Sie wissen ja noch nicht einmal, was dieses Wort bedeutet.« Er zog sie roh an sich, beugte sich über sie und preßte seinen Mund heftig auf ihre Lippen.

Mandy wehrte sich und versuchte, sich zu befreien. Sie stieß die Hände gegen seine Brust, doch er packte ihre Handgelenke und hielt sie fest. Seine Lippen bestürmten sie und hinterließen überall, wo sie sie berührten, eine Glutspur. Sie wehrte sich heftiger, denn sie fürchtete, ihre Glieder würden sich schon bald weigern, ihr zu gehorchen. Er hielt sie mühelos fest, beherrschte sie, besänftigte sie.

Seine Küsse wurden zart. Er koste ihre Lippen mit seinem Mund. Sie spürte, wie ihre Arme, die er nicht mehr festhielt, sich um seinen Nacken schlangen, wie ihre Finger sich in das feuchte Haar fädelten, das gewellt über seinen Kragen fiel. Seine Zunge suchte die Wärme ihres Mundes, erkundete seine Höhle zärtlich, und Flammen loderten in ihr auf. Dann küßte er ihre Wangen, ihren Hals und wieder ihren Mund. Seine Lippen versengten ihre Seele. Sie war matt und benommen und hilflos und konnte sich nicht wehren. Sie spürte, wie er ihr Kleid aufknöpfte und sein Gesicht in dem weichen Spalt zwischen ihren Brüsten begrub. Ihr gemarterter Verstand wußte, daß das, was sie tat – was sie empfand – falsch sein mußte, doch die Glut ihrer Leidenschaft wollte nicht zulassen, daß sie etwas dagegen unternahm. Seine rauhen Hände erkundeten die steifen Spitzen ihrer Brüste, neckten sie und ließen neuerlich Funken in ihr auflodern. Die Wärme der Flamme breitete sich bis in ihre Lenden aus und entfachte ein merkwürdiges schmerzhaftes Verlangen.

Dann hörte er plötzlich, ebenso schnell, wie er begonnen hatte, mit seinen Liebkosungen auf und riß sich von ihr los. »Liebe!« höhnte er, und sein Atem ging stoßweise. »Das also ist Ihre Vorstellung von Liebe. Sich nichtssagend mal schnell mit jemandem herumzuwälzen.« Seine Stimme, die vor Leidenschaft belegt war, vermittelte seinen offenkundigen Abscheu. »Sie sollen jetzt besser schlafen, ehe ich irgendwelche voreiligen Versprechen vergesse, die ich abgegeben habe. Gute Nacht, Miss Ashton«, schloß er sarkastisch und entfernte sich mit schweren Schritten.

Mandy war so benommen, daß sie sich nicht von der Stelle rühren konnte. Sie haßte sich für das, was sie ihm gestattet hatte. Sie haßte ihn für das, was er an Empfindungen in ihr ausgelöst hatte. Sie verstand weder ihn noch sich selbst. Was stieß ihr bloß zu? Beschämt und gedemütigt legte sie sich schlafen. Sie war froh, daß er die Tränen nicht sehen konnte, die über ihre Wangen strömten.

## *9. Kapitel*

Am Morgen setzte ein Nieselregen ein, der die Prärie aufweichte und die Reisenden durchnäßte.

Irgendwie schien er angemessen, denn er paßte gut zu ihrer Stimmung und zu der des großen, kräftigen Mannes. James kam früh mit den Vorräten zurück und überreichte ihr einen Poncho. Sie stieg auf Lady Ann, die so naß war wie sie, und sie brachen auf.

Mandy holte tief Atem und wappnete sich für den Tag, der ihr bevorstand. Sie konnte den ausgedorrten Moschusgeruch der feuchten Erde wahrnehmen, als sie sich dunkel färbte und weich wurde und die benötigte Nässe in sich aufsog. Wenn es ihr möglich gewesen wäre, dachte sie, dann wäre sie jetzt geschmolzen und hätte sich in dem Schlamm zu ihren Füßen aufgelöst. Wäre sie doch bloß wieder in der Geborgenheit ihrer Welt im Fort. Dort hatte sie keine Sorgen, keine Gefühle, die ein Mann achtlos nach Lust und Laune zertrat – oder zumindest keine

Gefühle wie die, die sie in der letzten Zeit kennenlernte. Natürlich war sie dort einsam gewesen, aber war die Einsamkeit nicht besser als dieses hohle und leere Gefühl, das sie jetzt die meiste Zeit mit sich herumtrug?

Sie wußte, daß es zum Teil an den Lügen lag. Es lag nicht in ihrer Natur, andere zu täuschen. Da sie ihre Gefährten inzwischen mochte, war es noch schwerer. Aber es blieb ihr nichts anderes übrig. Sie hatte ihr Wort gegeben, und sie würde es halten. Julias Glück – wie auch ihr eigenes – hing davon ab.

Sie dachte an das weite schöne Land, das sie durchquert hatten, an die Dinge, die sie jetzt schon gelernt und gesehen hatte. Was auch immer geschehen würde, sie hatte das Richtige getan.

Der Tag war regnerisch und wolkig und zeitweilig auch etwas windig, doch es war nicht kalt. Er durchkreuzte jedoch jegliche Pläne, die Mandy hätte schmieden können, um ihr Vorankommen zu behindern. Damit würde sie warten müssen, bis der Sturm sich endlich legte.

Jetzt erfüllte der Duft von Kiefernnadeln die Luft; es war ein klarer, frischer Morgen. Die Berge, durch die sie ritten, waren die schroffesten und schönsten, die Mandy je gesehen hatte. Auf ihren Gipfeln lag Schnee, und direkt unter den Gebirgskämmen trieben weiße flauschige Wolken. Zerklüftete Kuppen wichen gewaltigen Schluchten, bewaldeten Hügeln und sprudelnden Bächen. Die Kulisse war so atemberaubend, daß Mandy Mut aus der Schönheit schöpfte, von der sie umgeben war. Vielleicht würde sich ihr heute die Gelegenheit bieten, die sie schon länger suchte.

Nachdem sie wieder einmal das verschlissene Reitkostüm angezogen hatte, stand Mandy auf und bereitete Sauerteigbrötchen und Speck zum Frühstück. Mit einer geringen Verspätung brachen die drei auf. Sie hatten erst eine kurze Strecke zurückgelegt, als Hawk eine weiße Rauchfahne entdeckte, die am Horizont aufstieg.

»Wir sind nur einen Tagesritt von Great Salt Lake City entfernt«, sagte er brüsk, »aber Unvorsichtigkeit hat sich noch nie ausgezahlt. James, du bleibst mit dem Mädchen hier. Ich reite voraus und sehe nach, was los ist.«

James nickte zustimmend, und Hawk trieb seinen großen Rotschimmel an. Sekunden später war er aus ihrer Sichtweite entschwunden.

James sah sich kurz um und ritt dann wieder an die Ausgangsstelle, weil er den Weg vor sich genau im Auge haben wollte. Er hielt Ausschau nach irgendwelchen Anzeichen, die auf Schwierigkeiten wiesen, und dabei war er so vertieft, daß er Mandy wenig Beachtung schenkte.

Schon seit einigen Tagen bildete sich ein Plan in Mandys Vorstellung heraus. Wenn die Männer je in ihrer Wachsamkeit nachließen – und sie war sicher, daß es früher oder später dazu kommen würde –, dann würde sie einfach kehrtmachen und in die entgegengesetzte Richtung zurückreiten – so weit und so schnell wie möglich. Sollte James doch versuchen, sie einzuholen, aber er war kein so guter Fährtenleser wie Hawk. Wenn sie auf felsigem Boden vom Weg abbog, war sie sicher, daß sie James abhängen konnte. Dann würde sie nicht mehr weit reiten – gerade so weit, daß es sie einen weiteren Tag kostete. Am späten Nachmittag würde sie sich von ihnen finden lassen. Außerdem widerstrebte es ihr, sich von diesem großen, kräftigen, weißen Indianer schikanieren zu lassen.

Mandy, die ihre Chance erkannte, ließ Lady Ann auf dem Pfad umkehren und ritt vorsichtig den Hügel wieder hinunter. Sobald sie um die erste Wegbiegung geritten war und James sie nicht mehr sehen konnte, trieb sie die Stute zum Galopp an. Und schon ritt sie davon, so schnell wie möglich bergab.

Der Wind sang in ihren Ohren, und die kleine Stute flog über die lose, weiche Erde. Mandy ritt langsamer, bog wie geplant vom Weg ab und ließ Lady Ann das Tempo bestimmen, sowie sie eine weite Ebene vor sich gefunden hatte. Sie dachte an Schooner und schaute sich den Boden vor ihr gründlich an – sonst achtete sie auf wenig. Schließlich wurde sie langsamer und ließ Lady Ann den Hang hinunter durch einen kühlen Kiefernwald trotten, und mehrere Stunden später kam sie auf einer grasbewachsenen Hochebene heraus. Sie bestaunte die prachtvolle Kulisse und ritt weiter in die Richtung, von der sie glaubte, dort würde sie wieder auf den Pfad stoßen.

»Sie ist fort, Hawk. Es ist alles meine Schuld.« James wartete am Fuß des Hügels und drehte den Hut in seinen Händen. »Ich bin etwas weiter vorausgeritten, eine reine Vorsichtsmaßnahme. Ich vermute, sie war in der letzten Zeit so brav, daß sie mich eingelullt hat, bis ich ihr schließlich vertraut habe. Ich habe ihre Fährte ein Stück weit den Hügel hinunter verfolgt, sie aber in einer steinigen Gegend verloren. Ich dachte mir, gemeinsam stünden unsere Chancen besser.«

Hawks Gesicht wurde weiß vor unterdrücktem Zorn. »Diese Frau! Sie hat das Gesicht eines Engels und das Herz einer Hexe.«

»Ich habe mir solche Sorgen gemacht, wir könnten möglicherweise überfallen werden, und dabei habe ich sie entkommen lassen. Ich hätte ihr nicht vertrauen dürfen, Hawk. Es tut mir leid.«

»Zum Glück waren es nur ein paar freundliche Utah-Indianer. Und was das Vertrauen zu diesem ... diesem ... Gepäckstück angeht, kann ich nur sagen, daß wir sie noch früh genug finden werden, und diesmal werde ich ihr eine Lektion in Vertrauen erteilen.«

»Hör mal, Hawk«, warnte ihn James, »denk daran, daß sie die Tochter des Gouverneurs ist.«

Hawk erwiderte nichts. Statt dessen kniff er den Mund zusammen, gab seinem Pferd die Sporen und ritt in die Gegenrichtung los, den Hügel wieder hinunter.

James spürte, wie ihn ein Schauer überlief, als er den entschlossenen Ausdruck auf dem Gesicht seines Freundes sah. Das war jetzt nicht mehr ein Auftrag wie jeder andere. Vielleicht machte sich Hawk mehr aus dem Mädchen, als er wußte – und sich aus einer Frau etwas zu machen, gehörte nicht gerade zu den Dingen, die einem Mann wie Hawk gelegen hätten. James hatte Mitleid mit ihr, doch er wußte, was jetzt auch geschehen mochte, sie hatte es selbst verschuldet.

Als der Himmel sich rötlich und golden verfärbte, keimte in Mandy die Sorge auf. Warum hatten die Männer sie noch nicht eingeholt? Inzwischen hätten sie sie mühelos finden müssen. Als sie sich in ihrer Umgebung umsah, wurde der Grund für das Ausbleiben der Männer offenkundig – sie hatte sich verirrt. Sie war nur vom Weg abgebogen, um sie abzuhängen. Sie hatte keineswegs vorgehabt, sich dabei zu verirren. Sie kämpfte gegen den Anflug von Panik an und sagte sich, es gäbe keinen Grund sich zu fürchten. Seit Wochen hatte sie jede Nacht im Freien geschlafen, und sie konnte gewiß auf sich selbst aufpassen. Sie wünschte, sie hätte eine Schußwaffe bei sich gehabt, doch ein Feuer sollte ausreichen, um irgendwelche Raubtiere fernzuhalten. Vielleicht würden die Männer es sogar sehen. Sie schalt sich dafür aus, daß sie nicht die Voraussicht besessen hatte, etwas zum Abendessen mitgehen zu lassen. Sie fand eine günstige Stelle für die Nacht, machte Feuer – Gott sei Dank hatte sie Streichhölzer in ihren Satteltaschen – und rollte ihre Schlafdecken auf. Ohne ihren knurrenden Magen zu beachten, legte sie sich hin und versuchte einzuschlafen. Mißmutig gestand sie sich ein, daß ihr die tröstliche Gegenwart des Mannes in den Mokassins fehlte, der lautlos durch das Lager schlich und sie immer beschützend im Auge hatte. So, wie die Dinge jetzt standen, erschien ihr jeder kleinste Laut hundertfach verstärkt. Wie sehr sie doch wünschte, sie hätte auf den Weg geachtet, statt sich auf ein Rennen mit dem Wind einzulassen.

Nach einem Zeitraum, der ihr wie Stunden erschien, schlief sie ein. Samtige braune Augen und ein gelassenes Lächeln zogen durch ihre Träume.

## *10. Kapitel*

»Wir sollten besser unser Lager aufschlagen und im Morgengrauen weitersuchen.« Hawk hielt seinen großen Rotschimmel an. »Wir könnten ihre Fährte verlieren, und das würde uns noch mehr Zeit kosten.« Es war pechschwarze Nacht, und immer noch war nichts von ihr zu sehen. Ihre Spur im weichen Schlamm war abgerissen, als sie in eine felsige Bergschlucht hinabgeritten war und auf der anderen Seite eine Gegend mit Granitplatten durchquert hatte. Sie hatten sie bis weit in die Nacht hinein gesucht, und dort, wo ihr Pferd von den Steinen abgekommen war, nach Hufabdrücken Ausschau gehalten.

»Ich verfluche den Tag, an dem wir diesen Auftrag angenommen haben, und alle Frauen zwischen hier und Kalifornien.«

»Wir werden sie finden, Hawk«, sagte James.

Bilder von der zarten und verhätschelten Tochter des Gouverneurs allein in der Felsenlandschaft zogen Hawk durch den Kopf. Hier gab es hundert Todesgefahren, die dem Unachtsamen auflauerten. Das Mädchen war nicht gebirgserfahren. Sie hatte keine Waffen; er war noch nicht einmal sicher, ob sie genug Verstand besaß, um ein Feuer zu machen. Verdammt noch mal! Er hätte vorsichtiger sein müssen. Sein Magen verknotete sich, als er an Wölfe, Schlangen und Berglöwen dachte, um gar nicht erst von den tödlichen, dreißig Meter tiefen Felsspalten zu reden, in die sie versehentlich stolpern konnte.

Er malte sich aus, wie sie sich ängstigte, weinte, mitten in der Nacht allein war, doch irgendwie paßte das Bild nicht zu der Frau, die er suchte – eine Frau, die genug Grips hatte, um einen Cheyenne-Krieger in einer Gegend abzuhängen, in der er zu

Hause war. Er schalt sich selbst aus. Sie konnte unmöglich vorgehabt haben, ihre Spuren zu verwischen. Sie hatte sich ganz einfach nur verirrt.

»Sie wird schon zurechtkommen«, sagte James. »In den letzten Wochen hat sie viel gelernt. Wenn sie sich nur ruhig verhält, wird alles gutgehen.«

Hawk hoffte, daß James recht hatte. Er mußte zugeben, daß sie sich weit besser gehalten hatte, als er erwartet hatte. Sie trug ihren Anteil zu den Dingen bei, die getan werden mußten, und wenn sie auch ständig bemüht war, das Tempo zu drücken, so bewältigte sie die harte Reise doch sehr gut.

In der Ferne hörte er das einsame bittere Heulen eines Wolfes, und darauf ertönte das Echo etlicher anderer. Er nahm den Hut ab und fuhr sich besorgt mit einer Hand durch das Haar. Zur Hölle mit ihr! Sollte der Teufel sie holen, weil sie es fertigbrachte, daß er sich derart mies fühlte.

Mandy erwachte jäh. Etwas ließ zwischen den Steinen neben ihr das Laub rascheln. Ein Schauer lief ihr über den Rücken, und sie hoffte, sie würden sie bald finden.

Sie entschloß sich, ihren Lagerplatz zu umkreisen, bis sie wieder auf den Weg traf, denn sie ging davon aus, daß sie nicht zu weit vom Weg abgekommen war. Dann konnte sie entweder nach Fort Bridger zurückreiten, oder sie würde, und darum betete sie, von ihren gutaussehenden Begleitern »wieder eingefangen«.

Die Nacht war ihr endlos erschienen. Das ferne Heulen eines Wolfsrudels hatte stark an ihren Nerven gezehrt, wenn sie auch endlich doch noch ein Weilchen geschlafen hatte. Die Sonne kroch gerade über den Berg und begann, die Lichtung zu wärmen. Sie ignorierte den Hunger, hob das Zaumzeug auf und ging zu dem schimmernden Fuchs, der am Ende ihres Lassos tänzelte. Mandy hatte sich bereits sehr mit der hübschen kleinen Stute mit den weißen Füßen angefreundet. Sie streichelte die samtigen

Nüstern und warf Lady Ann erst die Decke und dann den Sattel auf den Rücken. Die Nähe der kleinen Stute vermittelte ihr ein gewisses Maß an Zuversicht. Sie zog den Sattelgurt zu und stieg auf.

Sie wünschte, sie hätte mehr Kleidung mitgenommen, doch sie hatte sich von dem unerwarteten Auftauchen der Männer und deren Forderung ablenken lassen, sie solle nur mitnehmen, was sie wirklich brauche. Ihre restliche Kleidung, sagten sie, konnte mit einer Kutsche in den Westen nachgeschickt werden. Jetzt zahlte sie teuer dafür; alles war löcherig und zerrissen. Das einzig Saubere, was sie noch zum Anziehen hatte, war die Herrenhose, die Julia ihr beharrlich aufgedrängt hatte, doch die betonte ihre Figur viel zu sehr.

Sie hatte gehofft, sie könnte einen Teil von Julias Geld dafür verwenden, sich auf dem Weg neue Sachen zu kaufen, doch die Männer mieden sorgsam jeden Ort, an dem sich Menschen aufhielten. Nun, weit war es nicht nach Great Salt Lake City. Falls sie sie jemals fanden.

Nach diesem letzten beunruhigenden Gedanken ritt sie los, ritt langsam im Kreis und hoffte, den Weg wiederzufinden. Sie war etwa drei Stunden lang geritten, als sie durch hohes Gras kam und dahinter auf den Weg stieß. Erleichterung überflutete sie, und sie entspannte sich ein wenig. Fast im selben Moment sah sie Reiter hinter sich auf dem Weg und erkannte Hawks sonnengebräuntes, zerfurchtes Gesicht und dicht hinter ihm James' vornehmere Züge. Ihr Herz tat einen solchen Freudensprung, daß sie darüber staunte. Sie tat es mit einem Achselzucken ab und dankte Gott dafür, daß sie nicht noch eine elendigliche Nacht allein verbringen mußte, wenn ihre Gesellschaft auch noch so unausstehlich sein mochte.

Als Hawk den grasbewachsenen Hügelkamm erreichte, fiel sein Blick auf die kleine Stute und ihre hübsche Reiterin. Bei ihrem Anblick schnürte sich seine Brust zusammen. Sie hatte mitten auf dem Weg angehalten und saß einfach da. Die nackten

Waden entblößt, den Kopf hoch in die Luft gereckt, und ihre dichte, dunkle Mähne fiel ihr um die Schultern. Sie wirkte nahezu majestätisch, sogar in ihrer zerrissenen Reitkleidung. Sie mußte gewußt haben, daß es zwecklos war, noch weiter vor ihnen davonzulaufen. Statt dessen saß sie einfach arrogant da und erwartete ihre Verfolger.

Als er sah, daß sie heil und unbeschadet war, schlug Hawks Sorge in blinde Wut um. Wie konnte sie es wagen, seelenruhig dazusitzen, wenn sie die halbe Nacht aufgewesen waren und nach ihr gesucht hatten. Er ritt neben sie, legte einen Arm um ihre Taille, zog sie grob von ihrem Sattel und auf seinen.

»Soviel Mühe machst du dir für deinen wunderbaren Jason?« höhnte er in seiner mordlustigen Stimmung. »Hast du wirklich geglaubt, damit kämst du durch? Machst du dir auch nur die geringste Vorstellung davon, wieviel Ärger du uns bereitet hast, du verzogene, kleine...?« Er biß die Zähne zusammen. »Und wozu? Weil du deinem Vater etwas beweisen willst! Also, ich finde, daß er recht hat. Der einzige Mensch, den du je lieben wirst, bist du selbst.«

Mandys Aufregung und Erleichterung darüber, daß sie sie gefunden hatten, schwand, als sie sich Hawks gehässigen Wortschwall anhörte. Die verletzenden Worte ließen sie wünschen, sie hätte sich mehr angestrengt, ihnen zu entkommen. Er hatte zwar recht, daß sie ihnen Ärger gemacht hatte, aber sie hatte doch nur getan, was sie tun mußte. Sie hatte nicht vorgehabt, sich zu verirren. Sie wünschte, sie hätte ihm die Wahrheit sagen können.

»Wir hätten dich ein paar Tage lang allein in der Wildnis lassen sollen. Vielleicht wäre dir das eine Lehre gewesen«, fauchte er.

Mandy hielt es nicht mehr aus. Machte er sich denn nicht die geringsten Sorgen um ihr Wohlergehen? Ganz allein in dieser Wildnis hätte sie ums Leben kommen können!

»Ich liebe Jason, Sie hartherziger Mistkerl«, verteidigte sie sich. »Wenigstens wäre er froh, daß mir nichts zugestoßen ist.

Das einzige, was Sie interessiert, ist das Geld meines Vaters.« Mandy war es völlig gleich, was sie sagte, solange es Hawk an weiteren gehässigen Bemerkungen hinderte.

Hawk verlor die Beherrschung. Aus Sorge um sie hatte er die ganze Nacht über kaum geschlafen, und hier war sie jetzt, ritt seelenruhig nach Fort Laramie und zu ihrem Geliebten zurück. In dem Moment lechzte er danach, seine Hände um ihren schlanken Hals zu legen und zuzudrücken, bis sie zur Vernunft kam.

Er stellte sie auf den Boden und stieg von seinem Pferd ab. Er ging auf sie zu, und sie umkreiste ihn wie ein wildes Tier, wachsam und jederzeit sprungbereit.

»Du machst dir nichts aus diesem *Jason*«, höhnte er. »Du willst nur etwas, was dein Vater dir verboten hat. Nun, diesmal wird es nicht nach deinem Kopf gehen. Hast du mich verstanden?«

Jedes einzelne Wort war eine Herausforderung.

»Ich habe Sie verstanden. Und ich sage Ihnen, daß ich genau das tun werde, was ich will. Und niemand, und schon gar nicht ein zu groß geratener Rüpel wie Sie, wird mich davon abhalten.« Mandy war zum Zerreißen angespannt und so frustriert, daß sie auf Hawk losging. Sie trommelte mit den Fäusten auf seine Brust ein, ging mit den Fingernägeln auf ihn los und kratzte ihn wie eine Wildkatze.

Hawk packte ihre Hände und hielt sie mühelos in Schach, und ein zynisches Lächeln verzog seine Lippen. »So, mein kleines Kätzchen, du zeigst doch nur wieder, daß dich niemand außer dir selbst interessiert, oder etwa nicht?«

Wie konnte er nur so herzlos sein? Sie war hier diejenige, die ganz allein draußen in der Dunkelheit gelitten hatte. Sie war diejenige, die die ganze Nacht nicht geschlafen hatte, die keine Waffen zu ihrer Verteidigung hatte und seit gestern nichts gegessen hatte.

Mit großer Anstrengung riß sie sich los. Ehe sie sich zusammenreißen konnte, holte sie mit der Hand aus und versetzte

Hawk mit aller Kraft, die sie aufbringen konnte, eine schallende Ohrfeige. Ein Ausdruck des Erstaunens flackerte kurz auf seinem gutgeschnittenen Gesicht auf. Die Panik befiel sie, und in ihrem Entsetzen darüber, was sie getan hatte, rissen sich ihre Augen weit auf. Im nächsten Augenblick hielt Hawk sie wieder fest, und ein Ausdruck grimmiger Entschlossenheit ließ seine Züge nahezu dämonisch wirken.

»Ich sollte dich so schlagen, wie die Cheyenne es tun, wenn ihre Frauen sich schlecht benehmen, doch ich bezweifle, daß das die Billigung deines Vaters fände. Aber statt dessen...« Während er das sagte, packte er mit einem Arm ihre Handgelenke, und der andere spannte sich wie eine Eisenklammer um ihre Taille. Ihre Füße reichten kaum auf den Boden, als er sie über die feuchte Erde schleifte.

Ehe sie begriff, was hier geschah, hatte Hawk einen umgestürzten Zedernstamm erreicht, sie über das Knie gelegt und zog ihr die zerrissenen Röcke über den Kopf.

»Was tun Sie da?« fragte sie mit zitternder Stimme. »Haben Sie den Verstand verloren?«

»Ich tue das, was dein Vater schon vor Jahren hätte tun sollen.« Seine Finger zogen an dem Band, mit dem ihre Baumwollhose zugeschnürt war. Er murrte verärgert, riß ihr die Hose bis auf die Knie runter und entblößte ihr nacktes Hinterteil.

Mandy errötete von Kopf bis Fuß. *Wie konnte er das tun?* Sie wand sich und versuchte, zu entkommen. »Lassen Sie mich los!«

Hawk ging nicht auf sie ein. Mit starker Hand hielt er sie auf seinen Knien fest. Ohne zu zögern, fing er an, ihr den Hintern zu versohlen – wütend und fest klatschte seine breite Hand wieder und immer wieder auf ihr Hinterteil.

»Lassen Sie mich los – Sie Ungeheuer! Sie tun mir weh!« Tränen der Wut und Ausweglosigkeit traten in ihre Augen, und ihre Stimme schnappte über. Aber Hawk war erbarmungslos. Je mehr sie sich drehte und wand, desto heftiger versohlte er sie

– und jedesmal, wenn seine Hand auftraf, stach und brannte es schlimmer als beim vorherigen Mal.

Sie fing jetzt ernstlich an zu weinen. »Bitte, Hawk«, flehte sie, und ihr Atem ging ruckhaft, war eher ein Keuchen. »Ich tue alles, was du sagst. Alles ... ich verspreche es dir.«

Als seine Hand zu schmerzen begann, legte sich Hawks Wut, und er fand seinen Verstand wieder. Das Mädchen lag auf seinem Schoß und wehrte sich nicht, sondern schluchzte nur, und Abdrücke seiner Hand hatten ihren zarten runden Hintern rötlich gefärbt. Reue schlich sich in seine Gedanken ein. Er zog ihr die zerrissene Hose, die jetzt zu nichts mehr nutze war, wieder hoch und die Röcke herunter, und verfluchte sich dafür, daß er die Selbstbeherrschung verloren hatte. Er hob sie von seinem Schoß und half ihr auf die Füße. Die Tränen auf ihren Wangen gingen ihm zu Herzen. Verdammt noch mal! Wenn sie ihn doch bloß nicht geschlagen hätte. Er konnte einfach nicht glauben, wie sehr er die Selbstbeherrschung verloren hatte. Was hatte diese Frau bloß an sich, was ihn derart in Wut versetzen konnte?

Mandy weigerte sich, den großen, kräftigen Mann anzusehen. »Ich hasse dich! Du bist grausam und herzlos«, fluchte sie schluchzend. »Das werde ich dir nie verzeihen. Niemals!« Die Schande und die Demütigung trieben sie dazu, wieder seinen Zorn zu riskieren. Sie hielt ihre zerfetzten Kleidungsstücke so gut es ging zusammen und rannte in den Wald.

»Du hättest nicht so grob mit ihr umgehen dürfen, Hawk«, sagte James vorwurfsvoll, als er auf die Lichtung zurückkehrte. Er hatte die beiden miteinander allein gelassen, als er begriffen hatte, was sich gleich abspielen würde, denn er wollte die Demütigung des Mädchens nicht auch noch durch seine Gegenwart verschlimmern. Der Zwischenfall brachte ihn ziemlich aus der Fassung; als er jetzt ihr ersticktes Weinen hörte, fragte er sich, ob er hätte einschreiten sollen.

»Laß mich in Ruhe, James«, sagte Hawk bitter zu ihm.

James sah seinem Freund in die niedergeschlagenen Augen

und begriff, daß auch Hawk ziemlich fassungslos war. James ging und ließ seinen Freund mit seinen Gedanken allein. Er hörte, wie die Füße des großen, kräftigen Mannes in den Mokassins steif wieder zu den Pferden gingen.

Nach den Mißgeschicken des Vormittags entschied Hawk, vor dem nächsten Tag würden sie nicht weiterreiten. Da die Gegend, in der sie angehalten hatten, sich für ein Nachtlager eignete, machte er sich stumm an seine gewohnten Pflichten, und James tat dasselbe.

Da es erst in einigen Stunden dunkel werden würde, zog Hawk los, um frisches Wild zum Abendessen zu erlegen. Ein kleines Friedensangebot. Als er leise einen grasbewachsenen Hügel hinaufstieg und über die Kuppe kam, entdeckte er einen Eselhasen, der das Pech hatte, sich außerhalb seines Baus aufzuhalten. Als er zu seiner Höhle unter einem Salbeistrauch sprang, erledigte ihn Hawk mit einem Messerwurf. Das Messer war nur eine unter vielen Vorsichtsmaßnahmen. Je weniger Lärm sie in diesen Bergen machten, desto besser. Sie hatten sich bereits viel zu auffällig benommen.

Als Hawk zum Lager zurückkehrte, erbot sich James freiwillig, den Hasen zu häuten. Dann spießte er ihn auf einen grünen Kiefernzweig und hing ihn über das Feuer, und schon bald darauf tropfte das saftige Bratenfett auf die heißen Steine unter dem Spieß.

Der köstliche Geruch des Hasen wehte durch den Wald. Als er in ihre Nase stieg, knurrte Mandys Magen, und ihr fiel wieder ein, daß sie seit gestern nichts mehr gegessen hatte. Da sie wußte, daß sie ihren Begleitern früher oder später gegenübertreten mußte, machte sie ein Zugeständnis an ihren wachsenden Appetit, richtete sich kerzengerade auf, reckte den Kopf in die Luft und stolzierte mit aller Würde, die sie aufbieten konnte, ins Lager.

Sie nahm den Blechteller entgegen, den James ihr reichte, warf ihm einen Seitenblick zu, der ihn anklagte, sie in der Not im Stich gelassen zu haben, und fiel heißhungrig über das Essen her. Hawk wandte sich schuldbewußt ab, als er bemerkte, daß sie es vorzog, den köstlichen Hasen im Stehen zu essen.

Nach dem Abendessen half sie James mit dem wenigen Geschirr, das sie benutzt hatten, und ihr Schweigen war fast greifbar.

»Wir sollten uns am besten früh schlafen legen«, schlug Hawk mit finsterer Miene vor. »Morgen steht uns ein langer Tag bevor.« Er wollte zügig voranreiten, um die verlorene Zeit wieder hereinzuholen.

Es war still im Lager, als jeder der Männer sich an seinen Schlafplatz am Feuer begab. Mandy folgte ihnen in einigem Abstand.

James hatte keine Schwierigkeiten damit, sich zu entspannen, denn seine Gedanken kreisten um Great Salt Lake City. Diesmal würde es keine Spieltische geben, aber ein Bad und ein richtiges Bett, und vielleicht kam ihm ein attraktives Mädchen unter die Augen, wenn er Glück hatte.

Er wünschte glühend, sie wären schon näher an Virginia City, dort konnte er Gesellschaft in der Form finden, die ihm das Bett wärmte und den Druck verringerte, der auf ihm lastete, wenn er die Tochter des Gouverneurs betrachtete, wie sie durch das Lager lief.

James seufzte und rutschte etwas tiefer. Zum Glück – oder auch leider, je nachdem, wie man es sah – wußte er, daß seine zierliche Schutzbefohlene in ihm nichts weiter als einen Freund sah. Es wäre ihm ein leichtes gewesen, das anders zu sehen, wenn er es sich gestattet hätte. Selten hatte er eine reizvollere Frau gesehen.

Doch er war klug genug und wußte, daß kaum eine Chance bestand, wenn eine Frau sich einmal eine Meinung gebildet hatte, noch etwas daran zu ändern. Er fragte sich, wen das Mädchen wirklich liebte, diesen Kerl Jason oder Hawk – oder vielleicht nur sich selbst, wie es der Gouverneur angedeutet hatte. Letzteres bezweifelte er, doch er wußte, daß es sich mit der Zeit herausstellen würde. Er begnügte sich damit, an Great Salt Lake City und an Virgina City zu denken, beides Orte, die sie in nicht allzu ferner Zukunft erreichen würden, und bald darauf schlief er friedlich ein.

Hawk verbrachte die Nacht in qualvoller Verwirrung. Er warf sich herum und sah immer wieder die bezaubernde Frau mit dem kastanienbraunen Haar vor sich. Er konnte sich noch an das Feuer in ihren Augen erinnern, das ihn wie goldene Funken angesprungen hatte, als sie versucht hatte, ihm das Gesicht zu zerkratzen. Er hatte ihr nicht weh tun wollen; tatsächlich war er nie in seinem ganzen Leben so erleichtert gewesen, jemanden wiederzusehen. Sie sah erstaunlich schön aus, als sie rittlings auf ihrer kleinen Stute saß, die Röcke bis auf die Waden hochgezogen hatte und das zerzauste Haar ihr wie eine prächtige Mähne um die Schultern fiel. Dann war ihm wieder eingefallen, daß sie sich leichtfertig auf den Rückweg zu ihrem Geliebten machte, ohne einen Gedanken daran zu verschwenden, was sie währenddessen durchmachten, ohne jede Rücksicht auf ihre eigene Sicherheit oder die ihrer Begleiter, und er hatte die Selbstbeherrschung verloren.

Er lachte in sich hinein, als er sich an ihre Ohrfeige erinnerte. Seine Wange brannte immer noch da, wo ihre winzige Handfläche aufgetroffen war. Er hätte nicht geglaubt, daß jemand von ihrer Größe soviel Kraft in einen einzigen Schlag packen könnte. Er war gezwungen, ihren Mut zu bewundern. Die meisten *Männer* hätten es nicht gewagt, das zu tun, was sie getan hatte. Er konnte es ihr nicht wirklich vorwerfen, wenn er bedachte, wie sehr er sie verspottet hatte. Außerdem hatte ihn, wenn er die Wahrheit eingestand, die Sorge, die sie ihm ohne die geringste Reue verursacht hatte, dazu veranlaßt, ihr den Hintern zu versohlen.

Bei dieser Überlegung mußte er an eine schmale Taille denken, die er nahezu mit den Händen umspannen konnte, und an ein wunderschönes schneeweißes Hinterteil. Er wußte, daß er keinen dauerhaften Schaden angerichtet hatte, nur seine Handabdrücke hinterlassen hatte – leuchtend rot auf ihrer elfenbeinernen Haut. Er stöhnte, als das beharrliche Pochen in seinen Lenden nicht nachlassen wollte. Gott sei Dank, daß sie in nicht allzu langer Zeit Virginia City erreichen würden. Er hatte vor, die sinnlichste Dirne in der ganzen Stadt zu finden, um diesen Schmerz zu vertreiben, unter dem er schon seit Wochen litt. Auf die eine oder andere Weise würde er sich von den höllischen Gedanken an diese Frau freimachen.

Mandy lag bäuchlings in ihrem Bettzeug und bemühte sich einzuschlafen. Die Prügel taten ihr noch weh, doch sie wußte, daß sie morgen wieder reiten konnte. Was am meisten schmerzte, war ihr Stolz. Zum Teufel mit diesem Schwarzen Habicht oder wie auch immer er hieß.

Sie dachte daran, wie sie ihn geohrfeigt hatte. Sie mußte verrückt gewesen sein, als sie das getan hatte. Ihr graute bei dem Gedanken, wieviel schlimmer die Folgen hätten sein können. Was konnte sie sich dabei bloß gedacht haben? Sie wußte, daß sie den großen, kräftigen Rohling hätte hassen sollen, doch schon während sie es versuchte, dachte sie wieder daran, wie sich seine kräftigen Arme um ihre Taille angefühlt hatten, dachte wieder an die Wärme seiner schwieligen Hand. Eine glühende Röte breitete sich aus, als sie an Hawks empörendes Vorgehen dachte! Kläglich biß sie die Zähne zusammen und überlegte sich zum hundertsten Mal, wie glücklich ihre Cousine dran war, weil sie diese Reise nicht zu unternehmen brauchte, obwohl es Julia vielleicht gutgetan hätte, wenn ihr der Hintern versohlt worden wäre.

Ihre Gedanken kehrten zu zwei dunkelbraunen Augen zurück, und sie erinnerte sich wieder daran, wie seine muskulösen Beine sich anfühlten. Hätte sie doch bloß eine Möglichkeit gefunden, ihre aufsässigen Gedanken zu zügeln. Es hatte ihr nicht im entferntesten geholfen, ihn zu zerkratzen und zu ohrfeigen. Sie fragte sich, was geholfen hätte. Zuerst einmal, ihn in Sacramento City loszuwerden. Sie hatte Julia versprochen, die Reise so lange wie möglich hinzuziehen, aber aus ihrer Sicht hatte Mandy in dem Punkt bereits mehr als genug getan. Jetzt war sie nur froh, wenn diese ganze Farce vorbei war.

## *11. Kapitel*

James hätte den Tag genießen können, wenn Hawks Laune nicht so mies und die des Mädchens noch mieser gewesen wäre.

Im Lager herrschte die Stimmung wie an einer Gefechtslinie. Beim Frühstück sagte niemand ein Wort. Sie aßen eilig und traten die Reise wieder an.

Es war ein sonniger und klarer Tag, und die Frische der Luft war wie ein Nachruf auf die letzten Sonnenstrahlen des Sommers, doch sie ritten schweigend voran. Die steife Brise rüttelte die hohen Kiefern und ließ ein trostloses Geräusch entstehen, in dem sich die Niedergeschlagenheit seiner Freunde widerspiegelte.

Das Nachtlager war auch nicht viel besser. Feindseligkeit, verstohlene Seitenblicke und vorwurfsvolles Starren sorgten für dicke Luft. Morgen würden sie Great Salt Lake City erreichen, und James war entschlossen, dieser Fehde zwischen seinen Begleitern ein Ende zu setzen. Im Lauf des Tages versuchte er, mit Hawk zu reden, handelte sich damit aber nur ein für Hawk so typisches »Kümmere dich um deine eigenen Angelegenheiten« ein. James lächelte in sich hinein, als er das Ausmaß des Leidens seines Freundes begriff. Diese ganze Geschichte wurde von Tag zu Tag amüsanter. Nachdem die drei zum Abendessen Regenbogenforellen und etwas Pisang zu sich genommen hatten, grübelte James über das Problem nach. Er erledigte seine Aufgaben und wandte sich an das Opfer, auf das er es abgesehen hatte.

In ihrer melancholischen Stimmung hatte sich das Mädchen ein Stück weit vom Lager entfernt und saß auf einem Granitbrocken, von dem aus sie auf ein kleines, ein paar hundert Meter tiefer gelegenes Tal blicken konnte. James sah, wie sich ihre hübsche Silhouette gegen die Lichtung abhob, und die Kulisse schien perfekt für das Gespräch zu sein, das er sich vorgenommen hatte.

»Eine schöne Nacht, nicht wahr?« setzte er heiter an. »Hätten Sie was dagegen, wenn ich mich ein Weilchen zu Ihnen setze?« Sie schüttelte den Kopf. »Wie fühlen Sie sich heute abend?« Er bemerkte die Röte, die in ihre Wangen aufstieg, und schnell fügte er hinzu: »Ich meine, sind Sie zu müde für eine kurze Unterhaltung mit einem Freund, um ihn aufzuheitern?«

Als James sich auf ihre Freundschaft bezog, besserte sich Mandys Laune; in dem Moment wurde ihr klar, daß sie gelernt hatte, ihn als genau das anzusehen – einen engen und rücksichtsvollen Freund. Er hatte wohl gute Gründe gehabt, sich nicht für sie einzusetzen. Einen flüchtigen Moment lang wünschte sie, dieser gutaussehende Fremde könnte der Gegenstand ihres Verlangens sein, nicht sein herzloser Gefährte.

»Nein, natürlich nicht, James. Haben Sie es wirklich nötig, daß jemand Sie aufheitert?«

»Nun, es quält mich einfach mit anzusehen, wie zwei Menschen, die ich mag, nicht miteinander reden.«

»Nach dem, was er mir angetan hat, kann es gut sein, daß ich nie mehr mit ihm rede«, sagte sie.

»Julia, Hawk war außer sich vor Sorge, als er festgestellt hat, daß Sie verschwunden waren. Das war eine verdammt große Dummheit von Ihnen, und er hatte Angst, Sie könnten dort draußen in der Dunkelheit verletzt oder getötet werden. Wir haben Sie bis weit in die Nacht hinein gesucht, viel länger, als wir es hätten tun sollen. Die Pferde waren erschöpft, und Hawk wollte immer noch nicht aufgeben. In einem solchen Zustand habe ich ihn noch nie gesehen. Der einzige Grund, aus dem er aufgehört hat, war die Angst, wir könnten in der Dunkelheit von Ihrer Spur abkommen und noch mehr Zeit vergeuden.«

»Hawk... hat sich Sorgen um mich gemacht? Es fällt mir schwer, das zu glauben.«

»Es ist aber wahr. Und als er Sie endlich eingeholt hatte und Sie sich so gleichgültig gegeben haben, hat er die Selbstbeherrschung verloren. Ich muß wirklich sagen«, fügte er hinzu, »ich habe nur dieses eine Mal erlebt, daß er je die Selbstbeherrschung verloren hat.

Den Cheyenne wird von kleinauf Selbstbeherrschung beigebracht«, fuhr er fort. »Das ist eine Eigenschaft, die von diesem Stamm sehr hoch geschätzt wird. Sie müssen ihm wirklich unter die Haut gegangen sein.« Er lachte in sich hinein. »Und außerdem, wenn ich das einmal so sagen darf, haben Sie wirklich verdient, was Sie sich eingehandelt haben.«

Mandy errötete von Kopf bis Fuß und bemühte sich, dem Gespräch eine andere Wendung zu geben. Sie wußte, daß es nichts nutzen würde, mit einem von beiden über dieses Thema zu diskutieren. Sie war immer noch nicht überzeugt davon, daß Hawk nur ihr Bestes im Sinn hatte. Wahrscheinlich sorgte er sich nur um das Geld, das er einbüßte, wenn er sie nicht nach Sacramento City zurückbrachte.

»Wieviel zahlt der Gouverneur... ich meine, mein Vater Ihnen, damit Sie mich zurückholen?« fragte sie nach einer Pause.

James zögerte nur kurz. »Tausend Dollar... er muß wirklich sehr an Ihnen hängen, Julia.«

»Er hängt sehr an seinem Ruf und an der Ehre der Familie.« Mandy verteidigte ihn, denn sie hatte das Gefühl, ihre Cousine hätte es auch getan. Sie war nicht sicher, wieviel sich der Gouverneur wirklich aus seiner Tochter machte, aber wenn er das Beste für sie wollte, dann sollte es Mandy gelingen, ihn davon zu überzeugen, daß, was sie und Julia getan hatten, für seine Tochter das Beste war. Einen Moment lang fragte sie sich, wie die beiden Männer reagieren würden, wenn sie dahinterkämen, daß sie die falsche Frau den weiten Weg nach Kalifornien geschleppt hatten. Sie erschauerte und verwarf den beunruhigenden Gedanken.

Sie versuchte noch einmal, auf sicheren Boden zu kommen. »Wie haben Sie und Hawk sich kennengelernt?« Sarkastisch fügte sie hinzu: »Das ist doch bestimmt eine interessante Geschichte.«

James grinste unverhohlen. Er ergriff die Gelegenheit, um einige von Hawks besseren Eigenschaften herauszustreichen, und begann in Erinnerungen zu schwelgen. »Also, wir haben uns schon zweiundsechzig kennengelernt. Ich habe im Red Dog Saloon in Denver Poker gespielt. Eine Menge gewonnen – wie üblich.« Er zwinkerte. »Ich fing schon an, mir Sorgen zu machen, ein paar der Herren in der Stadt könnten es sich in den Kopf setzen, das verlorene Geld wieder an sich zu bringen – so oder so. Ein Mann hat sich ganz besondere Sorgen gemacht. Sergeant Max Gutterman. Ein mieser Kerl mit nur einem Auge. Gerüchteweise hieß es, das andere hätte er beim Kampf gegen die Indianer verloren. Manche behaupteten, seine Frau hätte sich mit einem Halbblut eingelassen. Die übrigen Soldaten haben ihm nie die Chance gegeben, es in Vergessenheit geraten zu lassen.«

James hatte am späten Nachmittag seine Sachen gepackt und war aus Denver herausgeritten, Richtung Cheyenne. Das Geld, das er gewonnen hatte, wölbte seine Satteltaschen, und er freute sich schon darauf, Millie Edwards zu sehen, eine Freundin. Zehn Meilen nordwestlich von Denver schlug er sein Lager auf.

Die Luft war kühl. Es war Herbst, seine liebste Jahreszeit. Er aß zu Abend und streckte sich auf seinen Decken aus, froh, wieder draußen in der frischen Luft zu sein. Er liebte sein Leben als Spieler – und die Damen, die man auf die Art kennenlernte –, dennoch kostete er immer noch die Freiheit aus, nirgends und überall zu Hause zu sein.

Er hatte sich gerade erst hingelegt, als er sich kerzengerade wieder aufrichtete, weil ein kleiner Zweig entzweibrach. Er griff nach seinem Revolver und starrte in den silberblauen Lauf eines Vierundvierziger Colts.

»Das täte ich an Ihrer Stelle nicht«, sagte Tom Jenkins, als er und Max Gutterman in das Lager traten. Jenkins hielt die Waffe mit ruhiger Hand; Guttermans Finger zitterten ein bißchen am gespannten Hahn. Drei andere Reiter gaben ihnen von ihren Pferden aus Deckung.

James legte langsam seinen Revolver hin und stand auf.

»Okay, Long, wo ist das Geld?« Jenkins, ein Mann mit einem harten Gesicht, einem Schnurrbart und blondem Haar, sprach für die anderen.

»Ich habe dieses Geld auf ehrliche Art und Weise gewonnen, Jenkins, und das wissen Sie selbst.«

Der blonde Mann lachte hämisch, und seine Begleiter fielen ein. »Darum geht es doch gar nicht. Also, wo ist das Geld?«

James antwortete nicht.

»Sergeant Gutterman, schauen Sie in seine Satteltaschen. Johnson, halten Sie das Gewehr auf ihn gerichtet. Er ist geschickter, als er aussieht.«

»Hier ist das Geld, alles in Ordnung«, rief Gutterman. Ein leichter deutscher Akzent vermischte sich mit dem Dialekt des Westens. Über seiner gewölbten Brust dehnten sich die Knopflöcher des schmutzigen Hemdes unter seinem Overall. Ein Auge war hinter einer Klappe verborgen. »Töten wir ihn, damit wir es hinter uns haben.« Gutterman spannte seinen Revolver. Ihm schien die Situation Spaß zu machen.

Die anderen saßen still auf ihren Pferden.

»Nun, mein Freund«, sagte Jenkins mit einem zufriedenen Lächeln auf dem Gesicht, »es tut mir leid, wenn ich Sie enttäuschen muß, aber manchmal gewinnt man eben, und manchmal verliert man. Richie, nimm sein Pferd...«

Ein grauhaariger Reiter trieb sein Pferd zu der Stelle, an der James' Wallach angebunden war. James stand starr da und versuchte, sich zu entscheiden, ob er die Waffe vor seinen Füßen an sich bringen, in den Wald laufen oder nur hoffen sollte, die Männer würden das Geld nehmen und ihn am Leben lassen.

Plötzlich ertönte zwischen den Bäumen ein indianischer Kriegsruf, der einem das Blut gefrieren lassen konnte, und ließ die Nacht erstarren. Kugeln prallten von Felsen ab und zischten in den staubigen Boden, doch er sah niemanden.

Er warf sich auf die Erde und wälzte sich hinter einen Felsen.

»Los, wir verschwinden!« befahl Jenkins, und angesichts der drohenden Gefahr vergaß er James ganz. James stürzte sich auf Gutterman, versetzte ihm einen festen Hieb, packte die Satteltaschen und verschwand wieder hinter den Felsen.

Ein weiterer furchteinflößender Schrei ließ den Sergeanten mit der breiten Brust zu seinem Pferd rennen, und James folgte ihm dicht auf den Fersen. Gutterman stieg auf und sah sich nach James um. Sein Gesicht war eine Maske der Wut. Ein weiterer Kugelhagel ließ sie losgaloppieren.

Gutterman und Jenkins folgten den anderen, und alle fünf ritten wie vom Teufel gehetzt fort, eine Staubwolke aufwirbelnd und als einziges Zeichen ihrer früheren Anwesenheit hinter sich lassend.

Mandy saß gebannt auf dem Felsbrocken und grub ihre Hände in ihre Rockfalten. »Sie müssen sich schrecklich gefürchtet haben!«

James lächelte kläglich und freute sich über ihre Sorge. »Dieser Kriegsruf hat mir mehr Angst gemacht als den Herren aus der Stadt. Ich kann mich noch erinnern, daß ich gedacht habe: Gerade ist es mir erspart geblieben, durch die Kugel eines Verbrechers zu sterben; jetzt wird man mich skalpieren.«

»Und was ist dann passiert?« fragte Mandy, die es kaum erwarten konnte, den Rest der Geschichte zu hören.

»Ein riesiger Indianer ist ins Lager geritten, so unerschrokken, wie man es sich kaum vorstellen kann.« James lachte in sich hinein, als er sich an den Anblick erinnerte. »Als er angefangen hat, mit mir Englisch zu reden, hätte man mich mit einer Feder umwerfen können.«

»Meine Freunde nennen mich Schwarzer Habicht«, sagte James feierlich, seinen stoischen Gefährten nachahmend, »andere nennen mich Travis Langley.«

»Ich habe ihn angesehen, und auf dem großen Appaloosa, den er geritten hat, sah er aus, als sei er zwei Meter fünfzig groß. ›Dann ziehe ich doch Schwarzer Habicht vor, mein Freund‹, sagte ich. Und seitdem sind wir Freunde.«

Mandy atmete langsam auf. Sie hatte sich derart von der Geschichte gefangennehmen lassen, daß sie den Atem angehalten hatte. »Das ist eine ganz erstaunliche Geschichte, James.« Sie malte sich aus, wie der große, kräftige Mann unverfroren in das Lager geritten war.

»Ich hätte nicht geglaubt, daß Hawk zu einer so selbstlosen Tat fähig ist«, sagte sie, ohne es wirklich ernst zu meinen. Diese Äußerung ließ sie schnell wieder in die Gegenwart zurückkehren.

»So übel ist er gar nicht, Julia, wenn man ihn etwas besser kennenlernt.«

Mandy kniff die Lippen zusammen. »Ihn kennenlernt!«

James seufzte resigniert, und Mandy spürte, wie das Schuldbewußtsein ihr einen Stich versetzte. Sie wußte, daß James sein Bestes versucht hatte, um den Streit beizulegen.

Er stand auf und blickte zum Lager. »Es wird schon spät. Ich glaube, ich sehe noch mal nach den Pferden, ehe ich mich hinlege. Ich bedanke mich für Ihre Gesellschaft.«

»Gute Nacht, James«, rief sie ihm nach, und dann war sie wieder allein mit ihren Gedanken.

Vielleicht hatte James recht, dachte sie und ließ den ganzen Vorfall in ihrer Vorstellung noch einmal vorbeiziehen. Vielleicht hatte sie sich so sehr auf ihre Rolle als *Julia* eingelassen, daß sie jetzt verwirrt war. Sie wußte, daß Hawk seine guten Seiten hatte und liebevoll sein konnte. Sie konnte sich doch gewiß nicht vollständig in ihrer Einschätzung eines anderen Menschen täuschen – selbst dann nicht, wenn es einer war, der so schwer zu ergründen war wie Hawk. Sie zuckte zusammen, als sie an sein Benehmen dachte – und an ihres. Sie hatte doch gewußt, daß es Folgen haben würde, wenn sie sich wie Julia benahm – nur an diese eine hatte sie nicht direkt gedacht.

Tiefer im Wald konnte sie links von sich Hawks ausgeprägtes Profil vor dem Hintergrund des aufgehenden Mondes erkennen. Es war immer noch ein weiter Weg nach Kalifornien, und diese beiden letzten Tage waren nicht gerade angenehm gewesen. Der Zeitpunkt war nicht schlechter als jeder andere auch. Sie holte tief Atem, straffte die Schultern und ging auf den großen kräftigen Mann zu.

Im selben Moment blickte Hawk auf und lief auf sie zu. Sie trafen sich auf halber Strecke, und beide versuchten, gleichzeitig zu reden.

»Hawk, ich...«

»Julia, ich...«

Beide versuchten zu lachen, aber es klang angespannt und nervös.

»Sie zuerst«, ließ ihr Hawk mit einem zerknirschten Gesichtsausdruck den Vortritt.

Mandy starrte kurz seinen energischen Kiefer an, dann glitten ihre Augen höher zu seiner geraden Nase, und dort bemerkte sie eine winzige Krümmung, die auf einen früheren Zwischenfall hindeutete. Widerwillig gestand sie sich ein, daß auch das etwas war, was sie zu ihm hinzog.

»Ich wollte nur sagen, daß es mir leid tut, Ihnen so viel Ärger gemacht zu haben.«

Der Mondschein glitzerte auf seinem dichten rotblonden Haar und fiel in seine dunklen Augen, und das erlaubte ihr, seine Sorge zu erkennen.

»Ich bin derjenige, der sich entschuldigen sollte«, entgegnete

Hawk. »Ich habe die Selbstbeherrschung verloren. Das passiert mir nicht gerade oft.«

»Das habe ich schon gehört«, stimmte sie ihm freundlich zu.

Sie standen einander gegenüber, nur wenige Zentimeter von einander entfernt, und sie mußte den Kopf zurücklegen, um ihm in die Augen sehen zu können. Es widerstrebte ihr, sich zu rühren oder auch nur zu atmen, weil sie fürchtete, der Bann könne brechen.

Hawk starrte in ihre goldgesprenkelten grünen Augen. Auch in ihr kastanienbraunes Haar zauberte das Mondlicht einen goldenen Glanz. Sie wirkte unschuldig und verletzbar, aber er wußte, daß das nicht sein konnte. Ehe er sich zurückhalten konnte, hatte er schon die Arme ausgestreckt und sie fest an sich gezogen, und sein Mund senkte sich fordernd auf ihre weichen Lippen. Seine Kühnheit ließ sie im ersten Moment zusammenzucken. Als sich der Kuß dann vertiefte, teilten sich ihre Lippen, und sie gestattete seiner Zunge Zugang zur Süße ihres Mundes. Entspannt schmiegte sie sich an ihn, und ihre Arme schlangen sich um seinen Hals.

Sie fühlte sich so gut in seinen Armen, so klein, und doch erfüllte sie seine Sinne und schien mehr als genug Frau zu sein, um seinen Bedürfnissen entgegenzukommen. Er stöhnte vor Verlangen. Langsam begann er ihren Körper zu erkunden, und seine Hände legten sich um ihre zierliche Taille und glitten dann höher zur Wölbung ihrer Brüste hinauf, die einen leichten Schwung nach oben hatten. Er konnte spüren, wie sie sich hoben und senkten, denn die Erregung ließ sie heftiger atmen.

Sein Mund bewegte sich von ihren Lippen zu den zarten Konturen ihres Halses und dann wieder nach oben, um sachte an ihrem Ohrläppchen zu knabbern. Seine Hände bewegten sich geschickt. Selbst durch die vielen Kleidungsstücke hindurch spürte er ihr Zittern. Er knöpfte ihr Kleid auf, legte eine Hand auf eine feste, volle Brust und streichelte dann die rosige Brustwarze, die unter seiner Handfläche steif wurde.

Mandy hörte ihr eigenes verhaltenes Stöhnen, als seine Hand einen so intimen Teil ihres Körpers berührte. Sie wußte, daß sie ihn hätte zurückhalten sollen, doch statt dessen spürte sie, wie sie sich in seinen Armen entspannte und hemmungslos auf ihn reagierte. Sie konnte spüren, wie er seinen Bann weiterwob und sie tiefer hineinzog, als er anfing, mit seinen Küssen einen feurigen Pfad zu beschreiben. Sein Mund glitt von ihrem Hals zu ihrer Schulter, und dann nahmen seine Lippen die Spitze einer Brust gefangen.

Sie konnte nicht glauben, was hier passierte. Man hatte ihr zwar gesagt, was ein Mann und eine Frau miteinander taten, doch selbst in ihren kühnsten Träumen hätte sie sich nie vorstellen können, wie es in Wirklichkeit sein würde. Sie fühlte sich machtlos, vollständig von ihm beherrscht. Die Muskeln seines Rückens bewegten sich unter ihren Fingern. Sie konnte seine sehnigen Schenkel spüren, seine männliche Härte, die sich fest an sie preßte. Sie konnte sich nicht rühren; es kostete sie schon alle Kraft, einfach nur stehen zu bleiben. Sie wankte in seinen Armen, von Wogen von Empfindungen durchspült.

Hawk hatte völlig den Verstand verloren. Er hatte sich lediglich einen keuschen Kuß gestatten wollen, weil er hoffte, damit seine Gelüste einzudämmen, bis er Virginia City erreichte. Doch ihre Lippen waren Honig, und ihre Zartheit entfachte ein schmerzliches Verlangen in ihm. Nie hatte er eine Frau so sehr gewollt wie diese. Jetzt war er verloren. Im nächsten Moment würde er das Mädchen auf den Boden werfen und ihr die Kleider vom Leib reißen.

Er wappnete sich gegen die heftige Reaktion, von der er wußte, daß sie kommen würde, und mit einer Kraft, von der er selbst nicht wußte, woher er sie nahm, riß er sich los und schob sie mit eiserner Entschlossenheit von sich.

Ohne ein weiteres Wort wandte er sich ab und ging.

Mandy fühlte sich, als hätte er einen Eimer Eiswasser über sie geschüttet. Ihr Kopf drehte sich, und ihr Herz schlug so laut, daß sie sicher war, er könnte es noch im Fortgehen hören. Was mußte er von ihr denken? Warum ließ sie das immer wieder geschehen? Sie verstand es beim besten Willen nicht. Mit zitternden Fingern knöpfte sie ihr Kleid zu und strich es glatt. Tränen rannen auf die Wölbung ihrer Brüste.

Hawk stand am anderen Ende der Lichtung und hinterfragte seine Gefühle. Derart erschüttert war er in seinem ganzen Leben noch nicht gewesen. Selbst als er als Kind mitten in einem Komantschendorf erwacht war, hatte er nicht derart die Nerven verloren. Er hatte sich nicht mehr in der Hand, und das paßte ihm nicht. Noch eine weitere Sekunde allein mit dem Mädchen, und es wäre zu spät gewesen. Dann hätte er sein feierlich gegebenes Wort gebrochen – und wozu? Ein Miststück mit zwei Gesichtern, das wahrscheinlich mit jedem reichen Dandy in Sacramento City geschlafen hatte. Eine, die ihren Verlobten betrog, indem sie ihn küßte.

Er haßte sich für das, was er zugelassen hatte, und er gelobte sich, nicht noch einmal schwach zu werden. Wenn er nur über das bohrende Gefühl wegkommen könnte, das Mädchen könnte unschuldig sein. In seinem Herzen wußte er, daß das nicht möglich war, und doch... Seine Stimmung war finsterer denn je, als er sich zum Lager zurückschlich und sich hinlegte, um wieder einmal eine Nacht lang unruhig zu schlafen.

Der Traum kam ungebeten.

Dünne weiße Rauchfahnen stiegen von den winzigen Kochfeuern neben den Wigwams auf, die auf einer großen grünen Wiese verteilt waren. Trockene Kiefernnadeln bildeten einen Teppich auf der Erde unter den Bäumen auf den Hängen der Hügel – ein Schutz gegen die warme Sommersonne.

Der Junge war jetzt älter, doch der Traum sagte ihm, daß er sein achtzehntes Lebensjahr noch nicht erreicht hatte. Er zog sich eilig den Lendenschurz und die Hose an, trat in den strahlenden Morgen hinaus und begab sich zum Rand des Lagers. Die Mokassins unter seiner Wildlederhose tappten leise durch das trockene Gras; ein Schild aus Knochen und Federn bedeckte den größten Teil seiner Brust, und sein dichtes rotblondes Haar hing ihm bis weit über die Schulter.

Selbst durch den Dunstschleier des Traums konnte er erkennen, daß seine Haut zwar von der Sonne gebräunt war, aber doch noch heller war als die der anderen. Er bewegte sich mit der Verstohlenheit einer großen Katze, als er eilig zum Fluß lief. Er badete kurz in dem eisigen Gebirgsstrom, kleidete sich wieder an und macht sich auf den Weg zum Wigwam seines Vaters, denn er war entschlossen, Starker Pfeil seine Mission begreiflich zu machen.

Der Traum nahm eine Wendung.

Einen Moment lang war er der kleine weiße Junge Travis, und fernliegende Erinnerungen gingen ihm durch den Kopf.

Dann war er wieder Schwarzer Habicht, Sohn eines Häuptlings, ein gerissener Jäger und ein furchteinflößender Krieger. Ein Mann, der die Vergangenheit hinter sich gelassen hatte und seine indianische Familie inzwischen so sehr liebte, wie er einst die weiße Mutter und den weißen Vater lange zurückliegender Tage geliebt hatte.

Am anderen Ende der Wiese konnte er den jugendlichen Rennenden Wolf mit weit auseinanderstehenden Augen und einem spöttischen Lächeln sehen.

»Mein Bruder«, rief Rennender Wolf aus, »du hast den größten Teil des Morgens verpaßt. Hast du gestern nacht deinen Spaß gehabt?« Sein schiefes Lächeln ließ ihn älter als seine sechzehn Jahre wirken. Seine schwarzen Augen funkelten schelmisch, als er einen kleinen Stein von der staubigen Erde trat. »Hast du dich vielleicht an Aufgehender Neumond erfreut?«

»Aufgehender Neumond ist ein nettes Mädchen«, antwortete Hawk. »Jeder Mann würde sich in ihrer Gesellschaft wohl fühlen.« Er gab diese Äußerung ohne erkennbare Gefühlsregung von sich. Aufgehender Neumond hatte deutlich bekundet, daß sie ihn begehrte, und auch er spürte, wie sich die Leidenschaft, vielleicht sogar die Liebe zu der schönen Indianerin regte. Doch er hatte sich noch nicht zu ihr bekannt, obwohl Starker Pfeil ihn zu der Verbindung drängte.

Sie liefen weiter auf den Wigwam von Starker Pfeil zu. Hawk roch den Rauch von den Kochfeuern. Der große Häuptling empfing sie am Eingang. Hawk verabschiedete sich von Rennender Wolf und betrat gebückt den Wigwam, gefolgt von seinem Vater. Sie nahmen ihre Plätze am Feuer ein, und der ältere Mann wartete darauf, daß sein Sohn zu sprechen begann, doch Hawk schwieg. Er fand nicht die richtigen Worte.

Schließlich redete Starker Pfeil an seiner Stelle. »Mein Sohn, ich weiß, warum du gekommen bist.«

Hawk zuckte zusammen. »Du weißt es?«

»Ich habe dich mit den anderen und mit Aufgehender Neumond beobachtet.« Sein Vater sah ihm fest in die Augen. »Dein weißes Blut ruft dich.«

»Vater, ich... ich... wünschte, es gäbe etwas, was ich sagen könnte.« Die Qual, die es ihm bereitete fortzugehen, durchbohrte Hawks Herz. In keiner von beiden Sprachen gab es genug Worte, um seinem Vater begreiflich zu machen, welche Dankbarkeit und Liebe er für all das empfand, was sein Vater für ihn getan hatte.

Starker Pfeil legte eine sehnige braune Hand auf Hawks Schulter. »Ich weiß, wie es in deinem Herzen aussieht, mein Sohn. Ich weiß, daß das etwas ist, was du tun mußt. Wenn es richtig ist, wirst du dich in beiden Welten bewegen können, doch dein Herz wird immer hierbleiben.« Starker Pfeil legte eine Hand auf sein Herz. »Bei meinem Herzen.«

»Danke, Vater.« Hawk brachte die Worte kaum heraus. Ein Kloß bildete sich in seiner Kehle, und seine Brust schnürte sich zusammen. Er schluckte schwer. Sein Vater hatte recht. Er mußte gehen.

Der Traum nahm eine Wendung.

Hawk lag in seinem Wigwam und erinnerte sich an die weiße Welt. Die wenigen Erinnerungen, die er daran hatte, waren unzusammenhängend. Doch er konnte sich an Kleinigkeiten erinnern: das Rascheln von Petticoats, der Geschmack von Eiskrem, die Weichheit einer dicken Matratze – und einen Mann, der Thomas Rutherford hieß. Rutherford, der beste Freund seines weißen Vaters, hatte angeboten, ihn nach dem Tod seiner Eltern in seinem Haus aufzunehmen. Hawk hoffte, der Mann würde ihm noch einmal seine Hilfe anbieten. Für ihn war es an der Zeit, die Sicherheit seines Dorfes zu verlassen. Er mußte in die weiße Welt zurückkehren, um herauszufinden, wer er wirklich war – Schwarzer Habicht oder Travis Langley.

Im ersten Grau der Morgendämmerung erwachte Hawk. Er blinzelte, versuchte, die Orientierung zu finden, und setzte sich dann mit einem schweren Stöhnen auf. Schon ehe er den Kopf umdrehte, spürte er, daß jemand ihn beobachtete. Das Mädchen stand drei Meter von ihm entfernt und schaute ihn an.

»Sie haben wieder geträumt«, sagte sie zu ihm. »Ich wollte Sie schon wecken, aber nach dem letzten Mal...«

Er lächelte ein wenig und schüttelte den Kopf. »Sie lernen dazu, Miss Ashton. Aber ich danke Ihnen für Ihre Sorge.«

Sie ging auf ihn zu, als er aufstand. »Ist es jedesmal derselbe Traum?«

Er schaute sie fest an und versuchte, ihre Motive zu ergründen. »Teile ein und desselben Traums. Das meiste davon ist ziemlich unerfreulich.«

»Das dachte ich mir schon.« Sie schien sich wirklich zu sorgen.

»Manchmal geht es um den Angriff der Komantschen. Manchmal darum, wie ich aus meinem Dorf fortgegangen bin.«

»Können Sie denn nichts gegen die Träume tun?«

Er atmete tief aus. »Bisher ist mir nichts eingefallen, was dem abhelfen könnte. Inzwischen bin ich an die Träume gewöhnt.« Er wandte sich ab und begann, seine Decken zusammenzurollen. Sie betrachtete ihn noch einen Moment lang, als hätte sie gern noch etwas gesagt, dann wandte sie sich ab und ging. Er beobachtete das leichte Wiegen ihrer Hüften, und die Erinnerung an ihre Küsse und daran, wie sich ihre Haut unter seiner Hand anfühlte, ließ sein Blut wallen. Seine Hand zitterte ein wenig, als er sein Bettzeug zusammenschnürte. Er rang mit seinen Gedanken, denn er war entschlossen, sie in eine andere Richtung zu lenken, und dann schaute er nach den Pferden.

## *12. Kapitel*

Schäfchenwolken hüllten die schneebedeckten Gipfel der nahen Wasatchberge ein, der letzten Gebirgskette vor ihrem Abstieg in das Great Salt Lake Basin.

Als sich der Weg über den Bergkamm schlängelte, konnte Mandy unter sich ein fruchtbares Tal sehen, das von hohen Bergen umgeben war, und auf dem Gipfel des größten Berges lag immer noch eine dünne Schicht Pulverschnee, obwohl es ein warmer Sommer gewesen war.

Nach endlosen Tagen in der Prärie, deren Landschaft nur durch vereinzelte Salbeisträucher und gelegentlich die Hütte eines Händlers aufgelockert wurde, war das Ackerland unten im Tal ein erfreulicher Anblick. Es war Jahre her, seit Mandy Ackerland gesehen hatte – seit ihrer Kindheit nicht mehr, in der sie die Sommermonate zu Besuch bei ihren Großeltern verbracht hatte, die im Staat New York lebten. Sie zwinkerte eine plötzliche Nässe aus ihren Augen, als die warme Flut der Erinnerungen über sie hereinströmte; jene Zeiten gehörten zu den glücklichsten ihres Lebens.

Aber hier waren die Farmen als gleichmäßige rechteckige

Parzellen angelegt; die Gegend wurde nicht von sanften Hügeln oder gewundenen Straßen durchbrochen. Vereinzelt waren Bauernhäuser mit niedrigen Dächern, hinter denen jeweils ein kleiner Garten angelegt war, Pappeln, Akazien und eine Menge Obstbäume – Apfelbäume, Pfirsichbäume – und Weinstöcke in die Landschaft eingesprenkelt. Sie konnte leicht erkennen, warum die Heiligen, die Mormonen, stolz auf ihre Errungenschaften waren.

Nach einer weiteren Stunde erreichten die drei Reiter den Stadtrand. Nach jeder Wegbiegung gab es etwas Neues zu sehen, und immer wieder breitete sich ein Lächeln auf Mandys Gesicht aus. Was für ein hübscher Ort, um dort zu leben, überlegte sie sich neiderfüllt. Im Vergleich zu ihrer schroffen Umgebung im Fort kam ihr Salt Lake City wie ein Paradies vor.

Nachdem sie ihre Pferde an dem geschäftigen Treiben vorbeigelenkt hatten, an Güterwagen, Zweispännern und einer Kutsche, die gerade aufbrach, erreichten sie endlich das Zentrum der Stadt. Mandy stellte fest, daß die meisten Gebäude aus gebrannten Lehmziegeln erbaut waren, die in ihrem Kampf gegen die Naturgewalt ein fleckiges Grau angenommen hatten und den Anschein von Stein erweckten. Es gab auch zweistöckige Gebäude aus Granitplatten mit kunstvoll verzierten Fassadenverkleidungen. Die Straßen waren breit, aber um diese Jahreszeit staubig.

Mandy sah Arbeiter, die mit Backsteinen beladen durch die Gegend liefen oder in Tonnen Mörtel anrührten, während Wagen mit Bauholz und Fässer mit Nägeln eintrafen. James sagte, das geschäftige Treiben hätte mit den Bauarbeiten an dem großen Tempel zu tun.

Eine Schullehrerin in einem braunen Baumwollkleid hatte sich das Haar zu einem strengen Knoten auf dem Hinterkopf zusammengebunden, trug eine Nickelbrille und sah die drei erschöpften Reisenden an. Mandy überlegte sich, wie sehr die Frau sie an sich selbst vor nur wenigen Wochen erinnerte. Diese Vorstellung ließ sie erschauern. Das war ein Teil ihrer Vergangenheit, den sie nur zu gern hinter sich zurückließ.

Sie stiegen im Salt-Lake-Haus ab, einem verschachtelten Gebäude, das weit größer war, als es von der Straße aus den Anschein hatte.

»Wie sind die Mormonen wirklich?« fragte Mandy. »Werden wir einen kennenlernen?« Alle Nichtmormonen hatten wilde Geschichten über die Ansiedlung der Mormonen gehört. In vielen Haushalten war dieses Thema tabu.

James lachte in sich hinein. »In dieser Gegend gibt es wenige Nichtmormonen, wenn man von Händlern und Reisenden wie uns einmal absieht. Aber im Moment bin ich der Meinung, daß ein schönes heißes Bad der dringlichste Punkt auf der Tagesordnung ist.«

»Ein richtiges Bad«, sagte sie sehnsüchtig und versonnen.

Hawk beobachtete, wie seine hübsche Schutzbefohlene zum erstenmal seit Tagen wieder lächelte, und er war froh darüber. »Wenn wir gebadet haben, lade ich euch beide zum Abendessen zu den besten Steaks in Great Salt Lake City ein«, bot er großzügig an. Als das Mädchen daraufhin noch strahlender lächelte, spürte er, wie sich in der Gegend seines Herzens etwas regte.

Nachdem James mit dem Gastwirt alles geregelt hatte, reichte er Mandy seinen Arm, und gemeinsam stiegen sie die breite Treppe hinauf.

»Nicht direkt die Villa des Gouverneurs, aber auch nicht gerade schlecht, wenn man so lange Zeit auf dem Boden geschlafen hat«, meinte James, als er sich das winzige Zimmer mit dem schmalen eisernen Bettgestell ansah. »Wissen Sie«, fügte er versonnen hinzu, »ich habe nicht damit gerechnet, daß die Tochter eines Gouverneurs sich auf einer so anstrengenden Reise derart gut hält. Sie sind eine äußerst angenehme Reisegefährtin, Miss Julia Ashton.« Sein breites Lächeln und das Funkeln in seinen schwarzen Augen zeigten deutlich, wie aufrichtig er das Kompliment meinte.

»Ich danke Ihnen, James.« Sein Kompliment erfreute sie, doch sie wünschte, sie hätte es nicht unter Vorspiegelung falscher Tatsachen entgegennehmen müssen.

In dem Moment betrat ein schmächtiges Mädchen von vielleicht fünfzehn Jahren in Begleitung eines jungen Knaben das Zimmer, und beide brachten Krüge mit heißem Wasser. James überprüfte das Fenster und vergewisserte sich, daß es zu hoch über der Straße lag, um Mandy zur Flucht zu ermuntern, dann wartete er geduldig, bis die beiden ihre Pflichten ausgeführt hatten, ehe er sich in den Gang zurückzog. Mandy hörte, wie der Nachschlüssel im Schloß umgedreht und die Tür von außen abgeschlossen wurde.

»Hast du das gehört, Max?« flüsterte Jake Wiley durch seine gelben Zähne. »Dieses kleine Mädchen dort drüben ist die Tochter des Gouverneurs!« Wileys knochiger Finger wies auf die abgeschlossene Tür.

Sergeant Max Gutterman kauerte mit Wiley an seiner Seite am anderen Ende des Ganges; sie hatten sich dort versteckt und schauten auf das Zimmer des Mädchens. Gutterman hatte James Long gesehen, als er in die Stadt geritten kam, und er war ihm in der Hoffnung zum Hotel gefolgt, eine alte Rechnung begleichen zu können. Er lächelte vor sich hin. Es könnte sogar noch besser klappen, als er erwartet hatte.

»Was meinst du, von welchem Gouverneur die Rede ist?« erkundigte sich Gutterman. Durch ein Loch in seinem rotkarierten Hemd kratzte er sich die Achsel.

»Woher soll ich das wissen? Aber jeder Gouverneur würde bereitwillig einen Haufen Geld dafür bezahlen, daß er seine Tochter zurückkriegt.« Wileys dunkle Augen glänzten, als er an Geldscheine dachte, die in seine Reichweite gerückt waren.

»Dieses eine Mal, Wiley, könntest du Glück haben«, stimmte Gutterman ihm zu. Er legte den Kopf zur Seite, schaute Wiley an und rückte seine Augenklappe zurecht. »Außerdem habe ich mit dem Kerl, mit dem sie zusammen ist, noch etwas zu regeln. Du trommelst jetzt Pete und den Mexikaner zusammen und bringst sie über die Hintertreppe her. Sobald du wieder da bist, werden wir der jungen Dame einen Besuch abstatten.«

Sie war ein hübsches kleines Ding, fand Max. Und sie erinnerte ihn an Myra, seine Frau. Bei dem Gedanken verfinsterte sich seine Stimmung. Myra taugte nichts. Sie hatte sich vor seiner Nase mit einem Kundschafter eingelassen, einem Halbblut, und ihn vor der ganzen Truppe zum Gespött gemacht. Wochenlang hatten seine Kumpel hinter seinem Rücken gehöhnt, ehe er sie mit dem Mann im Bett erwischt hatte.

Er hatte Myra geliebt und hätte alles getan, um sie zu erfreuen. Aber nichts, was er tat, war ihr gut genug. Das Beste, was aus ihrer Ehe entstanden war, war Sarah. Sarah war ein wunderschönes kleines Mädchen, ganz so wie ihre Mutter, und sie hatte leuchtend grüne Augen und langes blondes Haar. Aber Myra, diese Schlampe, hatte eines Tages nicht auf das Mädchen aufgepaßt, und Sarah war aus dem Haus geschlichen. Stundenlang hatten sie sie gesucht, ehe sie sie mit dem Gesicht nach unten im Teich fanden. Zwei Wochen später hatte Max Myra mit dem Halbblut im Bett ertappt. Er hatte sie beide kurzerhand erschossen.

Dieses Mädchen sah Myra sehr ähnlich, nur war sie etwas kleiner und vielleicht sogar noch hübscher. Wenn man sich vorstellte, daß ein Mann wie er mit der Tochter des Gouverneurs zusammentraf!

Statt sich von James' mangelndem Vertrauen entmutigen zu lassen, gab Mandy die abgeschlossene Tür ein Gefühl von Sicherheit. Sie zog ihre schmutzigen Kleider aus, steckte sich das dichte Haar auf den Kopf und stieg in die Wanne. Als sie sich ins Wasser sinken ließ, stiegen winzige Seifenbläschen, die nach Lavendel dufteten, auf und kitzelten ihre Nase. Sie entspannte sich und tauchte dann mit dem Kopf unter und wusch sich das

Haar. Als sie wieder auftauchte, fühlte sie sich von Kopf bis Fuß erfrischt.

Allzu schnell begann das Wasser abzukühlen. Mandy stieg seufzend aus der Wanne und wünschte, sie bräuchte nicht schon wieder ein zerrissenes Kleid anzuziehen, doch wenigstens war es sauber. Sie hatte es gestern gewaschen, um auf ihre Ankunft in der Stadt vorbereitet zu sein.

Als sie sich gerade ihr feuchtes Haar gründlich gekämmt hatte, hörte sie ein leises Klopfen an der Tür. Eilig zog sie ihr ausgebleichtes Kleid über und erteilte James die Erlaubnis einzutreten. Als der große Mann hereinspaziert kam, trug er einen so hohen Stapel Kartons in den Armen, daß sie ihm fast die Sicht versperrten. Lächelnd ließ er die Kartons aufs Bett fallen, und mehrere Deckel fielen herunter und enthüllten Spitzen und Rüschen.

Mit einem Aufschrei der Begeisterung stürzte sich Mandy darauf. Es waren Strümpfe dabei, Spitzenschlüpfer, Petticoats und Kleider: hübsche Musselinkleider, eins davon in einem pastellenen Rosé und mit vielen Metern elfenbeinfarbener Spitze eingefaßt und ein butterblumengelbes mit winzigen Blümchen bestickt, das sie sofort anziehen wollte. Ein Karton enthielt ein Reitkostüm aus marineblauem Leinen, die Jacke war mit einem weißen Kragen und weißen Manschetten versehen, der Rock lief vorn und hinten modisch spitz zu. Die letzte Schachtel enthielt ein elegantes Abendkleid aus schimmernder goldener Seide mit einem tiefen Ausschnitt. Perlen funkelten auf dem Oberteil und waren wie Edelsteine über den Rock verteilt.

»James, eins ist wunderbarer als das andere – die schönsten Kleider, die ich je gesehen habe – ich meine . . .« Sie hoffte, daß er ihren Ausrutscher nicht bemerkt hatte, und dann spürte sie, wie ihre Wangen sich röteten, als sie einen zarten bestickten Schlüpfer hochhielt.

»Das hätten Sie nicht tun sollen, James.« Sie beugte sich vor, küßte ihn schüchtern auf die Wange und war immer noch nicht imstande, an ihr Glück zu glauben.

»Das habe ich auch nicht getan«, gestand er reumütig ein. »Hawk war es. Eines der Geschäfte hat einen größeren Auftrag von einer Frau bekommen, die etwa Ihre Maße hatte, doch die Dame verließ überstürzt die Stadt – ohne die Kleider. Hawk dachte, Sie würden sich vielleicht darüber freuen. Aber den Kuß weiß ich trotzdem zu würdigen«, fügte er spöttisch hinzu.

»Hawk?« wiederholte sie ungläubig. »Aber er kann unmöglich... er würde doch niemals...«

»Ich fürchte, er hat es doch getan. Ich wünschte nur, ich wäre vor ihm auf den Gedanken gekommen.« Es war eine aufrichtige Erwiderung mit einer Spur von Bedauern.

»Wo ist er? Ich möchte mich gern bei ihm bedanken.«

»Er trifft sich mit Brigham Young. Er wird rechtzeitig zum Abendessen zurück sein, das er uns versprochen hat. Ruhen Sie sich einfach eine Weile aus. Ich komme wieder, wenn Sie sich umgezogen haben.« Er entschuldigte sich, ging zur Tür und schloß sie wieder ab, damit sie nicht flüchtete.

Mandy dachte jedoch nicht daran, davonzulaufen. Travis Langley hatte an sie gedacht, sich um ihre Belange gekümmert, ihr etwas Gutes getan. Bei diesem Gedanken schwirrte ihr der Kopf. Hätte sie doch bloß aufhören können, sich als eine andere auszugeben. Hätte sie ihm doch nur die Wahrheit sagen können.

Gott sei Dank würde dieses Theater bald vorüber sein. Morgen würden sie die Kutsche nehmen, die nach Westen fuhr, nach Virginia City, denn Hawk und James waren sicher, daß ihr Verlobter ihr nicht so weit gefolgt war. Es würde eine holprige und unbequeme Fahrt von fünf Tagen durch eine trockene, staubige Wüste werden, und dennoch war es die schnellste Art, die fünfhundert Meilen menschenleerer Ödnis zu durchqueren, die vor ihnen lagen. Lady Ann sollte an einer Reihe von Kutschen angebunden werden, die langsamer nach Sacramento City fuhren. James und Hawk hielten sich beide ein Pferd in Salt Lake wie auch in Kalifornien. In Virginia City würden die drei kurz

Rast machen und dann nach Reno weiterreisen, einer neuen Ansiedlung, die an der östlichsten Haltestelle der Central-Pacific-Eisenbahn gegründet worden war. Von dort aus lag nur noch eine kurze Reise von einem halben Tag nach Sacramento City vor ihnen. In weniger als einer Woche rechnete sich Mandy aus, könnte sie ihre Rolle als Julia abwerfen und wieder sie selbst sein.

»So... Travis Langley. Wie lange ist es her? Ein Jahr? Zwei?« Brigham Young, eine beeindruckende Gestalt mit Koteletten und grauem Bart, stand im Wohnzimmer seines zweistöckigen Fachwerkhauses. Mit siebenundsechzig war Young immer noch ein viriler und redegewandter Mann, der Integrität und Autorität ausstrahlte.

Brigham hielt ihm seine Hand hin, und Hawk schüttelte sie kräftig.

»Es ist schon eine ganze Weile her, Brigham.«

»Ich weiß es zu schätzen, daß Sie sich die Zeit genommen haben, bei mir vorbeizuschauen. Mein Mann im Salt-Lake-City-Haus hat mich bereits darüber informiert, daß Sie in der Stadt sind.« Er lächelte und strich sich den elegant geschnittenen schwarzen Anzug glatt. »Hier geschieht nicht viel, wovon ich nichts erfahre; wenn man beliebt ist, kommt einem alles nur noch schneller zu Ohren. Was führt Sie in unsere schöne Stadt?«

»Ich bin im Auftrag unterwegs.« Hawk lächelte, als er an Julia dachte. »Es scheint, als hätte Gouverneur Ashton fast etwas verloren, wofür er eine Schwäche hat...«

»Zum Beispiel seine Tochter?« fiel ihm Brigham ins Wort.

Hawk runzelte die Stirn. »Hier sprechen sich Neuigkeiten tatsächlich schnell herum. Ja, Sir. Zum Beispiel seine Tochter. Aber mir wäre es lieb, wenn Sie das vergessen könnten, Sir. Es täte dem Ruf der hübschen Dame nicht gerade gut, wenn die Leute erführen, daß sie mit uns unterwegs ist.«

»Ich kann nicht behaupten, es zu billigen, daß sie ohne Anstandsdame reist, aber ich vermute, daß ihr Vater das am besten beurteilen kann.«

»Es wäre besser, wenn Sie sich um uns beide Sorgen machen.« Hawk grinste breit. »Miss Ashton scheint fähig zu sein, auf sich selbst aufzupassen.«

Brigham nickte. »Das kann ich gut verstehen, wenn man so viele Ehefrauen hat wie ich, dann lernt man schnell, wozu das ›schwache Geschlecht‹ wirklich in der Lage ist!« Beide Männer lachten herzlich.

»Aber jetzt genug mit diesen Nebensächlichkeiten.« Brigham bedeutete Hawk, ihm in sein Arbeitszimmer zu folgen, und dort wies er auf einen prallgefüllten Sessel. Hawk setzte sich gerade, als der untersetzte Mann einer seiner vielen Ehefrauen zurief: »Mary, bring Mr. Langley eine Erfrischung. Wir beide haben ein paar Dinge miteinander zu besprechen.«

Sie unterhielten sich ernst über die Ereignisse in den Bereichen des Landes, in denen sie jeweils lebten. Hawk interessierte sich für die Fortschritte beim Bau der Eisenbahn, die im Frühjahr beide Seiten des Kontinents miteinander verbinden sollte. Die Union Pacific und die Central Pacific arbeiteten sich in einem halsbrecherischen Tempo quer durch das Land vor, und es schien, als träfen sie im Utah Territory aufeinander.

Brigham wollte Genaueres über die Indianer wissen. Das Gespräch dauerte länger als eine Stunde.

»Nun, Travis«, sagte Brigham und klopfte ihm auf den Rükken, als sie zur Tür gingen. »Übermitteln Sie dem Gouverneur meine Grüße.«

»Mit dem größten Vergnügen, Sir.«

»Und passen Sie gut auf Ihren... Auftrag auf.«

Hawk lächelte. »Darauf können Sie sich verlassen, Sir.«

Mandy versuchte, sich ein wenig auszuruhen, doch die Vorfreude auf den Abend war einfach zu groß. Schließlich gestand sie sich ihre Niederlage ein, zog sich schneeweiße bestickte

Spitzenunterkleider an und schlüpfte in das wunderschön leuchtend gelbe Musselinkleid. Sie ließ ihre Finger über den zarten, sauberen Stoff gleiten und drehte vor dem Spiegel Pirouetten, und ihre Petticoats raschelten bei jeder Bewegung. Sie wühlte in dem Karton und fand ein paar passende gelbe Bänder, die sie sich in das frischgewaschene Haar flocht. Wie wunderbar weiblich sie sich fühlte!

Als sie sich gerade den zweiten dicken Zopf auf ihren Kopf gebunden hatte, zog Lärm vor ihrer Tür ihre Aufmerksamkeit auf sich. Sie unterbrach ihre Bewegungen und fragte sich, ob Hawk vorzeitig zurückgekommen war. Als sie auf die abgeschlossene Tür zuging, zersplitterte der Riegel, und vier Männer sprangen ins Zimmer. Mandy wich zurück, und ein kleiner Schrei blieb in ihrer Kehle stecken. Ihr Herz pochte heftig, als die Furcht durch ihre Adern strömte. Die Männer stanken nach Whiskey und abgestandenem Rauch und schauten sie lüstern und betrunken an.

Sie kämpfte darum, ihre Fassung wiederzuerlangen. Ein Teil ihrer Angst legte sich und wurde von der Wut über ihr gewaltsames Eindringen abgelöst.

»Was haben Sie hier zu suchen? Verschwinden Sie auf der Stelle!«

»Regen Sie sich ab, kleines Fräulein, dann passiert Ihnen vielleicht nichts«, sagte ein stämmiger Mann mit einer Klappe über einem Auge. Sie dachte eilig nach und entschloß sich, Zeit zu gewinnen. »Wagen Sie es nicht, mir zu drohen. Ich werde Sie verhaften lassen. Verschwinden Sie auf der Stelle!« Da sie hoffte, ihre Dreistigkeit hätte die Männer vorübergehend abgelenkt, stürzte sie mit einem Satz zur Tür.

Eine schwielige Hand preßte sich auf ihren Mund und erstickte ihren Schrei, und ihre Füße wurden vom Boden gehoben. Sie trat um sich und wand sich bei dem Versuch, sich zu befreien, doch die Arme, die sie festhielten, schlossen sich nur noch enger um sie. Mandys Grauen steigerte sich mit jeder Sekunde, die verging. Sie probierte eine neue Taktik aus, bohrte die Zähne in die verschwitzte Handfläche des Mannes und wand sich wieder in seiner kräftigen Umklammerung.

»Autsch! Na so was, du kleiner Wildfang. Ich sollte dich...« Der stämmige Mann ballte seine behaarte Hand zur Faust und versetzte ihr einen Kinnhaken. Das Zimmer drehte sich kurz vor ihren Augen, und dann versank sie in Dunkelheit.

»Wickelt sie in diese Decke und tragt sie die Hintertreppe hinunter«, befahl Gutterman. »Jake, wirf sie über mein Pferd, ich komme sofort nach. Ich will nur sichergehen, daß uns niemand folgt.«

Jake Wiley tat wie geheißen. Pete folgte ihm, dann der Mexikaner.

»Was, zum Teufel, ist hier...?« James kam gerade noch rechtzeitig die Vordertreppe hinauf, um zu sehen, wie ein Fremder aus Julias Zimmer kam und auf die Hintertreppe zulief. Er preßte sich flach an die Wand, zog seinen Revolver und näherte sich langsam und lautlos. Nachdem er die Tür mit einem Stiefel aufgestoßen hatte, sah er sich im Zimmer um. Sein Puls pochte in seiner Schläfe. *Wo steckte das Mädchen?* Vorsichtig trat er in das Zimmer.

Gutterman hielt den Atem an. Er wartete hinter der Tür, bis der Spieler eingetreten war, und rührte keinen Muskel. Als Long den nächsten behutsamen Schritt machte, schlich sich Max lautlos von hinten an ihn heran und schlug ihm den Lauf seiner Waffe über den Schädel. Long sackte auf dem Fußboden zusammen.

Max lächelte gerissen. »Es war aber auch Zeit, daß wir uns wiedertreffen, Spieler.« Er spannte den Hahn seines schweren Revolvers und richtete die Waffe auf Longs bewußtlosen Körper. Dann drangen Stimmen aus dem Nebenzimmer leise durch die Wände und riefen ihm die Gefahr wieder ins Gedächtnis zurück.

Er fluchte über dieses Pech. Statt den Abzug zu betätigen, trat er dem Mann fest in die Rippen, steckte den Revolver in den Halfter und trat in den Gang hinaus. *Wahrscheinlich war es sogar gut so. Der Spieler konnte ihm noch von Nutzen sein.* Long konnte dafür sorgen, daß ihre Forderungen dem Gouverneur zu Ohren kamen, wenn es an der Zeit war.

Leise schloß Gutterman die Tür hinter sich. »Jetzt hast du schon zweimal Glück gehabt, Spieler«, murmelte er leise vor sich hin. »Ich versichere dir, daß dich dein Glück beim nächsten Mal verlassen wird.«

## *13. Kapitel*

Das Gelächter betrunkener Männer und ihre heiseren männlichen Stimmen mischten sich hinter dem verschwommenen Schein eines Lagerfeuers. Mandy berührte die schmerzende Stelle an ihrem Kiefer und begann, sich ein Bild von ihrer Umgebung zu machen. Selbst in der Dunkelheit konnte sie erkennen, daß es eine schroffe Gegend war. Sie waren irgendwo in den Bergen. Hohe Kiefern und die kühle Luft sagten ihr, daß sie auf einer recht hohen Anhöhe sein mußten. Die Männer hatten in den letzten Stunden eine weite Strecke zurückgelegt.

Ihr gelbes Kleid war jetzt zerrissen und schmutzig, und ihr Körper schmerzte von Kopf bis Fuß. Ihre rechte Hand war zwar frei, doch die linke war mit einem Lasso an einem dicken Baumstamm befestigt. *Was konnten sie bloß von ihr wollen?*

Dann fing sie kurze Gesprächsfetzen auf, und Mandy wurde klar, daß sie sie für Julia Ashton, die Tochter des Gouverneurs, hielten. *Sie wollten sie gegen ein Lösegeld festhalten!* Sie spürte, wie die Tränen brannten, doch sie weigerte sich zu weinen. Sie mußte jetzt stark sein. Hawk und James würden sie finden. Außerdem würden ihr die Männer wahrscheinlich nichts antun, solange zu erwarten war, daß das Lösegeld gezahlt wurde. Sie rückte dichter an den Baum und bemühte sich, so unauffällig wie möglich zu bleiben. Sie brauchte nichts weiter zu tun als zu warten.

Tausend Hämmer spalteten seinen Schädel. »Ufffff!« James stöhnte, als Hawk ein feuchtes Tuch über die große Beule auf seinem Hinterkopf legte.

»Dafür haben wir jetzt keine Zeit.« James versuchte erfolglos, Hawk von seinem Tun abzuhalten.

»Wir müssen Julia finden!« Als er sich auf dem Bett hochzog, spürte er, wie eine Woge von Übelkeit in ihm aufstieg. Leuchtend bunte Flecken tanzten vor seinen Augen.

»Du gehst jetzt nirgends hin«, sagte Hawk mit ausdrucksloser Stimme zu ihm. »Es sieht so aus, als hättest du eine Gehirnerschütterung. Du wirst für ein paar Tage nicht einsatzfähig sein. Der Arzt ist schon auf dem Weg hierher. Mach dir nur keine Sorgen. Ich werde das Mädchen schon finden.« Ein Muskel spannte sich in seinem Kiefer, und dann sprach er weiter: »Unsere Chancen stehen besser, wenn ich allein hinter ihr herreite. Damit werden sie nicht rechnen.« James hörte zu, als sein Freund seine Strategie entwarf.

»Wenn ich in drei Tagen nicht wieder da bin, gehst du zu Brigham. Beschaff dir, wenn nötig, militärischen Geleitschutz.« Hawk schien sich mühsam zu beherrschen.

»Hawk, ich ... es tut mir leid. Es sieht ganz so aus, als hätte ich dich wieder einmal im Stich gelassen.«

»Du hast dein Bestes getan. Und jetzt bleib still liegen. Versuch, dich auszuruhen. Ich werde sie zurückbringen.«

James spürte eine sanfte Hand auf seiner Schulter, ehe Hawk den Raum verließ.

Auf dem Weg zu seinem Pferd dachte Hawk über die bevorstehende Aufgabe nach. Kalte Wut spannte seine Gesichtsmuskeln. Er würde das Mädchen finden, soviel stand fest. Er hoffte nur, daß er nicht zu spät kam. Wenn sie ihr auch nur ein schimmerndes Haar krümmten, auch nur einen blauen Flecken auf ihrer makellosen Haut zurückließen ...

Der Geruch nach Speck und Bohnen, der in der Luft hing, rief Mandy ins Gedächtnis, daß sie seit dem Frühstück nichts mehr gegessen hatte.

»Komm, nimm schon, Mädchen«, sagte der, den sie Pete nannten, und reichte ihr einen Blechteller. »Ich glaube, der Boss hat nach dem Abendessen etwas mit dir vor. Wir wollen doch nicht, daß du kraftlos bist und es keinen Spaß mehr macht, oder?«

»Was heißt das, ›er hat etwas mit mir vor‹?« fragte Mandy. Ihr gefiel der Ausdruck nicht, der in den dunklen Augen des Mannes stand.

»Das wirst du schon früh genug herausfinden, kleines Fräulein«, erwiderte er. Ein anzügliches Lächeln verzog seine Lippen.

Er ließ den Teller stehen und schlurfte wieder zum Feuer.

Mandy zog an der Fessel um ihr Handgelenk, doch der Knoten war hinter dem Baum angebracht, weit außerhalb ihrer Reichweite. Was konnte der Mann bloß gemeint haben? Gewiß würde niemand es wagen, der Tochter eines Gouverneurs etwas anzutun. Und doch schlichen sich Zweifel und ein eisiges Grauen in ihre Vorstellung ein. Bitte, lieber Gott, betete sie, laß sie mich bald finden.

Hawk überprüfte noch einmal die Spuren. Ihre Fährte war leicht zu verfolgen, doch sie war kalt, und die Männer mußten immer noch einen größeren Vorsprung haben. Er trieb den großen Rotschimmel schneller an und ritt eilig in die Nacht, sich selbst erbarmungslos antreibend. Der Vollmond, der über den zerklüfteten Gipfeln aufging, erhellte das schroffe Gelände und machte ihm die Sache leichter. Schneller und immer schneller trieb er den großen Rotschimmel durch die Landschaft voran.

»Freut mich, daß dir das Futter geschmeckt hat, kleines Fräulein.« Der stämmige Mann in dem schmutzigen rotkarierten Hemd tauchte an ihrer Seite auf. Ihr Magen drehte sich von seinem ungewaschenen Geruch um.

Er rückte die schmutzige Klappe über seinem Auge zurecht und fuhr sich mit einer Hand durch das fettige braune Haar.

»Ja, Ma'am, für das kleine Schauspiel, das Sie uns vorführen werden, werden Sie Ihre gesamte Kraft brauchen.« Er zerschnitt das Lasso, mit dem ihr Handgelenk gefesselt war, und riß sie grob auf die Füße, ehe er sie zum Lagerfeuer stieß. Die drei anderen Männer saßen im Schneidersitz auf der gegenüberliegenden Seite des Feuers. Alle grinsten vielsagend.

»Und jetzt fang an, die Kleider auszuziehen, kleines Fräulein, und zwar ganz langsam«, befahl ihr Gutterman, »ein Stück nach dem anderen.«

»Ich werde nichts dergleichen tun!« sagte sie und blickte zu den Männern, die auf dem Boden saßen. »Wenn Sie wissen, was gut für Sie ist, dann sollten Sie mich in Ruhe lassen. Mein Vater ist einflußreich. Wenn Sie mir irgend etwas antun, wird er dafür sorgen, daß Sie alle gefangen und getötet werden. Dann bekommen Sie niemals Ihr Geld.« Als sie langsam vor ihnen zurückwich, spürte sie, wie dicke Finger sich in ihre Schultern bohrten und sie dann im Kreis herumdrehten.

Gutterman schlug ihr fest ins Gesicht, und der Knall hallte von den Granitwänden des Canyon wieder, als der Schlag sie zu Boden warf. Sie legte die Finger auf ihre geplatzte Lippe, die sofort anschwoll und heftig pochte. Der metallische Geschmack des Blutes vermischte sich mit dem Salz ihrer Tränen.

»Du wirst genau das tun, was ich sage. Außerdem tut das, was wir vorhaben, niemandem weh. Es könnte dir sogar noch Spaß machen. Stimmt's, Jake?«

»Recht hast du, Max. Ich hab' gehört, ihr Mädchen aus der besseren Gesellschaft lauft rum und bettelt um das, was du jetzt gleich kriegst.«

Mandy glaubte, in Ohnmacht zu fallen. Wo steckten bloß Hawk und James? Vielleicht hatten sie ihr Verschwinden bemerkt und geglaubt, sie sei wieder einmal ausgerissen. Vielleicht würden sie ihr diesmal nicht nachreiten. O Gott, bitte, steh mir bei. Ein Schuß ernüchterte sie. Eine kleine Staubwolke stieg zu ihren Füßen auf, die die Kugel knapp verfehlt hatte, und das gräßliche Geräusch hallte in ihren Ohren wider.

»Und jetzt tu, was der Hombre dir sagt, Señorita *hermosa*. Fang mit den Schuhen an.« Der derbe mexikanische Akzent duldete keinen Widerspruch. Den dunkelhäutigen Mann mit dem dichten Schnurrbart hinter dem Feuer konnte sie kaum erkennen.

So langsam, wie es nur irgend ging, zog sie erst einen zierlichen Schuh und dann den anderen aus. Sie war krank vor Angst, und sie spürte, wie Tränen in ihren Augen brannten, doch sie brachte nicht den Willen auf, sie zurückzuhalten.

»Und jetzt das Kleid, kleines Fräulein«, ertönte Petes aufgeregte näselnde Stimme. Sie spürte rauhe Hände hinter sich und hörte dann, wie der Stoff zerrissen wurde. Das hübsche gelbe Kleid fiel vor ihre Füße.

Wieder ein Schubs.

»Und jetzt die Petticoats«, ertönten mehrere Stimmen, und ihr Tonfall war eindringlicher.

Durch ihre Tränen konnte sie die Männer glücklicherweise nur verschwommen sehen. Es surrte so in ihren Ohren, daß sie kaum ihre Stimmen hören konnte. Sie fummelte an den geknoteten Bändern herum, stellte sich absichtlich ungeschickt an, weil sie Zeit herausschinden wollte. Schließlich ließ sie widerstrebend den letzten Petticoat sinken, und ein weiterer Schubs zwang sie, aus den wogenden Falten herauszutreten.

Sie stand jetzt nur noch mit ihrem Korsett und dem dünnen, bestickten, langbeinigen Schlüpfer bekleidet vor ihnen, und jede Wölbung ihres Körpers war zu erkennen. Als sie im flackernden Schein des Feuers dastand, konnte sie auf den Gesichtern der

Männer Begierde sehen. Sie wußte, daß es nur noch Augenblicke dauern würde, bis sie sich auf sie stürzten und sich wie brünstige Tiere in ihr zartes Fleisch stießen.

Zitternd stand sie da und spürte, wie die kalte stählerne Klinge von Guttermans Messer die Bänder ihres Korsetts durchschnitt, eins nach dem anderen.

Eisige Wut rann durch Hawks Adern wie Wasser unter einem zugefrorenen Strom. Nur ein kleines Zucken seines Mundwinkels verriet seine Gefühle. Während er das Geschehen unter sich beobachtete, saßen drei Männer voller Vorfreude da und erwarteten das Ende der obszönen Darbietung, während ein vierter Mann, dessen Gesicht ihm nur zu vertraut war, das Mädchen zwang, die Kleider auszuziehen. Hawk spürte, wie sich seine Brust zusammenschnürte, doch dieses Gefühl unterdrückte er schnell. Ganz gleich, was in der Lichtung unter ihm geschah – ihm würde sich nur eine einzige Chance bieten, das Mädchen zu retten. Er mußte exakt den richtigen Moment abwarten. Wenn ihm das mißlang, würde es keiner von ihnen beiden überleben.

Seine Mokassins traten lautlos auf, als er das Lager umkreiste und seinen Posten hinter den Pferden bezog. Er schnitt die Leinen durch, befreite die Tiere und warf dann ein paar Steinchen gegen eine Kalksteinmauer, um Unruhe aufkommen zu lassen und die Aufmerksamkeit der Männer auf sich zu ziehen.

»Was war das?« fragte einer der Männer, ohne den Kopf umzuwenden. Sein Blick blieb weiterhin gebannt auf die fast nackte Frau gerichtet, die vor dem Feuer stand. Gutterman hatte ihr kastanienbraunes Haar gelöst und es um ihre Schultern drapiert, und im flackernden Licht des Feuers schimmerte es verlockend.

»Dort... hinter den Pferden, *mis amigos*, ich habe es auch gehört.«

»Pete, sieh mit Juan nach. Jake und ich versprechen, daß wir nicht ohne euch anfangen.« Ein wölfisches Funkeln in dem einen Auge des Mannes besagte deutlich, daß dieses Versprechen wohl kaum gehalten werden würde.

»Quatsch, Sergeant, wir wollen zusehen.« Pete schob die gelben Zähne vor, und die Zahnlücke ließ ihn lispeln.

»Kommt schnell wieder zurück, Jungens«, höhnte Max Gutterman. »Lange warten wir nicht auf euch.«

Die beiden Männer liefen zu den Pferden. Einer hielt sich nach links, während der andere sich in die Felsen rechts vorwagte. Pete warf durch die Äste einen Blick zurück, um sich zu vergewissern, daß ihm sein Anteil an den Freuden dieses Abends nicht entging. Verdammt noch mal! Immer hatte er solches Pech. Irgendein verdammter Waschbär machte ein Geräusch, und er mußte sich den ganzen Spaß entgehen lassen. Na ja, vielleicht war es ihm auf die Art möglich, sich Zeit zu lassen und jede Minute auszukosten. Das Mädchen zwei- oder auch dreimal zu nehmen. Er stolperte und schaute auf, und plötzliche Furcht durchzuckte ihn. Er versuchte aufzuschreien, als eine kalte Stahlklinge sich tief zwischen seine Rippen grub. Sein Hilfeschrei erstarb in ihm.

»Pete... Pete! *Dónde está*?« ertönte ein heiseres mexikanisches Flüstern. Als er um einen Felsvorsprung bog, kam Juan Quintana unter einem schmalen Sims aus Kalkstein vorbei. Seine Sporen klirrten und machten ihn nervös, als er sich sorgsam zwischen den Sträuchern und Geröllbrocken umsah.

Er spürte den Druck eines Armes um seinen Hals, der ihn regungslos festhielt, ehe er sich zu seinem Angreifer umdrehen konnte, der ihm mit einer scharfen Messerklinge die Kehle aufschlitzte. Sein Entsetzensschrei wurde von dem Blut gedämpft, das in seine Atemröhre sickerte.

Hawk schlich sich weiter durch das Dunkel, so stumm wie die Schatten, die er für sich nutzte.

Mandy wand sich, als Gutterman seine Finger in ihr zerzaustes Haar grub.

»Ich habe es satt, auf diese beiden Faulenzer zu warten«, sagte er. »Sie wären ohnehin erst als dritter und vierter drangekommen.«

Die Lüsternheit in seinem gesunden Auge steigerte sich, als er die Spitze von Mandys Brust betastete. Er zog sie enger an sich, beugte sich herunter und gab ihr einen klebrigen Kuß auf den Hals. Seine Lippen fühlten sich dick und feucht an. Mit einer schnellen Bewegung warf er sie auf den Boden, und seine massige Gestalt lag schwer auf ihr.

»Du hältst ihr die Arme fest. Ich komme als erster, und dann kannst du sie haben«, befahl Gutterman. »Sie ist wirklich eine Schönheit, findest du nicht? Ich glaube, ich habe nie einen Körper gesehen, der soviel von einer reifen Frucht hat, die nur noch gepflückt werden will.«

Mandy spürte, wie ihr die Arme grob über den Kopf gezogen wurden, und sie roch den schlechten Atem des Mannes; die Galle stieg ihr im Hals auf, und sie betete um selige Bewußtlosigkeit, dann schloß sie die Augen und wappnete sich gegen die Tortur, die ihr bevorstand.

»Was zum ...?« Gutterman spürte, wie etwas Schweres auf seinen Rücken fiel.

»Jake, was zum Teufel ...« Er stieß Wileys Körper von sich und verstummte, als er in die glasigen Augen seines toten Gefährten schaute. Er wälzte sich von dem Mädchen und sah zu einer großen Gestalt auf, deren gespenstischer Schatten wie ein Geist im flackernden Schein des Feuers tanzte.

Mandy versuchte zu begreifen, was hier geschah. Sie setzte sich auf, und ihr schwirrte der Kopf. Sie konnte nicht klar sehen, und dann fiel ihr Blick auf die Leiche, die grotesk verzerrt im Staub neben ihr lag. Blut triefte aus einer riesigen Wunde in Wileys Seite, und seine Augen blickten leblos. Verwirrt sah sie auf.

Plötzlich bewegte sich etwas rechts von ihr, und sie entdeckte die vertrauten braunen Augen und das rotblonde Haar des Mannes, den sie in so guter Erinnerung hatte. Seine Füße in den Mokassins standen gespreizt da, die Muskeln seiner breiten Schultern und seiner sehnigen Arme waren angespannt, und seine riesige geschwungene Klinge schimmerte silbern und rot im Feuerschein; nie hatte Hawk bedrohlicher gewirkt.

Einen Moment lang fühlte sie sich vor Erleichterung ganz matt. Dann begriff sie, daß die Gefahr noch nicht vorüber war – für keinen von beiden. Sie schaute Gutterman an. Er bewegte sich hektisch, und die Panik machte ihn unbeholfen und raubte ihm die Orientierung. Er schien verzweifelt nach etwas zu suchen.

Mandy rückte behutsam von den Männern ab. Sie entdeckte ihr zerrissenes und schmutziges Unterkleid und zog es sich über den Kopf, doch ihre Augen blieben starr auf die Männer gerichtet. Sie wünschte, sie hätte irgendwie helfen können, doch sie fürchtete, mit ihrem Eingreifen die Dinge nur zu verschlimmern.

»Juan! Pete! Kommt zurück!« schrie der stämmige Mann. Sein gesundes Auge schaute sich im ganzen Lager rasend nach seinen Begleitern um.

»Sie kommen nicht zurück, Gutterman. Aber machen Sie sich keine Sorgen, wo sie auch sein mögen, sie werden sich Ihnen früh genug wieder anschließen.« Hawks tiefe Stimme war kaum mehr als ein Flüstern, doch die Drohung war nicht zu überhören. Er beobachtete den Mann wie eine riesige Wildkatze, die mit ihrer Beute spielte.

Gutterman drehte sich um und entdeckte seinen Revolver, der nicht weit entfernt auf dem Boden lag. Mit einem Satz stürzte er sich darauf und fiel schwer zu Boden. Er packte den Revolver und drückte in dem Moment ab, in dem Hawk sich nach vorn warf. Die beiden Männer wälzten sich im Staub und kämpften um den Besitz der Waffe. Sie rangen nur wenige Zentimeter vom Feuer miteinander, und die lodernden Flammen waren für beide

gefährlich, bis Gutterman sich losriß und mühsam aufsprang. Hawk stand auf, versetzte Gutterman einen festen Schlag und stürzte sich dann auf ihn. Wieder lagen beide Männer auf dem Boden. Hawks kräftige Schultern und Arme trafen auf ebenso kraftvolle Schultern und Arme, und mal lag der eine Mann oben, dann der andere.
Mandy brachte die Pistole von Jake Wileys Leiche an sich und legte sie auf die beiden Männer an, die sich herumwälzten, doch die Gefahr, Hawk zu treffen, war zu groß. Sie war gezwungen, hilflos zuzusehen, während sie auf die Chance wartete, einen Schuß abgeben zu können, und ihr Magen verknotete sich vor Angst. Guttermans massige Arme ließen Muskeln spielen, als die Männer sich mühsam auf die Füße zogen und beide mit den Händen die Waffe umklammert hielten. Im Schein des Feuers blinkte kurz ein blaues metallisches Leuchten auf. Ein Schuß ertönte. Hawk schnitt eine Grimasse. Mandy schnappte nach Luft, als der Körper des Opfers den Laut dämpfte. Da sie unsicher war, welcher der beiden Männer getroffen worden war, sah sie voller Entsetzen hin. Dann schloß Gutterman das Auge. Hawk ließ die Leiche zu Boden sinken. Blut sprudelte aus der Wunde in Guttermans Brust. Mandy sank auf die Knie, umklammerte immer noch die Waffe und dankte Gott unter Tränen dafür, daß Hawk nichts passiert war.

Hawk lief schnell zu ihr und kniete sich neben das weinende Mädchen. Behutsam nahm er ihr die Waffe aus den Händen und zog sie dann in seine Arme. Sie kam ihm nicht schwerer als eine Feder vor, als er sie von dem blutigen Geschehen forttrug. Er sprach beschwichtigend und tröstend auf sie ein und hielt sie fest, und er wünschte, es stünde in seiner Macht, die furchtbaren Erinnerungen auszulöschen. Im Mondschein konnte er die Tränen auf ihren Wangen glitzern sehen, und es zerriß ihm das Herz.

»Es ist alles in Ordnung, Kleines. Du brauchst dich nicht zu fürchten. Ich bin bei dir«, redete er ihr gut zu. »Es ist alles gut.

Jetzt bist du in Sicherheit.« Er ließ sie eine Zeitlang leise an seiner Schulter weinen, und dann hob er den Saum seines Wildlederhemds. »Hier. Trockne deine Tränen. Sie können dir nichts mehr tun.« Er biß die Zähne zusammen und fügte leise hinzu: »Niemand wird dir je wieder etwas Böses tun.«

Mandy umklammerte Hawk fester, und ihre Arme schlangen sich um seinen breiten Hals. Sie fühlte sich von seiner Kraft umgeben – endlich sicher. Sie ließ ihre Hand über seinen braunen Arm gleiten, um sich zu vergewissern, daß er wirklich da war. Und sie spürte, wie seine Muskeln sich unter ihrer Hand bewegten.

»Ich wußte, daß du mir zu Hilfe kommen würdest«, flüsterte sie, und seine Nähe bewirkte, daß ihr Zittern nachließ. »Irgendwie habe ich es einfach gewußt.«

Hawk preßte die Lippen auf die Stirn des Mädchens und küßte dann flüchtig ihre tränenüberströmte Wange. Sie wußte, daß er kommen würde, sagte er sich spöttisch. Nichts und niemand hätte ihn davon abhalten können. Schnell und hart fiel ihm wieder ein, wie groß ihre Macht war, wie erschreckend in all ihrer Größe. Er dachte an die Geschichten, die er gelesen hatte, die Herzen, die sie gebrochen hatte, ihren Verlobten, den sie im Fort zurückgelassen hatte.

»Ich habe deinem Vater versprochen, daß ich dich nach Hause bringe«, sagte er. »Ich kann ihn doch schließlich nicht enttäuschen, oder?«

Mandy zuckte zusammen. Natürlich mußte er kommen. Nie hatte sie daran gezweifelt – aber er war nicht um ihretwillen gekommen, sondern um des Geldes willen, das der Onkel ihm versprochen hatte. Tränen stiegen in ihr auf, diesmal um den Verlust, den sie plötzlich empfand. Und doch umklammerte sie weiterhin seinen muskulösen Hals. Sie brauchte seinen Trost, selbst wenn er ihn auch noch so widerstrebend gab.

Dort, wo ihr Bein seinen Körper berührte, fühlte sie eine klebrige Nässe, und jetzt erst bemerkte sie das Blut.

»Du bist verletzt!« rief sie aus und berührte mit den Fingern sanft die Wunde in seiner Seite. »Bitte, laß mich runter, Hawk. Ich kann jetzt laufen. Warum hast du mir das nicht gesagt? Laß mich die Wunde ansehen.«

»Das wird schon wieder gut werden. Aber ich denke, wir sollten uns jetzt besser einen Ort suchen, an dem wir die Nacht verbringen. Ich verliere mehr Blut, als ich annahm.« Widerstrebend ließ er sie los. Er bemerkte die Sorge auf ihrem hübschen Gesicht, als sie ihre eigenen Nöte hintanstellte, einen Arm unter seine Schulter gleiten ließ und ihm beim Aufsteigen auf sein Pferd half. Dann lief sie eilig zurück und holte einen zerrissenen Petticoat, damit sie ihn verbinden konnte.

Sie stieg in Hemd und Hose hinter ihm auf, rollte eine Decke auseinander, die hinter dem Sattel lag, und schlang sie sich um die Schultern.

»So, wie du vorher ausgesehen hast, hast du mir besser gefallen«, neckte er sie und dachte dabei an elfenbeinerne Waden und einen prallen weißen Busen. Als er sich für seine Gedanken ausschalt, kam er sich kaum besser vor als die Tiere, die versucht hatten, sie zu nehmen. Er stöhnte infolge der plötzlichen Schwellung unter dem Wildleder seiner Hose, als sie die Arme um seine Taille schwang und sich an ihm festhielt. Wie konnte sein Körper zu einem solchen Zeitpunkt so reagieren?

»Etwa eine halbe Stunde entfernt steht ein kleines Häuschen«, sagte er zu ihr. »Auf dem Weg hierher bin ich dort vorbeigekommen. Es ist nichts Besonderes, aber zumindest können wir dort die Nacht verbringen. Die Kugel steckt noch in der Wunde. Du wirst mir helfen müssen, sie herauszuholen.« Es war eine kategorische Äußerung, die keinen Widerspruch duldete.

Mandy nickte und hoffte, die Wunde sei nicht ganz so schlimm, wie es den Anschein hatte. Sie spürte, wie das Blut durch den behelfsmäßigen Verband sickerte und auf ihre Finger tropfte, die sich auf seine schlanke Taille gelegt hatten. Sie betete, dem großen, kräftigen Mann, aus dem sie sich soviel machte, möge nichts passieren, auch dann nicht, wenn er nicht dasselbe für sie empfand.

Er schwankte im Sattel, und sie hielt ihn schützend in ihren Armen. Er ließ den Rotschimmel kehrtmachen und ritt auf die Sicherheit der Hütte zu.

Als er in der Blutlache neben dem erlöschenden Feuer lag, öffnete Max Gutterman sein eines gesundes Auge. Er spürte, wie das Blut in seinen Nabel sickerte und um die Wunde in seiner Brust herum gerann. Irgendwie würde er überleben. Und wenn es das letzte war, was er je tat: er würde den weißen Indianer – und die Frau – finden und es ihnen heimzahlen.

## *14. Kapitel*

Gegen Ende des Ritts war Hawk nach vorn gefallen. Es kostete Mandy alle Mühe, ihn im Sattel zu halten. Sie kämpfte gegen die Ängste an, die in ihr aufstiegen, und sie konzentrierte sich darauf, den Rotschimmel in die Richtung zu führen, die Hawk ihr beschrieben hatte. Als sie schließlich das Häuschen erreicht hatte, stellte sie zu ihrer Erleichterung fest, daß es zwar leerstand, aber doch ein undurchlässiges Dach und einen Schornstein zu haben schien, der noch intakt war. Mit dem Nahen des Herbstes wurden die Abende kälter. Mandy spürte, wie Hawk vor Kälte fröstelte, und der Blutverlust hatte ihn geschwächt. Sie ließ sich vom Pferd gleiten, half ihm hinunter und versuchte die Gefühle zu ignorieren, die in ihr aufwallten, als sich seine muskulösen Arme auf ihre Schultern legten und sein Körper sich eng an sie schmiegte.

Gemeinsam schafften sie es ins Haus. Dort sah es aus, als wäre es schon seit langer Zeit verlassen worden. Staub und Insekten bewegten sich, als sie die Tür öffneten. Mandy bereitete Hawk auf dem Lehmboden vor dem Kamin ein Bett und bemühte sich, es ihm bequem zu machen. Dann schaute sie sich in der Nähe des Hauses um, sammelte etwas Holz und machte ein Feuer. Bald war es nicht mehr kalt im Raum, doch Hawk schüttelte sich weiterhin vor Kälte.

»Es ist jetzt an der Zeit, daß wir uns mit dieser Kugel befassen, Kleines. Je eher sie draußen ist, desto besser sind wir beide dran. Taste mit deinen Fingern danach, aber wenn du nicht dran kommst...« Mit einer unsicheren Hand zog er das Messer von seinem Gürtel.

»Halte die Klinge in das Feuer, und hol die Flasche Whiskey aus meiner Satteltasche.«

Mandy gehorchte wortlos. Als sie mit dem Whiskey zurückkam, benutzte sie das Messer, um sein weiches Wildlederhemd aufzuschneiden, und dann hielt sie die Klinge in die Flammen. Zuerst hielt sie den Blick fest auf die Wunde gerichtet. Im Fort hatte sie manchmal geholfen, Verletzungen zu behandeln, wenn der Arzt fort war, doch nie auf sich allein gestellt, und nie hatte sie es mit einer Wunde zu tun gehabt, die so ernst war wie diese. Behutsam wusch sie soviel Blut wie möglich mit dem Wasser aus Hawks Feldflasche ab, denn sie hoffte, dann alles besser erkennen zu können. Ihre Hand zitterte ein wenig, als sie den nassen Lappen über seine bloße Haut bewegte. Sie versuchte, die Muskelstränge nicht zu beachten, die sich anspannten, und sie bemühte sich, auch die zarte rotblonde Haarschicht zu übersehen, die seine breite Brust bedeckte.

Grimmig wartete sie, bis Hawk den Whiskey geleert hatte, denn sie hoffte, er würde den Schmerz mildern.

»Nun, Kleines, bist du soweit?«

»Vielleicht sollte ich in die Stadt zurückreiten und Hilfe holen«, sagte sie, denn jetzt geriet sie in Panik. »So etwas habe ich noch nie getan. Ich könnte dich umbringen.«

»Du mußt nur ruhig bleiben. Ich bezweifle, daß du den Rückweg fändest, selbst dann, wenn wir die Zeit noch hätten, und das ist nicht der Fall. Ich werde dir genau sagen, was du tun mußt.« Er schaute ihr in die Augen und versuchte, ihr etwas von der wenigen Kraft abzugeben, die ihm noch geblieben war.«

»Trau mir ganz einfach, ja?«

Sie wußte, daß er recht hatte. Sie mußte es tun, oder er würde sterben. Sie schob ihre Ängste von sich, gewann die Fassung wieder und grub die Finger in die Wunde und tat ihr Bestes, um die Kugel zu finden. Die Öffnung war zu klein. Die Kugel mußte die Bahn geändert haben. Vielleicht war sie an einer Rippe abgeprallt, nachdem sie in Hawks Körper eingedrungen war. Unwillig packte sie den Griff des Messers und hielt es in die reinigende Hitze des Feuers.

»Schneide die Wunde weit genug auf, und versuch noch mal, die Kugel zu finden«, wies Hawk sie an. Schweißperlen sammelten sich auf seiner Stirn. »Gib mir das Stück Holz, das neben deinen Füßen liegt.«

Mandy gehorchte. Hawk biß fest auf das weiche Stück Holz, und Mandy riß sich zusammen. Sie berührte die Klinge. Sie hatte sich so weit abgekühlt, daß sie beginnen konnte. Als die Klinge durch das Fleisch schnitt, mußte sie sich mit aller Kraft zusammenreißen, um weitermachen zu können.

Diesmal benutzte sie zwei Finger und tastete tiefer in der Wunde herum. Immer wieder versuchte sie es erfolglos. Hawk biß fester auf das Holz und schloß die Augen. Schweiß rann über seine Wangen. Dann verlor er gnädigerweise das Bewußtsein.

Endlich stieß Mandy auf einen Widerstand. Sie griff in die Wunde und zog das störende Blei unter einer Rippe heraus. Sie erhitzte das Messer noch einmal, brannte die Wunde aus, so gut es ging, und verband sie dann mit Streifen ihres zerrissenen Petticoats.

Sie zog ihm das Holz zwischen den Zähnen heraus, zog die Decke hoch und wusch Hawk dann mit etwas Wasser aus der Feldflasche den Schweiß von der Stirn. Nachdem sie alles getan hatte, was sie konnte, legte sie sich zufrieden hin, um sich auszuruhen, und sie schlief erschöpft neben Hawk ein.

Einige Stunden später erwachte sie und stellte fest, daß er Schüttelfrost hatte und unzusammenhängende Dinge murmelte.

»Wishana ... Wishana«, rief er, so sehnsuchtsvoll, daß es sich um eine geliebte Frau handeln mußte, die weder seine Mutter noch eine Schwester war.

Sie erinnerte sich an jene erste Nacht nach ihrem Aufbruch vom Fort. Auch in jener Nacht hatte er von seiner Vergangenheit geträumt. Er hatte den Namen Starker Pfeil erwähnt und auch von jemandem gesprochen, der Rennender Wolf hieß.

»Wishana«, flüsterte er.

Die Eifersucht versengte sie wie das weißglühende Messer, das sie gerade eingesetzt hatte. Wie konnte sie eifersüchtig auf eine Frau sein, die sie nie kennengelernt hatte, von der sie bisher nie auch nur gehört hatte? Aber sie war es. Es wurmte sie, daß der Name ihr so zusetzen konnte und sie gleichzeitig doch übermächtig neugierig machte.

»Wishana, meine ... bezaubernde«, murmelte er.

Die Worte gruben sich wie Dolche in ihr Herz. Als sie spürte, daß er sich wieder schüttelte, zwang sie sich, näher zu ihm zu rücken, ihren Körper an seinen zu schmiegen und die Decken höher zu ziehen, denn sie mußte versuchen, ihm die zusätzliche Wärme zu geben, die er brauchte.

Hawk, der ihre Anwesenheit spürte, bewegte sich und rief immer noch den poetischen Namen. Eine Hand suchte die Wölbung von Mandys Brust, und sie spürte, wie ihr Puls schneller schlug. Dann forderte die Erschöpfung ihren Tribut, und die Hand fiel neben ihn. Mandy entspannte sich und war unsicher, ob sie beleidigt sein sollte, weil diese intime Berührung einer anderen Frau zugedacht gewesen war, oder ob es ihr leid tun sollte, daß er nicht die Kraft besaß weiterzumachen. Sie schlief unruhig wieder ein und fragte sich noch einmal, wer wohl die Frau sein konnte, die Hawk das Herz gestohlen hatte.

Am nächsten Morgen ging es ihm wesentlich besser. Sein Fieber war kurz vor der Dämmerung gesunken, wenn er auch immer noch weiterschlief. Mandy stand auf und fand Kaffee in seinen Satteltaschen. Sie fand auch die Herrenhose, die sie nur mitgenommen hatte, weil Julia es ihr eingeredet hatte. Hawk mußte das Kleidungsstück in ihrer Tasche gefunden und für alle Fälle mitgebracht haben. Sie stieg in die Hose und zog ein weites Hemd an, das sie in der Taille zuknotete. Mandy spürte, wie die Glut in ihre Wangen stieg. Die Hose ließ ihre Figur in einer nie erlebten Form erkennen.

Mandy zog Hawks Vierundvierziger aus dem Halfter und ging zur Tür, denn sie war entschlossen, mit frischem Wild zurückzukehren, das seine Genesung beschleunigen sollte. Sowie sie im Freien war, kehrte ein Teil ihrer alten Zuversicht zurück. Es war ein schönes Gefühl, wieder draußen herumzulaufen und frei zu sein. Ihr Vater hatte Stunden damit zugebracht, ihr das Schießen beizubringen, wenn sie auch meist nur auf leblose Ziele geschossen hatte. Er war entschlossen gewesen, dafür zu sorgen, daß sie sich verteidigen konnte.

Nachdem sie ein paarmal knapp daneben getroffen hatte, brachte sie einen kleinen Hasen zur Strecke, häutete ihn und fand ein paar wildwachsende Zwiebeln. Die Kleidungsstücke verstärkten ihr Gefühl von Freiheit, und das kostete sie aus. Der Wind bewegte ihr Haar, und wenn sie von ihrer Sorge um Hawk absah, hatte sich Mandy nie wohler gefühlt. Ihre Kraft, ihre Selbstsicherheit und das wunderbare Gefühl von Unabhängigkeit, das sie früher immer hatte, all das fiel ihr wieder zu. Sie fühlte sich wieder wie früher – nur noch besser, jetzt fühlte sie sich wie eine Frau. Sie dachte an den großen, kräftigen Mann, der auf dem Boden der Hütte lag, an die Glut seiner Küsse, die Berührung seiner Hand auf ihrer Brust. Nun ja, vielleicht doch noch nicht ganz eine Frau – *noch* nicht.

Als sie wieder in der Hütte war, wühlte sie in den verstaubten Schränken herum, bis sie einen Topf fand, der groß genug war, um einen Fleischeintopf darin zu kochen. Als der Topf über den Kohlen brodelte, weckte der Geruch Hawk.

»Hmm. Das riecht gut«, bemerkte er erschöpft, und seine Stimme war kaum hörbar. »Was ist das?«

Beim Klang seiner Stimme durchströmte sie Erleichterung.

»Hasengulasch«, sagte sie und grinste stolz. »Ich weiß, daß du ausgehungert bist.« Sie ging auf ihn zu und kniete sich neben ihn. »Schön, dich wiederzuhaben«, sagte sie zärtlich. »Wie fühlst du dich?« Ihre Augen suchten nach Anzeichen von Schmerzen.

»Ich habe mich schon besser gefühlt, aber es sieht so aus, als würde ich weiterleben, und das habe ich dir zu verdanken.« Er versuchte, sich leichtfertig zu geben, doch die Anstrengung ließ ihn zusammenzucken.

»Versuch nicht, dich aufzusetzen«, warnte sie ihn. »Leg einfach deinen Kopf auf meinen Schoß, und dann werde ich dich füttern.«

»Ich kann mich nicht erinnern, wann ich das letzte Mal ein besseres Angebot bekommen habe.« Sein schiefes Lächeln zerriß ihr das Herz. Dann fiel ihr wieder eine Indianerin namens *Wishana* ein.

Sie füllte einen Blechbecher mit Fleischstückchen und wilden Zwiebeln, kehrte an seine Seite zurück und richtete ihn behutsam so weit auf, daß sein Kopf auf ihrem Schoß lag.

»Wer ist Wishana?« fragte sie und bemühte sich, es beiläufig klingen zu lassen, als sie den Becher an seine Lippen führte.

»Wo hast du diesen Namen gehört?« fragte er, ehe er auch nur einen Schluck getrunken hatte. Ein Schatten zog über sein Gesicht und verbarg seine Gefühle.

»Du hast letzte Nacht im Schlaf nach ihr gerufen. Ist sie eine Freundin von dir?«

»Nur eine Frau, die ich kenne.« Er zuckte kurz zusammen und bewegte dann den Kopf, um mehr von der Brühe aus dem Becher zu trinken, den sie in der Hand hielt. »Erzähl mir von dem Hasen. Er schmeckt köstlich. Woher hast du ihn?«

»Ich habe ihn erschossen«, erwiderte sie stolz und wünschte, er hätte das Thema nicht gewechselt. »Ich habe vor, uns auch zum Abendessen wieder etwas zu besorgen.«

»Manchmal versetzen Sie mich in Erstaunen, Miss Julia Ashton«, sagte er kopfschüttelnd. Das Mädchen sah prächtig aus und wirkte lebhafter als je zuvor. Er verspürte das Verlangen, sie in seinen Armen zu halten, einen Teil ihrer Kraft und Energie in sich aufzunehmen. Ungläubig schüttelte er den Kopf und nahm plötzlich ihre engsitzenden Hosen wahr. Sein geübtes Auge machte sich langsam ein Bild von den wohlgeformten Waden und den Oberschenkeln, und sein Blick fühlte sich zu dem runden Hinterteil hingezogen, das sich so deutlich zeigte, als sie vom Fußboden aufstand.

»Wie ich sehe, hast du die Kleider gefunden, die ich dir mitgebracht habe. Du machst dich wirklich gut darin.« Er gestattete sich ein amüsiertes Grinsen, doch ein stechender Schmerz brachte ihn schnell wieder davon ab. Selbst mit der Wunde in seiner Seite bereitete es ihm Schwierigkeiten, dem Drang zu widerstehen, eine Hand über ihren Oberschenkel gleiten zu lassen und sie auf ihren wohlgeformten Hintern zu legen.

Als sie den glühenden Blick in seinen Augen sah, verschwand Mandy schnell aus seiner Reichweite.

»Du solltest dich heute noch ausruhen. Vielleicht können wir morgen aufbrechen, falls du dich bis dahin besser fühlst.«

»Wir sollten morgen wirklich aufbrechen«, sagte er warnend. »Wenn wir bis Montag nicht zurück sind, wird James die gesamte siebente Kavallerie ausschicken, damit sie nach uns sucht.«

»Wo steckt James überhaupt? Warum ist er nicht mit hergekommen?« Durch all das, was passiert war, und ihre zusätzliche Sorge um Hawk, hatte sie James ganz vergessen. Fast schuldbewußt hoffte sie, daß ihrem Freund nichts fehlte.

»Gutterman und seine Kumpel haben ihm eine höllische Beule auf dem Hinterkopf verpaßt, aber inzwischen sollte er wieder in Ordnung sein.«

Die Erinnerung an die Vorfälle der letzten Nacht ließen sie erschauern. »Was für ein furchtbarer Mann. Das war doch derselbe Mann, der schon einmal versucht hat, James umzubringen, oder nicht?«

»Ja. Dieses Gesicht hätte ich überall wiedererkannt.« Er wandte den Blick ab. »Noch einmal wird er es nicht versuchen können.«

»Du hast sie alle getötet, stimmt's?« Ihre Stimme senkte sich zu einem Flüstern.

»Mir ist nichts anderes übriggeblieben«, sagte er mürrisch. Dann schloß er die Augen und versuchte, es sich auf dem harten Boden bequem zu machen. Wieder befiel ihn die Müdigkeit, und er versank in einen unruhigen Schlaf.

Mandy zog ihm die Decke bis ans Kinn und fragte sich wehmütig, ob er wohl je von ihr träumte.

## *15. Kapitel*

Am nächsten Morgen, einem Sonntag, fühlte sich Hawk gesund genug, um zu reiten. Seine Wunde verheilte gut, und er war gutgelaunt. Der einzige Makel, der an dem Tag haftete, war das Unbehagen, das die Nähe des dunkelhaarigen Mädchens in der engsitzenden Hose in ihm auslöste.

»Hawk, bist du ganz sicher, daß du in Ordnung bist?« erkundigte sie sich besorgt, als sie den Schweiß bemerkte, der sich auf seiner Stirn gebildet hatte. Sie nahm hinter ihm auf dem Pferd eine andere Haltung ein, und er stöhnte.

»Mir geht es gut«, antwortete er etwas zu mürrisch, denn er spürte, wie ihre weichen Brüste sich an seinen Rücken preßten und die Wärme ihres Atems sein Genick streifte. »Ich bin nur froh, daß wir bald in der Stadt sind.«

Sie erreichten Salt Lake City bei Einbruch der Nacht und trafen dort auf einen erleichterten James.

»Gott sei Dank, daß ihr da seid. Ich war krank vor Sorge.« James sah Hawk an. »Wie schlimm bist du verletzt?«

»Es ginge mir wesentlich schlechter, wenn unser kleines Biest nicht gewesen wäre.« Hawk wies mit dem Kopf auf Mandy, und Stolz stand in seinen Augen. »Sie hat die Kugel rausgeholt und mich wieder zusammengeflickt. Für ein Mädchen aus der Stadt hat sie ihre Sache reichlich gut gemacht.« Er zwinkerte und grinste in ihre Richtung.

Sie strahlte vor Stolz. »Wenn hier jemand Lob verdient, dann ist das Hawk. Er hat sich mit all diesen vier ... diesen vier ...« Sie erschauerte bei der Vorstellung, was hätte passieren können, wenn Hawk nicht rechtzeitig gekommen wäre.

»Tja, jetzt ist jedenfalls alles ausgestanden«, beendete James, dem ihr Beben nicht entging, den Satz. »Hawk, glaubst du, du bist diesem Abendessen schon gewachsen, das du uns versprochen hast, ehe all das passiert ist?«

»Ich könnte einen Maulesel mit Haut und Haaren aufessen«, sagte Hawk im Scherz, »obgleich ich bezweifle, daß irgend etwas so gut schmecken könnte wie der Haseneintopf, den sie für mich gekocht hat.«

James zog angesichts dieses Wortwechsels eine Augenbraue hoch. Er wandte Mandy wieder seine Aufmerksamkeit zu und schaute auf ihre enganliegende Hose. »Ich habe gehört, daß es im Salt-Lake-Haus die besten Steaks in der ganzen Stadt gibt ... das heißt, Miss Ashton, falls Sie die Hose nicht so toll finden, daß Sie sie ungern gegen ein Kleid eintauschen würden.«

Bei der Erwähnung ihrer enganliegenden Kleidung errötete Mandy glühend. »O Hawk«, keuchte sie, »ich habe mich bei dir noch gar nicht für die schönen Kleider bedankt!« Einen Moment lang kehrten ihre Gedanken wieder zu dem hübschen gelben Musselinkleid zurück, das jetzt zerrissen irgendwo im Gebirge lag.

»Wenn ich gewußt hätte, was für einen bezaubernden Anblick du in dieser Hose bietest«, zog er sie auf, »dann bezweifle ich, daß ich dir je diese Kleider gekauft hätte. Jetzt hast du gerade noch genug Zeit für ein Bad, ehe wir essen gehen. Ich werde mich frisch machen und mich ein wenig ausruhen.«

Der Ritt aus den Bergen hatte ihm mehr abverlangt, als er sich eingestehen wollte. Als er von dem Stuhl aufstand, zuckte er vor Anstrengung zusammen. »Ich treffe euch beide dann in eineinhalb Stunden wieder hier unten.«

Die kurze Ruhepause gab Hawk neue Kraft. Er zog sich frische Wildledersachen an und rasierte sich. Mandy entdeckte ihn, als er im Foyer stand und sein Haar noch feucht war und in dichten Locken über seinen Kragen fiel. Er hatte die breiten Schultern zurückgezogen, und in seinen Augen stand ein Ausdruck des Stolzes – er wirkte wie ein Mann, dessen Rennpferd gerade das Rennen gewonnen hat. Mandy genoß die neue Freundschaft. Hawk schien sie in einem völlig anderen Licht zu sehen – und wenn sie ihn richtig deutete, grenzte seine Sicht ihrer Person an Respekt, etwas, was er selten einem Mann entgegenbrachte und einer Frau schon gar nicht.

Hawks Blick glitt über die straffen Brüste und die schmale Taille der Frau, die am Fußende der Treppe stand.

»Sie sehen heute abend wunderschön aus, Miss Ashton«, sagte er. Das Kleid aus roséfarbenem Musselin betonte ihre Figur nicht besonders. Doch er wurde vor Begehren steif, als er ihr entzückendes Gesicht über dem sachte geschwungenen Ausschnitt sah. Wie konnte eine Frau eine derartige Wirkung auf ihn haben? Wenn er nicht bald weibliche Gesellschaft fand, würde er es vermeiden müssen, mit dem Mädchen in einem Zimmer zu sein.

»Danke, Travis«, neckte sie ihn, denn sie wollte einen Vorwand haben, den Klang seines Namens auf ihren Lippen zu kosten.

Hawk zog eine Augenbraue hoch. »Normalerweise ziehe ich

es vor, nicht bei diesem Namen genannt zu werden«, gestand er. »Aber ich glaube, mir gefällt der Klang, wenn Sie mich so nennen.«

Mandy spürte, wie ihr Puls schneller schlug, als Hawk ihr den Arm reichte. Als sie den Speisesaal des Salt-Lake-Hauses betraten, ein gediegenes Restaurant, das edle Tischwäsche und gutes Essen bot, fiel ihr auf, daß etliche der kühneren Männer sie mit anerkennenden Blicken würdigten, und sie glaubte, einen flüchtigen Moment lang zu sehen, wie sich Hawks Miene verfinsterte, da anscheinend auch er diese Blicke bemerkte.

Als sie erst einmal zwischen ihren beiden gutaussehenden Begleitern saß, beschloß Mandy, einen Versuch zu unternehmen, einen Teil ihrer Neugier zu stillen. Eine gertenschlanke junge Frau brachte ihr ein dickes Steak, das fast, aber nicht ganz durchgebraten war, wie James es vorgeschlagen hatte. Mandy aß einen kleinen Bissen von dem köstlichen Fleisch, dann einen Bissen Kartoffeln und schnitt das Thema an.

»James hat erwähnt, du hättest dich mit Brigham Young getroffen. Wie ist er?« Young war für die Leute im Westen eine legendäre Gestalt. Über ihn waren Geschichten im Umlauf, die sich um seine verwegene Suche nach dem Gelobten Land drehten, aber auch Gerüchte über seine vielen Ehefrauen.

»Die Antwort darauf wüßten viele Leute gern«, erwiderte Hawk, ohne sich davon abhalten zu lassen, die herzhafte Mahlzeit zu genießen. »Im Grunde genommen ist er nicht anders als alle anderen Männer auch. Vielleicht ein wenig aufrichtiger, ein wenig besorgter um das Wohlergehen anderer. Ich vermute, deine Neugier gilt seinen Frauen?« Sein Blick verweilte etwas zu lange auf der Wölbung ihrer Brust.

Sie errötete unter seinen glühenden Blicken.

»Nun, es ist wahr«, fuhr er fort, »daß er mehr Ehefrauen hat, als es gemeinhin üblich ist, mindestens fünfundzwanzig. Aber viele von ihnen sind nicht im strengen Sinne seine Ehefrauen. Damit will ich sagen, daß nicht alle das Bett mit ihm teilen.

Manche von ihnen waren Witwen oder ganz einfach Frauen, die niemanden hatten, der ihre Interessen wahrt.« Er warf ihr einen Blick zu, der klarmachte, was er von einer Ehefrau erwartete.

Hawk lächelte in sich hinein, als er den Gesichtsausdruck des Mädchens sah. Sie schien hin und her gerissen zwischen ihrer Verlegenheit, die das heikle Gesprächsthema auslöste, und dem Verlangen, eine fremde Welt zu verstehen. Polygamie war keine Lebensform, die Hawk reizvoll fand, obwohl sie unter den Cheyenne als angemessen angesehen wurde, und viele seiner Brüder hatten mehr als eine Ehefrau. Er hatte nicht die Absicht zu heiraten, zumindest nicht in den nächsten Jahren, aber er war sicher, daß eine Frau mehr als genug sein würde.

Mandy spürte, wie ihre Röte sich vertiefte, und das gab ihr die Gewißheit, daß sie alles Nötige über Brigham Youngs Bettgeschichten und Neigungen gehört hatte. Dennoch war sie neugierig, wie Hawks Treffen mit ihm verlaufen war.

»Weshalb wollte Mr. Young dich sehen?« Die Klänge leiser Musik waren aus einem anderen Raum zu vernehmen, in dem ebenfalls Gäste aßen, und Mandy erhaschte einen Blick auf ein gertenschlankes Mädchen, das an einem Pianoforte saß.

»Er wollte mit mir über den Vertrag mit Rote Wolke reden. Er wollte wissen, ob ich glaube, daß das Abkommen eingehalten wird oder nicht, und was geschehen soll, wenn es gebrochen wird. Ich habe ihm gesagt, daß Rote Wolke sein Wort halten wird – aber auch, daß er nicht für alle Cheyenne oder die Sioux spricht. Ich meine, nicht für Leute wie diesen Spähtrupp, dem wir begegnet sind.«

Seine Augen drückten deutlich aus, daß er sich gut an den Vorfall am Fluß erinnerte und auch daran, wie sich ihr nackter Körper angefühlt hatte. Sie konnte ihm nicht länger in die Augen sehen.

Hawk lächelte lasziv und hatte seinen Spaß an dem Unbehagen des Mädchens und an der Richtung, die ihre Gedanken offensichtlich eingeschlagen hatten.

»Diese Horde«, fuhr er fort, »wird weiterhin unbeirrt plündern und töten. Genauso wie die Weißen, die dich entführt haben, hat jeder Stamm und jede Rasse ihre Abtrünnigen.« Hawk bemerkte, wie das Mädchen erblaßte, und er schalt sich für seine Unbedachtsamkeit aus.

»Ich finde, von Gesprächen dieser Sorte reicht es jetzt. Wir haben noch fünf harte Tage vor uns, und ich zumindest könnte etwas Ruhe gebrauchen. Was haltet ihr davon, wenn wir aufessen und uns dann schlafen legen?« Sowohl James als auch das Mädchen reagierten darauf mit einem Nicken, und schweigend beendeten sie die Mahlzeit. Hawks Blick fiel auf die weichen Locken, die dem Mädchen ins Genick fielen. Sie hatten sich aus den Nadeln gelöst, die die seidige Haarpracht auf ihrem Kopf festhielten, und sie waren erbarmungslos verlockend. Als er seinen Kaffee ausgetrunken hatte, hörte er, wie er ihr anbot, sie nach oben zu begleiten, und dann verfluchte er sich dafür, was für ein Dummkopf er doch war. Das letzte, was er jetzt gebrauchen konnte, war eine weitere Nacht frustrierter Schlaflosigkeit. Mandy nahm sein Angebot an, hing sich anmutig bei ihm ein und stieg mit ihm die breite Treppe hinauf. Sie bewegte sich bei jedem Schritt mit einer Leichtigkeit, die sowohl von dem köstlichen Essen herrührte als auch von der Aufmerksamkeit, mit der ihre beiden gutaussehenden Begleiter sie bedacht hatten.

Als sie die Tür ihres Zimmers erreicht hatten, spürte sie, wie Hawk den Arm um sie legte, und sie hob sich auf die Zehenspitzen, um seinen Gutenachtkuß entgegenzunehmen. Irgendwo tief in ihrem Innern wußte sie, daß es unklug war, doch der Abend war so angenehm verlaufen, daß ihr das als ein angemessener Abschluß erschien. Sie spürte seine Lippen, die sie sachte streiften, und sie atmete seinen Moschusduft ein. Dann, als sie die keusche Berührung gerade beenden wollte, preßte sich sein Mund fester auf ihre Lippen, wollte mehr, war beharrlich und zugleich zögernd. Der Kuß vertiefte sich, seine Zunge war heiß und erkundete sie, und sein Geschmack entflammte ihre Sinne.

Er zog sie enger an sich und schlang die Arme um sie. Sie konnte seine Brust und seine Schenkel spüren, die sich an sie preßten. Sie schnappte nach Luft, als seine kräftigen Hände über ihren Körper glitten. Eine legte sich auf die Wölbung ihrer Brust, und die andere glitt tiefer und fuhr über ihre Hüften. Sie wußte, daß sie ihn zurückhalten mußte, doch sie konnte die Kraft dafür nicht aufbringen.

»Hawk, bitte«, flehte sie und riß sich los. Ihre geflüsterten Worte baten um Verständnis. »Du weißt nicht, was du mir antust.«

Hawk focht Kämpfe mit sich selbst aus, als er das Mädchen noch einen Moment lang festhielt und sie dann losließ und ein schmerzhaftes Verlangen in seinen Lenden spürte. Sein Blick suchte in ihren grünen Augen nach der Wahrheit ihrer Worte, doch sein Verstand erinnerte sich wieder an Geschichten über die unbändige und leichtfertige Tochter des Gouverneurs, von der es gerüchteweise hieß, sie hätte mit der Hälfte aller Dandys in Sacramento City geschlafen. Er malte sich aus, wie die sinnlichen Kurven ihres Körpers von einem anderen liebkost wurden, und bei dieser Vorstellung wurde sein Magen zu einem Eisklumpen. Es gelang ihm nicht, diese Geschichten mit dieser Frau in Einklang zu bringen, und doch mußte es so sein. Er verfluchte den Tag, an dem er ihrem Vater das Versprechen gegeben hatte.

Er schaute ihr nach, als sie das Zimmer betrat und die Tür schloß. Er drehte den Schlüssel im Schloß um, machte auf dem Absatz kehrt und begab sich sofort in sein Zimmer. Die Wunde in seiner Seite bereitete ihm Schmerzen, doch der eigentliche Schmerz kam aus der Gegend seines Herzens. Es würde eine lange Nacht werden. In Great Salt Lake City würde es zudem eine Nacht werden, die er sich nicht einmal mit dem Trost einer guten Flasche erleichtern konnte.

Mandy lag im Bett und grübelte über ihre Reaktionen nach. Heute abend hatte sie Hawk begehrt. Wenn er nicht aufgehört hätte, hätte es durchaus sein können, daß sie ihn in ihr Zimmer mitgenommen hätte. Ihn nach Belieben mit ihr hätte verfahren lassen – ihn alles tun lassen, was er wollte ... was sie wollte. Doch die Erinnerung an eine Frau, die Wishana hieß, spukte durch ihren Hinterkopf. Würde er von einer anderen Frau träumen, während er sie liebkoste? Der Gedanke war ihr unerträglich. Sie würde nicht zulassen, daß ihr Körper sie noch einmal verriet.

## *16. Kapitel*

Als sie mehrere hundert Meilen einer unwirtlichen Gegend zu Pferde zurückgelegt hatten, glaubte Mandy, mit so ziemlich allem fertig zu werden. Die Kutsche hatte sie dabei nicht bedacht. An jenem ersten Tag war ihre zierliche Gestalt zwischen dem massigen Körper eines übergewichtigen Maultiertreibers in einer stinkenden Lederweste und den knochigen Schultern eines schlaksigen jungen Journalisten eingezwängt. James saß ihnen gegenüber neben einer grobknochigen, schlicht gekleideten Frau, die in Virginia City einen Silberschürfer heiraten wollte, wogegen Hawk sich zu dem Fahrer auf den Kutschbock setzte.

Sechs Füchse, die besonders gut aufeinander abgestimmt waren, bildeten ein beeindruckendes Gespann, als sie im vollen Galopp die Stadt verließen, doch bereits bei der ersten Zwischenstation wurden sie von einem schmuddeligen Gespann zweitklassiger Tiere abgelöst. James belehrte sie, daß es das übliche Vorgehen war, die besten Tiere dort einzusetzen, wo sie am meisten einbrachten – vor dem Kartenschalter.

Die Kutsche selbst, die berühmte Concorde, war knallrot und ein brandneues Modell. Sie erweckte zwar äußerlich den Anschein, kopflastig zu sein, doch handelte es sich um ein stabiles Fahrzeug, dessen raffinierte Besonderheit in zwei Gurten bestand, siebeneinhalb Zentimeter dicke Lederstreifen, die als Stoßdämpfer dienten – oder zumindest behaupteten das die Hersteller. Mandy wurde durchgeschüttelt und ständig hin und her gerüttelt, bis sie glaubte, ihre Knochen würden brechen. Sie empfand es als einen schwachen Trost, als sie erfuhr, daß schon einundzwanzig Menschen in einer einzigen Kutsche gefahren waren, wenn man die Plätze auf dem Kutschbock mitzählte. Mandy fühlte sich bereits mit nur vier weiteren Fahrgästen beengt.

Schlafgelegenheiten waren nicht vorhanden. Die Kutsche hielt nie länger als nötig an, und selbst das nur, um die Pferde auszuwechseln und damit die erschöpften Fahrgäste eine Kleinigkeit essen konnten. Das Schlafen wurde einem aufrecht sitzend abverlangt.

Die Reise verlief ereignislos, bis sie die Hälfte der Strecke zurückgelegt hatten und der Mauleseltreiber durch einen Spanier abgelöst wurde, der ein Mann von der harten Sorte zu sein schien und eine enge schwarze Hose trug, die an den Seitennähten mit silbernen Borten besetzt war, und dazu eine kurze Jacke, die nur bis zu seiner Taille reichte. Zwei Pistolen mit Elfenbeingriffen hingen tief auf seinen Hüften. Als er in die Kutsche einstieg, nahm der Mann augenblicklich neben Mandy Platz und bedachte sie mit einem bewundernden Blick. Er zog seinen farbenfroh bestickten Sombrero, unter dem sich dichtes, lockiges, schwarzes Haar verbarg, und verbeugte sich leicht.

»Ich bitte um Verzeihung, Señorita. Erlauben Sie mir, daß ich mich vorstelle. Mein Name ist Emilio Enriquez. Es freut mich sehr, Ihre Bekanntschaft zu machen.« Er sprach seinen Namen gedehnt und mit spanischem Akzent aus und zog in einer übertriebenen Geste galanten Benehmens ihre Hand an seine Lippen. Sie fand den Mann nicht unattraktiv, wenn man es fertigbrachte, über das barbarische Feuer in seinen Augen hinwegzusehen.

Zum Abendessen hielten sie vor einem niedrigen Lehmziegelbau. Offensichtlich führten Shamus und Annabelle Dutton, ein früherer Soldat und seine Frau, das Haus mit eiserner Hand, und das machte es für die Reisenden zu einer der bisher angenehmeren Zwischenstationen. Zum Erstaunen aller wurde ihnen eine schmackhafte Mahlzeit aus zartem Hühnerfleisch, ein paar Bohnen und etwas Mais vorgesetzt, und nach dem Essen war es Mandy danach zumute, ein wenig frische Luft zu schnappen.

Nachdem sie Hawk und James erfolglos gesucht hatte, kam sie zu dem Schluß, daß es ihnen wahrscheinlich ähnlich erging, da sie den ganzen Tag über in der Kutsche eingezwängt gewesen waren, und daher gingen sie jetzt wohl getrennte Wege. Sie machte sich keine weiteren Gedanken mehr darüber, sondern ging zur Hintertür hinaus und auf einen kleinen Hügel hinter dem Gasthaus zu.

Emilio Enriquez' Augen folgten der Frau, als er ein Streichholz an die Zigarre hielt, die fest zwischen seinen Zähnen steckte. Er nahm einen tiefen Zug, und die Spitze leuchtete orange in der Dunkelheit. Er verzog den Mund zu einem leichten Lächeln und stieg auf dem staubigen Pfad hinauf. Sein Blick weilte auf den sich wiegenden Hüften der Frau vor ihm. Kurz vor der Kuppe eines niedrigen Hügels blieb sie stehen.

»Das Essen hat Ihnen geschmeckt, Señorita?« fragte er sie, und beim Klang seiner Stimme zuckte sie zusammen und drehte sich zu ihm um.

»Señor Enriquez!« Mandy schnappte vor Schreck nach Luft, als er unerwartet hinter ihr auftauchte. Sie schaute sich nach dem Rasthaus um. Sie hatte sich weiter von dem Gebäude entfernt, als sie es ursprünglich vorgehabt hatte.

»Ja, ja, das Essen hat mir geschmeckt«, antwortete sie nervös. »Es war eine erfreuliche Abwechslung nach dem, was man uns sonst vorgesetzt hat.« Selbst in dem schwachen Licht konnte sie das wölfische Funkeln in seinen schwarzen Augen sehen. »Ich glaube, ich mache mich jetzt lieber auf den Rückweg.« Sie wandte den Blick ab. »Wahrscheinlich wird schon alles zum Aufbruch bereitgemacht.«

»Weshalb die Eile, Señorita?« sagte er einschmeichelnd und vertrat ihr den Weg. Seine weißen Zähne leuchteten im Mondschein und bildeten einen scharfen Kontrast zu seiner glatten gelblichbraunen Haut. »Eines der Pferde hat ein Hufeisen verloren. Es wird noch ein Weilchen dauern. Warum bleiben Sie nicht hier und leisten mir Gesellschaft?« Während er das sagte, streckte er die Hand aus, um ihr über das Kinn zu streichen.

»Ich gehe jetzt lieber«, wiederholte sie, denn sie witterte Gefahr.

»Nein, Señorita. Ich glaube, Sie werden bei mir bleiben.« Seine Lippen preßten sich fest auf ihren Mund, und sie wehrte ihn ab.

Er stieß sie grob gegen einen Felsen aus Sandstein. Sie versuchte zu schreien, doch sein Mund brachte sie zum Schweigen. Sie spürte, wie seine Hand an den Knöpfen ihres Reisekostüms herumfummelten. Grobe Finger berührten die Wölbung ihrer Brust. Sie geriet in Panik und wehrte sich noch heftiger.

Plötzlich war sie frei, doch dazu kam es so plötzlich, daß sie das Gleichgewicht verlor und rückwärts gegen den Felsen wankte, und ihre Röcke wirbelten den Staub auf. Sie hörte das Gerangel zweier Männer, den Laut eines Schlags und dann Hawks heisere Stimme.

»Wen haben wir denn hier?« sagte er, und seine Stimme triefte vor Sarkasmus. Der Spanier lag einige Meter weiter im Staub. »Dein geliebter Jason läßt sich nicht blicken, und schon beschließt du, den Erstbesten in dein Bett zu lassen, der dir zufällig über den Weg läuft. Dir ist wohl egal, mit welchem Abschaum du ins Bett gehst, oder?«

»Hör auf!« sagte Mandy flehentlich und hielt sich beide Hände auf die Ohren, um die haßerfüllten Worte abzuwehren. »Ich wußte überhaupt nicht, daß er hier draußen rumläuft.«

Der Mann auf dem Boden hatte sich nicht von der Stelle gerührt. Hawk starrte sie einfach nur an; er hatte die Zähne zusammengebissen und die Hände zu Fäusten geballt.

»Wie kannst du es wagen, solche Dinge zu mir zu sagen!« brauste sie auf. »Dieser Mann ist über mich hergefallen, und du stellst es hin, als hätte ich ihn verführt.« Sie lüpfte ihre Röcke und wollte an ihm vorbeilaufen.

Hawk rang um Selbstbeherrschung, doch die bleiche Haut des Mädchens, die zwischen den offenen Knöpfen ihres Reisekostüms matt schimmerte, feuerte seine Eifersucht und seine Wut an.

»Du willst also einen anderen Mann im Bett haben?« fauchte er. »Dann will ich hier gleich mal etwas klarstellen! Kein Mann – hast du gehört? – kein Mann wird mit dir ins Bett gehen – es sei denn, ich bin es!« Er riß sie grob an sich. Seine Lippen legten sich auf ihre, und er küßte sie hart und besitzergreifend. Es war ein Kuß, der sie brandmarkte. In ihm schwang eine Drohung mit, die sie mit Entsetzen erfüllte und sie doch nach mehr lechzen ließ. Heftig riß er sich von ihr los, ließ sie stehen und entfernte sich mit erbosten Schritten.

Mandy stand zitternd da und war gezwungen, hinter ihm herzulaufen oder mit dem bewußtlosen Enriquez auf dem Hügel zurückzubleiben. Widerstrebend entschied sie sich, Hawk zu folgen, denn sie war unsicher, welcher der beiden Männer die größere Bedrohung darstellte.

## *17. Kapitel*

Der Waffenstillstand zwischen Hawk und Mandy war gebrochen worden. Nur feindseliges Schweigen ließ sie den Rest der Reise überstehen, wenn James auch ab und zu die Spannung mit seiner gutgelaunten und kameradschaftlichen Art ein wenig auflockerte.

Mandy war nie glücklicher gewesen als an jenem Freitagnachmittag, als die Kutsche über einen Bergkamm fuhr und sich vor ihnen in der Ferne eine Stadt abzeichnete, die sich am Fuß einer schroffen, unbewaldeten Gebirgskette aus der Wüste erhob.

Ihr erster Eindruck von Virginia City war der einer glitzernden Stadt. Die Hitze des Tages ließ einen flimmernden Dunst aufkommen, der die Stadt selbst auf die Entfernung einhüllte und ihr einen geheimnisvollen Anschein verlieh. In der sengenden Wüstensonne zog sich die Stadt über Meilen von Sand und Salbeisträuchern hin, und elegante Wohnhäuser, aber auch Zelte und Hütten schmiegten sich an die Hänge.

Jeder im ganzen Westen wußte von der berühmten Comstock-Mine. Sie hatte unvorstellbare Reichtümer abgeworfen und inmitten einer unfruchtbaren Einöde eine Stadt entstehen lassen. Als sie vor der Station der Kutsche anhielten, stieß Mandy einen tiefen Seufzer der Erleichterung aus, weil sie die bedrückende Enge der Kutsche endlich hinter sich hatte. Sie streckte ihre müden Glieder und wandte sich der Stadt zu. Es gab nur eine Beschreibung für Virginia City – glitzernd. Alles war mit Silber verziert: silberne Münzen, silberne Schnallen, sogar Verzierungen an Wagen, die von edlen Pferden gezogen wurden, deren Zaumzeug aus schimmerndem Silber war. Die Gebäude waren tadellos gepflegt und wie Paläste ausgestattet.

»Melden wir uns doch im Hotel an, und machen wir uns frisch«, schlug Hawk vor. »Vielleicht sollten wir uns früh hinlegen und zur Abwechslung wieder einmal eine Nacht gut schlafen.« Er zwinkerte James zu, und der große Mann lächelte. Hawk war sicher, daß weder er noch James die Absicht hatten, in der kommenden Nacht viel zu schlafen. Hawk hatte vor, die Nacht in den Armen einer bereitwilligen und entgegenkommenden Frau zu verbringen – einer, mit deren Untreue man rechnete und für die man bezahlte –, und er vermutete, daß James dasselbe vorhatte.

»Ein Bad und etwas Schlaf klingt wunderbar«, stimmte Mandy ihm zu, »aber vielleicht können wir später zum Abendessen ausgehen? Virginia City sieht so aufregend aus.« Wehmütig schaute sie zu Hawk auf und hoffte nur, daß er sich über den Zwischenfall mit dem Spanier nicht mehr ärgerte und jetzt wieder bei Sinnen war.

Hawk stöhnte innerlich. So früh war ohnehin noch nicht besonders viel los, sagte er sich sachlich. Vielleicht konnte er sie zu einem frühen Abendessen ausführen und dann hinterher Sallys Lokal aufsuchen. »Sehen wir doch mal, wie wir uns fühlen, wenn wir uns ausgeruht haben. Wir reden dann später darüber.« Er wollte Zeit gewinnen und überlegen, wie sie es machten, damit das Mädchen nichts anstellen konnte, solange er und James sich in der Stadt herumtrieben.

Sie nahmen ihre Taschen und gingen auf das prächtige International Hotel zu. Eine Reihe von frischgestrichenen weißen Säulen trug die breite Veranda vor dem Haus, das sie durch Mahagonitüren mit Schnitzereien betraten. Orientteppiche lagen auf Parkettböden; die Wände zierten schöne Gemälde im europäischen Stil, und importierte italienische Wandleuchter aus Marmor sorgten für die Innenbeleuchtung. Ein livrierter Page führte sie die geschwungene Treppe zu ihren Zimmern hinauf.

»Ich bin sicher, dein Vater würde darauf bestehen, daß wir keine Kosten scheuen, um deine Bedürfnisse zu befriedigen«, kommentierte Hawk trocken, als er die Tür zu einem wunderschön eingerichteten Zimmer öffnete.

»Ja, ganz bestimmt«, ging Mandy auf ihn ein. So kam sie wenigstens in den Genuß des reizenden Zimmers, das er für sie gemietet hatte, das Eleganteste, was sie je gesehen hatte. Sie ging zu dem Himmelbett, das mitten im Raum stand, und strich wehmütig mit der Hand über das wunderschön geschnitzte Kopfende. Ihre Hand versank in den weichen Federn der Matratze. Sie konnte es kaum erwarten, ein Bad zu nehmen und sich unter die Daunendecke zu legen.

»Ich habe mir die Freiheit herausgenommen, Badewasser für Sie zu bestellen«, teilte ihr James mit, »und ein Tablett nach oben schicken zu lassen. Ich glaube, ich werde Hawks Rat annehmen und mich auch ein Weilchen hinlegen.« Seine Augen funkelten schelmisch, und sie fragte sich, was er sich wohl vorgenommen hatte.

Das Essen und die Wanne kamen gleichzeitig. James zog sich aus dem Zimmer zurück und überließ es Hawk, ihre wertvolle Fracht zu bewachen.

»Ich treffe euch beide dann in ein paar Stunden«, rief James durch die Tür, als er sich auf den Weg zu seinem Zimmer machte.

Mit einem matten Seufzer wandte sich Mandy an Hawk. »Würdest du mir die Knöpfe aufmachen, ehe du gehst?« Sie warf ihr dichte Mähne zur Seite und kehrte Hawk den Rücken zu.

»Ich mach dir die Knöpfe auf«, erwiderte er, »aber ich gehe nicht.« Ein Lächeln umspielte seine Lippen, und sie vermutete, daß er sie bestrafen wollte, weil er immer noch wütend wegen des Spaniers war.

»Was soll das heißen, du *gehst nicht*? Du erwartest doch wohl nicht etwa von mir, daß ich... daß ich... ich werde ganz bestimmt nicht in deiner Gegenwart ein Bad nehmen!«

»Du vergißt, Kleines, daß du das bereits getan hast.« Seine braunen Augen verspotteten sie.

Mandy schaute auf die dampfende Wanne und die Berge von schaumigen Blasen und dann flehentlich zu dem großen, kräftigen Mann auf. »Bitte, Hawk.«

Er erbarmte sich ein wenig und kehrte ihr den Rücken zu. »Ich werde nicht hinschauen, während du dich ausziehst, aber ich werde auch nicht fortgehen.«

Mandy zögerte. Die Wanne wirkte so einladend. Sie wußte, daß Hawk ihr die Grenzen seines Entgegenkommens bereits gezeigt hatte. Entweder sie stieg jetzt ins Wasser, oder sie kam ganz um das Bad. Eilig zog sie sich aus und glitt in die schimmernde Kupferwanne und hielt sich dabei das Haar hoch.

»Würdest du mir den Kamm zuwerfen, der in meiner Tasche ist?« fragte sie. Wenn er schon blieb, dann konnte er sich auch nützlich machen.

Mit einem selbstzufriedenen Lächeln, als hätte er immensen Spaß daran, trat er näher und reichte ihr den Schildpattkamm, den sie unauffällig dafür verwandte, sich die ungebärdige Mähne auf den Kopf zu stecken. Mandy bereute jetzt schon ihren Impuls, sich in die Wanne zu legen. Sie hätte schmutzig ins Bett gehen sollen.

»Sie bieten einen äußerst reizenden Anblick, Miss Ashton«, neckte er sie.

»Du hast gesagt, du siehst nicht hin.«

»Ich habe gesagt, daß ich nicht hinsehe, während du dich ausziehst«, verbesserte er. »Diesen Anblick jetzt hätte ich mir um keinen Preis auf Erden entgehen lassen.« Hawk setzte sich auf das Bett und schaute das hübsche Mädchen von der Seite an. Sie war so tief es ging in die Wanne geglitten, und der Schaum tat der Sittsamkeit Genüge, doch zwei dunkle Stellen schimmerten direkt unter der Oberfläche durch die Schaumblasen. Wassertropfen glitzerten auf ihrer Schulter, die ihn an Rosenblätter nach dem Regen erinnerten. Ihr anmutiger Hals über diesen Schultern war die perfekte Ergänzung zu ihrem herzförmigen Gesicht. Hawk verspürte einen plötzlichen Schmerz in der Brust und ein Ziehen in den Lenden. Er kniff die Lippen zusammen und ärgerte sich über die Macht, die sie über ihn hatte. Er wünschte, es gäbe eine Möglichkeit, sie einen Teil der Qualen erleiden zu lassen, die sie ihm verursachte.

»Hat dein Jason dieses Privileg gehabt?« konnte er nicht unterlassen, sie zu fragen, da er wußte, daß sie ihm auf Gedeih und Verderb ausgeliefert war.

»Jason ist mein Verlobter, nicht mein Ehemann«, antwortete sie ruhig und beherrscht und ihrer Rolle gemäß. »Du hast weit mehr von mir gesehen als er bislang.« Mandy kleidete die Lüge in eine Wahrheit. Sie ertappte sich dabei, daß sie zum erstenmal in ihrem Leben an das Wort *Ehemann* dachte. Inzwischen war ihre Cousine Julia sicher glücklich mit einem wunderbaren Mann verheiratet, der sie liebte. Ihre Cousine, einst das schwarze Schaf, rang ihr in ihrer neuen Rolle als Ehefrau Neid ab.

Hawks Augen durchbohrten sie. »Du willst mir doch nicht etwa vormachen, du seist noch Jungfrau, oder?«

Mandy errötete bis in die Zehenspitzen. Er konnte Julia doch nicht für eine Hure halten? Womit hatte ihre Cousine das verdient? Die Erinnerung an skandalöse Geschichten, die sie gehört hatte, drängte sich ihr auf. Vielleicht... aber vielleicht lag es auch daran, wie sie auf seine Küsse reagiert hatte. Ein anständiges Mädchen hätte ihm für die Freiheiten, die er sich herausgenommen hatte, eine Ohrfeige gegeben. Man brauchte sich doch nur anzusehen, was sie augenblicklich tat! Nackt in einer vollen Badewanne zu sitzen, verstieß, auch wenn der Badeschaum sie weitgehend bedeckte, gegen jede Grundregel sittsamen Benehmens. Kein Wunder, daß er sie für eine... eine... O Gott, dafür also hielt er sie, und sie konnte noch nicht einmal das Wort herausbringen.

Sie schluckte schwer. »Hawk... ich weiß, was du von mir halten mußt, weil ich mich so benommen habe, wie ich es tat, als du mich geküßt hast... ich meine, ich...« Sie versuchte, die Worte zu finden. »Ich verstehe es selbst nicht. So etwas habe ich noch nie getan.«

Seine Reaktion bestand in einem kurzen Lachen.

»Wen willst du hier zum Narren halten? Du hast ganz genau gewußt, was du tust.« Hawks Vorstellung beschwor unerwünschte Bilder von der nachgiebigen, willigen Frau herauf, die auf jede seiner Berührungen reagierte. »Dabei hast du wohl nicht an deinen tollen Jason gedacht?«

Tränen der Scham traten in ihre Augen.

»Verschwinde, du... du...« Wieder hätte sie gern sein arrogantes Gesicht geohrfeigt. »Du bist der herzloseste Mann, der mir je begegnet ist. Besitze wenigstens den Anstand, mich allein zu lassen, wenn ich bade.«

Als Hawk vom Bett aufstand, war sein Mund grimmig verkniffen. Er verließ das Zimmer, schlug die Tür hinter sich zu und drehte den Schlüssel im Schloß um. Wie brachte sie es nur immer wieder fertig, daß er die Selbstbeherrschung verlor und in Wut geriet? Er hatte nicht die Absicht gehabt, mit ihr zu streiten, als er im Zimmer geblieben war. Er wollte lediglich mit ihr abrechnen, damit sie nicht mehr ganz so sehr im Vorteil war. Als er draußen stand, konnte er ihr leises Schluchzen hören und verfluchte sich für sein unbesonnenes Benehmen. Jetzt würde er sie zum Abendessen ausführen müssen, oder sein Gewissen würde es ihm nicht gestatten, sich hinterher sein Vergnügen zu gönnen.

Gegen seinen Willen sah er wieder den hübschen Anblick vor sich, den sie in der Wanne geboten hatte. Er konnte ihre seidige Haut sehen, ihre Augen, die Feuer sprühten. Er lächelte kläglich. Er konnte Sally nur raten, sich heute auf eine lange Nacht gefaßt zu machen.

## *18. Kapitel*

Mandy schrubbte sich den letzten Schmutz vom Körper, wusch sich das Haar und das Gesicht mit den Tränenspuren und stieg aus der Wanne. Als sie erschöpft auf dem weichen Federbett lag, fragte sie sich, wie das Schicksal so grausam hatte sein können, sie diesen beiden Männern auf Gedeih und Verderb auszuliefern. Sie hatte die vage Hoffnung, das Glück ihrer Cousine würde ihr Opfer wert sein.

Sie mußte zugeben, daß Julia in einem Punkt recht gehabt hatte. Einen Teil ihres Rollenspiels genoß sie inzwischen. Es hatte seine Vorteile, leichtsinnig und unbeschwert zu sein. Das Mädchen, das sich im Fort hinter einer anständigen Fassade verschanzt hatte, existierte nicht mehr. An ihre Stelle war eine junge Frau getreten, die kein Blatt vor den Mund nahm und sich nicht mehr so ohne weiteres herumschubsen ließ. Nachdem sie ihre unerfreulichen Gedanken abgeschüttelt hatte, schlief sie endlich erschöpft ein.

Einige Stunden später wurde sie durch ein beharrliches Pochen an der Tür geweckt. »Wer ist da?« rief sie furchtsam und wischte sich den Schlaf aus den Augen. Sie hatte gelernt, daß es sich in Great Salt Lake City auszahlte, vorsichtig zu sein.

»Zieh dich an, wir gehen zu Abend essen«, lautete Hawks barscher Befehl, der durch ihre Tür drang. »Zieh das Goldene an.«

Mandy fand keine Zeit für eine Antwort, ehe sie hörte, wie seine schweren Schritte sich durch den Flur entfernten. Da sie unsicher war, ob sie sich über diese Wendung der Ereignisse freuen oder seiner neuen Taktik skeptisch begegnen sollte, zog sie sich eilig an.

Sie kämmte sich das Haar aus dem Nacken und benutzte dazu wieder den Kamm, den sie unter den Kleidungsstücken gefunden hatte, die Hawk ihr gekauft hatte, und sie bemühte sich, sich eine möglichst raffinierte Frisur zu machen. Sie schlüpfte in frische Unterwäsche, zog sich das Korsett und die Petticoats an und schließlich das schimmernde perlenbesetzte goldene Kleid. Dann zog sie an der Klingelschnur, damit ihr eine Zofe beim Zuknöpfen half.

Als das Mädchen das Zimmer verließ, schaute Mandy in den Spiegel und spürte, wie die Farbe in ihre Wangen strömte. Das Kleid war verwegen tief ausgeschnitten und offenbarte mehr von ihrem üppigen Busen, als sie es je zu zeigen gewagt hätte. Aber Hawk hatte gesagt, sie solle es tragen, also würde sie es auch tragen. Insgeheim hoffte sie, es würde ihn vor Verlangen um den Verstand bringen. Das geschah ihm recht für seine Arroganz am Nachmittag. Sie beugte sich gerade über die Kommode, um den passenden Fächer herauszuholen, als sie wieder ein Klopfen an der Tür hörte, diesmal etwas sachter als beim vorherigen Mal.

Mandy ging nervös zur Tür. »Komm rein.« Es war nahezu ein Flüstern.

Der Schlüssel wurde im Schloß umgedreht, und ein großer, breitschultriger Mann, der eine gutsitzende Hose und einen schwarzen Frack über einem gestärkten weißen Hemd trug, trat ins Zimmer.

»Hawk! Bist du das wirklich?« Sie musterte die gutaussehende Gestalt von Kopf bis Fuß. Er sah durch und durch wie ein Gentleman aus. Sie war sicher gewesen, falls er je etwas anderes als seine Lederhose trug, etwas Eleganteres, würde er albern wirken. Doch hier stand er jetzt, ruhig und gelassen. Er bewegte sich in diesen Kleidern, als hätte er sie sein Leben lang tagtäglich getragen. Diese Vorstellung verärgerte sie ein wenig.

»Du siehst sehr gut aus«, gestand sie leise und spürte, wie sie plötzlich schüchtern wurde.

Hawk kostete die Verwirrung des Mädchens aus. Insgeheim dankte er Thomas Rutherford zum zehntausendsten Mal. Sein Blick glitt über sie. In dem reichbestickten Kleid aus goldenem Satin, das er gekauft hatte, sah sie elegant aus. Es saß perfekt, schmiegte sich an ihre schlanke Taille und reichte genau bis auf den Fußboden. Er sah sich das wunderbare Bild an, das sie bot, und er erfreute sich an allen Einzelheiten. Das Kleid zeigte weit mehr von ihrem Busen, als er erwartet hatte – nur die rosigen Spitzen blieben seinem Blick verborgen.

Er spürte, wie das Blut durch seine Adern raste. Wenn er gewußt hätte, welche Wirkung das Kleid auf ihn haben würde, hätte er es niemals gekauft.

»Und du, Gnädigste, siehst einfach umwerfend aus. Aber andererseits habe ich von der Tochter des Gouverneurs nichts anderes erwartet.« Hawks Blicke glitten wieder über sie, und Mandy wußte, daß er das zweischneidige Kompliment ernst meinte. Er bot ihr seinen Arm an, und ein kleiner Schauer durchzuckte sie, als sie sich einhing.

Sie verließen das Zimmer und gingen durch den breiten Korridor, und die prächtigen goldenen Leuchter warfen ihr weiches, flackerndes Licht auf sie, als sie anmutig den Salon betraten.

Die Fröhlichkeit, die in dem Raum mit den Kristallüstern herrschte, war ansteckend. James hatte es abgelehnt, sie zu begleiten, und daher aßen sie und Hawk allein zusammen zu

Abend. Ein schwarzgekleideter, steifer und förmlicher Oberkellner wies ihnen einen intimen Tisch mit Kerzenlicht zu. Goldgesprenkelte Wände und riesige Topfpalmen rundeten den Raum elegant ab. Mandy war berauscht vor Freude. Es sah ganz so aus, als würde das die wunderbarste Nacht ihres Lebens werden.

Hawk bestellte Champagner, etwas, was Mandy nie gekostet hatte – doch das durfte sie natürlich nicht zugeben –, und sie begeisterte sich dafür. Die goldene Flüssigkeit koste ihre Zunge wie süßer Tau. Die Bläschen kitzelten sie in der Nase. Sie ertappte sich dabei, daß sie ständig unter Hawks eindringlichen Blicken errötete und die Augen abwandte.

Nach dem Abendessen spielte eine kleine Kapelle auf.

»Darf ich Sie zu diesem Tanz auffordern, Miss Ashton?« fragte Hawk, stand auf und reichte ihr seinen Arm.

Mandy erhob sich wie benommen von ihrem Stuhl und ging mit ihm auf die Tanzfläche, und es überraschte sie, wie gut dieser ruppige Kerl tanzen konnte.

Geschickt führte er sie mit einer leichten, sicheren Hand und geriet nie aus dem Takt. Sie schwebte anmutig über die Tanzfläche und ließ sich von jeder seiner Bewegungen mitreißen. Sie hatte mit den Soldaten im Fort getanzt, aber die Männer hatten sich ungeschickt angestellt, und sie hatte sich unwohl dabei gefühlt. Mit ihm war es, als schwebte sie auf einer Wolke.

»Wie kommt es, Mr. Langley«, neckte sie ihn, »daß Sie mit derselben Leichtigkeit einen Anzug tragen und Walzer tanzen, mit der Sie auf einem Pferd sitzen und Wild jagen?« Sie spürte Hawks starke Hand auf ihrer Taille, und ihr Herz pochte laut. Er zog sie ein klein wenig enger an sich, als es sich schickte, während er sie über die Tanzfläche wirbelte, und der Geruch nach Moschus, in den sich ein Hauch von Champagner mischte, durchdrang ihre Sinne.

Hawk lächelte über das unbeabsichtigte Kompliment des Mädchens, und als der Tanz endete, führte er sie von der Tanzfläche. Als sie beide wieder saßen, beantwortete er ihre Frage, und der Alkohol erleichterte ihm das.

»Als ich von den Cheyenne fortgegangen bin, habe ich mich auf den Weg nach St. Louis gemacht, um Thomas Rutherford zu suchen, den Mann, den ich schon erwähnt habe. Er hat mich in seinem Haus aufgenommen, als sei ich sein eigener Sohn. Anfangs war es sehr schwer für mich. Nichts, was ich tat, schien mir zu gelingen. Nicht lange nach meiner Ankunft veranstaltete er einen großen Empfang, etwas, was er bereits geplant hatte und nicht mehr abwenden konnte. Er bestand auf meiner Anwesenheit. Er sagte, zu dieser Gesellschaft gehörte ich genausosehr wie er. Er kaufte mir die richtigen Kleidungsstücke und brachte mir Manieren bei.

Als das Abendessen serviert wurde, war ich so nervös, daß ich kaum noch einen klaren Gedanken fassen konnte. Ich vergaß meine Lektion zum richtigen Gebrauch des Tafelsilbers und nahm das Fleisch in die Hand.« Bei der Erinnerung lächelte er kläglich. »Alle am Tisch schnaubten vor Entrüstung, und Mrs. Haddington, eine von Thomas' besten Klientinnen, bekam fast einen Schlaganfall. Aber Thomas stellte sich hinter mich. Er sah Mrs. Haddington fest in die Augen und nahm sein Fleisch auch in die Hand. Ich vermute, von dem Augenblick an schloß ich ihn restlos ins Herz.«

Mandy fühlte sich zu dem großen, kräftigen Mann hingezogen. Er schien immer so selbstsicher und so selbstbewußt zu sein. In seinen Augen drückte sich die Liebe aus, die er dem Mann entgegenbrachte, der ihn bei sich aufgenommen hatte. Wie sehr sie wünschte, er hätte sie mit ebenso liebevollen Blicken angesehen!

»Der Mann war unendlich geduldig«, fuhr er fort. »Er brachte mir bei, wie man ordentlich Englisch spricht, und er engagierte Privatlehrer, damit ich alles lernte, vom Lesen bis zur Kunst – sogar, wie man Walzer tanzt«, fügte er schalkhaft hinzu.

Mandy bereitete es Schwierigkeiten, sich auf seine Worte zu

konzentrieren. Sie spürte, wie seine Blicke sie streichelten. Sie verzehrte sich danach, ihn zu berühren. Die Erinnerung an warme, feste Lippen, die auf ihren liegenblieben, spielte mit ihrem Herzen. Ihre Augen schweiften zu einem Muskelstrang an seinem Hals ab. Sie wollte ihre Finger durch das weiche Haar gleiten lassen, das sich über seinem Kragen lockte.

»Ich habe auf Rutherfords Farm hart gearbeitet«, sagte er. »Aber ich hatte immer das Gefühl, dort ebensowenig hinzugehören wie in das Dorf der Cheyenne. Ich bin ein paar Jahre geblieben und dann fortgegangen und in den Westen gezogen. Ich werde nie die Gelegenheit haben, ihm das zu geben, was ich ihm schuldig bin.«

Einen Moment lang sah sie Bedauern aufblitzen, ehe sein Lächeln wieder erschien, und wieder spürte sie einen Stich, den ihr das Mitgefühl mit dem Mann versetzte, der sich in beiden Welten mühelos bewegte, in der Welt der Indianer und der Welt der Weißen, und doch zu keiner von beiden gehörte.

Ein weiterer Walzer begann, und sie standen auf und tanzten. Diesmal zog er sie noch dichter an sich. Als der Tanz endete, schimmerte überall dort, wo Hawk sie berührt hatte, eine dünne Schweißschicht.

»Dir ist doch wohl klar, daß ich von jedem Mann im Saal beneidet werde«, sagte er und sah sie mit einem knabenhaften Grinsen an.

Sie lächelte über sein Kompliment. »Und wenn Blicke töten könnten, wäre ich tausend Tode gestorben«, erwiderte sie und senkte die Wimpern. Es verärgerte sie ein wenig, wie unverhohlen die Frauen ihn bewunderten. Es gab nicht eine einzige Frau im Saal, die nicht mit Freuden mit ihr getauscht hätte.

Plötzlich wollte sie herumalbern und kicherte. »Kannst du dir vorstellen, was sie sagen würden, wenn sie wüßten, daß ich mit dir und James allein unterwegs bin?« Für sich fügte sie noch hinzu: einem Spieler, der Waffen mit sich herumträgt, und einem Weißen, der sich als Indianer verkleidet. Mein Gott, es war wirklich schockierend! Wenigstens würde man Julia die Schuld zuschieben, falls jemand dahinterkam. Dieser Gedanke ließ sie lächeln.

»Wahrscheinlich würden sie sagen, daß wir die beiden glücklichsten Männer westlich des Mississippi sind«, sagte er leise.

»Hawk... das ist der wunderbarste Abend meines Lebens gewesen.« Sie hob ihr Champagnerglas, das immer voll zu sein schien, und lächelte.

Zum erstenmal bemerkte Hawk ihr Grübchen. Vielleicht sollte er sie öfter zum Lächeln bringen. Sie kicherte wieder, und plötzlich begriff er, daß sie zuviel Champagner getrunken hatte.

Sie hatte einen Schluckauf. »Entschuldige bitte«, sagte sie und verschüttete den Champagner.

Er erinnerte sich wieder an den Zeitungsartikel, den er über ihren Auftritt gelesen hatte, bei dem sie halbnackt in den Brunnen gesprungen war. Seine Stimmung verfinsterte sich.

»Ich hätte wissen müssen, daß ein verzogenes kleines Mädchen wie du sich nicht benehmen kann. Du wirst jetzt auf der Stelle nach oben und ins Bett gehen.«

»Hawk, bitte«, flehte sie. »Womit habe ich dich bloß verärgert?« Doch als sie von dem Stuhl aufstand, drehte sich der Raum. Er stützte sie. Ein Geruch nach Veilchen stieg von ihren Schultern auf, und er seufzte niedergeschlagen. Er lechzte danach, die Nadeln aus ihrem dichten Haar zu ziehen und sein Gesicht in der seidigen Mähne zu vergraben. Er konnte spüren, wie sein Verlangen nach ihr sich wieder zu regen begann. Der Teufel soll sie holen, diese kleine Hexe! Er biß die Zähne zusammen und beschloß, besser zu gehen, ehe man es ihm anmerkte.

»Du hast nur etwas zuviel Champagner getrunken. Komm schon, es ist ohnehin an der Zeit, daß du ins Bett gehst.« Stumm gingen sie zum Foyer und stiegen dann die Stufen zu ihrem Zimmer hinauf.

»Es war ein wunderbarer Abend, Hawk.« Sie sah ihm in die

Augen, und dann wandte sie sich ab. Wieder stieg ihr etwas Berauschendes zu Kopf, als sie in der Tür standen.

Ohne sich Zeit zum Denken zu lassen, bedeckte Hawk ihre Lippen mit seinen, erst sachte, dann eindringlicher. Seine Zunge drängte in ihren Mund. Ihr Atem schmeckte warm und süß. Er küßte ihre Wangen, ihren Hals; dann glitten seine Lippen auf ihre Schultern, so zart wie Satin über dem schimmernden Kleid. Er führte sie ins Zimmer und schloß die Tür hinter sich. Dort zog er sie wieder an sich und küßte sie innig.

Mandy geriet in einen Taumel. Seine Lippen waren warm und fordernd. Ihr Kopf drehte sich vom Champagner; jetzt schmolzen seine Küsse jeden Widerstand, den sie ihm noch entgegensetzte. Seine Lippen fuhren die Konturen ihres Halses nach und knabberten an ihrem Ohr.

Ein rasendes Verlangen durchzuckte sie und nahm ihr den letzten Rest an Willen. Sein Mund bewegte sich zur Wölbung ihrer Brust hin, und ihr Puls schlug immer schneller. Sie atmete nur noch stockend.

Hawk wußte, daß er sie in dem Moment hätte nehmen können. Alle Gedanken an ihren Geliebten waren verflogen. Er spürte ihren Atem heiß in seinem Nacken. Warm und nachgiebig lag sie in seinen Armen, und das schnelle Flattern ihres Herzens zeigte deutlich ihre Leidenschaft. Sie würde nichts tun, um ihn zurückzuhalten, und er wollte sie, wie er nie eine andere begehrt hatte.

Bilder von jungen Dandys, die ihren Körper liebkosten, wie er es gerade tat, versengten seine Seele. Warum sollte er sie nicht nehmen? Schließlich hatten schon andere vor ihm sie genommen! *Ich gebe Ihnen mein Wort, Sir.* Das Vesprechen drehte sich wie ein Messer in ihm. Er wollte es ihr geben, sie leiden lassen, wie auch er litt. Er hob den Kopf von ihrer Brust, wartete einen Moment, lächelte dann drohend und ließ sie stehen.

»Besitzt du noch nicht einmal den Anstand, mich abzuwehren? Ich bin sicher, dein *Jason* wäre sehr stolz auf dich.«

Tränen traten in Mandys Augen. Sie schlug sich die Hände auf die Ohren.

»Tu das bitte nicht, Hawk«, sagte sie flehentlich, und ihre Stimme war kaum mehr als ein Flüstern. »Das verstehst du nicht.«

»Ich wünschte, er wäre hier und sähe dich jetzt in den Armen eines anderen Mannes«, höhnte er. »Hast du ihn so geküßt, wie du mich küßt?«

Ohne Rücksicht auf die Folgen riß Mandy die Hand zurück, denn sie war entschlossen, ihn zu ohrfeigen, um das unverschämte Lächeln von seinem Gesicht zu vertreiben. Sie hätte alles getan, um den verletzenden Äußerungen Einhalt zu gebieten. Hawk fing ihren Arm in der Luft und hielt sie mühelos zurück. Er blieb regungslos stehen.

Plötzlich ließ er sie los. Einen Moment lang sah sie ihn noch an. Hatte sie eine Spur von Reue aufflackern sehen? Sie wandte sich ab und lief schluchzend zu ihrem Bett. Sie hörte, wie die Tür zuknallte, als er das Zimmer verließ.

Hawk drehte den Schlüssel im Schloß um, biß die Zähne zusammen und stürmte erbost durch den Korridor.

Mandy löste sich in Tränen auf. Er hatte recht. Warum hatte sie nicht versucht, ihn zurückzuhalten? Heute nacht hätte er sie nehmen können. Sie hätte es zugelassen. O Gott, was stimmte nicht mit ihr? Sie hatte Hawk regelrecht angefleht, mit ihr ins Bett zu gehen. Kein Wunder, daß er sie mit Geringschätzung behandelte. Sie hatte es verdient.

Als sie sich auszog, hing sie das schöne Kleid auf und legte sich in ihrem Hemd hin. Heute war der schönste Abend ihres Lebens gewesen. Wie hatte sie zulassen können, daß er so gräßlich endete.

Bitte, lieber Gott, laß diesen Alptraum enden.

Morgen würden sie mit der Kutsche nach Reno aufbrechen, und dann in den Zug nach Sacramento City steigen. Morgen abend war alles vorbei. Sie fragte sich, und das nicht zum erstenmal, ob es für sie jemals vorbei sein würde. Sie zog die Decke hoch und zählte das Ticken der Kirschbaumuhr und schlief dann unruhig ein.

## *19. Kapitel*

Hawk trat durch die geschnitzte Mahagonitür in die Nacht hinaus. Die frische Luft war wohltuend auf seiner Haut und wirkte kühlend auf sein hitziges Temperament, aber nicht auf seine Gelüste. Er zog seinen Frack aus, band sich die Krawatte ab und knöpfte den Kragen auf. Wieder einmal hatte er Dinge getan und gesagt, die er bereute. Er kniff die Lippen zusammen und machte sich auf den Weg zu Sallys Lokal, dem berüchtigtsten Bordell von Virginia City.

Die Szene im Hotel lief noch einmal vor seinen Augen ab. Er haßte die kleine Dirne dafür, wie er sich jetzt fühlte, denn das war ihre Schuld. Sie spielte mit ihm genauso, wie sie auch mit dem jungen Leutnant spielte; warum also fiel es ihm so schwer, es endlich zu glauben?

Er stieß die Pendeltür etwas zu kraftvoll auf, und sie schlug laut hinter ihm zu. Der schummrig beleuchtete Raum war verraucht, und es ging laut zu. Die roten Samttapeten an den Wänden und die Plüschsofas hielten die ausgelassene Kundschaft bei guter Laune. Hawk ging sofort auf die lange Bar aus geschnitztem Eichenholz zu.

»Einen doppelten Whiskey«, bestellte er mit finsterer Miene. Er konnte Sallys vertrautes Lachen bereits vom anderen Ende des Raumes hören. Sie bemerkte ihn fast augenblicklich, kam auf ihn zu und warf ihm die Arme liebevoll um den Hals.

»Ich habe schon gehört, daß du in der Stadt bist«, sagte sie, und ihre dunklen Augen glitzerten. »Ich habe mich schon gefragt, wie lange du mich wohl noch warten läßt.« Ihre heisere Stimme klang ein wenig atemlos. Hawks Blick fiel auf die Wölbung ihrer Brüste und den Schwung ihrer Hüften. Sally Ginelli war nicht die erste Besitzerin des Hauses, aber sie war die hübscheste. Eigentlich sah sie viel zu jung aus, um zwanzig Mädchen unter sich zu haben und einen der wüstesten Saloons im Westen zu führen. Aber Sally war eine außergewöhnliche Frau.

Die beiden kannten einander schon seit Jahren, schon aus Zeiten, ehe Sally das Lokal übernommen hatte. Jetzt konnte Sally es sich leisten, nur männliche Freunde, die ihr gefielen, in ihr Bett mitzunehmen.

Sally Ginelli musterte den großen, gutgekleideten Mann, der am Tresen lehnte. Sie hatte ihn selten anders als in seinen Wildledersachen gesehen – es sei denn, er hatte überhaupt nichts an – und daher brachte er heute abend ihr Blut zum Wallen. Natürlich hatte er diese Wirkung schon immer auf sie gehabt.

Sie schaute ihn noch einmal an. Diesmal war er zu lange fort gewesen. Sie spürte, wie schon der Gedanke an seinen nackten muskulösen Körper, mit dem er in sie stieß, sie feucht werden ließ. Ihre Arme blieben weiterhin um seinen Hals geschlungen, als sie seinen Kopf zu sich herunterzog und ihm einen glühenden Kuß auf den Mund preßte.

Wochenlang hatte Hawk geglaubt, er wünschte sich nichts anderes mehr, als mit Sally Ginelli zu schlafen. Eine Nacht in ihren weichen, empfänglichen Armen, hatte er sich eingeredet, und er wäre frei von dem Verlangen nach dem zierlichen Mädchen mit dem kastanienbraunen Haar, das er auf der anderen Straßenseite zurückgelassen hatte. Als er jetzt die Frau mit dem rabenschwarzen Haar küßte, bemerkte er zum erstenmal, wie dünn ihre Lippen waren, und er dachte an ein anderes Lippenpaar, das er voll und nachgiebig unter seinem Mund gespürt hatte.

»Gehen wir«, ordnete er mürrisch an und packte Sallys Hand. Er zog sie durch den Raum und zerrte sie die Treppe zu ihrer Suite am Ende des Ganges hinauf.

»Zieh dich aus«, murrte er, und dann murmelte er etwas vor sich hin und schenkte sich aus der Kristallkaraffe auf der schwarzlackierten Bar noch einen Whiskey ein. Das Zimmer war geschmackvoll eingerichtet – und das war erstaunlich, wenn man an den Rest des Bordells dachte. Sally, die der Ferne Osten faszinierte, hatte ihre Suite mit orientalischen Wandteppichen und Vasen und auffallend schönen Möbeln aus Teakholz mit Schnitzereien ausgeschmückt.

Hawk kippte den Whiskey hinunter, schenkte sich noch einen ein, trank ihn in einem Zug aus und entkleidete sich. Er schlenderte ins Schlafzimmer, und seine Lippen waren verkniffen, als sei dies eine unliebsame Aufgabe, die er hinter sich zu bringen hatte, und nicht das Vergnügen, das er sich ausgemalt hatte.

Sally stand vor einem Spiegel in einem zinnoberroten Rahmen und trug ein durchsichtiges Spitzenhemd. Sein Blick glitt über ihre Gestalt, und er zog sie in seine Arme. »Ich habe gesagt, du sollst dich ausziehen«, flüsterte er grob. Er packte ihr Hemd und riß es herunter, und sie stand nackt da und zitterte vor Verlangen. Der glasige Blick in ihren schwarzen Augen sagte ihm, daß sie seine Roheit genoß. Es gab viel zu viele Männer in ihrem Leben, die ihr wimmernd nachliefen, sie genoß es, sich gelegentlich mit einem einzulassen, der sie nicht ganz so sanft behandelte.

Hawk zerrte die schwarzhaarige Schönheit auf die weiche Matratze. Er griff nach ihren üppigen Brüsten und rechnete damit, feste Rundungen zu spüren, doch er fühlte nur schlaffe Erfreulichkeiten. Er zog sie enger an sich und preßte seine Lippen auf ihre schmalen, schlang einen Arm um sie und legte eine Hand auf ihren Hintern, der aber auch nicht mehr fest war.

In seinem tiefsten Innern wußte er verstandesmäßig, daß sich Sally nicht anders anfühlte als sonst auch. Ihre Haut war weich und nachgiebig. Ihre Küsse waren feucht und warm. Warum also erregte sie ihn nicht? Immer wieder zogen Bilder von festen, leicht nach oben gekehrten Brüsten, rosenfarbenen Brustwarzen und einem zarten elfenbeinernen Hintern vor seinen Augen vorbei – und von langem, kastanienbraunem Haar. Während er Sallys schwere Brüste streichelte, kämpfte er gegen die Bilder in seiner Vorstellung an.

Als er schließlich spürte, wie seine Männlichkeit schlaff zu werden begann, wußte er, daß er den Kampf verloren hatte. Er murmelte einen Fluch vor sich hin, stieß das enttäuschte Mädchen von sich und stand aus dem Bett auf.

»Hab' ich etwas falsch gemacht, Schätzchen?« fragte sie, und ihre Stimme war heiser vor Leidenschaft.

»Es ist nicht deine Schuld. Ich habe andere Dinge im Kopf, das ist alles. Ich komme bald wieder«, log er. Wahrscheinlicher war es, daß er diesen Ort heute für immer hinter sich ließ. Er ging aus dem Zimmer und zog sich schnell an, und dann lief er nach unten und durch die Pendeltür. Es gab eine Menge Bars in Virginia City, und er hatte vor, keine davon auszulassen.

»Noch einen Whiskey, Barkeeper, und sorgen Sie dafür, daß Nachschub kommt«, verlangte Hawk zum zehntenmal. Seit drei Stunden hatte er nichts anderes getan als getrunken. Jetzt fing der Raum um ihn herum an, sich zu drehen. Er schätzte, daß er jetzt wohl so betrunken war, daß er schlafen konnte. Er stand vom Hocker auf, bezahlte seine Rechnung und wankte aus der Bar. Die kühle Luft draußen machte ihn etwas wacher, als er sich auf den Weg zum Hotel machte.

Sowie er oben angekommen war, stieß er auf seinem Weg durch den Korridor mehrfach an die Wand und wühlte dann in seinen Taschen nach dem Schlüssel. Er zog ihn heraus und schloß die Tür auf.

Mandy schreckte aus dem Schlaf hoch. Sie hörte ein leises Klikken, als sich ein Schlüssel in ihrer Tür umdrehte. Ihr Schrecken wurde von Erstaunen abgelöst, als sie sah, wie Hawk ihr Zimmer betrat. Kam er nur, um nach ihr zu sehen? Vielleicht hatte er sich auch geirrt und war nur versehentlich in ihr Zimmer gekommen.

Sie stellte sich schlafend und beobachtete ihn unauffällig durch ihre gesenkten Wimpern. Sie traute ihren Augen nicht, als sie sah, daß er begann, sich auszuziehen. Was auf Erden sollte das heißen? Dann merkte sie, als sie ihn taumeln und gegen einen Stuhl wanken sah, in welcher Verfassung er war. Hawk war betrunken, stockbesoffen. Jetzt war sie sicher, daß er versehentlich in ihr Zimmer gekommen war. Er wirkte nicht nüchtern genug, als daß er böse Absichten hätte haben können.

Sie beschloß, still liegenzubleiben. Wenn er eingeschlafen war, würde sie sich aus dem Bett schleichen, sich anziehen und auf dem Sofa schlafen. Sie hörte ihn wieder stolpern, und dann sah sie, wie er sich zu ihr umwandte. Sie hatte noch nie in ihrem Leben einen nackten Mann gesehen. Hypnotisiert von dem Anblick schaute sie hin, schockiert und fasziniert zugleich. Selbst in der Dunkelheit konnte sie seine breiten Schultern und die muskulöse Brust erkennen, und in dem rotblonden Haar, das seine Brust bedeckte, spiegelte sich die Mondsichel wider, die zum Fenster hineinlugte. Seine Taille war schmal und ging sachte in schmale Hüften und kräftige Beine über. Seine Bauchmuskulatur bewegte sich, als er sich auf das Bett sinken ließ. Ihre Wangen flammten auf, als sie den Blick von seinen intimsten Körperteilen abwandte.

Hawk legte sich nackt unter die Decke. Jetzt hörte das Zimmer auf sich zu drehen, aber er konnte anscheinend einfach keine bequeme Schlafstellung finden. Er drehte sich auf die Seite. Selbst noch in seinem Alkoholdämmer spürte er, daß jemand neben ihm im Bett lag. War er wieder in Sallys Zimmer geraten, statt in sein eigenes zu gehen? Er spürte den dünnen Stoff ihres Hemds. Er dachte, dieses Hindernis hätte er schon beim erstenmal aus der Welt geschafft. Er packte das Hemd und riß den störenden Stoff herunter. Er hörte ein leises erstauntes Keuchen, als sein Mund sich hart auf ihren legte. Er erinnerte sich noch verschwommen daran, daß Sallys Stimme leidenschaftlich und heiser und nicht etwa furchtsam und verängstigt war, doch diesen Gedanken schob er gleich wieder weg.

Seine Hand glitt über ihren Körper. Ihre Haut fühlte sich warm und straff an, nicht so weich und so schlaff wie vorhin. Seine Erregung steigerte sich. Er forschte in ihrem süßen Mund mit seiner Zunge.

Die gesamte Glut, die er in diesen letzten Wochen unterdrückt hatte, kam an die Oberfläche. Die Wirkung des Alkohols ließ nach, und er blieb steif und mit einem lodernden, unstillbaren Verlangen zurück. Wochenlang hatte er sich gequält. Jetzt war er ein Mann, der nur ein einziges Ziel hatte, den Körper, der sich unter seinem wand und wehrte, mit aller Kraft, die er aufbringen konnte, zu durchstoßen.

Mandy kämpfte wie eine Tigerin. Voller Entsetzen erkannte sie zu spät, daß Hawk diesmal nicht aufhören würde. Vielleicht hatte sie sich selbst die Schuld zuzuschreiben, weil sie schon zugelassen hatte, daß er sich Freiheiten bei ihr herausnahm. Sie wußte es nicht. Insgeheim, das gestand sie sich ein, hatte sie sich erträumt, daß Hawk sie zur Frau machte. Aber nicht so. Sie versuchte, ihre Lippen zu befreien, damit sie ihn anflehen konnte. Aber er war erbarmungslos. Er legte sich mit seinem ganzen Körper auf sie und hielt ihre Hände mühelos über ihrem Kopf fest. Er übereilte nichts, sondern küßte sie tief und leidenschaftlich, und selbst durch den Whiskey hindurch konnte sie noch seine virile Männlichkeit schmecken. Eine starke Hand streichelte ihre Brüste, drängend und heftig und doch mit der Geduld der Erfahrung. Er streichelte ihre Schenkel, den Schwung ihrer Hüften, den glatten flachen Bauch unter ihrem Nabel, und so zwang er sie, auf ihn zu reagieren. Ihre Abwehr wurde schwächer. Sie konnte einen zarten, wimmernden Laut hören und nahm vage wahr, daß er aus ihrer eigenen Kehle drang. Ihr Körper verriet sie – selbst jetzt, als er sich ihr gewaltsam aufdrängte, begehrte sie ihn.

Hawk ließ ihre Hände los, und sie schlang ihm die Arme um den Hals und zog ihn noch dichter an sich. Sie erwiderte seine Küsse und spürte, wie seine Zunge glühend die Tiefen ihres

Mundes erforschte. Sie wand sich unter ihm, und ein winziger Teil ihrer selbst wünschte, sie hätte damit aufhören können, doch ein anderer Teil von ihr wollte mehr haben. Sein Mund marterte die Spitzen ihrer Brüste und dann das bebende Fleisch über ihrem Nabel. Als er sie wieder küßte, spürte sie, wie seine Finger sich zu ihrem intimsten Schlupfwinkel vortasteten. Er stellte fest, daß sie bereit für ihn war. Ihre Schande war vollständig. Mit der Leichtigkeit der Erfahrung versuchte er, in sie einzudringen. Sie spürte, wie seine männliche Härte auf das einzige Hindernis stieß, das noch geblieben war.

Hawk hielt still. Was zum Teufel...? Er stieß wieder zu. Noch einmal spürte er die Schranke zwischen ihm und seinen Gelüsten. Die Erregung, die ihn aufpeitschte, ließ den letzten Rest Alkohol, der seine Gedanken benebelte, jede Wirkung verlieren, und wie ein eisiger Windhauch dämmerte ihm die Erkenntnis. Er hob seinen Mund von den warmen, weichen Lippen unter ihm und stellte fest, daß er in die goldgesprenkelten grünen Augen schaute, die er so gut kannte. Sie glühten vor Leidenschaft, und ihre Lippen waren von der Glut seiner Küsse leuchtend rot.

Verdammt noch mal! Einen Moment lang schloß er die Augen und holte tief Atem, um wieder ruhiger zu werden. Was hatte er getan?

»Verzeih mir, Kleines...« Ein tiefes Gefühl der Reue – und ein gräßliches Schuldbewußtsein – schnitten in ihn wie ein Messer. »Ich glaube, du hast mir die Wahrheit gesagt«, flüsterte er. Aber diesmal war er zu weit gegangen, als daß er jetzt noch hätte aufhören können. »Ich verspreche dir, daß es nur einen Moment lang weh tun wird.« Das Beste, was er jetzt noch für sie tun konnte, war, es so angenehm wie möglich für sie zu machen, und dabei zu hoffen, daß er keinen Dauerhaß auf Männer bei ihr hinterließ. Da er entschlossen war, mit dem unschuldigen Mädchen in seinen Armen sanft umzugehen, zwang Hawk sich, ganz langsam vorzugehen. Er küßte sie lange und ausgiebig. Dann legte er seine Lippen auf die steifen Knospen ihrer vollen Brüste. Sein Körper stand in Flammen. Das Blut rauschte in seinen Ohren. Wieder legte er seinen Mund auf ihre Lippen, und dann stieß er zu.

Mandy schnappte laut nach Luft und wehrte sich wieder gegen ihn. Sie spürte einen ziehenden Schmerz in ihren Lenden. Tränen traten in ihre Augen und rannen ihre Wangen herunter. Er hielt sie geduldig fest, flüsterte beschwichtigende Worte und versuchte, sie zu besänftigen. Durch den Schmerz und das Grauen spürte sie seine Zärtlichkeit. Das beruhigte ihre Nerven, und da sie ihm jetzt wieder etwas mehr vertraute, entspannte sie sich allmählich ein wenig. Er bewegte sich wieder in ihr, anfangs langsam und behutsam, dann schneller. Der Schmerz ließ nach und wurde abgelöst von wundersamen strudelnden Empfindungen. Die Frustration von Wochen forderte ihren Tribut. Wenn er sich auch noch so sehr bemühte, dann konnte Hawk sich doch nicht zurückhalten. Der Zeitpunkt seiner Erlösung kam, und er war angespannt, als tausend Sterne am Horizont explodierten, und dann sank er erlöst auf das warme Fleisch unter ihm. Er schmiegte sich an sie und küßte sie auf die Stirn. »Ich werde dir kein zweites Mal weh tun«, versprach er. Er küßte sie lange, drehte sich auf die Seite und zog sie dann an sich.

In ihrer Verwirrung und Benommenheit konnte Mandy nicht verstehen, was sie empfand. Einerseits war sie froh, daß es vorbei war, andererseits lechzte sie nach mehr. Als sie Hawks sanfte Worte hörte, nahm sie an, daß er mit ihr fertig war. Sie rieb sich die Tränen aus den Augen und rollte sich von ihm weg.

»Nicht so schnell, Kleines.« Die Zärtlichkeit, die in seiner Stimme mitschwang, beruhigte sie. Seine Lippen spielten mit ihrem Ohr. »Ich habe mein Wort gebrochen. Jetzt gibt es nichts mehr, was zwischen uns steht. Diesmal bist du dran«, flüsterte er, und sie stöhnte, als sie spürte, wie seine warmen Lippen sich wieder auf ihren Mund legten.

Zärtlich küßte er ihre Lippen, ihre Augen, ihre Wangen, die

Nasenspitze und dann wieder ihre Lippen. Er setzte seine Zunge geschickt ein, um jeden Winkel ihres Mundes zu erkunden. Obwohl sie erschöpft war, reagierte ihr Körper. Sie gestattete es sich, seine zärtlichen Zuwendungen zu genießen. Er ließ einen Finger durch den Spalt zwischen ihren Brüsten gleiten und nahm dann beide nacheinander in die Hand. Er senkte den Kopf, um das Fleisch über ihrer Brustwarze zu küssen, und dann nahm er die Spitze in den Mund. Seine Zunge sandte genüßliche Schauer durch ihren Körper, und erneutes Begehren wogte in ihr auf.

Mandy fühlte sich wie besessen. Alles, wonach sie lechzte, all die verbotenen Freuden stießen ihr jetzt zu. Ihr ganzer Körper schmerzte vor Verlangen nach diesem Mann. Sie hatte nicht gewußt, was für ein übermächtiges Verlangen ein Mensch nach einem anderen haben konnte.

Hawk nahm wahr, wie sehr sie ihn begehrte, und das entflammte seine Leidenschaft noch mehr. Es kostete ihn die allergrößte Mühe, sich zurückzuhalten, und er mußte seine gesamte Willenskraft aufbieten, um langsam vorzugehen. Mit quälender Selbstbeherrschung führte er sie weiterhin in die Freuden der Liebe ein. Er küßte ihr bebendes Fleisch von Kopf bis Fuß und drang dann langsam und liebevoll in sie ein und kostete es aus, wie warm und seidig sie sich anfühlte. Er war im Laufe seines Lebens schon mit vielen Frauen zusammengewesen, doch nie hatte er die Intensität der Gefühle und des Verlangens erlebt, die er bei dieser Frau empfand. Der Gedanke erstaunte und beunruhigte ihn. Er verdrängte ihn eilig wieder. Jetzt war nicht der rechte Zeitpunkt für Gegenbeschuldigungen. Dafür war es morgen noch früh genug.

Hawk bewegte sich schneller und immer schneller innerhalb seines seidenen Kokons und spürte, wie der Körper des Mädchens steif wurde, und er hörte, wie sie seinen Namen rief. Sie lag unter ihm und bebte vor Lust. Erfreut gab er sich seiner eigenen Leidenschaft hin.

Mandy schlitterte in Spiralen von einer Wolke der Ekstase

herab. Woge um Woge spülte der Genuß über sie hinweg, rann durch ihren Körper, erschöpfte sie restlos und erfüllte sie mit einer Form von Ehrfurcht. Sie spürte die Spannung in Hawks Körper, und ihre Instinkte sagten ihr, daß auch seine Erlösung dicht bevorstand. In dem Moment zählte nichts anderes als ihre Liebe zu ihm. Jetzt konnte sie es eingestehen. Sie liebte ihn. Das war alles, was zählte. Sie grub ihre Finger in sein dichtes, weiches Haar und zog ihn näher zu sich. Seine straffe Wange preßte sich an ihre, und seine Lippen streiften ihre Schulter.

»Wishana, mein Liebling«, flüsterte er, kurz bevor er entspannt auf sie sank, und es kam so leise heraus, daß sie die Worte kaum hörte.

Ihre Augen schlossen sich gequält. O Gott, wie sehr sie doch wünschte, sie hätte es nicht gehört. Ihr Herz schnürte sich in ihrer Brust zusammen, und sie erlitt größere Qualen, als sie glaubte, ertragen zu können.

Hawk zog sie näher und umschlang sie mit seinen starken Armen. Gemeinsam lagen sie da, verausgabt und ineinander verschlungen.

Mandy erschauerte, als ein eisiger Fühler der Verzweiflung sich um ihr Herz schlang. Eine einzige Träne glitt aus ihrem Augenwinkel.

## *20. Kapitel*

Zitronengelbe Strahlen lugten frisch und warm durch die Rüschenvorhänge und schlichen sich in Mandys Augen. Sie erwachte, und ihre Augen glitten schnell von den Rosenholzmöbeln zu dem gewölbten Betthimmel über ihr. Unzählige Gefühle brachen schnell und heftig über sie herein. Sie war in Virginia City, tausend Meilen weit weg von zu Hause, lag mit einem Mann im Bett – und war keine Jungfrau mehr. Eine glühende

Röte ließ ihre Wangen brennen, als sie sich an die vergangene Nacht erinnerte, an die merkwürdigen und wunderbaren Gefühle und an die Wärme von Hawks Berührungen. Ihre Gedanken verfinsterten sich. Welche neuen Kraftausdrücke würde er ihr heute an den Kopf werfen? Sie erinnerte sich daran, wie ihr Körper reagiert hatte, und ihre Röte vertiefte sich. In ihrer Vorstellung spulte sich das Geschehen noch einmal mit kristallener Klarheit ab, von dem gewaltsamen Anfang über die Zärtlichkeit – bis hin zu der Raserei prickelnder und barbarischer lustvoller Empfindungen am Ende. Er hatte ihr letzte Nacht etwas Kostbares genommen, doch dafür hatte er ihr auch etwas gegeben. Sie gestand sich selbst ein, daß sie es nicht bereute, ungeachtet der möglichen Folgen.

Sie spürte einen schmerzlichen Stich in ihrem Herzen, als ihr wieder einfiel, wie er nach Wishana gerufen hatte. *Wishana*. Ein so hübscher Name. Wieder fragte sich Mandy, wer diese Frau wohl sein konnte, und eine weitere Woge des Schmerzes brach über sie herein. Hätte er doch statt dessen bloß an sie gedacht.

Sie drehte sich auf die Seite und spürte erst jetzt, daß sie beobachtet wurde. Ein Gefühl des Grauens nagte an ihr. *Was hielt er jetzt von ihr? Welche grausamen Äußerungen würde er von sich geben?*

Hawk konnte den besorgten Ausdruck in den schönen grünen Augen mühelos erkennen. Er streckte eine Hand aus und hob ihr bezauberndes Kinn; dabei wünschte er sich, er könnte sie trösten und ihr Selbstsicherheit geben, doch war er nicht bereit, die Folgen zu riskieren, nicht bereit, ihr eine noch größere Macht über ihn zu verleihen, als sie ohnehin schon besaß. Er küßte sie auf den Hals und knabberte an dem blumenblütenzarten Ohr. Tausend tröstliche Bemerkungen fielen ihm gleichzeitig ein. Doch er weigerte sich standhaft, sie von sich zu geben.

»Schau nicht so besorgt, Kleines«, flüsterte er statt dessen. »Irgendwann mußte es schließlich passieren. Es tut mir leid, daß es so dazu gekommen ist... aber wenigstens hat es uns beiden

Spaß gemacht.« Seine Berührung ließ Mandy erschauern, doch die Worte, die er sagte, paßten nicht zu der zarten Berührung seiner Hand. Sie hatte mit Vorwürfen gerechnet, mit Spott, mit Schimpfnamen, aber nicht mit Gleichgültigkeit. Irgendwie schien ihr das noch verheerender.

»Für einen Mann, der gerade die Tochter des Gouverneurs vergewaltigt hat, machst du einen reichlich gelassenen Eindruck«, warf sie ihm in der Hoffnung an den Kopf, ihm eine Reaktion zu entlocken. Plötzlich fühlte sie sich mißbraucht und betrogen.

»Vergewaltigt! Ich gebe zu, daß ich mir am Anfang ein paar Freiheiten herausgenommen habe«, räumte er ein, »allerdings hast du dich so benommen, als hätte es dir Spaß gemacht.« Allmählich wurde er wütend. Jetzt schon fühlte er sich schuldbewußt, weil er das Mädchen verführt hatte, ganz zu schweigen davon, daß er sein Ehrenwort gebrochen hatte. Aber eins war gewiß – sie hatte ihn ebensosehr begehrt, wie er sie.

Mandy spürte, wie sie in Wut geriet. *Wie konnte er es wagen, sie so grausam zu mißbrauchen und dann versuchen, ihr die Schuld zuzuschieben!* Sie zog die Decke hoch, um ihre nackten Brüste zu bedecken, doch Hawk war nur bis zur Taille bedeckt, und seine breite Brust und seine muskulösen Schultern waren entblößt. Mandy spürte einen Schauer des Verlangens und haßte sich selbst für ihre Schwäche.

»Ich war jungfräulich«, verhöhnte sie ihn, denn sie war entschlossen, ihn dafür büßen zu lassen. »Was soll ich meinem Verlobten in unserer Hochzeitsnacht erzählen?« Sie sah, wie er zusammenzuckte, und sie war froh, daß sie ihn verletzen konnte. Froh, daß sie ihn einen Teil der schrecklichen Qualen fühlen lassen konnte, die sie durchmachte. Er hatte versehentlich mit ihr geschlafen. Das wußte sie jetzt, wenn sie auch bisher versucht hatte, es zu leugnen. Er dachte an eine andere. *Wishana.* Ein Name, den sie niemals vergessen würde – den sie niemals vergeben würde.

Bei der Erwähnung des Mannes, den sie im Fort zurückgelassen hatte, siedete die Wut wie geschmolzene Lava in Hawks Innerem.

»Ich werde dir etwas geben, woran du dich in deiner Hochzeitsnacht erinnern kannst!« Er stieß sie auf das weiche Federbett. Was war er doch für ein Dummkopf gewesen, als er sich letzte Nacht eingebildet hatte, sie würde sich etwas aus ihm machen. Sie mißbrauchte ihn nur für ihre Lust, wie alle anderen auch. Sie war jungfräulich gewesen, gut, das stimmte. Aber so wie sie reagiert hatte, wäre es ein anderer gewesen, wenn er es nicht gewesen wäre. So, und jetzt war er dran und würde sie mißbrauchen.

Er fluchte leise und riß das Laken weg, das zwischen ihnen lag. Sein Mund legte sich fordernd auf ihre Lippen, und seine Hände fuhren grob über die Rundungen ihrer Brüste. Er spürte, wie die Spitzen unter seinen Händen steif wurden. *Ihr Körper verrät sie*, dachte er, selbst dann, wenn ihr Verstand nein sagt.

Mandy wehrte sich gegen ihn. Sie durfte es nicht erlauben, noch einmal schwach zu werden, doch schon während sie sich wehrte, war sie verloren. Die Lippen, die ihren Lippen Schmerzen zufügten, wurden weich und sanft und folterten sie mit ihrem Besitzanspruch. Seine Hände glitten über ihren ganzen Körper und ließ sie erschauern. Sie wußte, daß sie ihn wieder wollte, und sie empfand Scham und spürte das Brennen ihrer Tränen. Sie fürchtete sich davor, ihm in die Augen zu sehen, und ihr graute vor der Geringschätzung, die sie dort finden würde. Ein flüchtiger Blick ließ sie nur Leidenschaft vorfinden – oder war da noch etwas?

Jetzt behandelte er sie sanft, hob sie zart zu neuen Gipfeln der Lust hinauf. Er küßte ihren Hals, ihre Schultern, dann die Wölbungen ihrer Brüste. Ihre Scham war vergessen und wurde von einer fordernden Glut abgelöst. Sie liebten sich langsam und stillten das Verlangen beider, bis die Sonne hoch am Morgenhimmel stand. Dann schliefen sie noch ein Weilchen.

Hawk stand langsam aus dem Bett auf, in dem er solche Lustbefriedigung gefunden hatte, und ließ das Mädchen schlafen. Er wünschte, sie hätten ewig hierbleiben können und sich nie mit der Realität der Außenwelt auseinandersetzen müssen. Er zog sich an und schlüpfte leise aus dem Zimmer.

Als Mandy wach wurde, stellte sie fest, daß er gegangen war. Sie wußte, daß sie sich für das, was sie getan hatte, hätte schämen müssen, doch sie empfand nichts anderes als Wärme und Sinnlichkeit, in der sie sich sonnte, und ein quälendes Verlangen, den großen, kräftigen Mann wieder in ihren Armen zu halten. Sie dachte an den Tag, der vor ihr lag. Wie sollte sie ihn überstehen? Würde sie irgendwie verändert aussehen? Würde Hawk James erzählen, was zwischen ihnen vorgefallen war? Bei dem Gedanken wurden ihre Wangen schamrot. Sie stieg aus dem Bett und zog ihren seidenen Morgenmantel an.

Am Abend würden sie in Sacramento City eintreffen. Der Moment, nach dem sie sich gesehnt hatte, würde kommen... Hätte sie ihn doch nur hinauszögern können! Ein Klopfen an der Tür riß sie aus ihren Gedanken. Als sie die Tür öffnete, fand sie zwei Pagen mit einer Wanne mit dampfendem Wasser. Hawk mußte ein Bad für sie bestellt haben. Sie wünschte, das heiße Wasser könnte diesen entsetzlichen Schmerz von ihr waschen, den sie innerlich spürte.

»Hawk, wo, zum Teufel, hast du gesteckt?« James' Gesicht war gerötet und wütend, als er durch das Hotelfoyer ging. »Die Kutsche ist vor einer Stunde abgefahren. Jetzt werden wir den Zug verpassen. Der Gouverneur erwartet uns. Er wird eine Stinkwut im Bauch haben.« Er schüttelte den Kopf und lief nervös auf und ab.

»Wir reisen noch nicht ab«, murmelte Hawk, und sein Auftreten war barsch. Es machte ihm Schwierigkeiten, James in die Augen zu sehen. »Ich habe dem Gouverneur bereits telegraphiert«, sagte Hawk. »Er erwartet uns erst morgen.«

»... du mußt ja eine *beachtliche* Nacht hinter dir haben.« James lächelte anzüglich, und ein Teil seines Zornes legte sich. Er wollte noch etwas hinzufügen, doch Hawks Gesichtsausdruck hielt ihn zurück.

»Treib es nicht zu weit, James«, warnte Hawk ihn, denn er fühlte sich nicht in der Lage, mit dem Spott seines Freundes fertigzuwerden. Im Lügen war er noch nie gut gewesen.

»Weiß Julia schon von unseren abweichenden Plänen? Ich wollte sie nicht stören, solange ich dich nicht gefunden habe.« Sie stiegen die breite Treppe hinauf.

»Wir sollten es ihr lieber sagen«, sagte Hawk. »An der Rezeption habe ich bereits Bescheid gesagt, daß wir noch eine Nacht bleiben.«

Mandy hörte, wie an die Tür geklopft wurde. Der Moment, vor dem ihr graute, war gekommen. Ihre Taschen waren gepackt, und sie trug ihr roséfarbenes Musselinkleid, das für diese Gelegenheit bereits gewaschen und gebügelt war.

»Herein«, sagte sie so unbeschwert wie möglich, aber ihre Stimme bebte ein wenig. Die Tür ging auf, und sie erblickte James, der frisch und gut aussah, und Hawk, der seine Wildledersachen trug und so mürrisch wie sonst auch wirkte.

»Ich bin soweit«, sagte sie leise, ohne einem der beiden Männer in die Augen zu sehen.

»Wir haben unsere Pläne geändert.« Hawk trat in das Zimmer, hob ihre Taschen hoch und trug sie wieder zu der Kommode. »Wir reisen heute nicht ab.«

»Was!« Binnen eines Augenblicks waren ihre größten Wünsche und ihre ärgsten Befürchtungen Wirklichkeit geworden. »Aber ich dachte, der Gouverneur... ich meine, mein Vater, erwartet uns?«

»Jetzt erwartet er uns erst morgen«, sagte Hawk trocken.

»Es hat sich etwas ergeben«, fügte James hinzu. »Außerdem wollten Sie sich doch ohnehin Virginia City ansehen, oder nicht?«

»Ja, aber...«

»Dann ist doch alles bestens geregelt«, fuhr er unbeirrt fort. »Ich weiß nicht, wie es euch beiden geht, aber ich bin ausgehungert. Laßt uns etwas essen gehen.«

Mandy biß die Zähne zusammen, zwang sich zu einem Lächeln und rauschte aus dem Zimmer.

Anfangs war die Unterhaltung qualvoll steif. James schaute immer wieder erst sie und dann Hawk an. Sie saß kerzengerade da und hielt den Kopf hoch, denn sie war fest entschlossen, keinem von beiden zu zeigen, wie sehr diese ganze Geschichte sie in Wirklichkeit verstörte.

James bestellte eine Flasche Wein zum Mittagessen, und nach den ersten Schlucken wurde Mandy lockerer. Sie fand, es sei ohnehin alles schon zu weit gegangen, und versuchte nun, das Beste daraus zu machen.

Nach dem Mittagessen schauten sie sich die Sehenswürdigkeiten der Stadt an. James wies sie auf die Mackay-Villa hin, das Haus des »Bonanza-Königs« John Mackay, aber auch »Das Schloß«, das die Abbaugesellschaft Gould and Curry gebaut hatte. Die Häuser waren im prächtigen viktorianischen Stil erbaut und kunstvoll verziert.

Die Reisenden liefen ein paar Straßen weiter und kamen an mehr Saloons vorbei, als Mandy je an einem Ort gesehen hatte. Sie kamen am *Territorial Enterprise* vorbei, berühmt für die neugegründete erste Zeitung des Staates Nevada und für die Erstveröffentlichung des bereits jetzt legendären Mark Twain.

»Schauen Sie sich das an«, sagte James zu Mandy. »Neben dem Stall am Nordende der Stadt.«

»Was, auf Erden, ist das?« fragte Mandy. Ein seltsames strohfarbenes Tier mit einem gewaltigen Buckel auf dem Rücken wurde von einem Soldaten in einer blauen Uniform geführt.

»Das ist ein Kamel«, sagte Hawk lächelnd, denn es freute ihn zu sehen, daß sie wieder ein wenig in Schwung kam. »Ein Kamel. Sie gehören zu den störrischsten Tieren, mit denen man überhaupt Bekanntschaft machen kann. Komm ihm nicht zu nah«, fügte er hinzu, und seine Augen funkelten. »Es hat sich herumgesprochen, daß sie Leute, die sie nicht mögen, anspukken.«

»Jetzt machst du dich über mich lustig«, sagte sie.

»Das ist kein Witz«, sagte James, und in dem Moment hatte ein Passant das Pech, von dem Kamel angespuckt zu werden.

Mandy mußte kichern. Sie bemühte sich, ihr Lachen mit dem Handrücken zu ersticken, doch es nutzte nichts.

»Ich glaube, es ist an der Zeit, daß wir uns auf den Rückweg zum Hotel machen«, sagte Hawk. »Sonst glaubt noch jemand, daß wir ihn und nicht das Kamel auslachen. In Virginia City könnte das gefährlich werden.« Sie kehrten um und liefen zurück.

Es war ein herrlicher Tag für Mandy, obwohl die Wolke des Unglücks über ihrem Kopf hing. Sie aßen früh zu Abend und beschlossen, gleich ins Bett zu gehen. Sie schaute unauffällig in Hawks Richtung, als sie im Hotel die Treppe hinaufstiegen, doch sein Gesichtsausdruck war unergründlich. Sie seufzte still und fragte sich, was er sich wohl dachte, als sie die Tür ihres Zimmers hinter sich schloß.

Sie entkleidete sich, bürstete sich das Haar und machte sich bereit, um ins Bett zu gehen. Sie legte sich unter die Decke, konnte aber nicht einschlafen. Immer wieder beschwor ihr Verstand glühende Erinnerungen an die vergangene Nacht herauf. Unruhig warf sie sich herum. Dann hörte sie das unverwechselbare Geräusch eines Schlüssels, der im Schloß umgedreht wurde. *Er würde doch wohl nicht heute nacht wieder zu ihr kommen!* Ihr Herz pochte heftig.

Er schlenderte in ihr Zimmer, als gehörte er dort und nirgendwo anders hin, und einen Augenblick lang bildete sie sich ein, genauso sei es.

»Guten Abend, Kleines«, brachte er gedehnt hervor. »Du machst den Eindruck, als hättest du mich erwartet.«

»Dich ... erwartet!« stammelte Mandy. »Du eingebildetster aller ...! Wie kannst du es wagen, in mein Zimmer zu kommen!«

»Du hast doch nicht etwa geglaubt, ich hätte mir für nichts und wieder nichts die Mühe gemacht, den Zug zu verpassen, oder?« Lässig zog er sein Wildlederhemd aus und setzte sich dann auf das Sofa und schnürte seine Mokassins auf.

»Aber, Hawk, du kannst doch nicht von mir erwarten, daß ich ... daß ich ...«

»Ich dachte, ich hätte mich gestern nacht deutlich genug ausgedrückt. Jetzt steht nichts mehr zwischen dir und mir.« Er zog seine Wildlederhose aus und kam auf sie zu. Sie wandte den Blick ab und spürte, wie die Glut in ihre Wangen strömte.

»Hawk, ich weiß, daß du mir nicht glaubst, aber ich mache keine solchen ...«

Mit der Hand drehte er ihr Gesicht um, und mit den Lippen bedeckte er ihren Mund, ehe sie den Satz beenden konnte. Im ersten Moment preßte sie abwehrend die Hände gegen seine Brust, denn sie wollte ihn von sich stoßen, ehe es zu spät war. Er hielt sie mühelos fest, streichelte ihr Haar und ließ seine Hand über ihre Hüfte gleiten. Mit einer breiten Handfläche, die er auf ihren Hintern legte, zog er sie fest an sich und zerrte ihr das Baumwollhemd über den Kopf, als er sich Platz auf der Matratze schaffte.

Ein Schauer ließ ihr Blut prickeln. Sie wehrte sich heftiger, denn sie wußte, daß er sie bald in seiner Gewalt haben würde, und ein Teil von ihr hoffte, er würde sich gegen sie durchsetzen und gewinnen. Als seine Zunge die Höhlen ihres Mundes ertastete, stöhnte sie leise. *Wie sehr sie ihn doch begehrte!* Er küßte sie leidenschaftlich, und sie ließ seinen Zauber wirken und sich von ihm in unbekannte Welten mitnehmen.

Sie verlor das Zeitgefühl, als sie einander glühend und heftig liebten und die Leidenschaft ihr den Atem verschlug und sie hilflos machte und ihr doch den Mut verlieh, ihm etwas dafür zurückzugeben.

Langsam trudelten sie wieder aus der Höhe herab.

Dann nahm er sie wieder. Er tat es langsam und sinnlich, und sie erreichten noch höhere Gipfel, bis sie schließlich erfüllt dalagen. Sie lag in seinen kräftigen Arm geschmiegt, als sie einschlief.

Ein unablässiges Klopfen weckte sie. Hawk sah auf die Uhr, murmelte tonlos etwas vor sich hin und stieg aus dem Bett.

»Julia, wachen Sie auf«, verlangte James. »Wir werden diesen Zug heute kriegen – ob mit Hawk oder ohne ihn!«

Mandy zuckte zusammen. Jetzt ließ es sich nicht mehr vermeiden. James würde zwangsläufig die Wahrheit erfahren. Hawk warf ihr den dünnen seidenen Morgenmantel zu und zog sich die Hose an.

»Julia, können Sie mich hören? Ich komme jetzt herein!«

»Spar dir die Mühe«, antwortete Hawk mürrisch. »Wir kommen gleich raus.« Ihr gedemütigter Gesichtsausdruck entging ihm nicht, und er verfluchte sich für seine Dummheit. Wenigstens war James ein echter Freund, der es verstehen würde – das hoffte er zumindest.

Innerhalb von einer Stunde hatten sie gepackt und waren aufbruchbereit. James sprach so gut wie kein Wort mit Hawk, und Mandy spürte, daß sie immer wieder errötete. Wie hatte sie es je dazu kommen lassen können?

Sie stiegen in die Kutsche und fuhren schweigend nach Reno. In wenigen Stunden würden sie Sacramento City erreichen. Ihre wahre Identität würde ans Licht kommen. Sie rang nervös die Hände. *Was würde Onkel William tun? Was würde Hawk sagen? Was war mit dem Geld, um das sie ihn und James brachte?* Sie konnte sich nur zu genau vorstellen, wie Hawk damit umgehen würde, daß man ihn zum Narren gehalten hatte – insbesondere, wenn eine Frau das getan hatte. Innerlich stöhnte sie und schaute wieder aus dem Fenster der Kutsche.

Sie erreichten Reno, das sich als nicht mehr als eine kleine Ballung von Holzhäusern erwies, die die Central-Pacific-Eisenbahn bei ihrem rasenden Vorstoß nach Osten aufgebaut hatte. In einem ebenso halsbrecherischen Tempo stieß die Union Pacific nach Westen vor, und wenn alles so klappte, wie es geplant war, würden die Geleise der beiden Eisenbahngesellschaften sich schließlich irgendwo auf der Strecke treffen. Seit ein paar Monaten war die Strecke über die Sierras in Betrieb genommen.

Die Reisenden stiegen in versonnenem Schweigen in den Zug. Der Waggon war feudal und elegant eingerichtet, doch was ihre Aufmerksamkeit gefangennahm, war die Landschaft.

Mandy war fasziniert, als der Zug zu seinem langen Aufstieg ansetzte und sich höher und immer höher in die kiefernbewachsenen Berge hinaufschlängelte. Auf schmalen Bockbrücken überquerten sie tiefe Schluchten und fuhren um Kurven, neben denen die Felswände vielleicht tausend Meter tief steil abfielen. Es war keine Reise für Menschen mit schwachen Nerven. Mandy erinnerte sich wieder an die Groschenromane, die sie gelesen hatte. Auf ihrer gefährlichen Reise nach Westen hatte sie Abenteuer erlebt, die weit über alles hinausgingen, worüber sie je gelesen hatte. Das würde sie niemals bereuen.

Eine weitere Stunde verging in angespanntem Schweigen. Hawk ging in einen anderen Wagen und unterhielt sich mit einem Bekannten.

»Möchten Sie vielleicht mit mir darüber reden?« erbot sich James, sobald sein Freund außer Hörweite war.

Mandy schaute mit beschämtem Gesicht aus dem Fenster. »Ich würde lieber nicht darüber reden, wenn Sie nichts dagegen haben.«

»Wissen Sie, selbst wenn er ein Freund ist, würde ich ihm mit dem größten Vergnügen ein blaues Auge verpassen, wenn ...«

»Nein!«

»Wie Sie wünschen.« Er seufzte resigniert und lehnte sich wieder an die Brokatlehne. Er konnte sehen, daß das Mädchen Qualen litt, aber wahrscheinlich gab es wenig, was er für sie tun konnte. Er konnte einfach nicht glauben, daß Hawk sein Wort gebrochen hatte. Er war ein Ehrenmann, ein Mann, dem man sein Leben anvertrauen konnte. Diese Frau mußte ihm sehr, sehr viel bedeuten – selbst dann, wenn er nicht bereit war, es sich einzugestehen.

## *21. Kapitel*

Sogar durch das Getümmel aussteigender Fahrgäste, klappernder Gepäckwagen und schreiender Gepäckträger entdeckte Mandy die schwarze Kutsche des Gouverneurs. Der Fahrer lud ihr Gepäck auf, und sie fuhren durch die Stadt zur Villa des Gouverneurs. Mandy, die von Minute zu Minute nervöser wurde, grub ihre Finger in das Taschentuch, das sie auf dem Schoß liegen hatte. Eine dünne Schweißschicht feuchtete das Haar an ihren Schläfen und in ihrem Nacken an. Sie wünschte, sie hätte den Mut gehabt, den andern die Wahrheit zu sagen, ehe sie die Villa erreichten. Sie hätte es schon im Zug tun sollen, doch sie hatte den Mut nicht aufgebracht, und jetzt war gewiß nicht der rechte Zeitpunkt dafür.

Statt dessen wandte sie ihre Aufmerksamkeit dem Treiben in Sacramento City zu. Sie kamen an Dinkleys Gewürzmühle vorbei, als sie über das Kopfsteinpflaster der Straßen fuhren, und am Hauptgebäude der Central Pacific im Westen, von dem James sagte, daß dort Leland Stanford, C.P. Huntington, Charles Crocker und Mark Hopkins ihren Sitz hatten – die vier großen Bosse.

Die Gebäude waren vorwiegend aus Ziegeln gebaut und erstreckten sich am Fluß entlang. Die Menschen bildeten eine seltsame Mischung aus rauhbeinigen Gesellen, die am Fluß hausten und Wildlederhosen und breitkrempige Hüte trugen, Goldsuchern in Hosen aus derbem Stoff und karierten Flanellhemden und elegant gekleideten Damen und Herren. Rosafarbene Sonnenschirme und schwarze Melonen begegneten auf der Straße graubraunen Filzhüten und gestreiften Mützen. Mandy vergaß ihre Sorge und sog die Anblicke und Geräusche der Stadt in sich auf. Die Pferde trappelten mit klappernden Hufen weiter und übertönten das Surren in ihren Ohren.

Sie fuhren einen kurzen Umweg durch eine Seitenstraße.

»Was auf Erden...«, sagte Mandy, als sie die lärmende Betriebsamkeit beidseits der Straße sah.

»Sie sind immer noch dabei«, sagte James. »Ich wette, Sie haben geglaubt, inzwischen wären sie damit fertig.«

»Ja... ja, das habe ich wirklich geglaubt.« Mandy sah sich um. Die meisten Gebäude standen jetzt auf Pfählen, und der freie Raum darunter war mit Erde zugeschüttet worden. Einige dreistöckige Gebäude waren in zweistöckige Gebäude umgewandelt worden – das Erdgeschoß war mit Erde angefüllt worden. Anscheinend war die Stadt ursprünglich auf einer Höhe mit dem Fluß errichtet worden. Überschwemmungen hatten die Bevölkerung veranlaßt, die ganze Stadt um etwa dreieinhalb Meter anzuheben. Die Kutsche fuhr in einen Teil der Stadt, der noch nicht angehoben worden war. Teile der Bürgersteige endeten urplötzlich drei Meter über dem Boden.

»Ich würde furchtbar ungern in einer dunklen Nacht durch diese Straße laufen«, bemerkte sie trocken. »Ein Sturz von einem der Bürgersteige könnte tödlich enden.«

Hawk lächelte zum erstenmal an jenem Tag. »Mehr als ein paar Betrunkene haben diesen Sturz schon hinter sich gebracht.« Seine dunklen Augen hefteten sich auf ihr Gesicht, und Mandy fragte sich, ob er sie immer noch so ansehen würde, nachdem er herausgefunden hatte, wer sie in Wirklichkeit war.

Kurz darauf erreichten sie die Villa. Ein kleiner chinesischer Diener mit steifem Auftreten begrüßte sie förmlich an der Tür.

»Guten Tag Mista Langley, Mista Long.« Er warf einen Blick auf Mandy und zog die Stirn in Falten. »Missy.« Er schien ein wenig verwirrt zu sein. »Der gnädige Herr, der Gouverneur, ist geschäftlich fortgerufen worden. Er läßt sich entschuldigen, und bittet darum, Sie in zwei Stunden treffen zu dürfen.«

Er schaute die Männer an. »Oben steht ein Zimmer für Sie zur Verfügung, falls Sie sich frisch machen möchten.« Er rümpfte die Nase angesichts ihrer schmutzigen Kleidung.

»Ich glaube, uns ist es lieber, ins Hotel rüberzugehen. Wir kommen um sechs Uhr wieder.« James sprach für beide Männer.

»Darf ich Sie nach oben zu Ihrem Zimmer bringen, Missy?« fragte der kleine Chinese. Mandy rechnete damit, daß der Diener sie jeden Moment verraten würde, doch er sagte nichts.

»Danke, gern«, antwortete sie. Sie spielte mit dem Gedanken, den Männern einfach die Wahrheit zu sagen, doch als sie Hawks finsteres Profil sah, beschloß sie, noch damit zu warten. Sie würde sich ihrem Los überlassen.

»Miss Ashton.« Hawk neigte leicht den Kopf, setzte dann seinen breitkrempigen Hut wieder auf und ging mit unergründlichem Gesichtsausdruck aus dem Zimmer.

»Julia«, sagte James und sah sie nachdenklich an. »Wir sehen Sie dann um sechs.«

»Ja...«, flüsterte sie. Sie schaute den Männern nach, als sie gingen, und dann folgte sie dem kleinen Chinesen die gewundene Treppe hinauf.

»Was hast du mit Julia?« wagte sich James vor, als sie in der Kutsche zum Hotel fuhren.

»Es gibt wohl nicht viel, was ich tun kann, falls dich das etwas angeht«, erwiderte Hawk mürrisch. »Wenn der Gouverneur bereit ist, uns sechs Monatslöhne dafür zu zahlen, daß sie nicht irgendeinen verdammten Offizier heiratet, was glaubst du, wieviel er dann dafür bezahlen würde, daß sie mir nicht in die Finger kommt?«

James nickte. »Na ja, wenigstens ist es nicht so, als seist du der erste gewesen.« James gab diese Äußerung beiläufig von sich, doch Hawk wußte, daß sein Freund nach irgendeinem Grund für sein unehrenwertes Benehmen suchte.

Hawk sah James lange und versonnen an, als die Kutsche durch die Hauptstraße der Stadt fuhr. »Bedauerlicherweise... war ich der erste«, sagte er, denn er wollte nicht, daß James schlecht über das Mädchen dachte, und er verstand nicht genau, warum ihm das etwas ausmachen sollte.

»Was! Du hast sie verführt und... sie war unschuldig? Wie konntest du dein Wort brechen?«

»Das verstehe ich selbst nicht so ganz«, sagte Hawk leise.

James wandte den Blick ab und entschied sich, das Thema nicht weiterzuverfolgen. Er hatte das sichere Gefühl, sein Freund müßte ohnehin schon von Schuldgefühlen verzehrt werden. Er wollte diese Last nicht noch vergrößern.

Sie erreichten das Hotel und baten den Kutscher, kurz vor sechs zurückzukommen. Der bevorstehende Abend würde für beide nervenaufreibend werden.

»Ihr Zimmer, Missy Julia«, sagte der Chinese mit einem Anflug von Sarkasmus in der Stimme.

Offensichtlich wußte er, daß sie nicht die echte Julia war, und Mandy fragte sich wieder, warum er sie nicht verraten hatte. Sein größtes Interesse war es wohl, seinen Posten im Haushalt zu behalten. Er stellte ihr Gepäck ab und trat wieder in den Korridor.

Die Villa ähnelte denen, die sie in Virginia City gesehen hatte, im viktorianischen Stil gebaut und überaus reizvoll.

»Bessy wird raufkommen und Ihnen beim Anziehen helfen«, fügte der Mann noch hinzu, bevor er ging.

Wie sich herausstellte, war Bessy Julias persönliche Zofe, eine große grobknochige Schwarze mit einem großen Mund, einem breiten Grinsen und blinkenden weißen Zähnen.

»Meine Güte, Kind, du bist nicht Miss Julia!«

Mandy legte sich einen Finger auf die Lippen.

Bessy brach in schallendes Gelächter aus und sah sich dann Mandy genauer an. »Glauben diese Männer, du seist meine Julia?«

Mandy nickte.

Die Frau lachte wieder schallend. »Sie müssen ihre Cousine Samantha sein. Seit Jahren höre ich, wie sie über Sie redet. Ich wußte doch, daß mein kleines Lämmchen sich etwas einfallen läßt, um den alten Gouverneur zu überlisten.« Dicke Backen unter glänzenden Augen wackelten vor Heiterkeit und Beifall, als Mandy ihr die ganze Geschichte erzählte. Zumindest schien es, als hätte Mandy eine Verbündete im Haus.

»Gott sei mir gnädig, der werte Herr wird sicher böse werden, wenn er dahinterkommt, was Sie und Miss Julia ausgeheckt haben.« Bessy lächelte kläglich. »Ist Miss Julia denn schon mit ihrem Soldaten verheiratet?«

»Nun, mit Sicherheit kann ich es nicht sagen, aber inzwischen sollten sie verheiratet sein. Wie kommt es, daß Sie so viel über all das wissen?«

»In diesem Haushalt gibt es nicht viele Geheimnisse, wenn es um Miss Julia geht. Der Gouverneur war außer sich vor Wut, als er diesen Brief von Miss Julia bekommen hat, in dem sie ihm von ihrem Kavalier schreibt. Aber ich kenne Miss Julia schon zu lange. Wenn die sich einen Mann gesucht hat, dann muß er schon was taugen. Sie war zwar vielleicht ein wildes kleines Ding, aber dumm war sie nie. Wenn ich Sie jetzt hier sehe, bin ich noch sicherer, daß sie kein Dummkopf ist. Es freut mich, daß Sie zu ihr gehalten haben, Miss Samantha.«

»Ich weiß, daß sie mit Jason glücklich werden wird«, versicherte ihr Mandy. Es versetzte ihrem Herzen einen kleinen Stich, als sie an Julia und ihren frisch angetrauten Ehemann dachte. Das Bild eines großen Mannes in einer Wildlederhose tauchte vor ihr auf, doch sie verdrängte es und wandte ihre Aufmerksamkeit wieder Bessy zu, die Mandys Tasche auspackte.

»Ich bin nicht sicher, daß ich hierbleibe, Bessy. Wenn der Gouverneur herausfindet, was ich getan habe...« Sie ließ den Satz unbeendet in der Luft hängen und merkte, wie ihr ein wenig flau im Magen wurde.

»Seien Sie nicht albern, Kind. Der Gouverneur, der mag zwar vielleicht wütend werden, aber er wird Sie niemals auf die Straße setzen. Sie gehören zur Familie, Schätzchen, und der Gouverneur ist ein sehr einsamer Mann.«

Mandy fühlte sich durch die Worte der Frau getröstet. Sie wollte wirklich gern eine Zeitlang mit ihrem Onkel zusammensein und den Versuch unternehmen, ihm klarzumachen, daß sie und Julia das Richtige getan hatten.

Bessy wies das Küchenpersonal an, ein Bad heraufzubringen, und dann ließ sie Mandy eins von Julias zahlreichen Kleidern aussuchen. Bessy machte sich sofort an die Arbeit, kürzte den Saum und nähte es in der Taille etwas ein. Die zweistündige Wartezeit schien im Flug zu vergehen, denn Bessy plapperte fröhlich vor sich hin, erzählte ihr den neuesten Klatsch und hörte sich dann den Rest von Mandys Geschichte an. Natürlich achtete Mandy sorgsam darauf, mit keinem Wort zu erwähnen, daß sie sich mit Travis Langley eingelassen hatte.

Viel zu früh konnte sie die Männer in der Eingangshalle hören. Hawk und James waren zurückgekehrt. Der Moment, vor dem ihr graute, war gekommen.

Mandy stand auf dem oberen Treppenabsatz und beobachtete das Geschehen, das sich unten abspielte.

»Gouverneur.« James hielt ihm die Hand hin. Er hatte gebadet, sich wieder rasiert und trug einen sauberen schwarzen, gutgeschnittenen Anzug.

»James, Travis, kommen Sie rein. Kommen Sie doch rein.« Der Gouverneur gab ihnen die Hand und stand mit dem Rücken zur Treppe in der Eingangshalle.

Hawk stand in der Tür und sah in seiner dunkelbraunen Hose

und der rehbraunen Jacke sehr gut aus. Er gab die Höflichkeitsfloskeln, die von ihm erwartet wurden, von sich, und dann schaute er nach oben.

Mandy konnte ihm kaum in die Augen sehen.

Hawk spürte augenblicklich, wie das Begehren in ihm aufwogte. In einem roséfarbenen Satinkleid kam die schönste Frau, die er je gesehen hatte, die Treppe herunter. Ihr dichtes kastanienbraunes Haar hatte sie sich modisch aufgesteckt, und das Kleid bot einen freizügigen Anblick auf ihre vollen Brüste. Kleine Schweißperlen bildeten sich auf seiner Stirn.

Der Gouverneur folgte Hawks Blick, drehte sich um und sah die Frau, von der er annahm, es sei seine Tochter, die Treppe herunterkommen. Er zwinkerte, zwinkerte dann noch einmal und fragte sich, ob mit seinen Augen etwas nicht stimmte. Die Familienähnlichkeit ließ sich nicht leugnen, doch es handelte sich ganz gewiß nicht um seine Tochter. Um wen also? Lag hier ein Irrtum vor?

Ein winziger Anflug von Sorge keimte in seinem Hinterkopf auf. *Das täte sie doch nicht! Das würde sie nicht wagen!* Er hörte ein Rauschen in seinen Ohren, und in dem Moment war seine Wut so groß, daß er das Gefühl hatte, sein Blut kochte. Er spürte, wie sich sein Nacken über dem Kragen rötete und heiß wurde, und seine Augen kniffen sich zu winzigen Schlitzen zusammen.

Mandys Herz pochte rasend. Der Ausdruck der Wut auf Onkel Williams Gesicht war unverkennbar. Vielleicht würde er sie schlagen. Sie stellte einen Fuß auf die unterste Stufe und griff nach Hawks Arm, um nicht aus dem Gleichgewicht zu geraten. Sie konnte seine Kraft spüren. Die nutzte sie, um dem wütenden Blick ihres Onkels zu begegnen. »Onkel William«, sagte sie und brach damit ein anscheinend endloses Schweigen.

Er erwiderte nichts darauf. Er stand nur mit einem Gesicht da, das vor Wut aufgequollen und rot geworden war. Er kniff die Augen zu und machte den Eindruck, als versuchte er, sich wieder zu beruhigen. Dann fing er urplötzlich an zu lachen. Erst war es nur ein leises Kichern, und dann wurde es lauter und immer lauter, bis er sich vor Gelächter bog.

Hawk und James standen regungslos da und bemühten sich, sich einen Reim auf das Geschehen zu machen. Keiner von beiden konnte die seltsame Reaktion des Gouverneurs verstehen.

Endlich nahm das Gesicht des Gouverneurs wieder seine normale Farbe an, und er drehte sich zu den beiden Männern um. »So, meine Herren.« Er wischte sich die Tränen aus den Augen. »Ich möchte mich bei Ihnen dafür bedanken, daß Sie meine Nichte nach Sacramento gebracht haben. Es ist Jahre her, seit wir Gelegenheit hatten, einander zu sehen. Ich bin sicher, daß wir viel miteinander zu bereden haben.« Er lachte wieder herzlich, doch diesmal auf Kosten der beiden.

»Was soll das heißen ... Ihre Nichte?« fragte Hawk, und sein Zorn braute sich schnell zusammen. Er konnte die Glut in seinem Nacken spüren, als er dem Mädchen seinen unerbittlichen Blick zuwandte.

»Darf ich Ihnen meine Nichte vorstellen ... Miss Samantha Ashton. Die Tochter meines Bruders. Die Cousine meiner Tochter.« Das Unbehagen der Männer schien ihm ein besonderes Vergnügen zu bereiten.

Mandy behielt Hawk genau im Auge.

»Du bist Samantha Ashton.« Er brachte jedes Wort einzeln heraus und schaute sie finster an. »Nicht Julia Ashton.« Sein Mund war verkniffen, und sie wußte, daß er sich nur mit Mühe zusammenreißen konnte. »Du bist das Mädchen, das mir vor zwei Jahren schon einmal begegnet ist?«

Sie nickte schwach.

Er nahm eine so aufrechte Haltung an, daß er zweieinhalb Meter groß zu werden schien. Seine Augen waren so dunkel geworden, daß sie wie geschwärzte Löcher aussahen. »Du läßt uns in dem Glauben, du seist Julia, und wir schleifen dich durch fünfzehnhundert Meilen unwirtliches Land. Du hast uns sechs Monatslöhne gekostet. Du ...«

»Es ist in Ordnung, Gentlemen. Sie werden den vollen Betrag erhalten. Es ist nicht Ihre Schuld, daß meine Tochter und ihre Cousine gerissener als wir alle zusammen sind. Außerdem werde ich meine Tochter und meine Nichte später noch ins Gebet nehmen.« Er bedachte Mandy mit einem strengen Blick.

James stand einfach nur da, und der Anflug eines Lächelns umgab seine Lippen.

»Tut mir leid, Sir«, warf Hawk ein. »Wir können das Geld nicht annehmen.« Seine mühsam beherrschte Wut ließ Mandy zusammenzucken. James sah ihn haßerfüllt an, doch Hawk machte sich nichts daraus.

»Sie haben uns beauftragt, Ihnen Ihre Tochter zu bringen«, sagte Hawk, »und wir haben versagt. Wir werden morgen früh nach Fort Laramie aufbrechen. Diesmal werden wir Sie nicht im Stich lassen.« Endlich vertraute er sich selbst wieder so weit, daß er das Mädchen anschauen konnte. Sie sah blaß und hilflos aus, nicht länger hochmütig und herablassend. In dem Moment wurde ihm zum erstenmal klar, daß er sein Ehrenwort nicht gebrochen hatte. Eine Woge der Erleichterung spülte über ihn hinweg. Das war zumindest ein gewisser Trost, doch war es eine Tatsache, daß er es getan hätte, und all das nur ihretwegen.

Er beobachtete, wie sie darum rang, die Fassung zu bewahren. Er hätte es wissen müssen – irgendwie hätte es ihm möglich sein müssen, das Täuschungsmanöver zu durchschauen. Seine Wut entfachte sich noch mehr. Er hatte sich von einer Frau – nein, von einem jungen Mädchen – zum Narren halten lassen.

»Das wird nicht nötig sein, meine Herren«, sagte der Gouverneur. »Nach allem, was ich über Samantha weiß, würde sie sich nicht leichtfertig auf ein solches Unternehmen einlassen.« Er schaute seine Nichte an und erwartete Bestätigung in irgendeiner Form.

»Nein, Onkel William, das täte ich nicht. Bitte, gib mir die

Gelegenheit, es dir zu erklären.« Mandy sah Hawk an und hoffte, einen Anflug von Mitgefühl zu entdecken. Sie sah nichts dergleichen. Das wenige, was sie je von ihm gehabt hatte, war verloren, und das Herz war ihr so schwer wie nie zuvor in ihrem ganzen Leben.

»Ich glaube, ich möchte mir gern anhören, was meine Nichte zu sagen hat. Die Frage Ihrer Entlohnung werden wir ein anderes Mal klären. Und jetzt halte ich es für das Beste für alle, wenn Samantha und ich eine Weile allein miteinander sind.«

Verdrossen reichte Hawk dem Gouverneur die Hand und sah finster in Mandys Richtung. James verabschiedete sich ebenfalls, und dann gingen die beiden Männer.

Mandy und der Gouverneur zogen sich in sein Arbeitszimmer zurück. Ihr war elend ums Herz, und doch war sie erleichtert über die Bereitwilligkeit ihres Onkels, sich ihre Geschichte anzuhören. Jetzt schon vermißte sie den großen, kräftigen Mann, und sie zog eine finstere Miene, als sie daran dachte, wie sehr sie sich bereits an seine Nähe gewöhnt hatte.

Die beiden Männer gingen auf die wartende Kutsche zu, wobei Hawks Gang eher ein Aufstampfen als ein Laufen war und James die letzten Minuten noch einmal an sich vorüberziehen ließ. Als er sich einfach nicht mehr bremsen konnte, fing James an zu grinsen, dann kicherte er, und schließlich lachte er laut heraus.

»Was ist hier eigentlich so verdammt komisch?« fragte Hawk. »Das Mädchen hat uns zum Narren gehalten und uns sechs Monatslöhne gekostet, und du findest das komisch!«

Den nächsten Satz konnte James kaum verstehen.

»Da glaubt man, jemanden kennenzulernen, und das nur, um dann festzustellen, daß man ihn überhaupt nicht kennt.« Hawk sagte die Worte mit einer Feindseligkeit, die über ein tieferes Gefühl hinwegtäuschte.

James beschloß, seine Heiterkeit doch besser für sich zu behalten. Das Mädchen hatte Mumm. Das mußte er ihr lassen. Ein

Jammer war nur, daß die ganze Geschichte für sie beide so schlecht ausgegangen war. Nun, er hoffte, daß die Tochter des Gouverneurs wenigstens glücklich war. Vielleicht würde das Ganze für irgend jemanden erfreulich ausgehen.

## 22. *Kapitel*

Am folgenden Tag telegraphierte der Gouverneur nach Fort Laramie, wo sich Julia aufhielt.

Zur Antwort erhielt er ein Telegramm, in dem ihm mitgeteilt wurde, ihr Vater sei noch auf Dienstreise in Fort Sedgewick.

Bisher war Mandy noch niemand auf die Schliche gekommen, und ihr Vater war besorgt über ihre Reise zu »Tante Adelaide gewesen«, hatte sich aber doch davon überzeugen lassen, daß er sich keine Sorgen zu machen brauchte. Nicht einen Augenblick lang war er auf den Gedanken gekommen, sie könnte an Julias Stelle nach Kalifornien reisen.

Onkel William hörte zu, als Mandy ihm von Julias Verlobtem erzählte – oder, was wahrscheinlicher war, von ihrem Ehemann. Er ließ sich nicht gänzlich überzeugen, willigte aber ein, sich mit dem Mann bekannt machen zu lassen und sich anzuhören, was seine Tochter zu sagen hatte, ehe er weitere Schritte unternahm.

Onkel William hatte Julia im letzten Jahr mehr vermißt, als er vorher geahnt hatte. Er sagte Samantha, sie jetzt bei sich im Haus zu haben, fülle die Leere aus. Er überredete sie, den Winter über bei ihm zu bleiben, und er versprach ihr, es werde sich schon noch eine Gelegenheit ergeben, sich die Umgebung anzusehen, und mit der Verheißung eines Ausflugs nach San Francisco bestach er sie endgültig. Sie willigte begeistert ein, aber nur unter der Bedingung, daß Onkel William ihr etwas suchte, womit sie zu den Ausgaben beitragen konnte, die durch sie entstanden. Sie war in den Westen gekommen, um sich dort ein Leben aufzubauen. Damit wollte sie möglichst bald beginnen. Er murmelte etwas vor sich hin, was sinngemäß hieß, auf die Art könnte sie all den Ärger, den sie verursacht hatte, wiedergutmachen, und er willigte ein.

Trotz all der Aufregung schweiften ihre Gedanken immer wieder zu Hawk. Sie hoffte nach wie vor auf eine Gelegenheit, mit ihm reden zu können oder wenigstens mit James, doch bisher hatte sich keine Chance geboten.

Nach Ablauf einer Woche waren Mandys Nerven zum Zerreißen gespannt. Sie mußte mit Hawk reden, mußte versuchen, ihm zu erklären, was vorgefallen war – warum sie all das getan hatte. Sie hatte keine Ahnung, wie sie ihn finden konnte, aber sie wußte, daß ihr Onkel es ihr hätte sagen können. Sie entschloß sich, Onkel William am nächsten Morgen als erstes danach zu fragen. Sie würde sich einen Vorwand einfallen lassen müssen, doch sie redete sich ein, ihr würde das schon gelingen.

Am nächsten Tag ergab sich eine blendende Gelegenheit, die Onkel William ihr unaufgefordert bot.

»Samantha, du siehst heute morgen ganz bezaubernd aus«, schmeichelte ihr der Gouverneur. Er hatte darauf bestanden, daß sie so viele von Julias Kleider ändern ließ, wie sie wollte, und er hatte ihr versichert, daß Julia bestimmt neue Kleider kaufen würde, wenn sie nach Sacramento City zurückkam.

»Danke, Onkel William, das ist zu nett von dir.« Nach all den Schwierigkeiten, die Mandy um ihrer Cousine willen durchgemacht hatte, kostete sie die wunderbare Garderobe ihrer Cousine in vollen Zügen aus. Sie strich den Rock ihres zarten blauen Batistkleids glatt, als er sich zu ihr an den Frühstückstisch setzte. Das anmutige kleine Frühstückszimmer war hell und freundlich. Wong Sun, der Hausdiener, setzte ihnen starken schwarzen Kaffee vor, und der Geruch erinnerte sie an ein offenes Lagerfeuer und einen großen, kräftigen Mann mit rotblondem Haar.

»Heute habe ich eine Überraschung für dich, meine Liebe«, teilte der Gouverneur ihr mit und riß sie damit aus ihren Gedanken. »Lange vor deiner Ankunft habe ich Pläne für einen Willkommensball zu Ehren von Julias Heimkehr geschmiedet. Es erschien mir ein solcher Jammer, diesen Ball ausfallen zu lassen, daß ich mich entschlossen habe, ihn statt dessen dir zu Ehren zu veranstalten. Das gibt mir die Gelegenheit, dich in die Gesellschaft einzuführen.«

Mandy strahlte vor Freude. Ein Ball! Und dann auch noch in der Villa des Gouverneurs. Es klang einfach wunderbar. Ein Glücksgefühl durchströmte sie, und es rührte ebensosehr von der Geste ihres Onkels her, mit der er ihr verzieh, wie von der Neuigkeit, daß ein Ball veranstaltet wurde. Wenn sie den Ball doch bloß mit Hawk hätte besuchen können, dann wären all ihre Wünsche erfüllt worden.

»O Onkel! Das klingt ja wunderbar! Glaubst du, wir können James und ... Travis einladen?«

»Gewiß, meine Liebe, wenn es dir Freude macht. Und jetzt entschuldige mich bitte, denn mich ruft die Pflicht.« Er drückte ihr einen schnellen Kuß auf die Wange und ging aus dem Zimmer.

Mandy war außer sich vor Begeisterung. Sie würde nicht nur eine Gelegenheit bekommen, mit Hawk zu reden, sondern sie würde zudem auch noch einen Ball besuchen. Während sie ihr Frühstück beendete, studierte sie ein, was sie zu Hawk sagen würde, und verwarf eine Idee nach der anderen. *Hawk, es tut mir so leid, daß ich dich belogen habe, aber es mußte einfach sein.* Sie seufzte und schüttelte den Kopf. *Hawk, Julia hat den Mann gefunden, den sie liebt und ...* Das war auch nicht das Richtige. Nun, ihr würde schon noch etwas einfallen.

Sie stieß ihren Stuhl zurück und eilte nach oben in ihr Zimmer, denn sie konnte es nicht erwarten, sich unter Julias Sachen ein Kleid auszusuchen, das sie auf dem Ball tragen würde. Sie wollte sich so schön wie möglich machen.

Endlich nahte die Ballnacht. Bessy hatte ihr geholfen, ein Kleid aus weißem Organdy umzuändern, dessen einzige Zierde winzige Zuchtperlen waren. Bessy sagte, zu ihrem dunklen Haar und ihrem hellen Teint machte es sich einfach wunderbar. Mandy hoffte, daß sie recht hatte. Hawk würde dort sein, und sie war fest entschlossen, mit ihm zu reden.

Zu diesem Anlaß wurde das Haus mit süß duftenden Blumen vollgestellt – das Klima war so mild, daß sie selbst so spät im Jahr noch in Mengen wuchsen. Im Ballsaal schimmerte auf dem Tisch in der Mitte eine riesige Punschschale aus Kristallglas, und eine Kapelle begann zu spielen. Mandy hörte die schwungvollen Weisen, in die sich das Stimmengewirr mischte.

Mit einer halben Stunde Verspätung kam sie die Treppe herunter, denn der Gouverneur hatte darauf beharrt, daß das jetzt vornehm war, und sämtliche Gespräche senkten sich zu einem Murmeln, als sie am Arm ihres Onkels erschien. Ihm schien es Freude zu machen, sie an seiner Seite zu haben, und sie so vielen jungen Männern vorzustellen, daß sie schon glaubte, ihr schwirrte der Kopf. Sie schaute zu ihm auf, als er sie zu einem Walzer auf die Tanzfläche führte.

Der Gouverneur hatte seine helle Freude an dem Fest. Es war einer der wenigen Anlässe seit dem Tod seiner Frau, bei denen er es sich gestattete, etwas zu tun, was ausschließlich seinem Vergnügen diente. Als er jetzt sah, wie reizend Samantha aussah, und dabei an Julia dachte, versetzte ihm die Reue, nicht mehr Zeit mit seiner Tochter verbracht zu haben, einen Stich. Ihm wurde schmerzlich bewußt, daß ein großer Teil von Julias skandalösem Benehmen auf seine mangelnde Zuwendung zurückging. Er hatte sich bereits entschieden, ihre Eheschließung mit dem jungen Offizier nicht anzufechten. Er hoffte nur, die verlorene Zeit in irgendeiner Form wieder aufholen zu können.

Auch Samantha verbrachte einen großartigen Abend. Zum erstenmal in ihrem Leben stand sie im Mittelpunkt, als sie in den Armen eines gutaussehenden Mannes nach dem anderen über die

Tanzfläche wirbelte; ihre Gedanken weilten jedoch nur bei Hawk. Er und James hatten die Einladung des Gouverneurs angenommen, doch bisher war keiner von beiden aufgetaucht. Hawk haßte sie doch gewiß nicht so sehr, daß er sich noch nicht einmal im selben Raum mit ihr aufhalten wollte.

Ein weiterer Walzer wurde gespielt, als sie in den Armen von Mark Denton, einem geschmeidigen jungen Mann, mit dem ihr Onkel sie anscheinend besonders gern zusammenbringen wollte, über die Tanzfläche glitt. Doch ihre Blicke wanderten immer wieder zur Tür. Bitte, laß ihn kommen, dachte Mandy.

Als sie den Blick wieder Mark Dentons freundlichen blauen Augen zuwandte, sah sie statt dessen in ein tiefbraunes Augenpaar, das sie durchdringend anstarrte.

»Darf ich Sic ablösen?« Hawk hatte sie dreist abgeklatscht und ließ Denton kaum eine Chance zu einer Erwiderung. Der große, kräftige Mann entführte sie schleunigst, ohne auch nur einen Blick zurückzuwerfen.

Mandys Herz pochte heftig. Plötzlich fühlte sie sich schwindlig, und ihr war heiß. *Wie konnte er bloß diese Wirkung auf sie haben?*

»Hast du deinen Spaß heute abend, Sam?« brachte er gedehnt hervor. Die Berührung seiner Hand auf ihrem Rücken bewirkte, daß kleine Schauer sie durchzuckten.

»Ja ... ja, wirklich.« Urplötzlich fühlte sie sich schüchtern. Ihr gefiel der Klang des Namens, den er für sie gewählt hatte. Er trug den ausgezeichnet geschnittenen schwarzen Abendanzug, den er in Virginia City getragen hatte. Ihre Wangen entflammten, als glühende Erinnerungen wieder über sie hinwegspülten.

»Und du?« fragte sie schließlich und zwang sich, ihm in die Augen zu sehen.

»Jetzt ja.« Seine leise Stimme sprach Bände, und ihre Schläfe pochte.

Sie konnte die Wärme seiner Hand spüren, als er sie behende führte und sie leichtfüßig einen Walzer miteinander tanzten.

»Ich hatte gehofft, dich zu sehen«, sagte sie und hoffte, er würde sie nicht für zu kühn halten.

Er zog eine Augenbraue hoch. »Ich habe dich auch vermißt, Kleines.« Bei seinen Worten wurde ihr vor Freude schwindlig. Er zog sie so eng an sich, daß sie die harten Muskeln seiner Beine spüren konnte.

Sie tanzten den Walzer zu Ende und dann in den nächsten Tanz hinein. Mandy, die sich immer noch berauscht fühlte, schlug vor, sie sollten sich auf die Terrasse zurückziehen und frische Luft schnappen. Das war der geeignetste Ort für das Gespräch, das sie sich vorstellte.

»Mit dem größten Vergnügen, Mylady«, sagte er spöttisch, als sie durch die Flügeltüren traten.

Sie fanden eine ruhige Ecke, und sie stammelte ein wenig, als sie versuchte, die Worte zu finden, mit denen sie das Thema anschneiden wollte. »Hawk... es gibt da etwas... etwas, was ich dir sagen wollte – es geht um Julia... und um unsere Reise.«

Hawks Gesicht wurde aschfahl. Sie konnte sehen, wie ein Muskel an seinem Kinn zuckte, und augenblicklich bereute sie, das Gespräch darauf gebracht zu haben. *Warum hatte sie die Dinge nicht auf sich beruhen lassen?* Sie zuckte zusammen. Jetzt gab es kein Zurück mehr.

»Ich möchte dir erklären...«

»Mich interessiert nicht im geringsten, was du zu deinen Lügen und zu deinem Verrat zu sagen hast.«

»Bitte, Hawk, du verstehst es nicht. Ich mußte es tun. Ich...«

Er fiel ihr ins Wort. »Du hast etwas anderes, was mich interessiert.« Einen Moment lang sah er ihr in die verblüfften Augen, und dann trat er näher und zog sie in seine Arme. Er preßte sie besitzergreifend an sich und legte seinen Mund auf ihre Lippen.

Die Lust, die sie in Wogen durchströmte, ließ sie seine barschen Worte vergessen. Sie war wieder in dem weichen Federbett in Virginia City, und ihr Körper bebte vor Verlangen. Es brachte sie um den Verstand, daß er ihre Leidenschaft so leicht wecken konnte. Sie wehrte sich und löste ihre Lippen von seinen.

»Was tust du da? Was soll das?« fragte sie mit bebender Stimme.

Resigniert ließ er sie los, denn er war bemüht, wenigstens einen gewissen Anschein von Anstand zu wahren. In seinen Augen stand ein Anflug von Bedauern.

»Es gibt auch etwas, worüber ich mit dir gern reden möchte.« Er unterbrach sich, und seine Augen schauten sie forschend an. Sein Blick haftete übermäßig lang auf der Wölbung ihrer Brüste. »Jetzt, da wir beide wissen, daß du in Wirklichkeit gar nicht die Tochter des Gouverneurs bist, besteht kein Grund mehr dafür, uns etwas zu versagen.«

Es klang unglaublich beiläufig und nüchtern.

»Es scheint, als hätte mich der Tod meines Freundes Thomas Rutherford zu einem ziemlich wohlhabenden Mann gemacht. Ich werde einen großen Teil meiner Zeit in Sacramento City verbringen. Ich werde dir eine komfortable Wohnung einrichten, dir hübsche Kleider kaufen und für alles sorgen, was du brauchst. Dafür wirst du mich glücklich machen, wenn ich in der Stadt bin. Wir werden die ganze Affäre so diskret wie möglich handhaben. Natürlich erwarte ich von dir, daß du keine anderen männlichen Freunde empfängst – Mark Denton inbegriffen.«

Mandy war sprachlos und außerstande, seinem demütigenden Monolog Einhalt zu gebieten. Sie starrte ihn mit gerötetem Gesicht wuterfüllt an und kämpfte gegen die Tränen.

»Verschwinde augenblicklich«, flüsterte sie mit kaum hörbarer Stimme. »Laß mich sofort in Ruhe. Komm mir nie mehr unter die Augen.« Ihre Worte klangen erstickt und abgehackt.

Jetzt war Hawk an der Reihe, verblüfft zu sein. Er hatte schon gesehen, wie ihre grünen Augen vor Zorn funkelten oder vor Traurigkeit dunkel wurden, aber nie hatte er den Ausdruck blanker Wut gesehen, in den sich bittere Enttäuschung mischte, und genau das erkannte er jetzt in ihren Augen. Einen Moment lang bedauerte er seine Worte. *Was hatte sie denn erwartet?* Sie hatte ihn belogen – ihn in jeder nur denkbaren Hinsicht getäuscht. Ihn vor der ganzen Stadt zum Gespött gemacht. Es war völlig ausgeschlossen, ihr jemals wieder zu vertrauen. So hätten sie sich wenigstens körperlich aneinander erfreuen können.

Er holte tief Atem. Vielleicht war es besser so. Sich diese Frau als Mätresse zu halten, konnte bereits heißen, daß er sich Ärger einhandelte. Sie hatte ihn stehen lassen und starrte in die Dunkelheit hinaus. Eine Träne lief aus ihrem Augenwinkel und glitzerte im Mondschein. Der Drang, sie zu trösten, regte sich heftig. Er spürte einen Schmerz in der Gegend seines Herzens aufflackern, als er mit schweren Schritten die Veranda verließ.

Mandy hörte das Echo seiner Schrite. Sie flog die Stufen herunter, die von der Terrasse in den Garten führten, wo niemand ihre Tränen sehen konnte. Sie schluchzte, bis warme, vertraute Arme sich um sie schlangen. Sie klammerte sich an James, als könnte nur er sie vor dem Ertrinken bewahren, vor ihren Gefühlen, an denen sie erstickte.

»Weine nicht, Jul... ich meine Samantha«, sagte er beschwichtigend. »Dieser Ball wird eigens für dich veranstaltet und sollte dir ganz besondere Freude machen. Laß sie dir nicht von ihm verderben.«

»Du weißt es?«

»Ich bin recht gut im Raten. Was hat er gesagt?«

»Er hat mich aufgefordert, seine Mätresse zu werden.« Sie brach erneut in Schluchzen aus.

James lächelte und zog eine Augenbraue hoch. »Also, das hätte ich nicht erraten.«

Mandy hörte auf zu weinen und blickte zu dem großen, gutaussehenden Mann auf.

»Er macht sich offensichtlich etwas aus dir, Samantha. Vorher hat er sich nie auch nur annähernd festgelegt. Es ist nur so, daß... na ja, er glaubt, du hättest ihn zum Narren gehalten.«

»Das mußte ich doch tun, James. Es war Julias einzige Chance. Sie liebt Jason so sehr. Ich mußte ihr helfen ... Aber ich will dich nicht belügen, James; ich habe es auch für mich selbst getan. Mein Leben im Fort war erbärmlich. Ich kann dir gar nicht schildern, wie sehr ich mir gewünscht habe, von dort fortzugehen. Es war für mich die Chance, frei zu sein, die Chance, selbst etwas aus meinem Leben zu machen.«

James tätschelte ihre Schulter.

»Er wird es mir nie verzeihen ... oder, James?« Sie sagte die Worte resigniert, und ihre Wangen waren feucht von Tränen.

James holte tief Atem. »Wahrscheinlich nicht. Er ist ein stolzer Mann, Samantha, und keiner, der schnell verzeiht.«

»Ich habe doch nur getan, was ich tun mußte. Ich weiß, daß Julia glücklich ist, und ich bereue nichts.«

»Was ist mit dir, Samantha, wirst du glücklich werden?«

»Ich möchte es gern sein, James. Aber jetzt bin ich mir nicht mehr so sicher.«

James seufzte. Er zog ihr Kinn hoch. »Weißt du, du hättest dich in mich verlieben sollen.«

Mandy brachte ein Lächeln zustande, zog die Schultern zurück und nahm James' Taschentuch entgegen, um sich die Tränen aus dem Gesicht zu wischen. »Ich werde dafür sorgen, daß er mich nie mehr zum Weinen bringt.«

Sie gingen wieder hinein, und sie nahm seine Aufforderung an, mit ihm zu tanzen. Sie konnte sehen, wie Hawk unbeschwert neben der Tür lehnte und eine große, gertenschlanke Brünette ihm jedes Wort von den Lippen ablas. *Dem würde sie es zeigen!* Sie zwang sich zu einem Lächeln, beendete den Tanz mit James und fing dann an, mit anderen zu tanzen. Die Männer schienen geradezu Schlange zu stehen. Dank Julia wußte sie inzwischen, wie sie ihnen genau das geben konnte, was sie von ihr erwarteten.

Der Rest des Abends zog vorüber wie hinter einem Nebelschleier. Hawk verließ den Ball mit der Brünetten, und Mandy gelang es schließlich, unter dem Vorwand zu fliehen, sie hätte

Kopfschmerzen. Sie hatte geglaubt, ihr Alptraum würde in Sacramento City enden. Jetzt wurde ihr klar, daß er gerade erst begann.

»Travis, können wir zusammen irgendwo hingehen?« fragte Doreen Simmons, die reiche Witwe, die sich bei ihm eingehängt hatte.

»Für heute abend reicht es mir. Noch mehr Vergnügen wäre mir fast unerträglich«, hörte er sich sagen und konnte selbst nicht glauben, daß er ihr Angebot ablehnte. Weitere Fragen stellte er sich gar nicht erst. Statt dessen half er ihr in seine Mietskutsche und lenkte die Pferde zu ihrem Haus. Doreens Ehemann war vor mehr als einem Jahr gestorben, und die attraktive Witwe war auf Männerfang. Er lächelte in sich hinein. Wenn er mit seinem Antrag, den er heute abend einer anderen Frau gemacht hatte, an Doreen herangetreten wäre, dann hätte kein Zweifel bestanden, was dabei herausgekommen wäre. Er begleitete die Brünette an die Tür ihrer georgianischen Villa, verabschiedete sich hastig und kehrte dann zur Kutsche zurück.

Das Bild einer zierlichen jungen Frau, die in einer Wolke von weißem Organdy herumwirbelte, beherrschte seine Gedanken.

## *23. Kapitel*

Die nächsten Wochen vergingen in einem Wirbelwind von Aktivitäten. Der Gouverneur fand eine Aufgabe für Mandy, und sie würde ihm helfen, die diversen Gesetzesentwürfe vor der Legislatur durchzugehen. Die Arbeit machte Mandy Spaß. Sie las alles, was der Gouverneur an Material zur Verfügung gestellt hatte, und sie machte sich ausgiebige Notizen. Bei Partys lauschte sie aufmerksam, damit ihr keine Informationen und Gerüchte entgingen, die ihrem Onkel dabei helfen konnten, eine

Entscheidung zu treffen. Der Gouverneur schien mit ihrer Arbeit zufrieden zu sein. Als er ihre Einblicke als *unbezahlbar* bezeichnete, strahlte sie.

Mark Denton wurde in der Villa zu einem ständigen Besucher. Er war groß, sah gut aus und galt als ein guter Fang. Ihr Onkel lobte ihn ununterbrochen und erzählte ihr von Marks Familie, die prominent war und gesellschaftlich hoch stand, aber auch von seiner blühenden Anwaltskanzlei, und Mark war immer freundlich und aufmerksam. *Warum konnte sie sich nicht in ihn verlieben?* Sie fürchtete, daß er es auf sie abgesehen hatte, doch sie dachte immer nur an Hawk. Sie fing allmählich an, an ihn als *Travis* zu denken. Wenn er seine elegante Stadtkleidung und nicht seine Wildledersachen trug, fiel es ihr schwer, zu glauben, daß er der rauhe Kerl aus der Prärie war.

Der Samstag kam und brachte wieder eine Party mit sich, diesmal eine förmliche Essenseinladung im Haus von Richter Edwin Crocker. Mark ging als ihr Begleiter mit. Gemeinsam mit etlichen anderen Gästen trafen sie in dem prächtigen dreistöckigen Haus ein.

Mark half Mandy beim Aussteigen aus der Kutsche und achtete sorgsam darauf, daß ihr eisblaues Satinkleid nicht mit den Pfützen in Berührung kam, die sich nach dem Schauer am Vorabend gebildet hatten. Es war frisch, und der bewölkte Himmel drohte mit Regen. Ihr burnusähnlicher Mantel hielt sie jedoch warm. Sie schmiegte den Kopf tiefer in die Kapuze mit dem weichen Biberfell. Unter dem Mantel trug sie ein schulterfreies Kleid, dessen Oberteil vorn und hinten spitz zulief und ihre Figur betonte. Sie fühlte sich selbstbewußt und verführerisch in dem schönen Kleid, als sie anmutig Marks Arm nahm und mit ihm in das elegante Haus rauschte.

Es war prachtvoll eingerichtet. Mrs. Crocker hatte die edelsten Brokattapeten und geschliffenen Kristallüster ausgesucht. Mandy fühlte sich in der eleganten Villa wohl, und sogar in ihrer

Rolle als raffinierte Nichte des Gouverneurs war ihr wohl zumute – etwas, was sie nie für möglich gehalten hätte. Insgeheim dankte sie ihrer Mutter für ihre unendliche Geduld – und Julia dafür, daß sie unabsichtlich ihr ganzes Leben verändert hatte.

Inzwischen kannte Mandy die meisten Gäste: den guten Senator Wiggins und seine pummelige Frau Irene; den gutaussehenden Sam Brannan, der kürzlich geschieden worden war und als einer von Sacramentos begehrtesten Junggesellen galt, und James McClatchy, den Herausgeber der *Biene von Sacramento*, um nur einige zu nennen. Es war eine elitäre Auswahl der einflußreichsten Männer und Frauen in der ganzen Stadt.

Mandy brachte den frühen Abend unterhaltsam hinter sich und genoß Gespräche, die weit aufregender waren als das übliche seichte Geplänkel. Es fanden Diskussionen über die Rechte der Farmer statt, denen die mächtigen Rinderzüchter und Bergwerksbesitzer ihre Interessen entgegenhielten. Es wurde darüber geredet, daß das Kapitol kurz vor der Fertigstellung stand, und es kam zu einer erhitzten Debatte über die Vorzüge oder den Irrsinn des derzeit laufenden Projekts, den tiefergelegenen Teil der Stadt anzuheben.

»Welche Kosten und Behinderungen es auch mit sich bringen wird, wenigstens sind wir dann endlich die verflixten Überschwemmungen los.« Eine vertraute Stimme warf diese Äußerung in die Debatte ein. Mandy erschauerte, als sie sich umdrehte und Hawks gutgeschnittenes Profil sah, während er gerade einen Mundwinkel hochzog.

»Ach, Miss Ashton«, sagte er mit einem Anflug von Spott, »welch ein Vergnügen, Sie wiederzusehen.« Seine dunklen Augen musterten sie prüfend, während sich sein Mund zu einem provozierenden Lächeln verzog. »Sie sehen reizend aus – wie üblich.« In seinem Blick stand eine spöttische Liebkosung, und ihr Herz schlug schneller. Glühende Röte stieg in ihre Wangen auf.

»Ich danke Ihnen, Mr. Langley«, erwiderte sie förmlich und

bewahrte den Schein. Dann bemerkte sie die gertenschlanke Brünette, die seinen Arm umklammert hielt. »Ach, Doreen, wie nett, Sie einmal wiederzusehen«, sagte sie liebreizend, obwohl sie der Frau in Wirklichkeit am liebsten die Augen ausgekratzt hätte.

Mark kam an ihre Seite. Mandy schaute lächelnd zu ihm auf, und als sie sich bei ihm einhing, zog sie ihn näher an sich, als sie es beabsichtigt hatte. »Mr. Langley, Miss Simmons, Sie erinnern sich doch sicher noch an Mr. Denton.« Es befriedigte sie zu sehen, daß Hawk sich ärgerte. Sie schaute in Marks blaue Augen und lächelte gewinnend. Die Gastgeberin bereitete Mandys Darbietung mit der Aufforderung ein Ende, die Gäste sollten sich zum Essen setzen. Mandy lachte perlend über etwas, was Mark sagte, und sie sah, wie Hawk finster schaute, ehe sie anmutig den Raum verließ.

Während des Essens spielte sie ihre Rolle gut. Mark hatte sie nie derart aufmerksam erlebt, und er strahlte vor Freude. Sie empfand ein gewisses Schuldbewußtsein, weil sie ihn täuschte, doch darüber würde sie erst morgen weiter nachdenken. Heute abend würde sie sich gründlich an dem gutaussehenden Mann rächen, der ihr gegenübersaß.

Es war ein aufwendiges Essen, alles von Wachteln bis zu frischen Bachforellen, und zum Abschluß gab es eine köstliche Nachspeise aus flambierten Kirschen. Sie nahm so wenig von dem Geschmack wahr, daß sie ebensogut Sägespäne hätte essen können. Ihre Aufmerksamkeit war ganz auf den Mann gerichtet, der ihr solches Unbehagen bereitete. Sie erkannte deutlich, daß auch sie eine teuflische Wirkung auf ihn hatte, und ihre Entschlossenheit nahm zu.

»Mark, du willst doch morgen noch mit mir ausreiten?« fragte sie affektiert, nachdem sie das Dessert gegessen hatte.

»Aber selbstverständlich, mein Liebling«, sprudelte Mark heraus, »solange es dich nur glücklich macht.«

Hawks dunkle Augen wurden schwarz, und ein Muskel

zuckte in seinem Kiefer. »Vielleicht können Doreen und ich uns euch anschließen?« warf er ein. »Würde dir das Spaß machen, meine Süße?«

»O ja, Travis«, sprudelte Doreen hervor.

Mandy riß die Augen weit auf. Es war ihr eine absolut unerträgliche Vorstellung, einen ganzen Tag lang diese affektierte, hinterhältige... Witwe zu ertragen! Sie schaute Hawk gehässig an und sah, daß er ihr Unbehagen genoß.

»Wenn ich es mir recht überlege, müßte ich vielleicht doch statt dessen einkaufen gehen.« Sein triumphierender Gesichtsausdruck war ihr verhaßt. Fast wünschte sie, sie hätte diesen qualvollen Tag hinter sich gebracht, statt sich wieder einmal von ihm ausstechen zu lassen.

»Onkel William hat nächste Woche Geburtstag. Ich möchte ihm etwas Schönes kaufen«, fügte sie ohne große Überzeugungskraft hinzu.

Die Mahlzeit war beendet. Die Männer begaben sich ins Arbeitszimmer, um Kognak zu trinken und Zigarren zu rauchen, und Mandy seufzte erleichtert auf. Gott sei Dank, daß es vorbei war. Hawk machte es einem reichlich schwer, gegen ihn zu gewinnen; dennoch hatte sie heute abend das Gefühl, ihm ein paar Punkte voraus zu sein.

Nach der Party ließ sie sich zum erstenmal von Mark küssen und hoffte, es würde irgendwelche Gefühle wachrufen. Aber es stellten sich keine ein. Sie saßen vor der Villa unter einer Platane mit tiefhängenden Ästen in der Kutsche.

»Samantha, meine Liebe, wir könnten so glücklich miteinander werden.« Marks blaue Augen sahen forschend in ihr Gesicht. »Ich hoffe, daß du nichts dagegen hast, aber ich habe mit deinem Onkel gesprochen. Ich weiß, daß wir einander erst seit kurzem kennen, aber ich spüre, daß du genauso empfinden könntest wie ich. Ich hoffe, daß du... mich mit der Zeit vielleicht lieben lernst.«

Mandy wandte den Blick ab. Ihr Gewissen plagte sie gräßlich, weil sie Mark an diesem Abend falsche Hoffnungen gemacht hatte. Als sie jetzt auch noch feststellen mußte, daß er mit Onkel William geredet hatte, machte das alles nur noch schlimmer.

»Mark, du weißt, wie gern ich dich habe, aber ...«

»Bitte, Samantha, sag jetzt nichts mehr. Versprich mir nur, daß du in Ruhe darüber nachdenkst. Gemeinsam könnten wir Großes erreichen, du und ich. Meine und deine Familie könnten sich zu einem mächtigen Bündnis zusammentun – ganz zu schweigen davon, was ich für dich empfinde.«

»Mark, bitte.«

»Sag nur, daß du es dir überlegen wirst. Das ist alles, worum ich dich bitte.«

»Natürlich werde ich es mir überlegen, Mark. Ich fühle mich sehr geschmeichelt.« Wieder küßte er sie mit größter Aufrichtigkeit. Sie ließ es in der Hoffnung zu, er würde ihr irgendeine Reaktion entlocken. Er roch leicht nach Jasmin. Sie dachte an Moschus und Champagner – und an den Geschmack männlicher Küsse, die weit weniger zart als diese waren.

Sie löste sich unvermittelt von ihm. »Mark, ich glaube, es ist an der Zeit, daß ich ins Haus gehe. Der Abend hat mir wirklich großen Spaß gemacht«, log sie. »Und ich danke dir für ... alles.« Sie folgte ihm aus der Kutsche und ließ sich von ihm zur Tür bringen, und dabei fragte sie sich, warum seine Küsse nur bewirkten, daß sie Hawk um so mehr vermißte.

Max Gutterman, der sich hinter der Hecke verborgen hatte, rückte die Klappe über seinem Auge zurecht und verzog zufrieden und selbstgefällig den Mund. »Ich wußte doch, daß ich dich früher oder später finden werde, kleines Fräulein«, sagte er zu sich selbst. »Und ich habe den Verdacht, da, wo du bist, ist dieser große weiße Indianer auch nicht weit.« Er klopfte feuchte Erde von den Knien seines Overalls, als er sich vom Boden erhob. Genau wie Myra, dachte er, hübsch, aber hinterhältig. Mit Myra und ihrem indianischen Halbblut hatte er sich befaßt. Anschließend hate er sich noch mit vielen dieser roten Teufel befaßt und sie aus dem Weg geschafft. Diese Barbaren dachten sich, sie könnten den alten Sergeanten Gutterman töten, aber denen hatte er es gezeigt. Die schwache Brise trieb den leisen Klang seines heiseren Lachens mit sich, und harmlos zog es über die ausgedehnte Rasenfläche. Er beobachtete, wie die zierliche Frau das Haus betrat und der große, gutgekleidete Gentleman zu seiner Kutsche zurückging.

Vor seinen Augen zog ein Bild vorbei, wie er am Sand Creek das Fleisch einer Squaw mit dem Messer zerschnitten hatte. Der Tabaksbeutel, den er sich aus Menschenhaut gemacht hatte, steckte in seiner Brusttasche. *Diesen roten Teufeln habe ich es gezeigt, und dir werde ich es auch noch zeigen, Myra. Dir und deinem großen indianischen Freund.*

Er lächelte bitter. Die Rache würde süß sein. Als er sich in die Stille der Nacht hinausschlich, verschmolz er, wie vor ihm schon sein Lachen, mit dem kühlen Abendwind.

In ihrem Zimmer dachte Mandy über die Ereignisse des Abends nach. Als sie an Hawk mit Doreen an seiner Seite dachte, wünschte sie sich zum hundertstenmal, sie hätte eingewilligt, seine Mätresse zu werden. Statt dessen hatte sie ihn in die bereitwilligen Arme der knusprigen Witwe getrieben. Wenn sie seinen Antrag angenommen hätte, wäre wenigstens die Einsamkeit von ihr abgefallen und sie hätte nicht darunter leiden müssen, ihn sich im Bett einer anderen Frau vorzustellen.

Sie seufzte. Als sie auf dem kleinen Kirschbaumstuhl vor der Kommode saß, bürstete sie sich das Haar. Wenn sie es sich auch noch so sehr wünschte, dann wußte sie doch, daß sie niemals auf einen derart erniedrigenden Antrag eingehen konnte. Früher oder später hätte sich ihr Gewissen zwischen sie und Hawk gestellt.

In der letzten Zeit war sie ihm auf etlichen Partys begegnet. Es schien, als sei fast jede unverheiratete Frau in der ganzen Stadt darauf aus, ihn einzufangen, und doch wirkte er desinteressiert. Er verbrachte eine Menge Zeit mit Doreen, aber Mandy glaubte nicht, daß er der Witwe einen Antrag gemacht hatte – noch nicht.

Sie wünschte, sie hätte ihn einfach vergessen können, doch Travis Langley schien ihr dauerhaft in Fleisch und Blut übergegangen zu sein. Sie flocht sich das Haar zu einem dicken Zopf und dachte an Marks Antrag – der so ganz anders als Hawks Antrag war. Er bot ihr die Ehe an, eine Familie, Kinder. All das klang gräßlich, wenn sie sich Mark als das Oberhaupt ihrer Familie vorstellte.

Sie schlüpfte unter die Bettdecke und zog sie sich bis ans Kinn. In ihrer Phantasie sah sie ein paar dunkle Augen vor sich, als sie langsam einschlief.

Als Mandy erwachte, stand ihr eine neue Woche bevor. Bald würde das Ende der Ernte feierlich begangen werden. Das erste Fest fand am Samstag statt, eine Galaveranstaltung, ein Maskenball. Sie und Mark gingen als Romeo und Julia hin. Sie hoffte, daß Hawk ebenfalls kommen würde. Sie wollte seinen Gesichtsausdruck sehen, wenn er sie mit Mark als das Liebespaar kostümiert auftreten sah. Bessy hatte wochenlang an ihrem Kostüm gearbeitet. Es war aus edlem smaragdgrünem Samt geschneidert, und das Oberteil mit dem eckigen Dekolleté war tief ausgeschnitten. Die Taille war zu hoch angesetzt, wie es damals Mode war, und der Rock fiel in weichen Falten bis zum Boden. Das Haar würde sie in einem Netz aus gesponnenem Gold tragen. Mark würde goldene Gamaschen und eine goldene Kniehose tragen, eine Art grüne Tunika aus Satin und Brokat, mit Metern von goldenen Litzen geschmückt, und dazu einen breitkrempigen Hut mit einer Feder.

Die Woche verging wie im Flug. Der Samstag kam, und Mandy kleidete sich sorgsam an. Mark holte sie kurz nach Beginn der Veranstaltung ab, genau, wie sie es geplant hatten, und sie brachen zu dem Ball auf.

Der elegante Ballsaal war wundervoll geschmückt mit Flitter und farbigem Papier. Durch die paillettenbesetzte Katzenaugenmaske, hinter der sie verborgen war, schaute Mandy sich die Partybesucher an: Kaiser Napoleon und Josephine, den gesetzlosen Robin Hood und seine Lady Marian, Friar Tuck, Humpty Dumpty, eine Vogelscheuche, mehrere spanische Señoritas und Dutzende von anderen berühmten und berüchtigten Gestalten waren unter den zahlreichen Besuchern.

Als Mandy am unteren Ende des Saals einen großen Mann entdeckte, der sich als Pirat verkleidet hatte, setzte ihr Herzschlag aus. Mit einem Ohrring im Ohr, engsitzenden schwarzen Hosen und einem schneeweißen Hemd, das bis zur Taille offenstand, sah er von Kopf bis Fuß hundertprozentig wie ein umwerfender Seeräuber aus. Sein Anblick verschlug ihr den Atem. Sie erstickte das Gefühl, so gut sie konnte, und lächelte strahlend zu Mark auf, der in seiner schimmernden goldenen Kniehose plötzlich albern wirkte.

Mandy und Mark tanzten über einen Zeitraum hinweg, der ihr wie Stunden erschien. Mandy bemühte sich nach Kräften, alles zu tun, damit ihr Blick nicht zu dem großgewachsenen Piraten schweifte, der öfter, als es sich geziemte, dicht neben ihr tanzte. Sie erkannte die Frau mit den rabenschwarzen Haaren nicht, die als Dienstmädchen verkleidet war und von Hawk über die Tanzfläche gewirbelt wurde, doch sie bemerkte, wie der Busen der Frau in ihrem Kleid mit dem engen Oberteil und der schmalen Taille wogte und fast herausquoll. Insgeheim freute es Mandy, daß Hawk der Frau wenig Aufmerksamkeit schenkte, und die Frau schien sich über seine mangelnde Zuwendung reichlich zu ärgern.

Hawks forschende Blicke folgten ständig Romeos Julia, und Mandy spürte, daß ihre Wangen unablässig glühten, ganz zu schweigen von dem hilflosen Ausdruck auf Marks schmalem Gesicht.

»Mark«, sagte sie schließlich. »Ich glaube, ich muß mich ein Weilchen ausruhen.«

»Natürlich, mein Liebling.« Sie traten ins Freie und auf eine geräumige Terrasse heraus, die von Sträuchern gesäumt wurde.

»Laß mich dir ein Glas Punsch holen.«

»Danke, Mark. Das wäre nett.« Sie tupfte sich mit dem Taschentuch den Schweiß von der Stirn, als sie über die Terrasse schlenderte und um eine Hausecke bog.

»Sie haben wohl Ihren Romeo verloren, Miss Julia?« fragte der großgewachsene Pirat mit einem spöttischen Lächeln. Geistesabwesend spielte er mit seinem goldenen Ohrring und lehnte sich lässig an die Wand.

»Hawk!« keuchte Mandy. »Du hast mich erschreckt. Ich ... ich dachte, sonst sei hier niemand.« Nervös zerknüllte sie ihr Taschentuch und machte sich Sorgen, Mark könnte mit dem Punsch zurückkommen. Immer wieder fiel ihr Blick auf das dichte rotblonde Haar, das Hawks offenes Hemd entblößte.

Hawk richtete seinen Blick auf die elfenbeinernen Wölbungen von Samantha Ashtons Busen und fühlt sich davon mehr als nur ein wenig abgelenkt. »Du gibst eine wunderschöne Julia ab«, sagte er leise, »obwohl dein Romeo mehr von einem Hofnarren hat.« Er hatte sich gelobt, sich wie ein Gentleman zu benehmen, und doch konnte er sich eine gehässige Bemerkung nicht verkneifen, wenn es um Denton, diesen wehleidigen Weichling ging. Er konnte sich nicht vorstellen, warum sie Dentons Gesellschaft seiner vorzog.

Er musterte sie unverfroren, und als er spürte, wie sich seine Erregung steigerte, wandte er sich ab. Zum Teufel mit der Frau! Würde sie sein Blut denn ewig in Wallung bringen? Er beobachtete, wie sie unter seiner schneidenden Bemerkung zusammenzuckte und in Wut geriet, und er fand, daß die Funken, die in ihren Augen sprühten, sie noch attraktiver machten.

»Der Teufel soll dich holen, Travis Langley!« hörte Mandy sich sagen, und ihr wurde klar, daß sie zum erstenmal in ihrem Leben fluchte. »Kannst du denn niemals etwas Nettes sagen? Warum mußt du mich immer schikanieren?«

»Ich kann mich nicht daran erinnern, daß du mich in Virginia City als unangenehm empfunden hättest«, sagte er ausdruckslos, und seine Worte ließen sie erbleichen.

»Entschuldige, bitte«, erwiderte sie hochmütig. »Ich denke, es ist an der Zeit, daß ich wieder ins Haus gehe.« Mandy wollte ihn stehen lassen, doch er hielt ihren Arm fest. Er zog sie an sich und schaute mit seinen harten dunklen Augen in ihre, die vor Wut funkelten. Einen Moment lang glaubte sie, er würde sie küssen, doch dann verschleierte sich sein Blick.

»Gibt es denn nichts, was ich sagen könnte, damit du es dir anders überlegst und auf meinen Vorschlag eingehst?« fragte er. »Denton ist kein Mann für dich.«

»Ihren unzüchtigen Antrag kann ich wohl kaum als einen ernstzunehmenden Vorschlag ansehen, Mr. Langley. Eher als einen derben Scherz.«

»Einen Scherz!« Er kniff den Mund zusammen, und in seinen dunklen Augen blitzte Wut auf. »Der Teufel soll dich holen, Sam, du kleine Hexe. Was erwartest du denn sonst noch von mir? Du hast mich belogen, du hast mich getäuscht. Hast du mir je in irgendeinem Punkt die Wahrheit gesagt?«

»Es ist nicht so, wie du glaubst, Hawk.« Sie schaute zu ihm auf und wollte seine Bereitschaft wecken, ihr zuzuhören. »Fast alles, was ich dir gesagt habe, war die Wahrheit. Ich habe dich nur in einem Punkt belogen, nämlich, ich sei Julia – und in allem, was Jason Michaels angeht. Ich wünschte wahrhaft, ich hätte niemals lügen müssen.«

Er schien ihre Worte abzuwägen. »Mein Gott, wenn ich das glauben könnte, Sam.« Er ließ ihren Arm in dem Moment los, in dem Mark mit dem Punsch auf sie zukam.

»Dein Hofnarr ist gekommen«, spottete Hawk so leise, daß es nur für ihre Ohren bestimmt war. Der Ausdruck in seinen Augen war wieder unergründlich, als er sich mit einem barschen »Miss Ashton« entfernte.

»Hat er dich belästigt?« fragte Mark besorgt.

»Was? O nein, Mark. Er wollte nur ... etwas Schmeichelhaftes über unsere Kostüme sagen.«

Der Abend zog sich in die Länge, bis Mark endlich vorschlug, sie sollten aufbrechen. Den ganzen Abend über hatte sie den großen, kräftigen Mann immer wieder gesehen, doch er hatte keine weiteren Schritte unternommen, sie anzusprechen. Sie war erleichtert, daß der Abend endlich vorüber war.

Als die Kutsche losfuhr, wies Mark seinen Fahrer an, vor seinem Haus anzuhalten, und er erklärte Samantha, er hätte ein Geschenk für sie, das er versehentlich vergessen hatte. Als sie vor dem Haus vorfuhren, fragte er, ob sie auf einen Sherry mit ins Haus kommen wolle, damit er in Ruhe das Geschenk holen konnte. Sie lehnte höflich ab.

Eine Kutsche fuhr vorbei. Mandys Blick fiel auf die Frau mit dem rabenschwarzen Haar, die sie auf dem Ball gesehen hatte, und sie wußte ganz genau, wer die Kutsche lenkte.

»Ich habe es mir anders überlegt und möchte gern einen Sherry mit dir trinken, Mark«, äußerte sie impulsiv. Wenn Hawk glauben wollte, daß sie Marks Mätresse war, dann würde sie ihm guten Grund für diese Annahme geben. Er nahm es schließlich auch nicht gerade genau damit, mit wem er Umgang hatte!

Mark sprang schnell um die Kutsche herum und half ihr in dem Moment beim Aussteigen, in dem Hawks Kutsche um die Ecke bog. Sie ließ sich von Mark den breiten Weg mit den Steinfliesen zur Haustür hinaufführen und wußte, daß Hawk sie gesehen hatte. Einen Moment lang strahlte sie triumphierend. Dann sank ihr Mut, als das Klappern der Räder in der Ferne verhallte. *Was hatte sie bloß getan?* Hawk würde das Schlimmste von ihr denken, und sie würde keine Gelegenheit haben, es ihm zu erklären. Plötzlich fühlte sie sich so elend wie noch nie zuvor.

»Mark«, stammelte sie. »Ich habe es mir anders überlegt. Ich bekomme gerade Kopfschmerzen.« Es war keine Lüge. »Ich warte in der Kutsche auf dich. Geh ruhig allein voraus.«

Mark seufzte resigniert. »Wie du willst, mein Liebling.«

Es stellte sich heraus, daß es sich bei dem Geschenk um ein paar winzige Smaragdohrringe handelte, die perfekt zur Farbe ihrer Augen paßten.

»Mark, das kann ich doch nicht annehmen. Sie sind wunderschön, aber sie sind viel zu kostbar.«

»Bitte, Samantha, nimm sie als ein Unterpfand für unsere spätere Verlobung an. Sag, daß du mich heiraten wirst.«

Mandy hatte das Gefühl, kurz vor den Tränen zu stehen. »Nein, Mark, das kann ich nicht. Bitte. Du mußt mir etwas Zeit lassen. Es kommt alles viel zu plötzlich.«

Mark schien verletzt zu sein. »In Ordnung. Ich werde dich so schnell nicht wieder fragen. Aber laß mich nicht zu lange warten.«

Sie schwiegen, als die Kutsche weiterrollte. Sie fürchtete, Mark dächte an seine Julia, während sie an einen ganz anderen Romeo dachte.

## *24. Kapitel*

Die Weihnachtszeit nahte schnell. Das Nußknackerballett wurde in San Franciso aufgeführt, und Onkel William hatte sie eingeladen, mit ihm hinzufahren.

Mandy verließ nur zu gern Sacramento. Sie wollte so weit wie möglich von Hawk weg sein. Sie und ihr Onkel würden gemeinsam mit Mark und Bessy an Bord eines Schaufelraddampfers gehen, die *Sacramento Queen*, und flußabwärts durch die große Bucht von San Francisco fahren, bis sie die Stadt erreicht hatten.

Die Zeit ihrer Abreise rückte so quälend langsam näher, als schaute man zu und wartete nur darauf, daß ein Kessel Wasser endlich kocht. Auf den Wunsch des Gouverneurs hin hatte Mark eingewilligt, sie zu begleiten. Onkel William würde in Vallejo an Land gehen, um etwas Geschäftliches zu erledigen, und Mark würde mit Mandy weiterreisen und sie ins Palace Hotel begleiten. Der Gouverneur würde sich ihnen dort bei der erstbesten Gelegenheit, die sich ihm bot, wieder anschließen.

Der große Schaufelraddampfer entsprach allem, was sich Mandy erträumt hatte. Dreistöckig ragte er über dem Wasser auf, und er war strahlend weiß mit leuchtend roten Zierstreifen. Dampforgelklänge trieben durch die Luft, als sie über die Gangway liefen. Sie wurden auf dem Texas-Deck untergebracht – in prunkvollen Einzelkabinen, die nichts zu wünschen übrigließen.

Sowie sie sich eingerichtet hatte, kam Mandy aus ihrer Kabine und stellte sich an die Reling. Sie sah etliche andere Schaufelraddampfer mit geringem Tiefgang, die in leuchtenden Farben gestrichen waren, und dazwischen trieben unzählige andere Wasserfahrzeuge: Schleppkähne, Schaluppen, Barkassen, Schlauchboote und sogar ein Kanu. Alles, was sich eignete, Fracht oder Passagiere zu transportieren, wurde auf dieser Strecke zum Meer eingesetzt. Mandy sah eine alte Dirne, die einer Schar von Matrosen, die von der *Daisy Belle* an Land gingen, ihre Dienste anbot. Der schöne alte Heckraddampfer hatte bessere Zeiten erlebt, und seine Besatzung, die einen derben Eindruck machte, hatte bessere Jahre erlebt.

Mandy blickte auf, als dichter schwarzer Rauch in Schwaden aus den Schornsteinen aufstieg und die Sirenen zum Abschied heulten. Sie hatten abgelegt. Zwei große Schaufelräder wühlten beidseits des Schiffes das Wasser auf und trieben das Schiff in die Strömung.

Mandy winkte der Menge zu, die das Dock säumte, und die Leute winkten begeistert zurück. Mandy lächelte, und als sie aufblickte, stellte sie fest, daß Mark Denton sie beobachtete.

»Gestatte mir, dir eine Erfrischung zu holen, Samantha«, erbot sich Mark.

»Das wäre ganz reizend, Mark.«

»Ich denke, ich werde mitgehen, wenn du nichts dagegen

hast, meine Liebe«, sagte der Gouverneur zu Mandy. »Ich glaube, ich habe einen alten Freund gesehen, als wir an Bord gegangen sind.«

»Das stört mich überhaupt nicht, Onkel William. Ich genieße die Aussicht.« Mandy sah, wie die kräftige Gestalt des Gouverneurs sich gemeinsam mit Marks schmalerer entfernte.

Mandy verspürte plötzlich Unbehagen, und sie schaute auf und wandte den Blick ein wenig nach rechts. Tiefbraune Augen, hart wie Stahl, durchbohrten sie.

»Ach, Miss Ashton, nett, daß wir uns hier begegnen«, brachte Hawk arrogant heraus.

»Mr. Langley«, antwortete sie und bemühte sich, ihre Gefühle zu verbergen. Die altbekannte Woge großer Freude darüber, ihn zu sehen, überspülte sie, und sie schalt sich dafür aus. Der unterschwellige Sarkasmus in seiner Stimme war ihr nicht entgangen, und sie fragte sich nicht zum erstenmal, wie sie sich immer noch etwas aus jemandem machen konnte, der sie so behandelte, wie er es tat.

»Was tust du hier?« fragte sie und wußte, daß seine Gegenwart ihr die Reise lediglich verderben würde.

»Ich tue nur meine Arbeit«, antwortete er. Wenn er gewußt hätte, daß der Gouverneur in Begleitung an Bord sein würde, hätte er den Auftrag niemals angenommen. Er und James fuhren mit, um für Jack Murdocks Firma einen Goldtransport zu bewachen. Er hatte es nicht mehr nötig, diese Form von Arbeit anzunehmen, seit Rutherfords Erbe an ihn gefallen war, aber James hatte an seine Freundschaft appelliert. James wollte den Riverfront Saloon in Sacramento City kaufen und hatte das Geld fast vollständig zusammengespart. James war zu stur, sich etwas von Hawk zu leihen – er stand zu dicht vor seinem Ziel.

Jetzt sah sich Hawk gezwungen, der Frau gegenüberzutreten, die allnächtlich qualvoll durch seinen Kopf spukte. Er hatte mit keiner anderen geschlafen, seit sie in Virginia City zusammengewesen waren, denn seine Seele war immer noch nicht bereit, einen Ersatz zu akzeptieren. Dieses Benehmen war untypisch für ihn, und er wußte es, doch es schien, als könnte er die Situation nicht beheben. Wenn er sie jetzt wieder sah, würde das alles nur noch schlimmer machen.

»Du siehst gut aus«, fuhr er fort und musterte sie mit dreisten Blicken. »Sacramento scheint dir sehr gut zu bekommen.« Sein Blick fiel auf ihre vollen Brüste, die sich unter ihrem samtbesetzten Kleid deutlich abzeichneten. Die kräftigen Brauntöne des Kleides paßten genau zu ihrem Haar und betonten ihre vollen rubinroten Lippen. Er lechzte danach, sie an sich zu reißen, sie wieder an die Nächte zu erinnern, die sie miteinander verbracht hatten. Wie konnte eine einzige Frau ihm derart zusetzen? Das Wissen, welche Macht sie über ihn hatte, versetzte ihn in Wut.

»Danke.« Sie senkte die Wimpern und betrachtete ihn verstohlen. Sie spürte seinen Magnetismus und wußte, daß die Reise von diesem Augenblick an für sie die reinste Folter sein würde.

»Wie ich sehe, hast du deinen Freund dabei«, köderte er sie, und seine Augen waren dunkel und spöttisch.

»Mr. Denton hat sich bereit erklärt, mich nach San Francisco zu begleiten, um meinem Onkel einen Gefallen zu tun. Onkel William hat Geschäfte in Vallejo zu erledigen. Mark wird mich ins Hotel bringen.«

»Wie praktisch für euch beide«, höhnte er, »wenn es mich auch erstaunt, daß dein Onkel damit einverstanden ist. Aber andererseits ist die Familie Denton in dieser Gegend sehr hoch angesehen. Vielleicht versucht dein Onkel, dich gewaltsam zu verheiraten.«

»Mein Onkel will nur das Beste für mich – aber ich bin sicher, daß Sie das nicht verstehen, Mr. Langley.« Sie reckte das Kinn trotzig in die Luft. »Sie interessiert doch nur eins, nämlich dafür zu sorgen, daß Ihre ... Ihre Lust befriedigt wird!« Sie errötete glühend und bemerkte, wie ein laszives Lächeln einen seiner Mundwinkel hochzog.

»Wie ich sehe, bist du immer noch zart besaitet«, spottete er.

Sie sah, wie er ihr Unbehagen auskostete. »Sie sind der unangenehmste und ärgerlichste Mann, der mir je begegnet ist, Travis Langley!«

»Und Sie sind der verfluchteste, launischste Quälgeist, der mir je begegnet ist, Miss Ashton. Und wenn Sie mich jetzt entschuldigen würden, mache ich mich doch besser wieder an die Arbeit.« Er legte die Finger an die Hutkrempe und ging, und sie blieb frustriert und erbost zurück.

Kurz darauf kehrten Mark und der Gouverneur mit Erfrischungen zurück. Jetzt hatten sie die Reise offiziell angetreten. Mandy tat ihr Bestes, um nicht an Travis Langley zu denken, doch es war ihr unmöglich. Sie hatte gesehen, wie er auf das tiefere Deck gegangen war, und immer wieder schweifte ihr Blick zum Korridor ab. Er trug seine Wildledersachen wie sonst auch, wenn er arbeitete, und sie erinnerte sich nur zu gut an den muskulösen Körper unter dem engsitzenden Leder.

Der Tag verflog schnell. Die Sonne warf Strahlen auf die glatte Wasseroberfläche, die wie Kristalle funkelten. Weiden und Eichen säumten beide Ufer, und Rinder weideten auf den Feldern dahinter. In Vallejo legte das Schiff kurz an. Der Gouverneur ging an Land und versicherte Mandy, er würde sie im Hotel wiedertreffen, sobald er seine Geschäfte abgewickelt hatte.

Mark kümmerte sich rührend um sie und führte sie zum Abendessen in den eleganten Salon, rückte ihr den Stuhl zurecht und bestellte für sie Gerichte von der reichhaltigen Speisekarte. Für den Abend hatte sie sich in roten Samt gekleidet, und Mark sah in seinem schwarzen Frack sehr gut aus. Sowohl Damen als auch Herren wandten ihre Blicke dem Paar zu, als sich die beiden auf die Tanzfläche begaben und zu den zarten Klängen der Geige und den klaren Tönen des Klaviers tanzten.

Mark war zwar ein guter Tänzer, doch Mandys Gedanken schweiften immer wieder ab. Schließlich verspürte sie einen leichten Kopfschmerz oder gab es zumindest vor, und sie bat darum, sich entschuldigen zu dürfen, denn sie wollte sich für die

Nacht zurückziehen. Mark begleitete sie auf das obere Deck, um Luft zu schnappen und auf die Bucht von San Francisco zu schauen. Es war alles sehr romantisch, trug aber nichts dazu bei, ihr Gefühl von Einsamkeit zu lindern.

»Ich übernehme die letzte Schicht«, schlug James Hawk vor. »Warum besorgst du uns nicht etwas zu essen?« James hatte gemerkt, daß sich die Stimmung des großen, kräftigen Mannes von dem Moment an verändert hatte, in dem er das zierliche Mädchen entdeckt hatte, wie es Arm in Arm mit Mark Denton an der Reling stand. Er wünschte, er hätte seinem Freund in irgendeiner Form helfen können, doch er wußte, daß Hawk die Sache mit sich selbst abmachen und die Situation klären mußte. James beneidete seinen Freund nicht um dessen Lage.

»Das klingt gut. Ich komme gleich wieder.« Hawk wandte sich ab und ging zur Tür hinaus, und seine Mokassins bewegten sich leise über das Deck aus Kiefernholz und weiter zum Speisesaal.

James lehnte sich auf seinem Eichenstuhl zurück und legte die Füße auf den Schreibtisch. Die Kabine des Zahlmeisters war klein, aber behaglich, und an der Wand gegenüber hingen ein Bild von der *Sacramento Queen* und ein Kalender, in dem die Fahrten der *Queen* für den nächsten Monat eingetragen waren.

James faltete die Hände hinter dem Kopf und schaute aus dem Fenster auf das Ufer, das langsam vorbeizog. Vor ihnen erstreckte sich die Bucht, und irgendwo in der Ferne flackerten matt die Lichter von San Francisco. Es war Vollmond, und daher konnte er die Umgebung selbst im Dunkeln deutlich sehen. Er hielt die Augen offen und war auf der Hut. Sie kamen ihrem Ziel schon nahe. Bislang war die Reise ereignislos verlaufen, aber sie bewachten eine Goldladung, von deren Existenz leider zu viele Leute wußten.

Ohne jede Vorwarnung wurde James gegen das Schott geschleudert, und sein Kopf schlug heftig gegen das Holz, als eine gewaltige Explosion das Schiff erschütterte. Er blinzelte und bemühte sich, klar zu denken, doch dann wurde ihm schwarz vor Augen und er sackte bewußtlos auf dem Kiefernholzboden zusammen.

Elegant gekleidete Reisende schrien laut und rasten zu den Ausgängen des Speisesaals, der sich bedrohlich geneigt hatte, und bei ihren hektischen Fluchtversuchen rannten sie einander um. Tische wurden umgekippt, und Pflanzen und Töpfe lagen quer in den Gängen. Sogar gestürzte Passagiere lagen im Weg.

»Keine Panik!« überbrüllte Hawk gebieterisch das Tosen der Hysterie. »Wir werden alle gefahrlos den Raum verlassen können, wenn wir jetzt die Ruhe bewahren. Laufen Sie die Treppen herunter zu den Rettungsbooten; in den Booten sind Schwimmwesten. Lassen Sie sich Zeit, und bewahren Sie die Ruhe.«

Sein ruhiger Tonfall wirkte vorübergehend beschwichtigend auf die Menge, und die Leute strömten gesittet durch die Türen, ohne zu drängen. Draußen war der Teufel los. Weißer Dampf wogte in Schwaden aus den Schornsteinen, und dann überzog dichter schwarzer Rauch die brodelnde Menge mit Ruß und trug noch mehr zur allgemeinen Hysterie bei. Orangene und gelbe Flammen züngelten durch ein großes Loch mitten im Schiff.

»Kommen Sie her, und machen Sie dieses Ding auf – und zwar schnell.« Ein stämmiger Mann mit Bart und langem strähnigem Haar stieß den Schatzmeister in das Büro auf dem Hauptdeck. Henry Jeffers hatte in seiner Kabine Büroarbeiten erledigt, als die Männer gewaltsam bei ihm eindrangen. Mit vorgehaltenen Waffen zwangen sie ihn, mit ihm die Treppe hinunter zu seinem Büro auf dem unteren Deck zu kommen.

Er bemerkte, daß James Long auf dem Boden lag und daß die Brust des Mannes sich hob und senkte, und er fragte sich, wo der andere Mann steckte. Mit zitternden Fingern schloß er den Tresor auf und zog zögernd den schweren Inhalt heraus. Durch seine Brille wurde das Entsetzen in seinen Augen noch mehr betont.

»Ihr da drinnen, beeilt euch.« Ein zweiter dünner, blasser Mann, dessen Kleider zerknittert und schmutzig waren, steckte den Kopf durch die Tür. »Schnell! Dieser Kahn läuft so schnell mit Wasser voll, wie sich Flöhe auf einen Hund mit zotteligem Fell stürzen.«

Henry Jeffers starrte die beiden Männer verblüfft an, und erstmals dämmerte ihm trotz der Angst, die seinen Verstand benebelte, daß die Männer das Schiff versenkten, um ihr Verbrechen zu tarnen.

»Was tun wir mit ihm?« erkundigte sich der stämmige Mann.

Zur Antwort darauf ertönte ein Schuß. Henry spürte einen stechenden Schmerz in seiner Brust, die Kabine verschwamm vor seinen Augen, und er sackte auf dem Fußboden zusammen. Seine Lider wurden schwer.

»Das mußte sein«, erwiderte der blasse Mann. »Er hätte uns identifizieren können.«

»Zum Teufel, laß uns von hier verschwinden«, sagte der stämmige Mann.

Der Schmerz in Henrys Brust wurde heftiger. Er ließ zu, daß seine Augen sich schlossen, und er fragte sich, wer für seine Frau und sein Kind sorgen würde. Dann versank er in Schwärze, und der Schmerz verging.

Der bärtige Mann stieß den gedrungenen Körper des Schatzmeisters aus dem Weg. Er packte die schwere Stahlkassette an einem Ende, und sein Partner nahm das andere. Gewaltsam bahnten sie sich einen Weg durch das Inferno, das draußen lauthals tobte. Statt sich wie alle anderen zu den Rettungsbooten zu begeben, machten sie sich leise auf den Weg zum Bug des Raddampfers.

Ein kleines hölzernes Beiboot schaukelte geduldig unter ihnen, und an seinem Steuer grinste ein einäugiger Mann mit derben Gesichtszügen. Max Gutterman rückte die Klappe über seinem Auge zurecht und sah zu dem bärtigen Mann und seinem blassen Begleiter auf.

»Vielleicht kann ich gleich zwei Fliegen mit einer Klappe schlagen. Ein großer Knall, und schon haben wir zwei tote Vögelchen.« Gutterman lachte herzlich über seinen eigenen Scherz. »Rache ist süß, meine Freunde.«

Die beiden Männer schlossen sich ihm an und nahmen ihre Plätze im Beiboot ein, dann ruderten sie zum ferneren Ufer. Gutterman beobachtete voller Faszination, wie das schnell sinkende Schiff – und seine entsetzten Passagiere – gegen die eiskalten Tiefen der Bucht ankämpften.

Drei Fragen lasteten schwer auf Hawk. War die Sprengung ein Ablenkungsmanöver, um die Goldladung zu rauben? Wenn ja, was war aus James geworden? Und noch wichtiger: Wo steckte das Mädchen mit dem kastanienbraunen Haar? James war ein fähiger Mann, soviel wußte er. Mit Geld konnte man sich nicht das Leben erkaufen, und es konnte sein, daß Sam Hilfe brauchte. Er kämpfte sich einen Weg durch die flüchtende Menschenmenge, und dabei hielt er nach ihr Ausschau. Sie war nicht im Salon gewesen. Das hieß, daß sie entweder auf Deck war, oder im Aufenthaltsraum oder in ihrer Kabine. Wenn die Sprengung sie nicht verletzt hatte, mußte sie inzwischen von der hysterischen Meute mitgerissen worden sein. Er schaute im Aufenthaltsraum nach, sah sich auf dem Deck um und begab sich dann die Treppe hinunter. Er sah sich genau in allen Rettungsbooten um. Sie war nicht unter den verängstigten Passagieren.

Als er um eine Ecke bog, entdeckte er James, der sich den Kopf hielt und taumelte. »Sie haben das Gold«, sagte James zu ihm. »Den armen alten Jeffers haben sie getötet. Ist mit dir alles in Ordnung?«

Hawk nickte. Sein Blick fiel auf die letzten Passagiere, die noch an Bord waren.

»Samantha!« keuchte James. »Wo steckt sie?«

»Ich weiß es nicht. Ich habe im Salon und im Aufenthaltsraum nachgesehen, auf den Decks und in den Rettungsbooten. Sie ist nicht da. Aber Denton war dabei, dieser Schurke. Ich konnte nicht nah genug an ihn herankommen, um mit ihm zu reden. Ich gehe noch einmal aufs Oberdeck. Du suchst hier unten. Die Rettungsboote scheinen voll zu sein. Wenn du nicht mehr reinkommst, dann schwimm zur nächsten Insel. Genau das werde ich auch tun.«

»Viel Glück, mein Freund.« James klopfte Hawk auf den Rücken und machte sich auf den Weg zum Heck.

Hawk wußte, daß es schlecht um sie bestellt war. Wenn sie an Bord blieben, konnte sie das durchaus das Leben kosten. Die eiskalte Bucht hatte schon viele andere Menschenleben gefordert. Das Schiff neigte sich gewaltig, als Hawk die Treppe hinaufstürmte. Wenn er Sam nicht bald fand, würde es zu spät sein. Das Wasser hatte das zweite Deck bereits erreicht, und alle Rettungsboote waren losgebunden worden.

Als Mandy die Augen aufschlug, drehte sich die Welt, und ihr Kopf pochte. Sie rieb sich die Schläfen und versuchte, die Orientierung wiederzufinden. Sie glaubte, vor einer Weile Schreie gehört zu haben, doch jetzt erschien es ihr gespenstisch still geworden zu sein. Sie konnte nur noch ferne Stimmen vernehmen. Sie versuchte, sich aufzusetzen, und dann stellte sie fest, daß der Boden unter ihr sich in einem ganz verrückten Winkel neigte. *Mein Gott, wir sinken!* Sie versuchte aufzustehen, und sie taumelte. Flammen flackerten auf, und Rauch wogte in Schwaden. Ihre Augen brannten. War denn niemand mehr an Bord? Mit klopfendem Herzen schaute sie sich verzweifelt um. Es mußte eine Möglichkeit geben, zu überleben.

»Sam!« Das war Hawks tiefe, volltönende Stimme. Plötzlich schlangen sich seine kräftigen Arme um sie, und sein Gesicht begrub sich in ihrem Haar. »Ich hatte die Hoffnung bereits aufgegeben«, hauchte er ihr ins Ohr.

Mit aller Kraft, die ihr noch geblieben war, klammerte sie sich an ihn, und ungeachtet der Umstände spürte sie, wie eine gewaltige Freude in ihr aufwogte, weil er sie in seinen Armen hielt.

»Die Rettungsboote sind schon fort«, sagte er zu ihr. »Wir werden versuchen müssen, eine Insel zu erreichen. Kannst du schwimmen?«

Sie schaute lächelnd zu ihm auf. Er hatte sein Leben für sie riskiert. Sein Gesicht war von Sorge gezeichnet. »Wer als erster ankommt, hat gewonnen!«

Hawk spürte, wie sich sein Herz zusammenschnürte. Seine Brust schwoll vor Stolz auf ihren Mut an. Er verzehrte sich danach, die Schwierigkeiten, die zwischen ihnen standen, aus dem Weg zu räumen und ihr zu sagen, wieviel sie ihm bedeutete. Doch jetzt hing ihrer beider Leben von den nächsten Momenten ab.

»Wir werden lange schwimmen müssen, und das Wasser ist kalt. Wir sollten besser sehen, daß uns möglichst wenig behindert.«

Er zog seine Mokassins und sein Wildlederhemd aus. Dann drehte er Sam mit dem Rücken zu sich und zerriß ihr Kleid bis zur Taille. Sie stieg eilig aus den Röcken und stand ihm gegenüber, nur mit ihrem Hemd und der dünnen Hose bekleidet. Sie bot einen qualvoll schönen Anblick. Er verzehrte sich danach, sie wieder in seine Arme zu reißen.

Das Schiff schlingerte und ruckte und warf sie auf das Deck. Das schnell steigende Wasser hatte bis auf das Oberdeck alles überschwemmt.

»Jetzt oder nie.« Hawk riß sie an sich, küßte sie innig und stürzte sich dann mit ihr in das eiskalte Wasser der Bucht, und sie begannen, den langen anstrengenden Weg zur Insel schwimmend zurückzulegen. Sams Schwimmstöße waren kleiner, doch sie überraschte ihn mit ihrer Kraft. Sie schienen der Insel näher zu kommen, doch ihre Chancen standen immer noch bestenfalls fifty-fifty. Das eiskalte Wasser verrichtete schnell sein tödliches

Werk. Er konnte spüren, wie seine Muskeln sich verkrampften. Er dachte an seinen indianischen Vater und kämpfte, wie er es bei den Cheyenne gelernt hatte, mit aller Willenskraft dagegen an.

Das Ufer war jetzt klar zu erkennen. Er wurde zuversichtlicher. Vielleicht konnten sie es schaffen. Dann ging Sam unter.

Schwärze umhüllte sie, daß sie sich fragte, ob sie bereits in ihrem Grab lag. Ihr Magen verkrampfte sich schmerzhaft; ihre Arme und Beine wollten sich nicht mehr rühren. Sie sprach ein Gebet, Hawk möge sicher an Land gelangen – sie wußte, daß ihr Ende gekommen war.

## *25. Kapitel*

Sie wurde von dem Zittern wach. Sie wußte, daß sie am Leben war – nie hatte sie einen derart allumfassenden Schmerz erlebt. Ihr Körper bebte heftig, ihre Arme und Beine schmerzten, und ihre Brust brannte – und all das lediglich von der Anstrengung des Atmens. Sie schüttelte den Kopf bei dem Versuch, wieder klar denken zu können, und dann sah sie sich nach Hawk um. Das Grauen packte sie und drohte, sie wieder auszulaugen und ihr jede Kraft zu nehmen. Hatte sie nur überlebt, um jetzt festzustellen, daß er nicht überlebt hatte? Ihre Augen durchsuchten die Dunkelheit nach einem Anzeichen – und dann war er da und drückte sie an sich.

Sie schluchzte leise an seiner Brust und dankte Gott dafür, daß ihm nichts passiert war. Er war am Leben! Nichts anderes zählte – nicht all die haßerfüllten Worte, nicht die Mißverständnisse, nicht das Mißtrauen. Er war hier, und er hatte sie gerettet.

»Es ist alles gut, Sam. Sei jetzt still ... wir sind in Sicherheit. Ich habe uns zwischen den Weiden eine Hütte gebaut.« Er schlang den Arm unter ihre Beine, hob sie mühelos hoch und trug sie vom Ufer fort.

»Wir müssen uns aufwärmen, denn noch könnte uns die Kälte töten.«

Sie schniefte, wischte sich die Augen trocken und lächelte, und sie war froh, wieder in seinen Armen zu liegen. Er trug sie zu der Hütte und legte sie auf eine Matte aus Laub.

Aus Schilf und Ästen hatte er an einem Felsen eine Art Unterstand gebaut. Jetzt drehte er geduldig und beharrlich einen trokkenen Zweig zwischen den Handflächen, und die Spitze des Zweiges war gegen eine Kerbe in einem anderen Ast gepreßt, der von Rinde und trockenem Laub umgeben war. Endlich konnte er dem kleinen Haufen ein Rauchwölkchen entlocken.

»Zieh deine Kleider aus«, ordnete er an und schlüpfte aus seiner nassen Wildlederhose.

Mandy riß die Augen weit auf.

Er lächelte. »Wir müssen sehen, daß unsere Sachen trocken werden. Ich werde sie auf das Dach der Hütte legen; innerhalb von ein paar Stunden wird das Feuer sie getrocknet haben. Außerdem werden unsere Körper ohne diese nassen Kleider einander wärmen können.«

Sie spürte, wie die Röte in ihre Wangen aufstieg. Die Muskeln seiner kräftigen Gestalt bewegten sich im flackernden Feuerschein.

»Aber ich...«

»Zieh sie sofort aus, oder ich ziehe sie dir aus, Sam«, drohte er. »Du weißt, daß ich das ernst meine, wenn ich es sage... unser Leben ist wichtiger als dein Schamgefühl.«

Sie schluckte schwer und schälte sich langsam aus ihren nassen Kleidungsstücken. Er zog den Kopf ein und schlüpfte durch die niedrige Öffnung, um die Kleider auf das Dach zu legen, dicht ans Feuer. Als er zurückkam, schaute sie seinen kräftigen Körper an, und wandte sich dann ab, weil sie nicht wollte, daß ihre Augen verrieten, was sie dachte.

Hawk hatte vor, Distanz zu wahren. Das Mädchen hatte bereits genug durchgemacht. Wenn sie etwas nicht gebrauchen konnte, dann, daß er sich ihr wieder aufdrängte. Aber, verdammt noch mal, sie bot einen verführerischen Anblick. Als er sie auf der weichen Matte aus Laub sitzen sah und das Feuer ihre seidige Haut und ihr schimmerndes Haar hervorhob, konnte er sein Verlangen nicht mehr zähmen. Er streckte eine Hand aus, um sie unter ihr Kinn zu legen, und dann streifte er ihre Lippen sachte mit einem zarten Kuß, als er ihr eine Strähne nasses kastanienbraunes Haar aus dem Gesicht strich.

»Mein Gott, du hast mir so gefehlt, Sam«, murmelte er mit den Lippen an ihrer Wange. Er zog sie neben sich auf das Laub und liebkoste die Wölbung ihrer Brüste, den Schwung ihrer Hüfte. Er wollte sie so sehr, daß es schon schmerzhaft war.

Mandy wußte in dem Moment, in dem sie sich zusammen hinlegten, daß sie ihm keinen Einhalt gebieten würde. Er liebte sie nicht, das wußte sie. Aber er begehrte sie, und sie wollte ihn. Nach den Wochen, die sie getrennt verbracht hatten, empfand sie es schon als lustvoll, auch nur in seiner Nähe zu sein. Als seine Zunge ihre Lippen teilte, roch sie seinen starken Moschusduft. Seine Hände glitten erfahren über ihre Schultern, rieben die schmerzenden Muskeln und linderten den Schmerz. Er küßte ihren Hals, nahm ihr Gesicht in seine Hände und küßte sie ausgiebig auf den Mund. Sie konnte seine federleichten Berührungen auf ihrem ganzen Körper spüren. Als sie vor Verlangen bebte, drang er langsam und vorsichtig in sie ein und beglückte sie mit sanften, behutsamen Bewegungen.

Sie reagierte, und ihre Brustwarzen stellten sich unter seiner Hand auf. Sie faltete die Hände in seinem Nacken und zog ihn dichter an sich, und ihr war herzerweichend deutlich bewußt, daß sie jetzt möglicherweise zum letztenmal zusammen daliegen würden. Ihre Finger fuhren die Muskelstränge seines Rückens nach und bewegten sich über seine schmalen Hüften. Er küßte sie wieder, tief und sehnsüchtig, und dann begann er, sich in ihr zu bewegen. Wie immer rief er köstliche Empfindungen wach.

Zuerst bewegte er sich langsam und sanft. Dann bewegte er

sich schneller und drängender und doch behutsam und lockte sie mit sich, und ihr Verlangen steigerte sich gleichzeitig mit seinem. Seine großen Hände packten die Rundungen ihres Hinterns, und bei jedem kräftigen Stoß zog er sie an sich. Seine Kraft, die sich mit Zartheit paarte, ließ sie entflammen. Jedes Innehalten trug sie auf einen höheren Gipfel als den vorangegangenen.

Ein leises Keuchen entrang sich ihr, als sie die Erfüllung fand. Wenige Sekunden nach ihr erschauerte seine kräftige Gestalt vor Lust. Hinterher schmiegte sie sich zusammengerollt an ihn, wärmte sich an ihm und war zum erstenmal seit Wochen glücklich. Der Rhythmus seines gleichmäßigen Atems lullte sie ein, und sie schlief tief und sorgenfrei. Als Hawk erwachte, mußte er feststellen, daß das Feuer ausgegangen war. Er verfluchte sich für seine Achtlosigkeit und lächelte dann, als er an seine Nacht in den Armen des Mädchens mit dem kastanienbraunen Haar dachte. Die Sonne lugte bereits über die Bucht, doch die Luft war noch empfindlich kühl. Er nahm die beiden kleinen Stöcke, entzündete wieder eine Flamme und trat dann ins Freie, um ihre Kleider zu holen. Als er einen Blick auf die schlafende Gestalt warf, entdeckte er den Anflug eines Lächelns und wußte, daß sie wach war und ihn beobachtete. Er beugte sich hinunter und küßte sie auf die Wange.

»Wie fühlst du dich?«

»Zufrieden«, erwiderte sie. Dann zog eine Wolke über ihr Gesicht. »Weißt du, was aus den anderen geworden ist – aus James, aus Bessy ... und aus Mark?«

Der Klang des Namens dieses Mannes ließ blinde Wut in ihm aufkeimen. »Bessy ist in eins der Rettungsboote gestiegen. Bei James bin ich nicht sicher, er ist noch auf dem Schiff geblieben, um mir bei der Suche nach dir zu helfen. Was deinen Geliebten betrifft, so hat er beschlossen, sich in Sicherheit zu bringen, und dich hat er dir selbst überlassen.«

Zorn loderte in ihren grünen Augen auf.

»Du lügst! So etwas täte Mark niemals!« Da seine Andeutung,

Mark sei ihr Geliebter, sie in Wut versetzte, fauchte Mandy: »Das sagst du nur, weil du eifersüchtig auf ihn bist!«

»Eifersüchtig! Auf dich und diesen... diesen Feigling. Ich mag dich vielleicht für dumm halten, weil dir sein Bett lieber ist als meins, aber eifersüchtig bin ich ganz bestimmt nicht.« Er schaute finster auf sie herunter.

»Wie kannst du es wagen, mich solcher Dinge zu beschuldigen!« kreischte sie. »Ein solches Angebot würde ich von ihm ebensowenig annehmen wie von dir! Außerdem hat Mark bei meinem Onkel die Genehmigung eingeholt, um meine Hand anzuhalten.« Ganz offensichtlich machte sich Hawk nicht das Geringste aus ihr. Wie hatte sie sich bloß überlisten und sich wieder von ihm mißbrauchen lassen können? Was für ein Dummkopf sie doch war! Es war das Beste, wenn sie Marks Antrag annahm und sich keine weiteren Gedanken mehr machte. Aber wäre das Mark gegenüber fair gewesen, wenn man bedachte, wie sie sich letzte Nacht benommen hatte?

»Und warum heiratest du ihn nicht einfach? Genau das willst du doch, oder nicht? Eine anständige Beziehung, wie es sich gehört.« Er fauchte sie regelrecht an. Seine wütenden Augen durchbohrten sie, als er näher kam.

»Kann Denton das etwa bei dir erreichen? Läßt er dich diese Dinge fühlen?« stieß er hervor. Er riß sie heftig an sich und hielt sie mit eisernem Griff fest. Sein Mund brannte auf ihren Lippen, und jede Spur von Sanftmut war von ihm abgefallen.

Sie würde sich nicht noch einmal von ihm bezwingen lassen. Dieses Mal nicht. Sie kämpfte wie eine Tigerin, mit Zähnen und Klauen, bis er sie gewaltsam auf das dichte Laub zwang. Er hielt ihr die Hände über dem Kopf fest und spreizte ihre Schenkel mit seinem Knie. Dann legte er sich auf sie und stieß heftig in sie hinein, ohne die geringste Rücksicht auf ihre Lust zu nehmen.

Selbst jetzt, als er seine ungezügelte Wildheit an ihr ausließ, begehrte sie ihn. Sie spürte, wie sich die Muskeln in seinem Körper bewegten, als er immer wieder in sie eintauchte, und gegen ihren Willen steigerte sich ihre Leidenschaft. Seine Lippen küßten sie hart und fordernd, und seine Zunge bewegte sich mit der Raserei seiner Stöße. Ihr Körper entflammte vor Glut und Begehren, und gegen ihren Willen beugte sie sich ihm im Rhythmus der heftigen Stöße entgegen. Die Flammen seiner Leidenschaft versengten sie. Glut fraß sich durch ihre Adern. Wie ein Feuer, das sich nicht eindämmen läßt, loderte sie am Horizont der Lust auf, und ihr Empfinden schmolz und versenkte sie mit seiner Strahlenglut.

Ihre Paarung, ein gnadenloser intensiver Akt, war schnell vollzogen. Hawk rollte sich vom Laub und ging.

Diesmal weigerte sie sich, zu weinen. Er hatte ihr auf die demütigendste Art seine Macht gezeigt, doch sie würde nicht noch einmal weinen. Voller Selbstbeherrschung wischte sie sich unwillig die eine kleine Träne aus dem Gesicht, die sich weigerte, ihrem Befehl zu gehorchen.

Sie hob das wenige an Kleidungsstücken auf, was sie noch hatte, und dann machte sie sich auf den Weg zum Ufer, um zu baden und sich anzuziehen. Die Sonne wärmte die Insel, konnte sie jedoch nicht innerlich wärmen. Sie hoffte, der Suchtrupp würde sie bald finden. Wieder drohten ihre Tränen zu fließen, als sie an den großen, kräftigen Mann dachte. Wie hatte sie sich je einbilden können, in einen so herzlosen Teufel von einem Mann verliebt zu sein? Sie beschloß, sich ausführlicher mit Mark Dentons Heiratsantrag zu befassen. Mark war freundlich und aufmerksam. Er würde sie niemals grausam mißbrauchen, wie Hawk es tat. Sie betete, Mark möge sich in Sicherheit gebracht haben und die Schiffe mögen bald kommen. Eine weitere Nacht in der Gesellschaft dieses rücksichtslosen Monsters war ihr unerträglich, selbst dann, wenn dieser Mann ihr das Leben gerettet hatte.

Am späten Nachmittag waren überall Suchtrupps in Booten zu sehen, die nach Überlebenden Ausschau hielten. Ein Schiff legte an ihrer Insel an, und Mandys Blick fiel auf James' vertraute Gestalt. Als sie in seine Arme flog, war ihr danach zumute, vor Erleichterung zu schluchzen, doch sie ertappte sich dabei und war nicht bereit, dem Drang nachzugeben. Sie hatte zum letztenmal geweint.

»Gott sei Dank, daß euch beiden nichts passiert ist. Ich war krank vor Sorge.« Er griff nach einer Wolldecke, hüllte ihren spärlich bekleideten Körper darin ein und sah dann lächelnd seinen Freund an. Hawk wollte ihm nicht in die Augen sehen. James warf einen Blick auf Sam und sah ihr das Ausmaß ihres Unglücks an. Er fluchte tonlos. Was war letzte Nacht passiert? Offensichtlich redeten die beiden nicht mehr miteinander. Hawk hatte sich dem Mädchen hoffentlich nicht aufgedrängt. Nachdem er von einem zum anderen geschaut hatte, war er nicht mehr so sicher. Verdammt noch mal, was hatte es mit den beiden auf sich? Wie konnte immer wieder eine derartige Wut zwischen ihnen aufkommen? Er half ihnen beiden in das hölzerne Rettungsboot, und die Besatzung ruderte an Land.

Während der langen Bootsfahrt saß Hawk verdrossen da. Es war wieder passiert. Er konnte einfach nicht glauben, daß sie ihn nach all den Gelübden, die er sich selbst abgelegt hatte, wieder einmal dazu gebracht hatte, die Selbstbeherrschung zu verlieren. Auf der *Sacramento Queen*, als es ausgesehen hatte, als würden sie die Nacht nicht überleben, war ihm alles schmerzlich klargeworden. Wenn sie nicht seine Mätresse werden wollte, dann würde er sie eben heiraten. Was sich zwischen ihr und Denton auch abgespielt haben mochte, es war ohnehin von ihm mitverschuldet. James hatte ihm einiges erklärt, ihm etwas über Sams Vater und ihr Leben im Fort erzählt. Er verstand nur zu gut die Sehnsucht und den unbezwingbaren Drang, einen Platz auf der Welt zu finden. Seine indianische Familie hatte ihm in jeder Hinsicht geholfen. Andernfalls hätte er genau das getan, was sie tat – er hätte einen Weg gefunden, wie er entkommen konnte. Er wußte, daß sie etwas für ihn empfand. Wenn er sich sehr bemühte, konnte er sie vielleicht dazu bringen, daß sie so tiefe Gefühle für ihn entwickelte wie er für sie. Er war bereit, beständig zu werden. Wenn er sie heiraten mußte, um sie an seiner Seite zu haben, dann sollte es eben so sein.

Aber was war statt dessen passiert? Er hatte sich wie ein Irrer benommen, sie zielstrebig wieder in Dentons Arme getrieben. Sie würde ihm niemals verzeihen, wie er sich heute morgen benommen hatte. Das konnte er in ihren Augen sehen, als sie sich an James klammerte. Verdammt noch mal! Von welchen Dämonen der Eifersucht war er besessen? Allein schon der Gedanke an sie und Denton versetzte ihn in rasende Wut. Nun, jetzt war es zu spät. Nichts, was er hätte sagen können, konnte jetzt noch etwas an dem ändern, was er getan hatte. Vielleicht war es so sogar das Beste. Wahrscheinlich hätte er ohnehin einen miserablen Ehemann abgegeben.

San Francisco war der nächstgelegene Ort, an dem Mandy sich erholen konnte, und daher wurde sie direkt ins Palace Hotel gebracht. Ihr Onkel erwartete sie im Foyer, und sein gutgeschnittenes Gesicht war von Sorge gezeichnet.

»Samantha, meine Liebe, ich bin ja so erleichtert, daß dir nichts passiert ist. Ich hätte es mir nie verzeihen können, wenn dir etwas zugestoßen wäre.« Er half ihr die Treppe zu ihrer Suite hinauf und bestellte ein heißes Bad. »Wir werden darüber reden, wenn du dich wieder besser fühlst«, sagte er und tätschelte ihre Hand. Sie war dankbar, daß ihr etwas Zeit blieb, um ihre Gefühle zu sortieren.

Mark war da und gab sich besorgt. Er sagte, bei der Explosion sei er von ihr getrennt worden und er hätte geglaubt, sie sei in einem der Rettungsboote in Sicherheit. Sie nahm ihm die Geschichte ohne jede weitere Nachfrage ab.

Auch Bessy war in Sicherheit, und ihr fehlte nichts. Sie hatte sich zwar schreckliche Sorgen um Mandy gemacht, doch sie war in das Rettungsboot geschleust worden und hatte wenig Grund zur Klage gehabt. Jetzt bemutterte sie Mandy aufopfernd und liebevoll. Sobald er sicher war, daß ihr nichts passiert war, telegraphierte Onkel William nach Sacramento City, damit man ihr frische Kleidung schickte. Innerhalb von neun Stunden nach ihrem Eintreffen im Hotel hatte sie eine komplette Garderobe zur Verfügung.

Wenn Virginia City silbern glänzte, dann war San Francisco golden. Das Palace Hotel mit seinen massiv goldenen Marmorsäulen und seinen gebogenen Oberlichtern spiegelte reine Eleganz und Anmut wider. Mandy, Mark und Onkel William besuchten wie geplant das Ballett, wenn auch erst einige Tage später, nachdem Mandy Zeit gehabt hatte, sich von den Torturen zu erholen. Onkel William ging mit ihr in die Oper, und ihm zu Ehren wurden Galabälle veranstaltet, die sie besuchten.

San Francisco schien eine Episode aus einem Märchen zu sein, doch der Glanz wurde von einsamen Nächten und ständigen Gedanken an den Mann mit dem rotblonden Haar abgestumpft. Tausendmal durchlebte sie im nachhinein wieder die Nacht mit ihm auf der Insel, und jedesmal war das Ergebnis dasselbe – ein glühendes Verlangen, wieder in Hawks Armen zu liegen. Nichts, nicht einmal die größte Entschlossenheit, konnte sie dazu bringen, ihn zu vergessen. Sie wußte, daß er auf seine Ranch bei Placerville zurückgekehrt war. Die Vorstellung, daß er so weit von ihr fort war, machte sie nur noch trauriger. Am letzten Abend vor der geplanten Abreise nach Sacramento City lud Mark sie zu einer Aufführung von *Romeo und Julia* ein. Sie trug ein Kleid aus kostbarem schneeweißen Samt mit Hermelinbesätzen.

»Mein Liebling, du siehst einfach umwerfend aus«, zollte er ihrer Erscheinung Tribut. In seinem schwarzen Abendanzug mit dem gestärkten weißen Hemd gab er eine gute Figur ab. Mandy wünschte nicht zum erstenmal, sie könnte sich in ihn verlieben.

Als die Aufführung vorbei war, wartete vor dem Theater eine Schlange von Mietsdroschken, um die schläfrigen Theaterbesucher fortzubringen. Nach ein paar Minuten in der kühlen Nachtluft gelang es Mark, eine Kutsche herbeizuwinken, die sie zum Hotel zurückbringen sollte.

»Der Abend hat mir wirklich großen Spaß gemacht, Mark«, sagte Mandy zu ihm, und sie schmiegte sich tief in die Falten ihres Umhangs.

»Wir könnten viele solcher Abende verbringen, Samantha, wenn du dich bereit erklären würdest, meine Frau zu werden.« Ihr ungestörtes Beisammensein in der Kutsche ermutigte Mark zu dieser Aussage.

Mandy hörte, wie die Pferdehufe auf dem Pflaster klapperten, und sie hörte die Klingel einer vorbeifahrenden Straßenbahn. »Ich ... ich bin noch nicht soweit, daß ich mich festlegen könnte, Mark. Das habe ich dir doch schon gesagt.«

»Ich habe mich bemüht, geduldig zu sein, Samantha. Aber ich weiß nicht, wie lange ich noch warten kann.«

»Bitte, Mark ...« Das Geräusch von Stimmen auf der Straße ließ sie verstummen. Die Mietsdroschke hielt unvermittelt an, und fast wäre sie vom Sitz gefallen, und dann wurde die Tür aufgerissen.

»Soso, dann sehen wir doch mal, was wir hier haben.« Ein Mann mit rotem Gesicht und einem Cockney-Akzent stand in der Tür.

»Fahrer! Fahrer!« Mark pochte mit seinem Spazierstock mit dem goldenen Knauf an die Wand der Kutsche. »Fahren Sie weiter!«

»Das hast du gut gemacht, Billie, mein Junge«, rief der Engländer dem Fahrer zu. Ein winziger Derringer funkelte im Mondschein. »Wenn ich bitten darf, die Herrschaften.« Er bedeutete dem Paar, aus der Kutsche zu steigen.

Mandy, die das Geschehen voller Entsetzen beobachtete, umklammerte den Arm ihres Begleiters. »Mark? Mark, was passiert hier?« flüsterte sie.

Der Engländer hörte sie und kicherte boshaft. »Sie werden ausgeraubt, meine Hübsche.«

»Aber ... wo sind wir?« Weder sie noch Mark hatten auf die Umgebung geachtet, als sie in der Kutsche fuhren. Sie schaute auf ein Straßenschild: Pacific, Ecke Stockton – keine Straßennamen, die ihr vertraut waren. Der unverkennbare Geruch nach moderndem Holz und faulendem Fisch hing in der Luft.

»Sehen Sie sich gut um, Milady. Sie sind an der Barbarenküste. Das gemeinste, verruchteste Räubernest diesseits von Tortuga!«

Sie hatten am Rand eines Stadtteils angehalten, der tatsächlich sehr schäbig wirkte. Sie konnte das Klimpern eines billigen Klaviers und das heisere Gelächter von betrunkenen Männern hören. Etliche verruchte Gestalten schlenderten durch die Straßen und musterten neugierig die Kutsche und die beiden gutgekleideten Personen, die darin saßen. Eine geschmacklos gekleidete Frau rannte lachend über den Bürgersteig, hielt das Oberteil ihres Kleides hoch und wich schelmisch dem betrunkenen Soldaten aus, der hinter ihr herwankte.

Mandy warf einen Blick auf Mark. Sein Gesicht war bleich, und er erweckte den Eindruck, als könnte er jeden Moment ohnmächtig werden.

»Leer deine Taschen aus, Kumpel.« Die Worte kamen leise, aber drohend heraus, und es war ein Befehl, der keinen Widerstand duldete.

Mark händigte dem Mann seine Brieftasche, seinen Schmuck und ein paar lose Goldstücke aus und beugte sich dann vor, um den Verschluß der wunderschönen Diamantkette zu öffnen, die Mandy trug. Das Stück gehörte Julia. Ihr Onkel hatte es gemeinsam mit der neuen Garderobe nachschicken lassen.

»Was tust du da, Mark?« Mandy nahm seine Hand und zog sie fort. »Diese Kette gehört Julia. Ich darf nicht zulassen, daß ihr etwas zustößt. Bitte«, sagte sie und wandte sich an den Engländer, »Sie haben ohnehin schon genug erbeutet. Ich kann Ihnen diese Kette nicht geben, weil sie nicht mir gehört.«

Der Mann schnaubte vor Heiterkeit. »Hast du das gehört,

Billie, mein Junge?« rief er, als sein Freund vom Kutschbock stieg. »Milady findet, wir sollten ihr dieses kleine Spielzeug lassen.« Sie grölten beide vor Lachen, und der zweite Mann trat näher, um die Kette anzufassen.

Mandy zuckte zusammen, als sie spürte, wie seine rauhen Finger ihren Hals streiften. Sie wollte einen Schritt zurückweichen, doch die Hand des Mannes, die die Kette umfaßt hatte, hielt sie zurück.

»Für diesen Schmuck bin ich verantwortlich!« sagte sie.

»Samantha, bitte«, sagte Mark flehentlich, »tu um Gottes willen, was sie sagen!« Seine Hände zitterten.

Mandy begriff plötzlich, daß Hawks Worte wahr waren. Mark Denton war ein Feigling. Er hatte sie auf dem Schaufelraddampfer zurückgelassen, damit sie dort allein starb. Diese Erkenntnis erboste sie, und sie riß sich los und stieß dabei versehentlich gegen den Engländer, und ihre Bewegung war so schnell und kam so unerwartet, daß der Derringer in die Dunkelheit flog. Der Engländer wollte ihn aufheben, doch der Fahrer versuchte es gleichzeitig. Sie prallten zusammen und landeten auf dem Boden.

»Lauf schnell zur Kutsche, Mark!« rief Mandy aus und gab ihm einen Schubs, um ihn aus seiner furchtsamen Erstarrung aufzurütteln. Sie stürzten zur Droschke, und Mark, der jetzt gezwungen war, etwas zu unternehmen, packte die Zügel und gab den Pferden die Peitsche, und sie entfernten sich schleunigst von den beiden Männern. Mandy beobachtete, wie die beiden fluchten und ihnen noch eine Zeitlang folgten.

Mit halsbrecherischer Geschwindigkeit bog die Kutsche um ein paar weitere Straßenecken, denn Mark war nicht bereit, weitere Zwischenfälle zu riskieren. Endlich ließ er die Pferde langsamer laufen. Mandy, die erleichtert und erschöpft war, weigerte sich, in seine Richtung zu sehen. *Wie hatte sie nur so blind sein können?* Sie mußte Hawk sehen – und sich bei ihm dafür entschuldigen, daß sie an seinen Worten gezweifelt hatte.

Sie hielten wortlos vor dem Hotel an. Mark half ihr beim Aussteigen, und sie betraten das Hotel.

Weihnachten nahte mit dem Wirbelwind von Bällen und Partys, doch Hawk war nirgends zu sehen. Vielleicht ist es so das Beste, redete sie sich ein. Wenn er sich auch nur das Geringste aus ihr machte, hätte er sich inzwischen bei ihr blicken lassen.

Am Heiligen Abend wurden im Haushalt der Ashtons die Geschenke ausgepackt, die sich unter der großen Tanne türmten, während im Kamin ein warmes Feuer knisterte. Eine Mütze für Wong Sun, ein Perlmuttkamm für Bessy. Mandy schenkte Onkel William einen Gedichtband und etliche Paar Socken, die sie selbst gestrickt hatte. Er überhäufte sie mit Geschenken: mit Pelzen und mit Schmuck... doch das schönste Geschenk von allen war Lady Ann. »Ich weiß, wie gern du sie hast«, sagte er. »Sie gehört dir. Wenn du erst wieder zu Hause bist und dich dort eingewöhnt hast, werde ich sie dir schicken lassen.« In den letzten zwei Wochen war es Mandy schmerzlich bewußt geworden, daß sie nach Fort Laramie würde zurückkehren müssen. Nicht etwa in ihr früheres Leben, doch es gab Dinge, die geregelt werden mußten, ehe sie sich von ihrer Vergangenheit lossagen konnte. Julia und Jason waren jetzt dort. Und außerdem hatte sie genug Abenteuer für ein ganzes Leben erlebt. Dabei hatte sie zwar nicht ihr Glück gefunden, doch sie war gezwungen worden, erwachsen zu werden. Die Arbeit, die sie für ihren Onkel erledigt hatte, gab ihr die Sicherheit, daß sie allein zurechtkommen konnte, und nach dem jüngsten Zwischenfall war von ihrer Beziehung zu Mark wenig übriggeblieben. Für sie war es an der Zeit, nach Hause zu gehen.

Nur ein Ereignis ließ sie mit dem Gedanken spielen, doch noch zu bleiben. Am Morgen des ersten Weihnachtsfeiertages fand sie ein kleines Päckchen unter dem Baum. Ihr Name stand darauf, aber sonst nichts. Sie riß das Geschenkpapier auf und öffnete das Samtschächtelchen. Auf einem Polster aus weißem

Satin lag ein kleines Schmuckstück, ein Kätzchen, das aus diamantenen Augen zu ihr aufblickte. Die Augen funkelten im Schein des Feuers, und ihre eigenen Augen füllten sich mit Tränen. Nur ein Mensch auf Erden hätte ihr ein solches Geschenk gemacht. Sie preßte sich das Kätzchen inbrünstig an die Brust und fragte sich, was das Geschenk wohl zu bedeuten hatte. Sie wagte nicht, sich allzuviel zu erhoffen. So, wie sie Hawk kannte, konnte es, falls es von ihm kam, entweder eine Entschuldigung für sein Benehmen auf der Insel sein oder lediglich ein Pfand, das an ihre frühere Freundschaft erinnern sollte. Sie weigerte sich, ein anderes Wort zu verwenden, um ihre zweifelhafte Beziehung zueinander zu beschreiben.

Am nächsten Tag bat sie ihren Onkel um Erlaubnis, seine Kutsche benutzen zu dürfen, und dann wies sie den Fahrer an, sie zum Enterprise Hotel zu bringen. Ihr blieben noch einige Stunden, ehe die Gäste zum Weihnachtsfest eintreffen würden. Sie würde rechtzeitig zurück sein. Sie mußte unbedingt mit James sprechen.

Er kam gerade aus seinem Zimmer, als sie das Foyer betrat. Sie bedanke sich bei ihm für das Parfüm, das er ihr geschenkt hatte, und er bedankte sich bei ihr für den warmen Schal, den sie ihm gestrickt hatte. Dann erzählte sie ihm von dem kleinen juwelenbesetzten Kätzchen.

James lächelte verschmitzt. »Das ist von Hawk, soviel steht fest. Ich würde mein Leben darauf wetten. Er ist nie ganz über die Szene hinweggekommen, die du ihm wegen des jungen Luchses gemacht hast. An dem Tag war er schrecklich stolz auf dich, wenn er es auch nicht zugeben wollte.«

»Wo ist er, James? Ich möchte mich bei ihm bedanken.«

»Ich fürchte, das wirst du so schnell nicht tun können. Er hat eine Art Regierungsauftrag auf höchster Ebene angenommen. Er wird mindestens drei oder vier Monate lang unterwegs sein. Die ganze Geschichte ist äußerst geheim. Selbst *mir* hat er die Einzelheiten nicht erzählt.« Er begleitete sie zur Kutsche. »Ich schaue für ihn nach der Ranch, aber in Wirklichkeit braucht er mich gar nicht. Jesus Ramirez, sein *Segundo*, ist ein außerordentlich fähiger Mann.«

Mandy wandte den Blick ab. »Dann nehme ich an, das Geschenk war wohl nur seine Form, sich zu verabschieden.« Sie ließ sich von James beim Einsteigen helfen. »Ich werde nach Fort Laramie aufbrechen, sowie der Schnee so weit geschmolzen ist, daß man wieder über die Berge reisen kann.«

»Es tut mir leid, daß alles so gekommen ist«, sagte James. »Ich werde dafür sorgen, daß er dein Geschenk bekommt, wenn ich ihn wiedersehe.«

Mandy konnte sich kaum noch auf seine Worte konzentrieren. *Hawk war endgültig aus ihrem Leben verschwunden.* Sie dachte an seine samtigen braunen Augen, daran, wie sich einer seiner Mundwinkel hochzog, wenn er lächelte, und daran, wie seine starken sonnengebräunten Hände sich auf ihrem Körper anfühlten. Irgendwie mußte sie die Kraft finden, ihn zu vergessen.

Die nächsten Monate schleppten sich dahin. Mandy wartete begierig darauf, daß sich das Wetter bessern würde, damit sie ihre Heimreise planen konnte. Sie sehnte sich immer mehr danach, Sacramento City und ihre Erinnerungen hinter sich zurückzulassen. Sie fragte sich, ob es ihr wohl helfen würde, fünfzehnhundert Meilen fern von hier zu sein. Sie bezweifelte es, doch es war einen Versuch wert. Sie konnte es kaum erwarten, Julia und Jason zu sehen, und auch mit ihrem Vater gab es einiges zu regeln.

Sie hatte zwar die Hoffnung aufgegeben, Hawk wiederzusehen, doch sie vermißte ihn entsetzlich, wie sie ihn seit ihrer Trennung von ihm schon immer vermißt hatte. Es gab Momente, in denen sie wünschte, sie hätte ihm ihre Gefühle gestanden, sogar wünschte, sie hätte eingewilligt, seine Mätresse zu werden. Doch für all das war es jetzt zu spät.

Endlich schlug das Wetter um. In einer Woche würde sie mit dem Zug abreisen und dann die lange Heimreise mit der Kutsche fortsetzen. In weniger als drei Wochen würde sie wieder in Fort Laramie sein.

## *26. Kapitel*

»Oh, Onkel William, ich werde dich vermissen.« Mandys Augen wurden feucht, als sie ihren Onkel zum Abschied umarmte. Er räusperte sich und wandte sich ab. »Paß gut auf dich auf, meine Liebe. Und grüße Julia lieb von mir. Sag ihr … sag ihr …« Er tätschelte Mandys Hand. »Ich weiß, daß du das Richtige zu ihr sagen wirst.«

Mandy nickte.

»Mach dir Gedanken über meinen Vorschlag«, fügte er hinzu und bezog sich damit auf die Arbeit, die er ihr angeboten hatte. »Du hast mich verwöhnt, ich weiß nicht, wie ich ohne dich zurechtkommen soll.«

»Das werde ich tun, Onkel William.« Sie umarmte ihn noch einmal und stieg mit ein paar kleinen Taschen in den Zug. Von Bessy und Wong Su hatte sie sich schon im Haus verabschiedet. Mandy stapelte die Taschen unter dem Sitz, und als sie sich umdrehte, sah sie eine vertraute schlaksige Gestalt, die durch den Gang auf sie zugeschlendert kam.

»Du hast doch nicht etwa geglaubt, du könntest die Stadt verlassen, ohne dich von mir zu verabschieden, oder?« James grinste breit und zog sie in eine freundschaftliche Umarmung.

Ihr letzter Rest an Selbstbeherrschung löste sich auf. Sie spürte, wie die Tränen in ihren Augen brannten. »Bring mich nicht zum Weinen, James.« Sie schaute ein letztes Mal in seine schelmischen dunklen Augen. »Ich bin ja so froh, daß du gekommen bist. Du weißt, daß du mir fehlen wirst.« Sie umarmte ihn noch einmal und spürte, wie ihr Herz schmerzte. »Sag... Hawk... auf Wiedersehen von mir... tust du das für mich?«

»Ich werde es ihm sagen«, antwortete er.

Er wandte sich ab, doch sie sah noch die Traurigkeit in seinen Augen aufblitzen.

»Sag ihm... sag ihm... daß ich an ihn denken werde«, fügte sie im Flüsterton noch hinzu.

James nickte. »Paß bloß gut auf dich auf, hast du gehört?« Er umarmte sie wieder und lief dann eilig zur Tür, als der Zug langsam aus dem Bahnhof fuhr.

Sie sah James und Onkel William durch das Fenster an und winkte, bis sie die beiden nicht mehr sehen konnte, und dann fragte sie sich, ob sie die richtige Entscheidung getroffen hatte. Sie seufzte und lehnte sich auf dem Sitz zurück, und schon jetzt fühlte sie sich unbehaglich.

Die Zugfahrt war lang und ermüdend, aber ereignislos. Als sie in den Bahnhof von Elko einliefen, wartete die Kutsche bereits. In den letzten Monaten war die Eisenbahn noch weiter nach Osten vorgestoßen, und das trug dazu bei, ihre Reise zumindest ein wenig zu verkürzen. Elko hatte viel Ähnlichkeit mit Reno. Es war nichts weiter als einer der Schienenköpfe einer im Bau befindlichen Strecke, ein Ort, der aufgebaut worden war, um die Männer unterzubringen, die an der Strecke arbeiteten. Jetzt schon war Elko der Ausgangspunkt, von dem aus man die Kutschen nahm – das nächste Städtchen, durch das sie kommen würden, würde Great Salt Lake City sein, das noch Hunderte von Meilen entfernt war.

Wie üblich war es in der Kutsche unbequem und zu voll. Mandy reiste mit einem dicklichen Kaufmann, der unerträglich nach Knoblauch roch, und einer spindeldürren Matrone, die in einem der Forts am Ufer des Platte eine Stellung als Lehrerin angenommen hatte. Weitere Passagiere stiegen ständig zu und wieder aus und hinterließen nur ein verschwommenes Bild.

Meilen staubiger Wüste zogen an ihrem Fenster vorbei. Selbst die Tierwelt schien hier im Verborgenen zu bleiben. Die schroffe Landschaft wurde von Salbeisträuchern durchbrochen, die den Wüstensand dunkel sprenkelten. All das war so aufregend gewesen, als sie mit Hawk und James gereist war. Jetzt erschien ihr die Landschaft so fad wie das Essen in den schmutzigen Rasthäusern.

Im Lauf der nächsten Tage verschwammen Rasthäuser, kleine Städtchen und Handelsniederlassungen alle miteinander. Als sie die Prärien erreichten, hatte sie einen Entschluß gefaßt. Sobald sie die Dinge mit ihrem Vater geklärt hatte, würde sie nach Sacramento City zurückfahren und die Stellung als Assistentin ihres Onkels annehmen. Sie würde Hawk finden und seine Mätresse werden – falls er sie noch haben wollte –, und ihr Gewissen sollte der Teufel holen! Ohne ihn war ihr Leben leer. Wenn sie mit ihm zusammen war, hatte sie vielleicht wenigstens eine Chance, ihn dazu zu bringen, daß er sie so liebte wie sie ihn.

Dann dachte sie an Wishana. Das war die Frau, die Hawk liebte. Vielleicht war er jetzt mit ihr zusammen. Es quälte sie, sich den großen, kräftigen Mann in den Armen einer anderen Frau vorzustellen. Wie konnte sie zu ihm gehen, wenn er eindeutig eine andere liebte? Sie führte endlose Diskussionen mit sich selbst. Wenn sie ihn doch bloß nie kennengelernt hätte.

Die Kutsche hielt kurz vor einem Rasthaus aus Lehmziegeln an. Die Pferde wurden ausgewechselt. Ein Fahrgast stieg aus, und ein anderer, ein arroganter junger Cowboy, der sie unverhohlen musterte, stieg zu.

»Hallo, Ma'am.« Er legte die Finger an die breite Krempe seines Filzhuts. »Ich bin Jeremy Lake.« Der schlanke, o-beinige Cowboy stellte sich ihr vor und schüttelte dem Kaufmann die Hand. Staubige Jeans scharrten geräuschvoll auf dem Polster, als er sich neben sie setzte.

»Ich heiße Peabody«, sagte der Kaufmann. »Sehr erfreut, Ihre Bekanntschaft zu machen.«

»Ich bin Miss Sarah Farminton«, warf die Lehrerin ein und strich sich prüde die Manschetten glatt.

Die Kutsche rollte in einer Staubwolke weiter.

»Und wie ist Ihr Name, Ma'am?« fragte der Cowboy.

»Ich bin Samantha Ashton. Guten Tag, Mr. Lake.« Nach dem Austausch dieser förmlichen Höflichkeitsfloskeln wandte sie den Kopf ab und sah aus dem Fenster, und damit sagte sie deutlich aus, daß sie kein weiteres Gespräch wünschte.

»Hab' gehört, daß es hier in der Gegend Ärger mit den Indianern gegeben hat.« Der Cowboy sah sie an und hoffte, ihre Neugier zu entfachen.

Sie ignorierte ihn, holte ein Buch heraus und überflog ein paar Seiten.

»Es könnte sein, daß wir einige Schwierigkeiten kriegen«, fuhr er fort.

Die Lehrerin machte den Eindruck, als würde sie ohnmächtig.

»Das will ich allerdings nicht hoffen!« sprudelte Peabody heraus. »Und ich glaube nicht, daß diese Form von Gesprächen den Damen zuträglich ist.«

Der Cowboy lächelte nur und kostete aus, wieviel Unbehagen seine Äußerungen verursachten. Er lehnte sich mit seiner schlanken Gestalt an, zog sich den Hut tief in die Stirn und musterte Mandy in einer Form, die er wohl für unauffällig hielt. Ein bewunderndes Lächeln verzog seine Lippen, als sein Blick auf ihren Busen fiel.

Mandy ignorierte ihn weiterhin. Sie entschloß sich, einen Mittagsschlaf zu halten. Da sie ihren Körper endlich so weit gebracht hatte, im Sitzen zu schlafen, döste sie ein und schlummerte unruhig. Richtig wach wurde sie erst wieder, als die ersten Strahlen der Morgensonne über die Hügel krochen. Sie streckte sich und gähnte und war immer noch im Halbschlaf. Sie strich gerade die Falten in ihrem burgunderroten Reisekostüm glatt, als die Indianer kamen.

Wildes Schreien und Kreischen rüttelte Mandy vollends wach.

Ihr Herz begann, heftig zu pochen. In der Kutsche brach die Hölle los, als der Fahrer den Pferden die Peitsche gab und die Kutsche wie verrückt über den schmalen, gewundenen Weg holperte. Der schlanke Cowboy hielt Mandy auf ihrem Sitz fest, zog seinen Revolver, legte an und schoß eine Kugel nach der anderen auf die Verfolger ab.

Miss Farminton schluchzte hysterisch. »Wir werden alle sterben. Ich weiß es einfach. Wir werden alle sterben. Ich hätte niemals in dieses gottverlassene...«

»Schweigen Sie!« warnte sie der schlanke Cowboy. »Halten Sie den Mund, und lassen Sie den Kopf unten. Peabody... sind Sie bewaffnet?«

Der Kaufmann stammelte und fand dann schließlich die Sprache wieder. »Ja, warum...?«

»Dann schießen Sie!«

Mandy war vollauf damit beschäftigt, nicht vom Sitz zu fallen, sie konnte die Indianer hinter ihnen sehen. Bis auf Lendenschurze waren sie nackt und voller Kriegsbemalung. Manche trugen Federn in ihren Zöpfen, andere hielten einen dekorativen Schild aus Leder.

Die Kutsche raste weiter und holte einen kleinen Vorsprung heraus, es sah so aus, als könnten sie es schaffen, als vor ihnen weitere Schreie ertönten. Mandy sah mehr von den gräßlich bemalten Kriegern von vorn auf sie zukommen, und kleine Grüppchen ritten von den umliegenden Hügeln herab.

Bald war die Kutsche von halbnackten berittenen Wilden umzingelt, und Mandy fürchtete sich so sehr wie noch nie in ihrem ganzen Leben. Sie sah, wie der Fahrer vom Kutschbock fiel und ein Pfeil aus seinem Rücken ragte. Das Pferdegespann bäumte sich heftig auf – der Wächter war anscheinend schon verwundet oder tot. Plötzlich legte sich das Getöse von Schüssen aus dem Kutscheninnern. Nur das Knacken, mit dem sich die Räder rasend schnell drehten, hing noch in der Luft. Der Cowboy lag schwer auf ihrem Rock; er war dort zusammengebrochen, und Blut sickerte aus einer Wunde in seiner Brust. Peabody gab weiterhin einen Schuß nach dem anderen ab. Die Patronen waren längst ausgegangen, doch der Hahn klickte weiterhin gegen die leeren Kammern, und Peabody sah starr vor sich hin, als sei er in einer Art Trance. Die Kutsche wurde langsamer, als die Indianer auf das Dach stiegen und die verschreckten Tiere bändigten. Mandy und Miss Farminton sahen einander nur an und schauten dann auf Peabody, der die leere Waffe immer noch abdrückte. Voller Entsetzen faßten sie einander an den Händen.

»Wir müssen stark sein, wenn wir das überleben wollen«, flüsterte Mandy, dann wurde die Tür der Kutsche aufgerissen, und ein breitgebauter, schweißbedeckter Wilder, dessen Gesicht zu einer roten Maske geschminkt war, streckte den Kopf herein. Er schrie vor Begeisterung auf und zerrte Mandy heraus. Die gegenüberliegende Tür wurde von einem anderen Indianer aufgerissen, und Miss Farminton wurde herausgezerrt. Dann taten die Indianer dasselbe mit Peabody, der mit ausdruckslosen Augen starr vor sich hinsah.

Die Indianer plünderten die Kutsche und durchsuchten dann Peabody. Sie brachten die Stahlkassette an sich und waren enttäuscht, als sie feststellten, daß sie nur Post enthielt. Da ihnen so wenig Erfolg beschert war, wandte einer der Krieger seine Aufmerksamkeit wieder Peabody zu, der zu schluchzen begann. Drei Krieger schlugen ihn brutal zusammen. Sie versetzten ihm einen Hieb nach dem anderen auf den Kopf; Fäuste und Füße gruben sich in seinen Bauch. Beim Kampf um seine Weste begannen die Indianer, seine Kleider in Fetzen zu reißen.

Die Frauen wandten den Blick ab, als Peabody, der jetzt nackt war und immer noch schluchzte, zu einem trockenen Flecken Erde getragen und in der Sonne an einen Marterpfahl gebunden wurde.

»Das überlebe ich nie. Ich weiß, daß ich es nicht schaffe.« Miss Farmintons Stimme war kaum hörbar.

»Sie können es schaffen, und Sie werden es schaffen!« flüsterte

Mandy streng. Sie wußte, daß sie jetzt die Kraft für beide aufbringen mußte.

Der Anführer der Krieger war damit beschäftigt, den Wagen und die Stahlkassette zu durchsuchen. Dann baute er sich unverschämt vor den Frauen auf. Er grinste hämisch, packte das Revers von Mandys Kostüm und riß es ab. Die anderen machten es ihm nach, stießen die beiden Frauen in den Staub und zerrten an ihren Kleidern. Die Krieger ließen nur einen Moment lang von ihnen ab, um sich um die Beute zu streiten. Die Furcht nagte an Mandy wie ein großes wildes Tier. Einer der Krieger zog ihr die Jacke aus und hielt sie triumphierend hoch. Die Sonne funkelte auf der winzigen juwelenbesetzten Katze. Sie dachte an Hawk, und der Gedanke machte ihr Mut. Sie hielt das fest, was von ihren zerfetzten Kleidungsstücken noch übrig war; ihr Haar war wüst zerzaust, ihr Gesicht mit Schmutz beschmiert. Sie wußte, daß sie ihr jeden Moment die restliche Kleidung herunterreißen würden.

Eine Idee begann, in ihrer Vorstellung Gestalt anzunehmen. Ihr Vorhaben war riskant, aber sie hatte schließlich nichts zu verlieren. Sie erinnerte sich an die Geschichten, die ihr James über Hawk und die Cheyenne und das erzählt hatte, was er dort gelernt hatte. Sie wappnete sich gegen alles, was jetzt folgen konnte, und sie zwang sich, ruhig zu bleiben.

»Hört augenblicklich damit auf«, sagte sie unverfroren. Der Anführer der Krieger hielt in der Bewegung inne und sah sie ungläubig an; die anderen schauten auf.

»Ihr habt kein Recht, das zu tun. Ich will meine Jacke wiederhaben, und ich nehme sie mir!« Sie riß dem Mann ihre Jacke aus der Hand und steckte einen Arm wieder in den Ärmel. Einer der Krieger riß sie ihr wieder herunter und beschimpfte sie in einer Sprache, die sie nicht verstand. Sie biß die Zähne zusammen, stählte sich und ohrfeigte ihn fest. In der Stille, die darauf folgte, hörte Mandy ihr Herz so laut schlagen, daß sie sicher war, die Indianer könnten es auch hören. Doch sie wich nicht zurück. Sie stemmte die Arme in die Hüften und starrte in die dunklen Augen des indianischen Kriegers. Wenn sie sich so nicht retten konnte, würde er vielleicht so sehr in Wut geraten, daß er sie sofort tötete und ihr die furchtbaren Qualen ersparte.

»Haben Sie den Verstand verloren?« hörte sie Miss Farminton flüstern.

Der Krieger stellte sich dicht vor sie, und seine Augen verengten sich zu Schlitzen. Schweiß schimmerte auf seiner bemalten Haut. Er warf ihr gutturale Worte an den Kopf, stieß dann einen Kriegsschrei aus und schlug sie so fest auf die Wange, daß sie der Länge nach auf den Boden fiel. Sie schmeckte salziges Blut in ihrem Mund. Sie dachte an alles, was sie durchgemacht hatte, seit sie von zu Hause fortgegangen war, und dann betete sie zu Gott, er möge ihr die Kraft geben, die sie jetzt brauchte. Sie holte tief Atem und stand vom Boden auf. Blut rann ihr aus dem Mundwinkel, als sie die Hand nach ihrem zerrissenen Kleidungsstück ausstreckte.

»Das ist meine Jacke!« wehrte sie sich. »Sie haben keinen Anspruch darauf!« Der Indianer ohrfeigte sie wieder, und wieder fiel sie hin. *Sie durfte sich nicht von ihm besiegen lassen.* Sie stand wieder auf, und dabei wankte sie ein wenig, und dann gewann sie die Fassung wieder und griff nach dem Kleidungsstück.

»Das gehört mir«, sagte sie zu ihm, und ihre Stimme war schwächer, aber immer noch entschlossen. Er schlug sie wieder. Sie taumelte und stürzte dann. Ihr Kopf tat weh, und eine Woge von Übelkeit überkam sie, doch sie machten keine Anstalten, sie zu töten. Sie mußte durchhalten, mußte weitermachen. Sie wollte wieder aufstehen, obwohl es sie die größte Mühe kostete. Der Indianer ragte über ihr auf und war bereit, wieder zuzuschlagen.

*»Heyoka!«* schrie der Anführer und trat zwischen die beiden. Er schaute sie mit einem seltsamen Funkeln in den Augen an und erteilte den Männern weitere Befehle. Sie murrten, ließen sie aber

liegen, wo sie lag. Ihr verschwamm zwar alles vor den Augen, doch sie konnte sehen, daß Miss Farminton sie ungläubig anstarrte.

Die Indianer machten sich zum Aufbruch bereit. Einer von ihnen zog sie auf die Füße, band ihr die Hände fest zusammen und hievte sie auf eines der Pferde, die die Kutsche zogen. Dasselbe machten sie mit Miss Farminton. Unter lautem Geschrei brachen sie in die Hügel auf, und Mandy konnte eine schwarze Rauchfahne aufsteigen sehen und wußte, daß sie die Kutsche angezündet hatten. In den Überresten ihres zerrissenen Reitkostüms saß sie rittlings auf einem Pferd. Das kleine juwelenbesetzte Kätzchen war bei dem Handgemenge verlorengegangen, und daher fühlte sie sich noch einsamer denn je. Ohne Sattel und in ihrer geschwächten Verfassung kostete es sie alle Kraft, nicht vom Pferd zu fallen. Zudem stand sie noch unter Schock.

Sie ritten den ganzen Tag und hielten nur kurz an, um die Tiere zu tränken. Es war ein qualvoller Ritt. Die Innenseiten ihrer Oberschenkel fühlten sich wund an; die Seite ihres Gesichts, die der Indianer brutal geohrfeigt hatte, schmerzte. Die Gegend stieg so steil an, daß sie die Beine fest an die Flanken des Tieres pressen und ihre Finger in seine Mähne graben mußte, um auf seinem knochigen Rücken sitzen zu bleiben. Mandy dachte wieder an ihre erste Woche mit Hawk und James. Die Strapazen, die sie mit den beiden überstanden hatte, waren gar nichts im Vergleich zu dem hier, und doch standen ihre Überlebenschancen gerade aufgrund dieser Strapazen, die sie überstanden hatte, besser.

Sie bemitleidete Miss Farminton, die bereits das Bewußtsein verloren hatte. Die Indianer hatten ihren Körper auf einem der Pferde festgebunden. Mandy zwang sich, Mut aufzubringen. Ihre einzige Hoffnung bestand in einer Flucht. Wenn sie die nächsten Tage überlebte, hatte sie möglicherweise eine Chance.

Als sie an jenem Abend ihr Lager aufschlugen, mußte der

Anführer der Krieger ihre Finger aus der Mähne des Pferdes ziehen, denn sie war so verkrampft, daß sie nicht mehr loslassen konnte. Er zerrte sie mit sich, doch sie konnte nicht stehen und sackte auf dem Boden zusammen. Sie ließen sie dort liegen, wo sie gestürzt war. Einer der Krieger brachte ihr eine Schale mit warmem Essen. Es schmeckte schleimig und ekelhaft, doch es hatte Nährwerte, und sie wußte, daß sie es brauchte.

Als ihr schmerzender Körper wieder Reaktionen zeigte, sah sie sich nach der anderen Frau um. Miss Farminton war bei Bewußtsein und wimmerte ein Stück weit von ihr entfernt erbärmlich. Mandy richtete den Blick auf die Männer, die um das Lagerfeuer herumsaßen. Die Farbe auf ihren Gesichtern und der Schweiß auf ihren Körpern, die im Mondschein schimmerten, ließen sie wie Boten Satans wirken.

Es schien, als stritten sie sich über etwas. Eine gräßliche Furcht befiel sie, als ihr klar wurde, daß sie der Gegenstand des Wortgefechts war. Der Anführer schüttelte immer wieder den Kopf. Schließlich zog er sein Messer und schien seine Stammesgenossen herauszufordern. Murrend wichen sie zurück. Er sagte noch ein paar Worte und deutete dann auf die Lehrerin. Mandy keuchte. *Bitte, lieber Gott, laß nicht zu, daß sie ihr etwas antun.*

Die Krieger umzingelten die Frau. Brutal rissen sie ihr die restlichen Kleidungsstücke vom Leib. Sie schluchzte und schrie, unternahm aber nichts zu ihrer Verteidigung. Einer nach dem anderen befriedigten sich die Männer an ihrem schmächtigen Körper und schlugen sie mit ihren Fäusten, während sie sie betatschten. Mandy sah zu, und ihr graute so sehr, daß sie sich elend fühlte, und doch war sie außerstande, sich abzuwenden, und sie rechnete voll und ganz damit, daß sie das nächste Opfer sein würde. Die Männer näherten sich ihr jedoch nicht. Sie schienen sich mit ihren bisherigen Ausschweifungen zufriedenzugeben und sammelten sich langsam wieder um das Feuer. Sie schloß die Augen. Nach einer Zeit, die ihr wie Stunden erschien, schlief sie zum Glück erschöpft ein.

Am nächsten Tag setzten sie die Reise fort, doch als sie heute aus dem Lager aufbrachen, führten die Indianer ein Pferd ohne Reiter an den Zügeln. Der leblose, übel zugerichtete Körper von Miss Farminton lag unter einem buschigen Salbeistrauch, wo man ihn achtlos liegengelassen hatte.

Sie ritten unerbittlich schnell, und Mandy hielt sich zäh an ihrem Pferd fest. Sie kamen jetzt in eine noch gebirgigere Gegend. Bei Anbruch der Nacht erreichten sie, nachdem sie einen felsigen Gebirgskamm überquert hatten, ein kleines indianisches Dorf, das unter dem Grat an den Hang gebaut war.

Die Frauen eilten aus ihren Wigwams, und ihnen folgten bellende Hunde und lächelnde Kinder, die die siegreichen Krieger empfingen.

Nachdem sie sie gründlich angeschaut und an ihrer zerzausten Mähne gezogen hatten, zerrten die Frauen Mandy vom Pferd. Sie rissen ihr den Rest der Kleider vom Leib und rangen miteinander um die schmutzigen Kleidungsstücke und die Spitzenunterwäsche. Mandy weigerte sich, ihrer Hysterie, die sich steigerte, nachzugeben. Sie wußte genau, wie sie aussah – ihr Haar war verfilzt und schmutzig, ihr Gesicht war geschwollen und voller blauer Flecken, ihre Augen waren eingesunken und hohl – doch sie war am Leben.

Die Frauen schlugen sie mit Stöcken und trieben sie mitten ins Dorf, und dort sackte sie endlich in sich zusammen und ging in die Knie. Sie zogen sie hoch und banden sie mitten auf einer kleinen grasbewachsenen Kuppe an einen Pfahl. Sie fühlte sich beschämt und gedemütigt, doch sie hielt den Kopf hoch und bemühte sich, ihre Würde so weit wie möglich zu bewahren.

Der Häuptling trat vor und redete auf eine Art, von der sie vermutete, daß sich gewisse Besitzansprüche darin ausdrückten. Innerlich zuckte sie zusammen und wünschte, sie hätten sie doch gleich am ersten Tag getötet. Nach außen hin sah sie ihm direkt in die Augen und spuckte ihm ins Gesicht.

Der Mann stieß einen tiefen, barbarischen Laut aus und schlug ihr fest ins Gesicht. Der Schlag ließ ihre Ohren hallen. Sie sackte nach vorn und versank langsam in seliges Vergessen.

Als sie wieder zu sich kam, hörte sie Stimmen um sich herum, die erbittert einen hitzigen Streit miteinander führten. Der Kopf sackte ihr auf die Schulter. Sie haben vor, mich zu foltern, dachte sie. Sie streiten sich darüber, welche schrecklichen Martern sie einsetzen werden. Mit größter Anstrengung hob sie den Kopf.

Ein großer Krieger stand vor ihr. Er war nur mit einem Lendenschurz bekleidet. Schweißperlen funkelten auf seinem Oberkörper. Seine muskulösen nackten Beine waren so angespannt, als sei er wütend. Sie sah ihm starr in die Augen: bedrohliche schwarze Kreise, in eine Maske aus leuchtend gelber Farbe eingefügt. Sein Oberkörper war mit geometrischen Mustern in Schwarz und Gelb bemalt. Mandy erschauerte innerlich vor Furcht und Ekel. Ihre Schläfen pochten schmerzhaft, doch sie bezwang ihr Grauen. Sie bemühte sich, ihm fest ins Gesicht zu sehen, doch ihr Kopf fiel wieder zur Seite, und sie starrte statt dessen auf seine breite Brust. Sie zwang sich, wieder aufzusehen, konnte aber nicht klar sehen. Vielleicht würde er sie töten, der Tod wäre ihr eine willkommene Alternative zu den Foltern gewesen, von denen sie sicher war, daß sie sie bereits geplant hatten.

Sie feuchtete sich die gesprungenen Lippen an und zwang ihre Stimme, ihr zu gehorchen. Heraus kam ein heiseres Flüstern. »Wenn sich mir eine Chance bietet... dann werde ich dich töten. Wenn du versuchst, dich mir gewaltsam aufzudrängen... dann werde ich mich bis in den Tod wehren.« Das war alles, was sie herausbringen konnte, bevor ihr Kopf wieder nach vorn fiel.

Der große Indianer zog sachte ihr Kinn hoch, und seine tiefbraunen Augen bemühten sich, den Schleier des Schmerzes zu durchdringen, der wie ein Vorhang ihre Sicht behinderte.

»Du hast dich gegen mich gewehrt, Kleines, aber am Ende habe ich doch jedesmal gewonnen.«

Die leisen Worte, die auf englisch an sie gerichtet wurden, verwirrten sie. »... Hawk?«

Es war ein gequältes Flüstern, und es zerriß ihm das Herz.

Mandy schloß die Augen. Sie mußte im Delirium sein. Sie bildete sich nur ein, Hawks Stimme zu hören. Die starke Hand hielt immer noch ihr Kinn fest, sachte, aber entschieden.

»Sam, du mußt mir jetzt zuhören. Du mußt genau das tun, was ich sage.«

Ihre Lider öffneten sich abrupt. Ihr Herz pochte heftig. *Es war Hawk! Er war wirklich hier!* Sie spürte, wie sie wieder etwas Kraft fand, und sie stellte sich ein wenig aufrechter hin.

»Hast du mich verstanden, Sam?« Er schüttelte sie sachte.

»Ja«, flüsterte sie.

»Schneller Adler hat dich als seine Beute für sich beansprucht. Ich habe ihm gesagt, daß du meine Frau bist, und er kann keinen Anspruch auf etwas erheben, was bereits mir gehört. Doch er sagt, daß du ihm gehörst. Nach den Bräuchen der Cheyenne läßt sich diese Angelegenheit nur in einer Form fair regeln, nämlich der, daß wir um dich kämpfen.« Er schaute auf sie herunter, und sein Blick blieb unbewegt.

Sie wußte, daß er versuchte, ihr etwas von seiner Kraft abzugeben.

»Du wirst gegen ihn kämpfen?« erkundigte sie sich, und ihre Stimme war jetzt ein wenig fester. »Aber er könnte dich töten!«

»Was ist los mit dir, Kleines? Setzt du kein Vertrauen in mich?« Er grinste sie an und senkte dann sachte den Mund, um federleicht ihre geschwollenen, blutverschmierten Lippen zu berühren.

»Geh nicht weg«, scherzte er. »Ich komme gleich wieder.« Damit wandte er sich von ihr ab und ging langsam auf seinen Gegner zu.

Nie in seinem Leben war seine Selbstbeherrschung auf eine härtere Probe gestellt worden. Unter der aufgesetzten Ruhe siedete er vor Wut. Es erforderte seine gesamte Willenskraft und kostete ihn unendliche Anstrengung, sich zusammenzureißen und nicht die Fesseln zu durchschneiden, die diese kleine tapfere

Frau banden. Er wollte Schneller Adler mit bloßen Händen töten – doch wenn er das getan hätte, hätte es für das Mädchen den Tod bedeuten können. Wenn er wollte, daß sie weiterlebte, dann mußte er sich an die Regeln halten – die Regeln der Cheyenne.

## *27. Kapitel*

Hawks Entschlossenheit nahm zu, als er auf seinen Gegner zuging.

Die Geschichte von dem Überfall hatte sich schnell in den Bergen herumgesprochen. Mit dem errungenen Sieg wurde die Legende von einer wunderschönen Frau verknüpft, die schimmerndes kastanienbraunes Haar und den Mut eines Berglöwen hatte – einer Frau, die Schneller Adler für sich beansprucht hatte. Hawk hatte sich in das abgelegene Dorf begeben, weil er versuchen wollte, soviel wie möglich für die Frau zu tun. Vielleicht konnte er handeln und ihre Freilassung erkaufen. Er hatte nicht erwartet, Samantha Ashton zu sehen, die Frau, die durch seine Träume spukte. Er und Schneller Adler hatten erbittert miteinander gestritten und sich dann darauf geeinigt, den Streit so beizulegen, wie es die Bräuche der Cheyenne erforderten.

Wenn er jetzt über die Ereignisse nachdachte, erschauerte er. *Was wäre passiert, wenn er nicht gekommen wäre? Welches Los hätte sie ereilt?* Schuldbewußt dachte er wieder daran, wie sie auseinandergegangen waren. Er würde diesen Kampf gewinnen, und dann würde er irgendwie wieder gutmachen, was er ihr angetan hatte.

Mandy sah voller Entsetzen zu, wie die beiden Männer ihre linken Handgelenke mit einem Lederband zuammenbanden, das ihnen einen knappen Meter Spielraum ließ. Jeder von ihnen hielt ein Messer in der rechten Hand, und beide begannen, einander wachsam zu umkreisen. Beide Männer waren mit Kriegsfarben bemalt und schon nach Minuten schweißbedeckt. Hawk hatte breitere Schultern und eine schmalere Taille als Schneller Adler, und seine Bewegungen besaßen die Geschmeidigkeit eines Tieres, als er seinen Gegner umkreiste.

Beide bewegten sich geschickt und anmutig. Die Klingen sausten bedrohlich und todbringend durch die Luft, und beide Männer waren geschickt und gerissen im Umgang mit einem Messer.

Hawk kauerte sich hin und sprang Schneller Adler an, ehe er tänzelnd zurückwich. Schneller Adler tat dasselbe. Mandy spürte den Stachel neuerlicher Furcht, als die silberne Klinge Hawks Oberkörper aufritzte und eine dünne Blutspur erkennen ließ, die sich auf den angespannten Muskeln seiner Brust und seines Bauches ausbreitete. Schneller Adler machte einen Satz nach vorn, doch Hawk konnte ihm ausweichen und ging jetzt auf ihn los. Schneller Adler wurde von der Klinge erwischt, doch das Messer rutschte auf einer Rippe ab, und der Stich war harmlos.

Schneller Adler ließ sein Messer durch die Luft sausen. Hawk wich aus. Nur die Messerspitze ritzte seine Wange auf. Dann verpaßte er Schneller Adler einen tiefen Schnitt in den Arm. Hawk wich zurück und machte eine Drehung, als sein Gegner gerade einen Satz machte. Schneller Adler verfehlte sein Ziel, verpaßte Hawk aber eine klaffende Wunde auf der Schulter. Überall war Blut zu sehen. Beide Männer waren in makabre Kostüme aus Blut gekleidet. Sogar ihre Handgelenke waren dort, wo sie zusammengebunden waren, von roten Blutspuren umgeben.

Mandys Augen waren auf das grausige Geschehen gerichtet. Sie konnte es kaum mit ansehen und brachte es doch nicht fertig, den Blick abzuwenden. Ihr eigenes Blut rauschte durch ihre Adern, als sie zusah, wie die Männer ihren Kampf fortsetzten.

Ihre Erschöpfung wurde unwesentlich. Sie wußte, wie nah Hawk dem Tod war.

Ein weiterer Messerstich, der seine Haut aufschlitzte, ließ Schneller Adler in die Knie gehen. Er stöhnte vor Schmerz und rammte Hawk fest die Schulter in den Magen. Sie wälzten sich schwerfällig auf dem Boden herum – zwei Gladiatoren, beide stolz und furchteinflößend, in einer tödlichen Umklammerung. Wieder blinkten die Klingen. Mandys Magen verdrehte sich. *Bitte, lieber Gott, laß ihn nicht sterben.*

Hawks große Gestalt wälzte sich auf den großgewachsenen, angsteinflößenden Krieger; die Muskeln in Hawks Nacken und in seinen Armen spannten sich an und verkrampften sich. Er nutzte seinen Vorteil. Schnell stieß er mit dem Messer zu und bohrte die Klinge zwischen die Rippen seines Gegners, und während er es herauszog, drehte er es gleichzeitig um.

Mit grimmigem Gesichtsausdruck erhob er sich von dem toten Krieger.

Hawk hatte keine Freude an seinem Racheakt. Der einst so stolze Krieger lag stumm und blutüberströmt da. Schneller Adler hatte gegen die Flut von Weißen in der einzigen Form angekämpft, die er kannte. Wenn er die Kutsche überfallen hatte, dann stand das symbolisch für seine Abwehr gegen den Tod einer Lebensform. Stumm zollte Hawk dem Mut des toten Kriegers seinen Tribut, schnitt dann das Band durch, mit dem sie aneinander gefesselt waren, und ging wieder zu dem Mädchen.

Mandy sackte erleichtert in ihren Fesseln in sich zusammen. Die Mokassins des großen, kräftigen Mannes liefen leise über die feuchte Erde der Berge, als er auf sie zukam, und doch lag grimmige Entschlossenheit in seinen Schritten. Stammesangehörige machten ihm den Weg frei, doch hinter ihm war ihr unzufriedenes Murren zu vernehmen.

»Gott sei Dank, daß dir nichts passiert ist«, flüsterte sie, als er begann, ihre Fesseln zu durchschneiden.

»Sam, du mußt jetzt noch etwas für mich tun.« Mit seiner

blutüberströmten Hand hob er ihr schmutzverschmiertes Gesicht hoch. »Du mußt aus eigener Kraft hinter mir herlaufen. Du mußt die Wahrheit meiner Worte unter Beweis stellen. Kannst du es bis zu meinem Pferd schaffen?« Es quälte ihn, daß er sie bitten mußte, noch mehr Mut aufzubieten.

Sie lächelte matt. »Wer zuerst ankommt, hat gewonnen«, krächzte sie mit heiserer Stimme. Er grinste sie an. Vor seinen Augen zog noch einmal die Szene an Deck der *Sacramento Queen* ab, und er liebte sie mehr denn je. Er hatte sie schon öfter fortgehen lassen. Er würde es kein weiteres Mal zulassen.

Er durchschnitt das Lederband und wartete, bis sie fest auf den Füßen stand. »Laß uns gehen.« Er drückte ihre Hand und kehrte ihr dann den Rücken zu und begann, langsam, aber stolz, auf sein Pferd zuzugehen.

Mandys Beine fühlten sich an wie Weidengerten – sie zitterten und wankten unter ihr, doch sie gaben nicht nach. Sie richtete sich gerade auf und hob den Kopf hoch in die Luft. Sie klammerte sich an den stolzen Ausdruck, den sie in Hawks Augen gesehen hatte, als er sie losgeschnitten hatte, und so legte sie die Entfernung zu der Stelle zurück, an der er mit seinem Pferd wartete, obwohl es ihr wie Meilen erschien. Sie heftete den Blick fest auf ihn und merkte, wie sehr es ihn peinigte, ihr nicht helfen zu können. Sie machte einen langsamen, qualvollen Schritt nach dem anderen, setzte jeden Fuß fest vor sich auf den Boden und wollte nicht riskieren, daß sie hinfiel. Er faltete eine weiche Rehlederdecke auseinander, als sie näherkam. Als sie ihn erreicht hatte, hüllte er sie in die warme Decke und hob sie sachte hoch. Er setzte sie auf den Rotschimmel und lehnte sie an seine Brust, um ihr Geborgenheit zu geben.

Ihr Körper schien von gräßlichen Schmerzen zerrüttet zu werden, doch trotz der Qualen, die sie nur zu deutlich an die Vorfälle erinnerten, erschien ihr nichts von alldem wirklich. Hawk führte seinen großen Rotschimmel durch die feindseligen Stammesangehörigen, die umherliefen, und ritt in die Hügel.

Mandy ließ sich an seine breite Brust sinken. Sie wollte schlafen, doch im Abstand von wenigen Minuten wurde sie immer wieder wach und packte Hawks Arm oder berührte seine Brust, um sich zu vergewissern, daß sie nicht doch träumte. Dann sah sie lächelnd zu ihm auf und schlief wieder ein.

Als sie schweigend zu seinem eigenen Dorf ritten, wiegte Hawk das Mädchen sachte in den Armen. Sogar schmutzig, übel zugerichtet und mit verquollenem Gesicht sah sie noch schön aus. Er litt mit ihr. Er ließ den Rotschimmel forsch traben, denn er war bemüht, sie so wenig wie möglich leiden zu lassen.

Vor mehr als zwei Monaten war er als der Krieger Schwarzer Habicht in sein Dorf zurückgekehrt. Der Stamm hatte seine Anwesenheit hingenommen, ohne Fragen zu stellen. Die Cheyenne hatten offiziell Frieden mit den Weißen geschlossen, aber Hawk war auf persönliches Ersuchen Präsident Grants hingegangen. Gerüchte über Gold in den Schwarzen Hügeln waren im Umlauf, ein Gebiet, das vertraglich den Nationen Cheyenne und Sioux zugesichert worden war. Weiße waren vereinzelt in die Gebiete der Indianer vorgedrungen und hatten gegen die Klauseln des Vertrags verstoßen. Die Stämme wurden unruhig, und etliche kleine Horden hatten Weiße überfallen und ermordet. Schneller Adler war der Anführer einer solchen Horde gewesen. Hawk war es schwer ums Herz, weil er den tapferen Krieger hatte töten müssen, doch wenn er in das bleiche Gesicht der Frau hinuntersah, die in seinen Armen schlief, dann wußte er, daß er es wieder getan hätte, wenn es hätte sein müssen.

Sie ritten durch eine Granitschlucht, und sein Dorf, ein großes Zeltlager am Rande eines Kiefernwaldes, kam in Sicht. Steile Berge mit zerklüfteten Gipfeln umgaben das Lager, und Wigwams standen auf der grasbewachsenen Ebene. Kochfeuer loderten hell, und der Geruch nach Rauch und das Knistern der heißen Kiefernscheite drangen durch die Luft, und Mandy erwachte verträumt.

Als sie in das Lager ritten, bellten Hunde, und Männer, Frauen und Kinder eilten herbei, um sie zu begrüßen. Mit Mandy in den Armen schwang Hawk ein Bein über den Nacken des Pferdes und ließ sich leichtfüßig auf den Boden gleiten. Er sprach schnell auf Cheyenne, betrat mit eingezogenem Kopf einen Wigwam und schloß die Eingangsklappe hinter sich.

Er trug sie zu einem Stapel von Büffelhäuten und legte sie behutsam hin. Sie wollte sich bei ihm bedanken, ihm all die Dinge sagen, die sie ihm bisher noch nicht gesagt hatte. Sie wollte ihm sagen, daß sie ihn liebte. Statt dessen spürte sie, wie eine Woge von Schwindel sie ergriff, und dann versank sie langsam in tiefer Schwärze. Hawk sah auf Samantha herunter, die bewußtlos auf den Fellen lag, und er spürte, wie Tränen in seinen Augen brannten. Wie ein Irrer erteilte er barsche Befehle. Indianerinnen holten Wasser, Holz fürs Feuer, Fleischbrühe und saubere Lappen. Alles, was er verlangte. Er machte sich an die Aufgabe, sie gesund zu pflegen, doch er wußte, daß es eine vergebliche Anstrengung sein könnte.

Als die Stunden vergingen, verzagte er immer mehr. *Hatte er sie nur wiedergefunden, um sie ganz zu verlieren?* Warum hatte er seine Eifersucht und sein Mißtrauen nicht abgelegt und sie gebeten, die Seine zu werden, wie er es tausendfach hatte tun wollen? Warum hatte er zugelassen, daß sich sein Stolz und seine Angst vor einer Zurückweisung zwischen sie und ihn gestellt hatten? Seit seiner Rückkehr ins Dorf hatte er Zeit zum Nachdenken gehabt, sämtliche Erlebnisse der vergangenen sechs Monate noch einmal zu durchdenken. Die Antwort war immer wieder dieselbe. Er liebte sie, doch er hatte sie fortgehen lassen. Es spielte keine Rolle, was mit Mark Denton gewesen war. Wenn sie bei ihm war, bot sich ihm vielleicht eine Chance, ihre Liebe zu erringen. Jetzt konnte es sein, daß es zu spät war.

Er schaute auf die zierliche blasse Gestalt auf dem Lager herunter, und sein Herz zog sich zusammen. Sie sah so unschuldig aus, so klein... so verletzlich. Er würde sie nicht sterben lassen. Er würde sie mit seiner Willenskraft dazu bewegen weiterzuleben. Sie mußte wieder gesund werden, damit er ihr all die Dinge sagen konnte, die er vorgehabt hatte, ihr zu sagen, wenn er sie wiedersah.

Er hatte bereits beschlossen gehabt, sich auf die Suche nach ihr zu machen, sobald er seinen Auftrag erledigt hatte. Er war nicht sicher, ob sie noch in Sacramento City sein würde, doch er war ganz sicher, daß er sie finden würde. Er hatte das untrügliche Gefühl, daß sie die Affäre mit Mark Denton beendet hatte. Nach ihrer Reise nach San Francisco hatte er die beiden kaum noch zusammen gesehen. Wenigstens stand dieses Hindernis nicht länger zwischen ihnen. Er hatte vor, ihr die Ehe anzubieten, wie er es von Anfang an hätte tun sollen. Wenn sie ihn dann wieder zurückwies, dann sollte es eben so sein. Wenigstens hätte er ihr dann gesagt gehabt, was er empfand und wie leer sein Leben ohne sie gewesen war. Ihr gesagt, wie sehr er sie liebte.

Wenn es ihm auch noch so schwerfiel, es sich einzugestehen, dann wußte er doch, daß er sie liebte, daß er sie fast vom ersten Tag an geliebt hatte. Er hatte versucht, dagegen anzukämpfen, doch damit hatte er nur erreicht, daß er selbst sich elend fühlte.

Sie regte sich auf dem Lager.

»Laß mich los!« murmelte sie und wälzte und warf sich herum. Schweißperlen rannen über ihre Stirn.

Er legte seine Hand auf ihre Stirn. Sie fühlte sich fiebrig an, und das Mädchen schien zu delirieren. Das war kein gutes Zeichen.

»Mein Vater... ist mächtig... der Tochter des Gouverneurs... darf man nichts tun.«

Wenn er sich vorbeugte, konnte er ihre Worte gerade noch verstehen, und er wußte, daß sie den Alptraum ihrer Entführung noch einmal durchlebte. »Es ist alles in Ordnung, Kleines«, sagte er beschwichtigend. »Sie können dir jetzt nichts mehr tun. Bitte, Kleines, du mußt wieder gesund werden. Sei jetzt still. Sei jetzt ganz ruhig.« Ein Schluchzen entrang sich ihm, und er senkte den Kopf zum Gebet. Er flehte inständig seinen Gott an – den Gott der Wälder und der Berge, den Gott der Bäume und der Flüsse – den Gott aller großen und kleinen Dinge. Bitte – rette dieses kleine Mädchen.

Mandy weilte in einer gräßlichen Welt, in der alles blutüberströmt schimmerte. Die Menschen waren grotesk, und ihre Hände und Gesichter waren größer als in der anderen Welt, und sie streckten die Hände nach ihr aus und versuchten, sie tiefer in ihre Welt hineinzuziehen. Manche von ihnen kannte sie. Sie erinnerte sich an die gelben Zähne oder die Klappe über dem Auge. Manche waren nackt, und auf ihren Körpern glitzerte Schweiß, oder sie waren mit leuchtend rotem Blut bemalt. Das waren die, die Federn trugen, und auch sie versuchten, sie nackt auszuziehen.

»Nein! Nein! ... kämpfen ... bis in den Tod!« Vielleicht war sie schon tot. Vielleicht war sie in der Hölle – als Sühne für ihr wollüstiges Begehren, die Nächte, die sie in Hawks Armen verbracht hatte. Wenn sie an diese Zeiten dachte, sah sie auch diese in Rot – die roten Feuer der Leidenschaft, die Glut des Verlangens und der Lust. Aber wie konnte eine solche Liebe etwas Böses sein?

Sie hörte vage Worte des Trostes durch den Schleier ihrer Schmerzen. Manchmal war die Stimme tief und volltönend. Zu anderen Zeiten hörte sie Frauenstimmen, die in einer Sprache redeten, die sie nicht verstand. Was war das? Was sagten sie da? Diesmal hörte sie es deutlich. *Wishana*. Eine der Indianerinnen hatte es gesagt.

Allmählich erinnerte sie sich wieder.

Sie war in Hawks Dorf. Er hatte sie nach dem Kampf mit Schneller Adler hierhergebracht. Dann hörte sie es wieder. *Wishana*, diesmal deutlicher. O Gott, Wishana mußte hier sein! Deshalb war Hawk hier – um bei Wishana zu sein! Der Schmerz wurde unerträglich. Sie versank tiefer in der blutroten Welt.

## 28. *Kapitel*

Vier Tage vergingen, ehe Samantha das Bewußtsein wiedererlangte. Vier der schlimmsten Tage in Travis Langleys Leben. Seit Sam erkrankt war, hatte er den Wigwam kaum verlassen. Er hatte sie eigenhändig gewaschen und ständig auf sie eingeredet, und geflüsterte Liebeserklärungen hatten sich mit barschen Befehlen abgewechselt, sie solle wieder gesund werden. Die Dorfbewohner hatten ihn allein gelassen, in seinem Kummer begraben. Niemand hegte große Hoffnungen, was die Genesung der zierlichen weißen Frau anging.

Mandy roch den Rauch in der Luft, ehe sie klar sehen konnte. Als der Schleier vor ihren Augen sich auflöste, sah sie einen Mann, der über sie gebeugt war und die Augen geschlossen hatte. Anfangs erkannte sie ihn nicht, denn er war ausgemergelt. Er war wie ein Indianer gekleidet, doch sie empfand keine Furcht vor ihm. Er nahm wahr, daß sie sich bewegt hatte, und schlug die Augen auf. Er hatte dunkle Ringe um die Augen, doch sie erkannte das samtweiche Braun. Er sah, daß sie ihn erkannte, und er strahlte über das ganze Gesicht, und einen Moment lang waren die tiefen Furchen der Erschöpfung kaum zu sehen.

»Sam«, flüsterte er, »Gott sei Dank, daß du wieder gesund bist.«

»Hawk ... ich dachte ... ich sei ... in der Hölle. Ich ... du hast mich vor den Indianern gerettet, vor den Verbrechern und den ...« Alles fiel ihr gleichzeitig wieder ein.

Er zog sie dicht an sich und wiegte sie, streichelte ihr Haar und betrachtete sie so, als wolle er sich vergewissern, daß sie wirklich da war.

»Wie ... lange war ich krank?« stammelte sie und versuchte, die Stimme wiederzufinden.

»Vier Tage. Eine Zeitlang ... dachte ich, du könntest mich

wieder verlassen...« Seine Stimme verklang. Er schluckte und wandte den Blick ab.

Sie legte eine zitternde Hand auf seine Wange und drehte sein Gesicht zu sich um. »Ich werde dich nie wieder verlassen«, flüsterte sie. Als sie die Worte sagte, zuckte ihr eine andere Erinnerung durch den Kopf, und ihr Magen zog sich zusammen. *Wishana!* Er war mit Wishana hier! Sie hätte vor Leid und Verzweiflung am liebsten geweint, doch die Tränen wollten nicht kommen. Sie ließ die Hand sinken und wandte den Kopf ab.

Er spürte, wie ihre Stimmung umschlug. »Schau nicht weg... bitte.« Die Worte klangen erstickt, und sie fragte sich, warum.

»Wer hat mich gesund gepflegt?« fragte sie und war nicht bereit, ihm in die Augen zu sehen. Sie spürte, daß sie wieder ein wenig zu Kräften kam, aber sie wußte, daß sie noch nicht so weit zu sich gekommen war, um die Antworten auf die Fragen zu ertragen, die sie stellen mußte.

»Ich«, sagte er, »und ein paar von den Frauen.«

»Du!« Sie spürte, wie ihr Gesicht vor Verlegenheit warm wurde, als sie daran dachte, was das bedeutete. *Warum sollte er das tun, wenn er sich nichts aus mir macht?* Aber andererseits hätte ihm das ähnlich gesehen. Für ihn war das eine Ehrensache. Sie wußte, daß einige der Indianerinnen ihm geholfen hatten, denn sie konnte sich erinnern, ihre Stimmen gehört zu haben. Sie hätte gern gefragt, welche von ihnen Wishana war, doch sie spürte, wie ihre Kraft sie verließ, und sie wußte, daß die Antwort mehr war, als sie im Moment verkraften konnte. Sie trank Fleischbrühe aus dem Kürbis, den Hawk ihr hinhielt, und dann schlief sie wieder ein.

Am nächsten Morgen fühlte sie sich kräftiger. Sie hörte, wie Hawk sich im Wigwam zu schaffen machte, als sie gähnte, sich streckte und sich von seiner Gegenwart getröstet fühlte. Sie sah ihn durch gesenkte Wimpern an. Er schien nicht zu merken, daß sie ihn beobachtete. Er wirkte heute sauber und frisch, und er trug eine Wildlederhose und eine Weste aus Wildleder, die vorn offen war. Auf seiner Brust klapperten geschnitzte Knochen. Sein Haar, das jetzt länger als in Sacramento City war, wellte sich in seinem Nacken. Sie sehnte sich danach, die weichen Strähnen anzufassen.

Sie fuhr sich mit den Händen durch das Haar und bemerkte zum erstenmal, daß es sauber war und schimmerte. Sie konnte den frischen Duft von Kiefernseife riechen und fragte sich, ob er derjenige war, der sie gebadet hatte. Sie zog sich auf die Ellbogen, als er damit beschäftigt war, seine Jagdausrüstung zusammenzusuchen und zu reparieren. Er zog einen langen Pfeil aus seinem Köcher und überprüfte, ob der Schaft gerade war.

Hawk spürte, daß Samantha ihn beobachtete, ehe er sich zu ihr umdrehte und sie ansah. Als sie sich gegen einen Zeltpflock lehnte, sah er, daß ihr Gesicht einen gesünderen Eindruck machte und selbst im schwachen Licht des Morgens im Wigwam wieder etwas Farbe hatte. Volle Brüste lagen kaum verhüllt unter dem Büffelfell, und zum erstenmal seit der Katastrophe spürte er das vertraute Aufflackern des Verlangens. Ihr dunkles Haar fiel weich auf ihre Schultern.

»Wie ich sehe, fühlst du dich heute besser. Deine Wangen haben schon wieder etwas Farbe.« Er ging zu ihr.

Sie errötete, und das ließ ihre Wangen noch rosiger wirken. »Und du, werter Herr«, scherzte Mandy, »gefällst mir viel besser ohne deine Kriegsbemalung.« Als Hawk lächelnd auf sie heruntersah, wurde ihr vor Verzweiflung wieder flau in der Magengrube. *Wo hatte er die Nacht verbracht?* Sie wandte den Blick ab.

Hawk las den gequälten Ausdruck in den wunderschönen grünen Augen. *Dachte sie daran, was Schneller Adler ihr angetan hatte? Machte es ihr Sorgen, was er jetzt empfinden könnte?*

Er ließ sich neben sie sinken und spürte die Glut ihrer Haut. Er legte seine Hände auf ihre zarten Schultern und drehte sie zu sich um. »Alles, was bisher geschehen ist, hat jetzt keine Bedeutung mehr. Weder Schneller Adler noch Mark Denton ... niemand zählt mehr. Hast du mich verstanden, Sam?«

Mandy schaute Hawk verwirrt an. *Wovon redete er? Glaubte er, Schneller Adler hätte sie genommen? Hatte er ihr nicht geglaubt, was sie ihm über Mark gesagt hatte? Warum sollte ihn das interessieren, wenn er die Nacht in den Armen einer anderen Frau verbrachte?* Sie nahm eine steife Haltung ein und hob trotzig das Kinn.

»Ist Wishana hier?« fragte sie mit leicht bebender Stimme, und sie brauchte ihre gesamte Willenskraft, um sich dazu zu zwingen, ihm in die Augen zu sehen.

Er starrte sie an, und sein Gesichtsausdruck wirkte verwirrt. »Ja ... Wishana ist hier.«

Mandys Herz schmerzte. *Es war also wahr! Es war alles wahr.* Zum erstenmal seit Wochen spürte sie die Tränen brennen. Sogar während all der Torturen, die sie durchgemacht hatte, war es ihr möglich gewesen, sie zurückzuhalten. Jetzt sammelten sie sich unter ihren Wimpern und drohten überzulaufen.

»Liebst du sie?« fragte sie.

»Ja ...« Hawks Stimme klang heiser und tief. »Ich liebe sie sogar sehr.« Seine braunen Augen versuchten, die Gedanken zu lesen, die ihre grünen Augen verrieten. »Ich vermute, ich habe sie von Anfang an geliebt.«

Ein Schluchzen entrang sich ihr, und Mandy löste sich von ihm. Tränen rannen über ihre Wangen. Sie war ein Dummkopf! Und das Schlimmste von allem war, daß er jetzt wußte, was für ein Dummkopf sie war. »Sam, was ist denn los mit dir?« Er hatte ihr gerade gesagt, daß er sie liebte, und jetzt weinte sie. Sie glaubte doch nicht etwa ... Diesmal würde er keine Mißverständnisse zulassen. »Sieh mich an!« befahl er, und sein Tonfall war mürrisch. Er drehte ihr Kinn mit der Hand um und wartete, bis sie ihm in die Augen sah. Ihre Qual durchbohrte sie wie ein Messer, das in ihr umgedreht wurde.

»Wishana ist der Name einer winzigen Blume, die nur auf den Wiesen im Hochgebirge wächst, sie ist sehr empfindlich und kann doch dem bittersten Sturm standhalten. Die Schönheit der Wishana ist in den Bergen unübertroffen.« Sie schien nur noch mehr zu verzweifeln. Er unterbrach sich und küßte sie auf die Wange. »Du bist Wishana«, flüsterte er leise. »Das ist dein indianischer Name.«

Ihre Lider hoben sich, und sie blinzelte und versuchte, sich einen Reim auf das zu machen, was er ihr erzählte. »Ich bin Wishana?« Ihr Herz pochte heftig.

»Du bist Wishana.«

»Ich bin Wishana«, wiederholte sie und versuchte, sich selbst davon zu überzeugen.

»Ja.«

»Dann mußt du ... mich ... lieben?«

»Ja ... ich liebe dich.« Er küßte sie auf die Wange. »Ich glaube, ich habe dich fast vom ersten Tag an geliebt.« Seine kräftigen Arme umschlangen sie, und eine Woge des Glücks erfüllte ihr Herz.

Er liebte sie! Sie hatte er gerufen, als er in der Hütte gelegen und Schmerzen gehabt hatte. An sie hatte er in Virginia City gedacht. Sie war diejenige, die er gewollt hatte.

»O Hawk.« Die Worte kamen als halberstickes Schluchzen heraus. Sie schlang ihm die Arme um den Hals und drückte ihn fest an sich. »Ich liebe dich so sehr ... so sehr.« Sie umklammerte ihn noch fester und schluckte den Kloß in ihrer Kehle hinunter. »Du bist die ganze Zeit über bei mir gewesen. Nachdem die Kutsche überfallen worden ist, warst du mein Überlebenswille. Ich habe mich immer wieder gefragt: Was täte Hawk jetzt? Oder: Was würde Hawk von mir halten, wenn ich einfach aufgäbe?«

Hawk konnte kaum an die Worte glauben, die er hörte. Sie liebte ihn! Das war alles, was er sich erhofft hatte, alles, was er sich erträumt hatte. »Ich bin ein solcher Dummkopf gewesen, Sam. Kannst du mir je verzeihen?«

»Es gibt nichts, was ich dir verzeihen müßte, mein Geliebter.«

Er streichelte ihr Haar und hielt sie fest. Eine Zeitlang sagte keiner von beiden etwas. Schließlich bog Hawk ihr Kinn zurück und küßte sie sachte und wollte ihr die Dinge erklären, die er für wichtig hielt. Er schmiegte sie noch eine Weile an sich und sagte dann: »Wir müssen miteinander reden.«

Sie nickte. »Ja.«

Er holte tief Atem. »Ich bin auf Ersuchen des Präsidenten hier. Als Grant mich benachrichtigt und mich aufgefordert hat, diesen Auftrag anzunehmen, habe ich abgelehnt. Ich habe mich geweigert, unter Vorspiegelung falscher Tatsachen hierher zurückzukommen. Aber irgendwie mußte ich meinem Stamm helfen. Schließlich habe ich es mir dann anders überlegt. Ich bin unter dem Vorwand hergekommen, meine Familie zu besuchen. Es war mir verhaßt, sie zu belügen, doch es mußte sein. Ich war zu Täuschungsmanövern gezwungen, um den Menschen zu helfen, die ich liebe.«

Er streichelte ihr Haar und wickelte sich eine weiche braune Locke um den Finger. »Hier habe ich angefangen zu verstehen. Ich hätte dich dafür bewundern müssen, wie loyal du hinter deiner Cousine gestanden hast, welchen Mut es dich gekostet hat, ihr zu helfen.«

»Hawk, ich will, daß nichts zwischen uns unausgesprochen bleibt. Ich will, daß du weißt, daß ich all das nicht nur für Julia getan habe, wenn ich sie auch noch sehr geliebt und daran geglaubt habe, daß sie das Richtige getan hat. Ich habe es auch für mich selbst getan. Ich mußte versuchen, meinen eigenen Weg zu finden, versuchen dahinterzukommen, was ich wirklich vom Leben will.«

Hawk fiel die Geschichte wieder ein, die ihm James über Samanthas Vergangenheit erzählt hatte, über den Tod ihrer Mutter und die strengen Verbote ihres Vaters. »Und ist dir das gelungen?«

»Ich weiß jetzt, wo meine Fähigkeiten liegen – und das habe

ich hauptsächlich dir zu verdanken. Ich brauche weder mir selbst noch irgend jemandem etwas zu beweisen. Ich kann alles tun oder sein, was ich will.«

»Und was *willst* du?« fragte er, und seine Stimme krächzte ein wenig, denn Sorge schlang sich um sein Herz und wollte es zuschnüren.

»Ich will mit dir zusammensein, ganz gleich, wo du bist, ganz gleich, was geschieht. Alles andere ist unwesentlich – das weiß ich jetzt.«

»Sam.« Er zog sie in seine Arme und küßte sie inbrünstig und heftig. Er wußte, daß sie spürte, wie sehr er sie begehrte, doch er wollte ihr seine Liebe zeigen, ihr die Sicherheit geben, daß er sie liebte, sie es bei jeder seiner Berührungen wissen lassen.

»Wie sehr ich dich doch liebe, Sam.« Er zog das Büffelfell zwischen ihnen hervor. Seine Augen glitten über die Rundungen ihres Körpers. Die Glut seiner Blicke ließ ihre Wangen entflammen, doch sie schaute nicht weg. Er zog schnell seine Wildledersachen aus. Sie beobachtete ihn, und er genoß den Ausdruck des Verlangens in ihren Augen.

Mandy begehrte ihn. Ihr Körper flehte ihn an, sie zu nehmen. Diesmal würde sie jede seiner Zärtlichkeiten genießen. Er liebte sie. Es bestand kein Grund, sich zurückzuhalten. Ihre Hände streichelten die festen Muskeln seines Rückens, seinen straffen Hintern. Sie spürte, wie sich die Muskeln unter ihren Fingerspitzen anspannten. Sein Mund bewegte sich von ihren Lippen zu ihren Augen und ihren Wangen und dann über ihre Schultern, und er hinterließ überall, wo er sie berührte, eine flammende Spur.

Er nahm eine ihrer Brüste in die Hand, und die Glut seiner Berührung breitete sich in ihr aus und ließ ihren Körper schmerzen. Ihre Brustwarze wurde fest und reckte sich gegen seine Hand. Sie hörte ihn vor Verlangen stöhnen. Ihr Körper wölbte sich seinen kräftigen Muskeln entgegen. Mit dem Knie spreizte er ihre Beine und legte sich auf sie. Sie spürte seine Härte und bebte.

Das weiche Haar auf seiner Brust fühlte sich warm auf der

Wölbung ihrer Brüste an. Seine festen Lippen folterten sie genüßlich, als er in sie glitt. Sie hielt seine schmalen Hüften fest und zog ihn noch weiter in sich hinein, denn sie wünschte sich, daß er sie mit seiner Liebe verzehrte. Sein großgewachsener Körper bedeckte sie vollständig. Mit jedem Stoß füllte er sie aus. Sie war in einer Welt sinnlicher Martern. Sie wußte, daß er sich zurückhielt und sorgsam darauf achtete, ihr nicht weh zu tun. Und doch wollte er, daß sie die Süße der Erfüllung kostete. Dahin kam es schnell – tausend Sterne explodierten gleichzeitig. Sie schrie ihr Glück und ihre Liebe heraus.

Hinterher lagen sie friedlich umschlungen da, und ihre Dämonen waren zur Ruhe gekommen – zumindest für den Moment.

## *29. Kapitel*

Auf Hawks Beharren hin ruhte sich Mandy, die endlich mit sich selbst im Frieden war, noch zwei weitere Tage lang aus.

Am darauffolgenden Frühlingsmorgen gab Bunte Feder, eine der Indianerfrauen, Mandy ein Lederkleid mit Fransen und führte sie zum Fluß. Nachdem sie so lange im Wigwam gelegen hatte, kam ihr das eiskalte Wasser wunderbar erfrischend vor. Sie badete, wusch sich das Haar und ließ es dann zum Trocknen lose über ihre Schultern fallen. Sie ging wieder zum Wigwam und wartete ungeduldig auf Hawks Rückkehr.

Lächelnd und mit sauberer Wildlederkleidung betrat er das Zelt.

»Du machst dich gut als Squaw«, scherzte er. Dann zog er sie in seine Arme und küßte sie innig. »Es gibt etwas, worüber wir noch nicht geredet haben, Kleines.«

Sie schaute nachdenklich zu ihm auf. »Und was wäre das?«

»Unsere bevorstehende Hochzeit.« Seine Augen funkelten

fröhlich, und ein knabenhaftes Grinsen breitete sich auf seinem Gesicht aus.

»O Hawk!« Sie hob sich auf die Zehenspitzen und schlang ihm die Arme fest um den Hals. »Ich dachte schon, du würdest mich niemals fragen.«

»Ist das ein Ja?«

»Natürlich ist es ein Ja!« Hawk hob sie vom Boden auf und wirbelte sie durch den Wigwam. »Ich liebe dich«, flüsterte sie ihm ins Ohr.

»Heute abend wirst du meine Familie kennenlernen. Morgen gehe ich zur nächsten Handelsniederlassung und gebe ein Telegramm an deinen Vater und an deinen Onkel auf. Ich hätte ihnen schon eher telegraphiert, aber ich war nicht ganz sicher . . .« Seine Stimme verklang, und sie wußte, daß er an ihre Krankheit dachte. »Jetzt bist du wieder gesund«, sagte er, »und nichts wird unserem Glück im Wege stehen.« Er küßte sie auf den Hals.

»Bist du denn sicher, daß deine Familie mich mögen wird?« fragte sie und runzelte bei diesem Gedanken die Stirn.

»Dich mögen? Hör mal, du bist hier in den Bergen schon eine regelrechte Legende.« Die unerwünschte Vorstellung, wie Schneller Adler sich in ihren Körper hineinstieß, tauchte vor seinen Augen auf. Er kämpfte gegen das Bild an, doch ihr entging sein Gesichtsausdruck nicht.

»Was hast du soeben gedacht?«

»Ich habe mir nur gewünscht, du wärst bereits meine Frau«, log er, denn er war entschlossen, ihr nicht weh zu tun.

»Das glaube ich dir nicht. Du hast an Schneller Adler gedacht, stimmt's?« Sie wußte, daß im Dorf gemunkelt und spekuliert wurde, was sich auf ihrer Reise mit der Verbrecherbande durch das Gebirge abgespielt hatte.

Sein Ausdruck wurde grimmig. »Ich habe dir doch gesagt, daß das unwichtig ist.« Als seine Wut aufloderte, fiel er in das gestelzte Englisch der Cheyenne. »Wir werden nicht mehr darüber reden – weder jetzt noch irgendwann sonst!«

»O doch, wir werden darüber reden! Und zwar jetzt sofort! Noch gehöre ich dir nicht, und selbst nach unserer Hochzeit werde ich sagen, was ich zu sagen habe!« Sie schaute ihn finster an.

Er blickte finster zurück, doch dann seufzte er matt. »Also gut, dieses eine Mal, aber es ist mein Ernst, Sam, nie wieder!«

Sie wußte, was es ihn gekostet hatte, ihren Wünschen nachzugeben. »Schneller Adler hat sich mir nicht gewaltsam aufgedrängt«, sagte sie zu ihm.

»Soll das heißen, du hast eingewilligt, mit ihm zu schlafen? Du hast es freiwillig getan?« Die Wut verzerrte seine Züge. »Warum erzählst du mir das? Ich will kein weiteres Wort mehr hören!« Er stieß sie grob zur Seite und eilte auf die niedrige Zeltöffnung zu. Sie holte ihn ein und hielt ihn fest, als er den Kopf einzog, um den Wigwam zu verlassen, und zog ihn wieder ins Zelt zurück, auf ein Büffelfell neben dem Eingang.

»Wirst du mir wohl zuhören! Ich habe mich zu gar nichts bereit erklärt. Schneller Adler hat mich nie in die Situation gebracht. Er hat mich nie... es ist überhaupt nichts passiert«, beendete sie ihren Satz.

Er bog ihr Gesicht nach oben und forschte in ihren Augen nach der Wahrheit. »Schneller Adler hat nie mit dir geschlafen?«

»Nein.«

Er schüttelte den Kopf und lächelte sie dann kläglich an. »Kein Wunder, daß die Leute mit derartigem Respekt über dich reden. Schneller Adler hat dir das größtmögliche Kompliment gezollt. Er hatte vor, dich zur Frau zu nehmen. Es tut mir leid, daß ich ihn töten mußte.«

»Mir tut es auch leid. Die anderen Krieger wollten mich nehmen, doch er hat es nicht zugelassen. Statt dessen haben sie die andere Frau genommen.« Die schmerzliche Erinnerung betrübte sie.

Er zog sie an sich. »Dann haben wir es hinter uns gebracht. Wir werden nicht mehr über die Vergangenheit reden.«

Sie wollte die Vergangenheit nicht ruhen lassen. »Nein. Da ist noch etwas.« Sie sah ihm fest in die Augen. Sie spürte die Glut seiner besitzergreifenden Hand auf ihrem Schenkel.

»Es geht um Mark Denton.« Sie sah, daß er ein klein wenig zusammenzuckte, doch er unternahm nichts, um sie zum Schweigen zu bringen. »Er und ich... wir waren nie...«, stammelte sie und bemühte sich, die richtigen Worte zu finden. »Der Abend, an dem du in deiner Kutsche an uns vorbeigefahren bist. Ich war eifersüchtig. Ich wollte dich auch eifersüchtig machen... Es hat nie einen anderen gegeben... nur dich. Seit diesem ersten Mal bin ich im Herzen deine Frau gewesen.«

Hawk wußte, daß sie die Wahrheit sagte, und sein Herz machte Luftsprünge. Er küßte sie zärtlich und zeigte ihr so seine Liebe. Doch der Funke des Verlangens entzündete sich zwischen ihnen. Als sie sich auf dem Büffelfell liebten, war sein Herz von Freude erfüllt.

Am folgenden Abend stand Mandy nervös am Lagerfeuer, als Hawk sie seiner Familie vorstellte.

»Das ist mein Vater Starker Pfeil, und das ist meine Mutter Weidenwind.« Er stellte Mandy förmlich vor und benutzte dazu ihren indianischen Namen Wishana. Hawk übersetzte die Antwort, die Starker Pfeil gab.

Starker Pfeil, ein bedeutender Häuptling der Cheyenne, sah von Kopf bis Fuß wie ein tapferer Krieger aus. Er war so groß gewachsen und so stolz wie sein Sohn, und er ließ sich keinerlei Gefühle ansehen. Seine gerade Nase und seine hohen Wangenknochen zeugten von seinem Erbe, und nur das Funkeln in seinen schwarzen Augen zeigte den Stolz, den er seinem Sohn entgegenbrachte.

»Mein Vater sagt, ich soll dir sagen, daß er die Geschichten über deine Tapferkeit vernommen hat. Er findet, dein Name Wishana sei weise gewählt.« Hawk drückte ihre Hand.

»Sag deinem Vater, daß ich ihm danke. Sag ihm, ich weiß, was für ein großartiger Mann er ist, wenn er einen so weisen und mutigen Sohn großgezogen hat.« Ihr Lob ließ Hawk erröten, und sie merkte erneut, wie sehr sie ihn doch liebte.

Er wiederholte ihre Worte und übersetzte sie seinem Vater, und dann sagte seine Mutter etwas und reichte ihm ein Bündel. Sie war eine kleine Frau, kaum größer als Mandy. Ihre Haut war so spröde wie Pergament und von Adern durchzogen und durchscheinend, doch sie besaß einen wachen Verstand, und die Liebe zu ihrem Sohn drückte sie deutlich auf ihrem wettergegerbten Gesicht aus. Hawk streichelte liebevoll die ledrige Wange und wandte sich dann wieder an Mandy.

»Meine Mutter sagt, sie wird stolz darauf sein, dich ihre Tochter nennen zu dürfen. Sie hofft, sie wird es erleben, viele schöne Enkel zu bekommen.«

Jetzt war Mandy an der Reihe zu erröten.

Hawk zwinkerte ihr zu und fuhr dann fort: »Als Zeichen ihrer Liebe macht sie dir das hier zum Geschenk.« Er reichte ihr das Bündel.

Mandy faltete das Geschenk behutsam auseinander. Es war ein Fransenkleid aus edlem weißen Leder. Sie hielt es vor sich hin. Es war gerade geschnitten und am Hals offen, und Mandy sah, daß es ihr um die Hüften perfekt passen und bis auf ihre Waden fallen würde. Hawk erklärte ihr, das Kleid sei aus Wapitileder, das mit einer bestimmten Sorte von Berglehm gefärbt worden war, um ihm den hellen Ton zu geben. Vom Schnitt her unterschied es sich nicht allzusehr vom dicken Lederkleid, das sie trug, aber es war wesentlich weicher, federleicht und mit türkisen und weißen Perlen bestickt, die in mühsamer Kleinarbeit einzeln aufgenäht worden waren und raffinierte Muster ergaben. Als nächstes wurden ihr ein paar perlenbestickte Mokassins überreicht, die dazu paßten.

Die Großzügigkeit der alten Frau ließ Tränen in Mandys Augen treten. »Sag Weidenwind, daß meine Mutter vor vielen Jahren gestorben ist. Seitdem habe ich einen leeren Platz in meinem Herzen. Sag ihr, daß ich mich glücklich schätze, eine andere Mutter zu finden, die ich an ihrer Stelle lieben kann.«

Hawk übersetzte es, und die alte Frau strahlte vor Freude.

Mandy, Hawk, Starker Pfeil und Weidenwind aßen an jenem Abend gemeinsam. Nachdem sie gegessen hatten, wurde Mandy in einen anderen Wigwam geführt. Die Bräuche der Cheyenne schrieben vor, daß das Paar einander erst nach der Hochzeit wiedersehen durfte. Sie war froh, daß Hawk diskret gewesen war und niemand wußte, daß sie einander geliebt hatten. Die Cheyenne waren ganz normale Menschen. Nur der Umstand, daß sie eine Weiße war und als Gefangene angesehen worden war, hatte es ihm erlaubt, sie in seinem Wigwam unterzubringen. Jetzt, nachdem er seine Absichten kundgetan hatte, galten die strengen Sitten der Cheyenne. Mandy schaute Hawk bekümmert an, als sie fortgeführt wurde. Er selbst schien auch nicht allzu glücklich darüber zu sein, doch schon bald würden sie Mann und Frau sein – zumindest in der Welt der Cheyenne.

Zwei Tage und zwei einsame Nächte später badete Mandy ausgiebig in einer abgelegenen Stelle im Fluß. Bunte Feder und Gescheckte Büffelfrau standen ihr zu Diensten, und obwohl sie nicht mehr als die wenigen Worte verstand, die Hawk ihr beigebracht hatte, wußte sie, warum die Mädchen verlegen kicherten.

Als sie wieder in ihrem Wigwam war, trocknete sich Mandy das Haar und bürstete es dann, bis es schimmerte. Sie setzte sich hin, während die beiden Indianerinnen ihr zwei dicke Zöpfe flochten, die ihr fast bis auf die Taille hingen. Winzige blaue Kornblumen, die nur schwach, aber süß dufteten, wurden geschickt in die Zöpfe geflochten.

Mandys Nervosität steigerte sich von Minute zu Minute. Eine erwartungsvolle Vorfreude war im Lager ausgebrochen, und das Schlagen der Trommeln ertönte im Gleichklang mit dem Pochen ihres Herzens. Sie holte tief Atem, um ruhiger zu werden, schlüpfte in das weiche Wapitikleid und ließ sich dann von den

Frauen einen kleinen Tropfen roten Beerensaft auf den Lippen verreiben. Gescheckte Büffelfrau legte Mandy einen Kranz aus blaßblauen Blumen auf den Kopf. Sie war nicht ganz sicher, wie sie aussah, aber sie fühlte sich sehr hübsch.

Die Trommelrhythmen wurden lauter. Mandy spürte die Vibrationen im Boden unter ihren Füßen. Ein Schauer der Vorfreude überlief sie, als die Frauen die Eingangsklappe des Wigwams hoben und sie aufforderten, herauszukommen.

Da Mandy keine Familienangehörigen im Lager hatte, würde Gescheckte Büffelfrau ihr die Ehre erweisen, sie zur Trauung zu führen, und so stieg sie auf Hawks großen Rotschimmel und wurde zum Wigwam ihres zukünftigen Schwiegervaters gebracht.

Die Frühlingsluft war frisch, aber nicht unangenehm, und der starke Duft von Kiefern hing darin. Mitten auf der grasbewachsenen Hochebene knisterte ein riesiges Feuer, und Krieger, die auf lederbezogene Trommeln schlugen, umringten die Glut. Gescheckte Büffelfrau half Mandy auf das Pferd und führte das Tier zum Wigwam von Starker Pfeil. Wie die Bräuche es vorschrieben, wurde Mandy feierlich auf einer Decke in den Wigwam getragen. Sowie sie dort war, wurde sie dem Ritual entsprechend umgezogen und schlüpfte in ein weiteres perlenbesticktes Kleid, das die Mutter des Bräutigams bereitgelegt hatte. Tücher, Ringe, Armreifen, lederne Beinkleider und Mokassins wurden ihr zum Geschenk gemacht.

Anschließend wurde sie ins Freie geführt. Mandys forschender Blick fiel auf einen Krieger, der größer und hellhäutiger als die übrigen war und neben Starker Pfeil stand, und in ihm erkannte sie den Mann, mit dem sie schon bald verheiratet sein würde.

Als sie den Stolz und das Glück auf Hawks gutgeschnittenem Gesicht sah, lächelte Mandy strahlend, und vor Freude zersprang ihr fast das Herz. Sie wurde an seine Seite geführt, und die Zeremonie wurde vollzogen.

Starker Pfeil stellte das Festmahl bereit, und Hawk sagte ihr, gewöhnlich bereite es die Familie der Braut zu.

Endlich konnten sie und Hawk sich von dem Geschehen zurückziehen. Hawk nahm sie an der Hand und schaute sie mit liebevollen Augen an – und mit noch mehr. Ein Lächeln umspielte Mandys Mundwinkel, als sie den glühenden Blick bemerkte und an die Nächte dachte, die sie getrennt verbracht hatten.

In wortloser Übereinstimmung machten sie sich auf den Weg zu Hawks Wigwam. Als sie näher kamen, sah Mandy Blumengirlanden, die die Zeltplane schmückten, durch die sie eintreten würden. Im Innern des Wigwams fanden sie noch mehr Blumen vor. Das Lager aus Büffelfellen war verbreitert worden, und darunter stieg der Geruch von frischen Kiefernnadeln auf. Das Bett sah weich und behaglich aus, und sie errötete beim Gedanken an die Freuden, die ihnen bevorstanden.

Hawk zog seine zierliche frischangetraute Frau in seine Arme und schmiegte sie an sich. Zu seinen Junggesellenzeiten war ihm nie klar gewesen, wie sehr er sich nach diesem Gefühl der Vollständigkeit gesehnt hatte.

»Mein Leben lang habe ich auf diesen Moment gewartet, obwohl ich es bis jetzt nie gewußt habe.«

»Du machst mich so glücklich«, flüsterte sie.

Er zog etwas aus einem kleinen Lederbeutel heraus, der an seiner Hüfte hing, und dann öffnete er behutsam die Hand. »Hast du das verloren?«

»Woher hast du ...?« Sie nahm ihm das kleine juwelenbesetzte Kätzchen mit den Diamantaugen aus der Hand.

»Einer der Indianer vom Stamm von Schneller Adler hat gesagt, es gehört der Frau, die mit dem Mut eines Löwen kämpft. Er hat gesagt, Schneller Adler hätte sich gewünscht, daß du es wiederbekommst.«

Sie schaute die juwelenbesetzte Katze an und sah dann Hawk ins Gesicht. »Das hast du mir doch gekauft, oder nicht?«

»Ja«, flüsterte er. »Fröhliche Weihnachten.« Er hob ihr Kinn nach oben und gab ihr einen zärtlichen Kuß auf den Mund. Er spürte, wie sie unter seiner Berührung bebte, und innerlich stöhnte er, als er wieder an hundert einsame Nächte und diese qualvollen letzten Tage dachte, in denen er sie vermißt hatte, weil ihr zierlicher warmer Körper nicht neben ihm lag.

Heute abend sah sie wunderschön aus. Das Wapitikleid schmiegte sich sacht um die sanften Rundungen ihrer Figur. Ihre leicht nach oben gekehrten Brüste schienen sich im Rhythmus des sinnlichen Trommelschlags zu heben und zu senken. Schweißperlen traten auf seine Stirn, als ihn das körperliche Verlangen nach ihr durchströmte. Mit seiner Zunge teilte er ihre Lippen und suchte die beerensüßen Tiefen ihres Mundes. Er legte einen Arm unter ihre Knie und trug sie zu dem weichen Nest, das für sie für diese ganz besondere Nacht gebaut worden war.

Mandy spürte seine Zärtlichkeit, als er sie hinlegte. Seine Lippen lösten sich nur für einen Moment von ihren, als er sich eilig auszog und an ihre Seite zurückkehrte. Er zog ihr das weiche Lederkleid geschmeidig über den Kopf. Als seine Lippen sich wieder auf ihren Mund legten, spürte sie, wie die Flamme der Leidenschaft tausend Feuer entflammen ließ. Seine Hände waren überall, massierten, kneteten und streichelten ihr erhitztes Fleisch. Seine Lippen bewegten sich wie Glutasche von ihrem Hals zu den Spitzen ihrer Brüste und öffneten sich dann, um ihre Brustwarzen zu kosen.

Alles an ihm erregte sie. Sie liebte seinen Geruch, den starken Geruch von Kiefernseife, in den sich schwach der rauchige Duft des Lagerfeuers mischte. Er schmeckte nach wilden Stachelbeeren. Seine Beine fühlten sich muskulös und fest an, als er sich anders hinlegte und sie mit seinem kräftigen Körper zudeckte. Sie spannte sich voller Vorfreude an, als er ihre Beine spreizte und sie sein männliches Verlangen fühlte. Langsam und besitzergreifend drang er in sie ein, als würde er sie in diesem einen

Augenblick für alle Zeiten als die Seine brandmarken. Sie wußte, daß eine außerordentlich seltene Liebe sie miteinander verband, so zeitlos wie die Winde, die über das Gebirge wehten.

Ihre Leidenschaft steigerte sich, und seine Stöße waren nicht mehr sanft, ihr Körper bog sich ihm entgegen, traf wieder und immer wieder mit seinem zusammen. Ihre Nerven spannten sich an, und ihr Körper wurde starr. Sie erreichte die Erfüllung und schrie ihr Glück und ihre Liebe heraus, und gleich darauf erfolgte seine Erlösung.

Ihre schweißschimmernden Körper lagen verschlungen auf den Fellen, und sie hielten einander so fest, als fürchteten sich beide davor, an ein so großes Glück zu glauben.

Es war schon späte Nacht, doch bis zur Dämmerung blieben ihnen noch Stunden, und Hawk hob sie wieder und immer wieder zu den Sternen hinauf.

Endlich, kurz vor Anbruch der Dämmerung, ruhten sie sich aus. Endlich begnügten sie sich damit, einander in den Armen zu liegen, und weder Mandy noch Hawk war bereit, an die Probleme zu denken, die möglicherweise noch vor ihnen lagen.

## *30. Kapitel*

Hawk beugte sich über die schlafende Gestalt, die sich an ihn schmiegte. Nachdem sie sich die ganze Nacht lang geliebt hatten, lag ihr Haar zerzaust auf dem Kissen aus Wolfsfell; auf ihren Lippen stand noch die Röte seiner Küsse. Er streichelte ihre Wange und sah, wie ihre Wimpern sich bewegten. Sie schlug die Augen auf und lächelte.

»Wie fühlen Sie sich heute morgen, Mrs. Langley?« scherzte er und küßte sie verspielt auf ihre Nasenspitze.

»Ich fühle mich einfach wunderbar, Mr. Langley.« Sie streckte sich und gähnte zufrieden, und dann runzelte sie kurz die Stirn. Das entging ihm nicht.

Er zog ihr Kinn hoch. »Und was sollte das heißen?«

»Was sollte was heißen?« fragte sie.

»Du weißt sehr gut, wovon ich rede.« Er setzte sich auf, und ihre ausweichende Antwort drückte seine Stimmung.

Sie seufzte und zog die Schultern zurück. »Dir entgeht aber auch gar nichts, oder?« sagte sie, ohne eine Antwort zu erwarten. »Es ist nur so, daß ich mich, äh, nach der letzten Nacht leicht als die Squaw von Schwarzer Habicht ansehen kann. Ich war nicht sicher, ob du auch vorhattest, mich zu Mrs. Langley zu machen.« Sie wandte den Blick von ihm ab, denn sie war unsicher, was sie in seinen Augen vorfinden würde.

»Ist das alles?« Hawk war erleichtert. Er küßte ihre Schulter und ihren geschwungenen Hals. »Bis zum Monatsende werde ich meinen Auftrag hier erledigt haben. Sobald ich damit fertig bin, können wir nach Fort Laramie aufbrechen. Ich habe die Absicht, die ganze Feierlichkeit im Fort noch einmal über mich ergehen zu lassen.« Er lachte, senkte den Kopf und küßte sie innig zur Bekräftigung seiner Absichten.

Strahlend schaute sie zu ihm auf. »In meinem Herzen bin ich schon seit jener ersten Nacht mit dir verheiratet, aber trotzdem ...«

»Trotzdem willst du, daß die Enkel von Weidenwind alle auch von deinem Vater und von deinem Onkel anerkannt werden?«

»Ja ...«, gab sie schüchtern zu.

»Etwas anderes würde ich auch nicht zulassen.« Er zog sie in seine Arme und wischte ihr die Glückstränen von den Wangen. »Ich liebe dich so sehr.« Er stieß sie auf die dichten Felle und küßte sie. Nachdem sie einander stundenlang geliebt hatten, war er sicher, daß ihn heute morgen nichts würde erregen können, doch sein Körper hatte seinen eigenen Willen und wollte sich nichts versagen lassen. Er nahm eine volle Brust in die Hand und neckte die rosige Spitze. Er wußte, wie gründlich ihre Gelüste gestillt sein mußten, und doch spürte er, wie ihr Körper reagierte, und er lachte stolz über seine eigene Geschicklichkeit.

Sie blieben zwei volle Tage lang im Hochzeits-Wigwam. Das Essen wurde ihnen gebracht – sie verließen den Wigwam nur zum Baden und um eigene Dinge zu tun.

Am dritten Tag waren sie dann widerstrebend bereit, sich der Außenwelt zu stellen.

»Wir werden nur noch zwei oder drei Wochen hier verbringen«, erklärte Hawk, als sie sich anzogen. »Trotzdem wird man von dir erwarten, daß du deinen Anteil an den Arbeiten übernimmst, die täglich anfallen. Das ist bei den Cheyenne üblich.«

»Es ehrt mich, von deinem Stamm aufgenommen zu werden. Ich freue mich schon darauf zu helfen.«

Er lächelte sie stolz an. »Weidenwind wird dich einweisen. Du wirst nicht alles verstehen, was sie dir sagt. Tu einfach dein Bestes.«

»Und was machst du?« fragte sie.

»Mit dem weiter, weshalb ich hergekommen bin. Ich habe ein Treffen mit Crazy Horse vereinbart. Wie mein Stamm haben er und Sitting Bull bisher die Reservate gemieden. Ihre Dörfer liegen westlich von hier, weiter im Innern der Buffalo Territories.«

»Aber Crazy Horse ist Sioux, kein Cheyenne. Sprichst du seine Sprache?«

»Ich spreche etliche Indianersprachen, darunter auch Sioux, und in allen Prärien gibt es die Zeichensprache.« Er lächelte. »Etwas ganz anderes ist es, ob er sich anhören wird, was ich zu sagen habe, aber ich muß es versuchen. Deshalb bin ich hierhergeschickt worden.«

»Aber ich dachte, als Rote Wolke den Vertrag unterzeichnet hat...«

»All diese Stämme sind verärgert darüber, daß die Weißen ihre Versprechen gebrochen haben, vor allem Crazy Horse und Sitting Bull. Die Lage spitzt sich zu. Der Überfall auf die Kutsche war nur einer von vielen.« Er schnürte seine Mokassins zu. »Ich fürchte, ihr Kampf ist vergeblich – es gibt eben einfach zu viele Weiße –, aber ich verstehe auch, warum sie kämpfen müssen.« Er seufzte und verspürte das Gefühl der Hilflosigkeit, das ihn schon seit seiner Ankunft hier plagte.

»Es ist bereits viel zuviel Blut vergossen worden. Falls irgendeine Möglichkeit besteht, weiteres Blutvergießen abzuwenden, dann muß ich es versuchen.«

Sie sah ihn an, und ihr Gesichtsausdruck war voller Sorge und Stolz. »Ich weiß, daß du das tun mußt. Das ist einer der Gründe, warum ich dich so sehr liebe. Wann wirst du aufbrechen?«

»Morgen früh. Je eher ich hingehe, desto eher komme ich wieder zurück. Sowie ich das Gefühl habe, alles mir Mögliche getan zu haben, werden wir uns auf den Weg zum Fort machen. Ich hoffe, du planst keinen allzu langen Aufenthalt dort.«

»Ich will nur lange genug bleiben, um die Dinge mit meinem Vater zu regeln und Julia und Jason zu sehen – und natürlich um dich beim Wort zu nehmen, was die Hochzeit angeht.«

Er grinste breit und freute sich über ihre Antwort. Sie hängte sich bei ihm ein, und beide traten zur Zeltöffnung. Draußen war die Luft frisch und mild. Der Frühling war in die Berge gekommen – Lupinen blühten, und winzige Schneeglöckchen sprenkelten die Wiese, und jeder Baum und jedes Blatt strahlte etwas von einer Wiedergeburt aus.

»Ich kann es kaum erwarten, wieder nach Sacramento City zu kommen«, gestand er. »Meine Ranch ist bei Jesus Ramirez in guten Händen, aber ich kann es kaum erwarten, die Zügel selbst in die Hand zu nehmen. Ich freue mich schon darauf, sie dir zu zeigen, Sam. Von dort aus, wo das Haus steht, kann man meilenweit über das Tal von San Joaquin blicken.« Er trat unruhig von einem Fuß auf den anderen und fühlte sich plötzlich ein wenig eingeschüchtert. »Es sollte eigentlich genau der richtige Ort sein, um eine Familie zu gründen.«

Er wandte den Blick ab, und Mandys Herz zerprang fast vor

Glück. »O Hawk, ich weiß, daß ich begeistert davon sein werde. Ich glaube, ich fühle mich jetzt schon in Kalifornien zu Hause.«

Er umarmte sie kurz und führte sie dann zum Wigwam seiner Mutter. Er wünschte, er hätte Sam nicht verlassen müssen, doch je eher er aufbrach, desto eher würde er wieder zurückkommen.

Der Tag ging viel zu schnell vorüber. In der Nacht darauf liebten sie sich sanft und zärtlich. Sie blieben wach bis in den frühen Morgen, schmiedeten Pläne für ihre Rückkehr nach Sacramento City und redeten über die Umbauten, die sie auf der Ranch vornehmen würden. Mandy erschien all das wie ein allzu schöner Traum – wenn Hawk bloß nicht im Morgengrauen hätte aufbrechen müssen.

Schließlich lugte die Sonne durch die majestätischen Kiefern. Ihre wärmenden Strahlen weckten sie, als sie sich umdrehte und sich an ihren schlafenden Mann schmiegen wollte. Sie stellte fest, daß er bereits gegangen war. Sie sprang auf, zog sich an und lief ins Freie. Sie fand Hawk mit zwei anderen Kriegern vor: Rennender Wolf, von dem sie wußte, daß er der engste Freund ihres Mannes war, und Hagerer Mann, ein Krieger, der sich als Jäger und für seine Tapferkeit großen Ruhm erworben hatte.

Von dem behutsamen Mann, in dessen Armen sie letzte Nacht gelegen hatte, war jede Spur verschwunden. Er trug nur einen Lendenschurz, wildlederne Beinkleider und Mokassins und einen schweren Brustschild aus Büffelleder, und sein Auftreten war schroff, während er Befehle erteilte. Seinen routinierten Bewegungen und seiner Sachlichkeit entnahm sie, daß er bereits in seiner Rolle aufgegangen war. Sie beobachtete ihn schweigend, als er sich für seine Reise bereitmachte.

Als er damit fertig war, schaute er in ihre Richtung. Seine großen Schritte trugen ihn schnell an ihre Seite. Sie bemerkte, wie hart sein Gesichtsausdruck war. Es gefiel ihm ebensowenig wie ihr, daß er fortgehen mußte. Er ging mit ihr zum Wigwam, bückte sich und führte sie hinein.

Voller Bedauern sah er sie an. »Ich habe dir geschworen, dich nie mehr allein zu lassen, doch schon während ich es sagte, wußte ich, daß das ein Gelübde ist, das ich nicht halten kann.« Er legte seine Wange auf ihren Kopf.

»Du mußt tun, was du kannst«, sagte Mandy. »Es hat schon zu viele Tote gegeben. Seit ich hier bei deinen Leuten bin, kann ich das mit Schneller Adler und der Kutsche verstehen. Die Indianer sind ungerecht behandelt worden, aber wenn das Töten weitergeht, ist das Problem damit nicht gelöst. Ich verstehe, warum du fortgehen mußt.«

Er zog ihr Kinn hoch und wischte ihr die Tränen von den Wangen. »Ich werde so schnell wie möglich wiederkommen. Du wirst hier bei meiner Familie in Sicherheit sein. Vergiß niemals, wie sehr ich dich liebe.«

Sie löste einen Lederbeutel, den sie an einem Lederband um den Hals hängen hatte. »Deine Mutter und ich haben das für dich gemacht. Sie glaubt, daß er eine wirksame Medizin enthält und dafür sorgen wird, daß du unbeschadet zurückkehrst.« Sie stellte sich auf die Zehenspitzen und hängte Hawk den Beutel um den Hals, dann umschlang sie ihn mit ihren Armen. »Ich liebe dich so sehr.«

Er küßte sie inbrünstig und schlüpfte dann gebeugt durch die kleine Zeltöffnung, ehe er resigniert zu den Pferden lief. Sie schaute ihm nach, bis er aus ihrer Sichtweite geritten war.

## *31. Kapitel*

Hawk, Rennender Wolf und Hagerer Mann ritten gefolgt von Staubwolken, Kindern und bellenden Hunden in das Dorf der Oglala Sioux. Ein verhangener grauer Himmel, an dem weiße Wolkenfetzen trieben, versprach einen Frühlingsregen. Crazy Horse erwartete sie schon. Er hob die Klappe seines Wigwams an und kam stoisch aus dem Zelt.

Hawk stieg ab und reichte einem der eifrig bereitstehenden Jugendlichen die geflochtenen Zügel. Rennender Wolf und Hagerer Mann machten es genauso.

»Es ist schön, dich zu sehen, mein Bruder.« Hawk sprach für alle drei Cheyenne. Alle umfaßten Crazy Horses Unterarme zu dem traditionellen Gruß. Der Häuptling bedeutete ihnen, seinen Wigwam zu betreten, und die schaulustige Menge löste sich auf. Hawks Blick schweifte über das Lager, als er den anderen folgte, und er nahm die hohlwangigen Frauen und die ausgemergelten Gestalten unterernährter Kinder wahr.

Für den Stamm war es ein harter Winter gewesen. Nachdem Rote Wolke im November den Vertrag unterzeichnet hatte, glaubten sie, sie würden neue Werkzeuge, Waffen und Decken bekommen. Statt dessen wurde ihnen untersagt, auch nur in die Nähe der Handelsniederlassungen zu kommen. Sie waren gezwungen gewesen, mit den Dingen auszukommen, die sie bereits hatten, und jedermann, der dumm genug war, gegen diese Vorschriften zu verstoßen, riskierte es, erschossen zu werden. Es gab wenig Wild, und mit den Weißen gab es Ärger wegen der Pferde.

»Es ist lange her, seit wir uns das letzte Mal getroffen haben, Schwarzer Habicht von den Cheyenne«, sagte Crazy Horse, als die Gruppe von Männern auf seinen Wigwam zuging. Crazy Horse trug dicke Beinkleider aus Rohleder, einen Lendenschurz und ein Lederhemd. Eine Adlerfeder, ein Zeichen seiner Tapferkeit, hing von einem seiner dicken schwarzen Zöpfe. Ein schwerer Brustschild aus Büffelknochen, ein weiteres Zeichen für seinen Heldenmut, klapperte, als er sich bückte, und den Wigwam betrat. Sowie sie eingetreten waren, legte Crazy Horse Stöcke über Kreuz in den Eingang und besagte damit, daß die Männer nicht gestört werden wollten.

Tapferer Bär und Ängstlicher Mann, zwei tieferstehende Häuptlinge, erwarteten sie im Wigwam. Weitere Höflichkeiten wurden ausgetauscht, und die Männer setzten sich im Schneidersitz um ein kleines Feuer herum, das für Wärme im Wigwam sorgte. Das Lager war hoch oben in den Bergen, und daher mußte die warme Frühlingssonne den letzten Winterschnee noch tauen. Die Innenverkleidung des Wigwams aus weichem Leder, eine Form der Wärmeisolierung, war mit leuchtend bunten Bildern bemalt, die Geschichten von Bravourstücken, Pferdediebstählen und ruhmreichen Taten erzählten.

Crazy Horse stopfte eine edle langstielige Steinpfeife und zündete sie an. Ein kräftiger Zug erfüllte das Zelt mit dem Geruch von roter Weidenrinde, die mit etwas Tabak vermischt war; wie es der Brauch vorschrieb, reichte er die Pfeife an Hawk weiter. Crazy Horse war jünger als Hawk, doch die angespannten Züge seines hageren Gesichts und die kleinen Falten der Verantwortung um seine harten Augen herum ließen ihn älter aussehen.

»Es ist schön, hier zu sein, meine Brüder«, begann Hawk, nachdem das Ritual des Pfeiferauchens abgeschlossen war. Er hielt dem eindringlichen Blick des Mannes stand, der ihm gegenübersaß. »Ich bin auf Geheiß des Weißen Häuptlings gekommen, Präsident Grant. Er bittet mich, zu versuchen, euch dabei zu helfen, euch an den neugeschlossenen Frieden zu gewöhnen.«

»Frieden! Was für ein Frieden?« Ängstlicher Mann sprang auf und spuckte ins Feuer. »Die Weißen haben bereits begonnen, ihr Wort zu brechen und unsere Brüder zu töten!« Er verzog die dicken Lippen und wandte sich ab.

Hawk holte tief Atem. »Die Weißen stellen oft ungerechte Forderungen, und ihre Gesetze sind oft nicht zu billigen, wenn es um diejenigen geht, deren Haut eine andere Farbe hat. Ich bin nicht hergekommen, weil ich versuchen wollte zu rechtfertigen, daß der Weiße Mann seine Versprechen gebrochen hat.« Er wandte Crazy Horse seine Aufmerksamkeit zu. »Ich bin gekommen, um euch zu zeigen, was für ein Irrsinn es ist, wenn ihr versucht, einen Krieg gegen sie zu gewinnen.

Alle unsere Nationen, unser ganzes Volk zusammen, würde eine einzige ihrer großen Städte noch nicht ganz füllen. Sie sind wie das Wasser, das im Frühjahr von den hohen Bergen fließt – ein gewaltiger, nie versiegender Strom. Schon allein ihre Anzahl gibt ihnen die Macht, uns zur Kapitulation zu zwingen.«

»Jeder indianische Bruder ist zehn Weiße wert.« Crazy Horse sprach die Worte aus, an die viele glaubten. Sein hageres Gesicht rötete sich, und er erhob die Stimme.

Die anderen stimmten beifällig zu.

»Unsere Brüder sind stark. Das steht außer Frage«, sagte Hawk. »Aber es gibt hundertmal mehr Weiße als Indianer.«

»Dann werden wir mit unserem Tod in Ehren siegen!« sagte Crazy Horse. »Ohne Ehre gibt es kein Leben!« Der Feuerschein flackerte über seine harten, scharfgeschnittenen Züge und ließ die hagere Rothaut noch bedrohlicher erscheinen, als die Worte klangen.

Hawk schaute von Crazy Horse zu Hagerer Mann und Rennender Wolf. Es war leicht zu erkennen, warum die Oglala-Krieger der Sioux ihrem Häuptling unbeirrt folgten, wohin er sie auch führte. Sogar Hawks eigene Stammesgenossen ließen sich von der Wucht der Worte dieses Mannes mitreißen. Für einen Mann, der Ehre besaß, war es sehr schwierig, gegen dieses Argument etwas einzuwenden.

»Was du sagst, ist wahr«, sagte Hawk. »Aber es gibt noch andere Leben, auf die wir Rücksicht nehmen müssen – die unserer Frauen, unserer Kinder, unserer Enkel.«

»Auch deren Leben wäre ohne Ehre nicht lebenswert.« Tapferer Bär sprach die Worte, und Ängstlicher Mann nickte zustimmend.

Crazy Horse ging auf die Öffnung des Wigwams zu. Er rief einer der Frauen zu, sie solle das Essen und die Getränke bringen. Der Rat begann jetzt erst zu tagen.

Die Diskussion zog sich über Stunden hin; aus den Stunden wurden Tage und aus den Tagen eine Woche. Jeder der Männer äußerte seine Meinung, gegen die dann Einwände erhoben wurden, und neue Ideen wurden ausgesprochen und diskutiert. Nach Ablauf der Woche wurde deutlich, daß Hawks Auftrag zum Scheitern verurteilt war. Der Stolz des Roten Mannes war zu ausgeprägt, sein Ehrgefühl zu wesentlich, als daß er Zugeständnisse hätte machen können. Selbst Hawk war nicht vollkommen sicher, daß Crazy Horse sich irrte, nicht vollständig überzeugt davon, daß die Worte des Häuptlings nicht mehr Wahrheiten als Unwahrheiten enthielten. Doch der Verlust von Menschenleben war etwas, was man niemals auf die leichte Schulter nehmen durfte.

Mit schwerem Herzen schwang sich Hawk wieder auf den Rücken des großen Rotschimmels. Hagerer Mann und Rennender Wolf waren schon aufgestiegen und bereit zum Aufbruch. Hawk wünschte, für die Lebensform der Indianer hätte mehr Hoffnung bestanden. Dann dachte er an die weißen Familien und nicht nur an die roten, die in dem bevorstehenden Krieg bluten würden, und das zerriß ihm das Herz.

Nur die Zeit würde die Antwort bringen. Die Zeit und Menschen wie er, die die Welt des Roten Mannes wahrhaft verstanden. Nach seiner Rückkehr nach Kalifornien würde er neuerliche Bemühungen unternehmen, das Verständnis der Weißen – und der Regierung – zu wecken.

»Ich wünsche euch eine gefahrlose Reise, meine Brüder«, sagte Crazy Horse, als die Männer aufbrachen. »Wenn es in unseren Herzen auch verschieden aussehen mag, bin ich doch sicher, daß ich auf euch zählen kann, wenn alles andere scheitert.«

Hawk wußte, daß Crazy Horse recht hatte. Seine Stammesgenossen von den Cheyenne würden sich hinter die Sioux stellen, wenn die Weißen weiterhin all ihre Versprechen brachen. Er winkte zum Abschied, gab dem großen Rotschimmel die Sporen und machte sich auf den Rückweg zu seinem Dorf. Hagerer Mann und Rennender Wolf folgten dicht hinter ihm.

Max Gutterman rieb sich die Hände und grinste hämisch. Von dort aus, wo er hoch oben auf dem Berg hinter einem Granitblock saß, war es einfach, den Pfad weiter unten im Auge zu behalten. Er hatte ungeduldig darauf gewartet, daß sein Opfer die Verhandlungen mit Crazy Horse beenden und sich auf den Rückweg zum Dorf der Cheyenne machen würde.

Als er die Reiter beobachtete, erkannte er sofort Hawk unter den Indianern. Wieder grinste er und freute sich darüber, daß sich sein langes Warten ausgezahlt hatte. Er war kein Mann, der eine Rechnung offenließ, ganz gleich, wie hoch der Preis auch sein mochte. Nahdem er die Goldfracht geraubt hatte, hatte er jede Menge Geld – und außer Rache gab es wenig, womit er sich hätte die Zeit vertreiben können.

Eine Zeitlang hatte er geglaubt, die kleine Ashton und der große, kräftige Indianer seien in der Bucht ertrunken – nur kleine Zugaben für einen ausgeführten Job. Dann war er dahintergekommen, daß sie noch am Leben waren. Er nahm mit seinem schweren Körper auf der kalten Erde eine andere Haltung ein und wartete, bis die Männer aus seiner Sichtweite geritten waren. So war es besser, dachte er – der persönliche Kontakt bereitete ihm reine Freude.

An jenem ersten Tag legten sich die Männer heftig ins Zeug, denn jeder von ihnen war begierig darauf, ins Dorf zurückzukehren, nachdem ihr Auftrag jetzt, wenn auch erfolglos, abgeschlossen war. Sie überquerten eine zerklüftete Bergkette nach der anderen, ritten steil in tiefe bewaldete Täler hinab und tauchten wieder daraus auf. Hawk dachte immer wieder an die hungrigen Dorfbewohner, die er zurückgelassen hatte. Er legte ein hohes Tempo vor, drängte voran, und in Gedanken war er mit seinem Mißerfolg bei Crazy Horse beschäftigt und damit, wie er den Indianern in Sacramento City am besten helfen konnte. Immer öfter dachte er an die Frau, die ihn in seinem Wigwam erwartete.

Als sie die letzte Etappe ihrer Reise in Angriff nahmen, entspannten sich die Männer allmählich. Sie waren nicht mehr weit von zu Hause weg. Sie hatten ihr Bestes getan, und es würde ein nächstes Mal geben.

Hawk, der sich endlich wieder unbeschwert fühlte, rief seinen Begleitern scherzhaft zu: »Rennender Wolf, ich wette mit dir um deinen neuen Bogen und deinen Köcher und setze mein Stahlmesser darauf, daß ich eher als du Wild für das Abendessen erlegen kann!«

»Das schaffst du nie, Hawk. Ich werde der erste sein. Mein Bogen und mein Köcher gegen dein Messer der Weißen.«

»Abgemacht«, willigte Hawk ein.

»Und was ist mit mir?« warf Hagerer Mann ein. »Ich werde hier der erste sein! Ich setze mein Pferd und wette mit euch beiden.«

Die Männer lachten schallend, und die Herausforderung wurde angenommen. Hagerer Mann schlug einen Bogen nach rechts; Hawk schlug einen Bogen nach links, und Rennender Wolf ritt geradeaus. Sie jagten länger als eine Stunde und trafen alle drei am Fluß wieder zusammen. Sie hatten gerade vor, den Fluß direkt über einigen Stromschnellen zu durchqueren, die in eine tiefe Schlucht hinabstürzten, als ein Schuß sie völlig unerwartet überrumpelte. Hawk hielt sich den Kopf, als ein messerscharfer Schmerz ihn durchzuckte und ihn vom Pferd in die starke Strömung des Flusses warf.

Hagerer Mann sprang von seinem Reittier, packte den schmalen Ast einer Trauerweide und beugte sich bei seinen rasenden Bemühungen, seinen Freund zu retten, tief über das weißschäumende Wasser hinaus. Hawk, der mit dem Gesicht nach unten im Wasser trieb, wurde außerhalb seiner Reichweite vorbeigeschwemmt.

Hawk drehte sich auf die Seite und kämpfte darum, das Bewußtsein nicht zu verlieren, als der Fluß ihn zu den Stromschnellen mitriß. Einen Moment lang konnte er seine beiden Freunde sehen, die am Ufer entlangrannten, doch die Strömung war schneller als sie. Er prallte gegen einen Felsen, und immer wieder wurde ihm schwarz vor Augen. Er spürte, wie die Lederschnur des Medizinbeutels an seinem Hals zog, als er an die Oberfläche trieb und dicht über seinem Kopf schwamm. Er erinnerte sich wieder an Sams Worte: »Er enthält gute Medizin und wird dafür sorgen, daß du unbeschadet zurückkehrst. Ich liebe dich so sehr.«

Mit bleiernen Armen und letzter Kraft umklammerte er den Beutel, als er über die Steine und in die tosende Strömung in der Bergschlucht gesogen wurde. Er stellte sich Sams schönes Gesicht und ihre goldgrünen Augen vor, und seine Finger umklammerten den Beutel. Er preßte sich das kleine Stückchen Leder an die Brust, als ihn die Bewußtlosigkeit umfing.

## *32. Kapitel*

Wieder war ein Tag vorüber, und sie hatte nichts Neues von ihrem Mann gehört. Mandy hatte schon manches bei den Cheyenne gelernt, doch das Warten erschien ihr endlos. Weidenwind, Bunte Feder und Gescheckte Büffelfrau waren ihre engsten Gefährtinnen, doch eine andere Frau, Aufgehender Neumond, die etwas Englisch sprach, besuchte sie in ihrem Wigwam. Sie fragte sich, warum Hawk sie nicht mit einem der wenigen Menschen bekannt gemacht hatte, mit dem sie sich verständigen konnte, ehe er aufgebrochen war; vermutlich hatte er es vergessen, da er in Gedanken ganz von seinem Auftrag in Anspruch genommen war. Aufgehender Neumond war eine der schönsten Frauen, die Mandy je gesehen hatte. Sie war ein paar Jahre älter als Mandy, doch ihre Beine waren lang und schlank und fest, und ihre Brüste waren voll. Was sie von den anderen unterschied, waren ihre Augen: Sie waren hellblau, hatten die Farbe des Himmels an einem heißen Tag.

»Aufgehender Neumond, wie kommt es, daß du so schöne blaue Augen hast?« fragte Mandy eines Abends, als sie und das Mädchen dasaßen und Perlen auf weiches Leder nähten. Mandy wollte Hawk mit einem Paar neuen Mokassins überraschen. Weidenwind half ihr dabei.

Aufgehender Neumond schaute auf. Eisig antwortete sie: »Mein Vater war ein Weißer, ein gemeiner Soldat. Daher habe ich es auch gelernt, deine Sprache zu sprechen.« Sie wandte den Blick ab und befaßte sich wieder mit ihrer Perlenstickerei.

Mandy merkte ihr an, daß sie ein unerfreuliches Thema angesprochen hatte, und daher bemühte sie sich, dem Gespräch eine lockere Wendung zu geben: »Wo ist deine Mutter? Ist sie hier im Lager?«

»Meine Mutter ist tot. Sie war am Sand Creek wie auch ich. Ich bin entkommen, sie nicht.« Die Worte kamen gezischt heraus, und Mandy erschauerte bei der Erinnerung. Die Schlacht am Sand Creek, die im ganzen Westen bekannt war, hatte vor etwas mehr als fünf Jahren stattgefunden. In der Version der Weißen war von einem gewaltigen Sieg gegen Hunderte von barbarischen Kriegern die Rede. Die Indianer sprachen von einer Schlacht, in der die Squaws und die Kinder in einem schutzlosen Dorf massakriert und verstümmelt worden waren.

Von ihrer ersten Begegnung an hatte Mandy an Aufgehender Neumond einen Charakterzug wahrgenommen, der ihr Unbehagen bereitete. Plötzlich wünschte sie, das Mädchen würde gehen. Sie spielte mit dem Gedanken, sie darum zu bitten, doch statt dessen beschloß sie, einfach mit der Arbeit weiterzumachen. Mandy schaute sie verstohlen an und beschloß, noch einen letzten Versuch zu unternehmen, mit dem gertenschlanken Mädchen ins Gespräch zu kommen.

»Das tut mir leid, Aufgehender Neumond. Ich weiß, daß es schrecklich für dich gewesen sein muß. Aber es sind nicht alle Weißen so wie diese Soldaten. Manchen ist nicht egal, was aus den Indianern wird...«

Mit finsterem Gesicht sprang Aufgehender Neumond auf und spuckte auf die Kohlen im Feuer. Die Fransen ihre Lederkleids zischten bei ihren heftigen Bewegungen durch die Luft. Ohne eine Erwiderung eilte sie aus dem Wigwam. Mandy war entgeistert und erschüttert.

Drei weitere Tage vergingen. Mandy erwartete Hawks unbeschadete Rückkehr nun mit jedem Tag. Am zweiten Morgen der dritten Woche seit seiner Abreise hörte sie beim Erwachen Pferde und Menschen, die sich vor ihrem Wigwam scharten. Sie zog sich eilig an, denn sie war sicher, daß Hawk zurückgekehrt war. Doch statt der Laute glücklichen Gelächters und der fröhlichen Willkommensrufe, die sie erwartet hatte, zerschnitten Wehklagen quälend die Luft.

Das Geräusch war gespenstisch. Es begann als ein leises Klagen und stieg zu einem erbärmlichen Stöhnen an. Anfangs war es nur die Stimme einer Frau, doch schon bald fielen andere Frauen ein. Die ersten Sonnenstrahlen färbten den Horizont und gaben gerade genug Licht ab, um sie die zierliche Gestalt von Weidenwind unter den Frauen erkennen zu lassen, die bäuchlings auf dem Boden lagen. Mandys Herz begann, heftig zu schlagen. Ihre Augen suchten in der Dämmerung nach einem Anzeichen von Hawk. Statt dessen sah sie Rennender Wolf auf sich zukommen. Er hielt den Kopf hocherhoben, doch sein Gesicht war angespannt, und seine Augen waren matt vor Erschöpfung. Als er sie gerade erreicht hatte, eilte Aufgehender Neumond hinzu und stellte sich zwischen die beiden.

»Das ist alles deine Schuld!« sagte sie zu Mandy. »Wohin die Weißen auch gehen, der Tod folgt ihnen auf den Fersen! Du hast ihn so zielsicher getötet, als hättest du selbst die Kugel auf ihn abgeschossen.« In ihren hellen Augen brannten unvergossene Tränen, als sie sich abwandte und zu den Frauen lief, die auf dem Boden lagen. Sie warf sich zwischen ihnen hin und stimmte in das Wehklagen ein.

Mandy sah zu Rennender Wolf auf. Jemand war tot? Was

hatte Aufgehender Neumond damit gemeint: *sie hätte ihn getötet?* Wen getötet? Ihre Blicke suchten immer noch nach Hawk, doch sie konnte ihn nirgends sehen.

»Wo ist Hawk?« Verzweifelt wandte sie sich an Rennender Wolf. Er mochte zwar ihre Sprache nicht verstehen, doch er wußte gewiß, daß sie ihren Mann suchte.

Er schüttelte den Kopf und sprach auf Cheyenne mit ihr, bemühte sich, ihr etwas verständlich zu machen. Sie weigerte sich, ihm zuzuhören. Die Angst nagte an ihr. Ihre Eingeweide schnürten sich schmerzhaft zusammen, als sie das Mitgefühl auf seinem Gesicht erkannte. Sie wollte schon auf Hagerer Mann zulaufen, doch Rennender Wolf packte sie am Arm und hielt sie fest.

Er sagte ein paar Worte zu Aufgehender Neumond, und das Mädchen stand vom Boden auf.

»Er sagt, ich soll dir sagen, daß Hawk tot ist und daß es ihm für euch beide leid tut. Der Krieger Schwarzer Habicht ist erschossen worden, als er auf dem Heimweg den Fluß durchquert hat. Seine Leiche ist in die Strömung gefallen und fortgetragen worden. Sie konnten ihn nicht finden. Aber sie sind ganz sicher, daß er tot ist.«

Mandy schloß die Augen. Alles drehte sich vor ihren Augen, und sie wankte gegen Rennender Wolf, konnte sich kaum noch auf den Füßen halten. Was sagten sie da? Hawk konnte nicht tot sein. Er hatte ihr versprochen zurückzukommen. Sie würden zum Fort reiten und dann nach Sacramento City ziehen.

»Es ist deine Schuld.« Aufgehender Neumond schrie sie jetzt an. »Deine Schuld. Schuld seid ihr, du und alle anderen Weißen. Er hätte mich heiraten sollen. Ich hätte ihn nicht fortgehen lassen. Es ist alles deine Schuld.«

Rennender Wolf trat zwischen die beiden. Er wußte nicht, was Aufgehender Neumond gesagt hatte, doch ihr Tonfall sprach für sich. Er stieß sie fort und wandte sich dann an Mandy. Er nannte sie Wishana und sagte etwas auf Cheyenne, dann ließ er sie mit ihrem Kummer allein. Mandy konnte kaum noch atmen. Wie konnte Hawk sie für immer verlassen? Er hatte gesagt, er würde zurückkommen. Er brach niemals sein Wort. Vielleicht war all das ein gräßlicher Irrtum. Sie wankte in den Wigwam und ließ sich auf die Büffelfelle sinken.

Ein Irrtum. Bitte, lieber Gott, laß es ein Irrtum sein. Tränen verschleierten ihre Augen, und ein schrecklicher Schmerz schnürte ihr die Kehle zu. Rennender Wolf würde sie niemals belügen. Nein. Es lag kein Irrtum vor. Ihr Mann war tot. Der Schmerz in ihrer Kehle ging in ein Schluchzen über. Die dicken Büffelfelle unter ihr ließen schmerzliche Erinnerungen an die Freuden aufkommen, die sie und Hawk gemeinsam ausgekostet hatten. Hier waren sie sehr glücklich miteinander gewesen. Jetzt war dieses Lager nur noch ein Ort großen Kummers. Sie dachte wieder daran, wie zärtlich er sie geliebt und was er ihr für die gemeinsame Zukunft versprochen hatte; an das Haus in Kalifornien, in dem sie sich einrichten wollten, und an die Familie, die sie zu gründen vorhatten. Ihre Finger zitterten, als sie sie auf das Wolfspelzkissen legte und die Erinnerungen an den gutaussehenden weißen Krieger sie wie eine Woge überströmten. Wie sehr sie ihn vermissen würde. Sie schloß die Augen und spürte, wie die schweren, heißen Tränen über ihre Wangen rannen. Ich liebe dich. Ich habe dich immer geliebt, und ich werde es immer tun, dachte sie. Ihre Brust brannte von ihrem heftigen Keuchen und Schluchzen. Sie versank in ihrem Kummer, als sie sich ausmalte, wie ihr Mann in den strudelnden Tiefen des Flusses ertrank. Sie wußte nicht, ob sie dieses Leid überleben würde.

Drei Tage lang trauerte das ganze Dorf. Weidenwind war täglich in ihrem Wigwam, und die beiden Frauen hielten einander schweigend umschlungen und schluchzten ihren Kummer heraus.

Mandys Tränen wollten einfach nicht versiegen. Beim Anblick von Essen wurde ihr übel. Mehr als ein paar Bissen brachte sie nicht herunter. Die endlosen Nächte verbrachte sie wach auf ihrem einsamen Lager. Sie fühlte sich schwach und hilflos. Ihr Körper wurde dünn und zerbrechlich. Nachdem sie tagelang getrauert hatte, begann sie sich schließlich mit Hilfe der anderen wieder etwas zu fangen. Sie beschloß aus den Bergen fortzugehen und die bittersüßen Erinnerungen hinter sich zurückzulassen. Vielleicht gelang es ihr so, sich von dem Leid zu erholen.

Mit Hilfe von Aufgehender Neumond, die ihr nur widerwillig entgegenkam, gelang es ihr, Rennender Wolf ihre Wünsche begreiflich zu machen. Die zweite Woche nach dem Tod ihres Mannes war zur Hälfte vergangen, als sie sich auf den Weg nach Hause machte, zum Fort.

## *33. Kapitel*

Selbst nach Wochen im Fort konnte Mandy ihren Kummer noch nicht bewältigen.

Sie aß wenig, und ihr Gesicht wirkte eingefallen und blaß. Sowohl Julia als auch ihr Vater waren ständig in Sorge um sie. Sie bemühte sich, die Gedanken an den großen kräftigen Mann abzuschütteln, aber nichts bewirkte, daß sie ihn vergaß. Vielleicht hatte Aufgehender Neumond recht gehabt. Sie hätte ihn niemals fortgehen lassen dürfen. Eine Zeitlang machte sie sich Vorwürfe, doch in ihrem Herzen wußte sie, daß er in jedem Fall gegangen wäre, ganz gleich, was sie auch gesagt hätte. Er war entschlossen gewesen, dem Volk zu helfen, das er liebte.

Mandy zwang sich, dankbar für die kurze, aber glückliche Zeit zu sein, die sie mit ihm verbracht hatte, und schließlich nahm ihr Leben wieder äußerlich seinen fast geordneten Lauf. Ihre Rückkehr ins Fort brachte auch etwas Gutes mit sich. Sie und ihr Vater kamen einander näher, als sie es seit dem Tod ihrer Mutter je gewesen waren. Stundenlang redeten sie über Dinge, über die sie vorher kaum gesprochen hatten: ihre Mutter, seine Karriere, seine Beförderungen während ihrer Abwesenheit – jetzt war er Major George Ashton. Mandy sah, wie stolz er darauf war, und sie war stolz auf ihn.

Seit Mandys Abreise hatte Mrs. Evans begonnen, eine große Rolle im Leben ihres Vaters zu spielen. Mandy fiel auf, wie unruhig und unsicher er jedesmal wurde, wenn die rundliche Frau mit den rosigen Wangen vor der Tür stand. Mandy versuchte, das behutsame Werben zu unterstützen.

Das Thema, über das sie und ihr Vater am häufigsten redeten, war ihre Zukunft. Es fiel ihr schwer, sich damit zu befassen. Bilder ihres Mannes umnebelten ihren Verstand: sein knabenhaftes Grinsen, sein rotblondes Haar, seine sanften braunen Augen. Jeder Plan, den sie zu schmieden versuchte, erschien ihr ohne ihn hohl. Sie wußte, daß sie etwas Konstruktives tun mußte, doch sie schien den Willen für einen Neubeginn nicht aufbringen zu können. In ihrem Hinterkopf lauerte noch die Stellung, die ihr Onkel William angeboten hatte, als die vielversprechendste Möglichkeit. Sie liebte Kalifornien und sah Sacramento City als ihr zweites Zuhause an, doch zu viele intensive Erinnerungen verbanden sich damit. Wahrscheinlich fühlte sie sich noch elender, wenn sie dorthin ging. Ihr Vater wollte, daß sie bei ihm blieb, doch sie fürchtete, die aufkeimende Romanze zwischen ihm und Mrs. Evans zu behindern. Außerdem würde es ihr nach allem, was sie durchgemacht hatte, niemals genügen, nur für ihren Vater zu sorgen. Sie hoffte, daß die Zeit eine Entscheidung bringen würde.

Vier Wochen nach ihrer Ankunft im Fort fing Mandy an, sich krank zu fühlen.

»Sam, Schätzchen, bist du ganz sicher, daß dir nichts fehlt?« fragte ihr Vater und nannte sie bei dem Spitznamen ihrer Kindheit. Dadurch fühlte sie sich Hawk näher, und das gefiel ihr.

»Du bist in der letzten Zeit etwas zu oft unpäßlich gewesen, und das gefällt mir gar nicht.« Er kniff die grauen Augen besorgt zusammen, und die Falten in seinem wettergegerbten, sonnengebräunten Gesicht vertieften sich. Sie rollte sich unter der Steppdecke auf ihrem schmalen Bett zusammen. Ihr Magen rebellierte, und sie schloß die Augen, um gegen die Übelkeit anzukämpfen. Ihr Vater legte ihr ein feuchtes Tuch auf die Stirn.

»Ich werde den Stabsarzt bitten, daß er heute nachmittag vorbeischaut«, sagte er.

»Ich bin sicher, daß mir nichts fehlt, Papa, mir geht es wirklich gut.« Sie wurden von einem Klopfen an der Haustür unterbrochen.

»Ich gehe schon hin. Bleib ruhig liegen.« Er legte den kurzen Weg zur Tür zurück und ging von dort aus ins Wohnzimmer. Mandy hörte ein leises Stimmengemurmel und wußte, daß ihre Cousine wie jeden Tag zu Besuch gekommen war.

Julia stürzte mit der gewohnten Begeisterung in ihr Zimmer, und Mandy freute sich immer, sie zu sehen. Sie und Jason kamen ausgezeichnet miteinander aus und waren beide sehr ineinander verliebt.

»Ist dir heute morgen wieder übel?« fragte Julia, als sie in das kleine Zimmer stürmte. Die Baumwollröcke rauschten um ihre Beine. Ihr kastanienbraunes Haar flatterte wild.

Mandy lächelte matt. »Ich bin sicher, daß es nichts Ernstes ist. Bis morgen wird es wieder gut sein.«

Julia schürzte die Lippen und sah Mandy seltsam an.

»Onkel George, kannst du uns bitte allein lassen? Wir Frauen müssen miteinander reden.« Sie schaute lächelnd zu ihm auf, und Mandy erkannte, daß Julia das Herz ihres Onkels in den letzten Monaten erweicht hatte.

»Wie ihr wollt. Aber den Stabsarzt schicke ich doch vorbei.« Er zog die schwere Tür hinter sich zu.

Mandy feuchtete sich die Lippen an und spürte, wie die nächste Woge von Übelkeit über sie hereinbrach. »Was soll das heißen?« fragte sie.

Julia saß auf der Bettkante und hielt Mandys kalte Hand. »Als du zurückgekommen bist, hast du uns erzählt, du hättest dich in den Mann verliebt, der dich nach Kalifornien gebracht hat. Travis ...«

»Ja.«

»Du hast uns auch erzählt, der Mann sei getötet worden. Weder dein Vater noch ich haben es übers Herz gebracht, dieses Thema weiterzuverfolgen und dich zu klareren Aussagen zu drängen.« Julia hielt Mandys Hand fest und sah mit einem Augenpaar, das denselben Grünton hatte, forschend in ihr Gesicht. »Das läßt sich nicht so einfach sagen, und deshalb werde ich rundheraus drauf zu sprechen kommen. Ist es möglich, daß du ... schwanger bist?«

Mandy setzte sich kerzengerade im Bett auf und starrte ihre Cousine sprachlos an. *Natürlich! Warum hatte sie nicht selbst daran gedacht?* Das Ausbleiben ihrer Periode hatte sie den Depressionen zugeschrieben. Aber es hatte überhaupt nichts mit Depressionen zu tun! In einem Winkel ihres Herzens wußte sie, daß sie ein Kind bekam. Sie spürte, wie die Tränen in ihre Augen stiegen, als sie an den Vater des Babys dachte. Doch sie stieß die Traurigkeit gewaltsam von sich.

»Ja! O ja! Ich werde ein Baby bekommen!« Sie schlang die Arme um Julias Hals und zog sie fest an sich. Zum erstenmal seit Wochen fühlte sie sich nicht mehr wie in Trance. Sie schaute auf ihren Bauch hinunter. Er war noch flach und fest, aber bald ... bald ... wird mein Bauch dick werden, und dann werde ich einen Teil von ihm wiederhaben, dachte sie.

Der bestürzte Gesichtsausdruck ihrer Cousine holte sie wieder in die Realität zurück. »Aber was ist denn los? Das ist das Wunderbarste, was mir in meinem ganzen Leben zugestoßen ist!«

»Mandy, meine Liebe«, sagte ihre Cousine liebevoll. »Ist dir denn nicht klar, daß das Baby ein ... ein ...« Sie konnte sich nicht dazu durchringen, das abscheuliche Wort auszusprechen.

»Aber wir waren verheiratet!« rief Mandy, die die Gedanken ihrer Cousine las, aus. »Wir sind in Anwesenheit von Starker Pfeil und Weidenwind in dem Cheyenne-Dorf getraut worden, und – ich weiß, daß ich etwas hätte sagen sollen, und ich hatte es auch vor, aber ich konnte es bisher einfach noch nicht über mich bringen, darüber zu reden.«

Julia umarmte sie und löste sich dann von ihr. »Also, ich jedenfalls freue mich für dich«, sagte sie. »Wir werden allen anderen sagen, sie sollen sich zum Teufel scheren, wenn es ihnen nicht paßt!«

Die Ausdrucksweise ihrer Cousine ließ Mandy nach Luft schnappen. Langsam dämmerte ihr, daß sie sich in eine äußerst heikle Situation gebracht hatte. Die Leute im Fort würden ihr die Geschichte nicht glauben, und selbst wenn sie es taten, würden sie ein indianisches Trauungszeremoniell nicht als rechtsgültig ansehen. Sogar ihrem Vater hatte sie es noch nicht erzählt. Vielleicht würde auch er ihr nicht glauben. Vielleicht würde er sie – und ihr ungeborenes Kind – aus dem Haus jagen. Der Weg nach Kalifornien war weit, und vielleicht war sogar Onkel William nicht bereit, ihr zu helfen.

»Julia!« Mandy spürte, wie wieder Tränen in ihre Augen stiegen. »Ich will nicht, daß unser Kind ein Bastard genannt wird. Das hat er nicht verdient.« Sie merkte, daß sie von dem Baby als einem Knaben gesprochen hatte, und ihre innere Stimme sagte ihr, daß es ein Junge werden würde.

Julia wirkte wild entschlossen. »Du hast einmal gesagt: ›Mach dir keine Sorgen, uns wird schon etwas einfallen‹, und so war es dann auch. Jason und ich haben es dir zu verdanken, daß wir zusammen sind. Mein Glück ist nur auf deinen Mut zurückzuführen. Ich werde mir etwas einfallen lassen. Das verspreche ich dir.«

Mandy hörte auf zu weinen und blickte zu ihrer Cousine auf. Das hochgereckte Kinn war ihr vertraut, und doch war auch noch etwas Neues da – ein heftiger Beschützerdrang ließ ihre

Augen funkeln. Mandy wurde etwas ruhiger und griff nach einem Taschentuch. Nichts würde ihr Glück zerstören. Sie hatte jetzt wieder etwas, wofür es sich zu leben lohnte. Sie war nicht bereit zuzulassen, daß sich dem etwas in den Weg stellte.

»Danke, Julia. Ich fühle mich jetzt schon besser.« Mandy trocknete sich die Augen. »Aber ich glaube, ich sollte es meinem Vater sofort sagen.« Sie drückte Julia kurz an sich, setzte sich etwas aufrechter auf ihrem Bett hin und räusperte sich.

Julia sah ihre Cousine lange an, als sie ging, um Onkel George zu holen. Es war kaum zu glauben, daß das Mädchen im Bett dasselbe zurückhaltende Mädchen war, das das Fort im letzten Sommer verlassen hatte. Das hier war eine Frau mit einem neuen inneren Selbstvertrauen. Sie war nicht mehr das mausgraue kleine Mädchen, zu dem Julia vor fast einem Jahr zu Besuch gekommen war. Sogar der Tod ihres Mannes ließ ihre Cousine nicht verzagen. Mandy war bereit, sich den Herausforderungen des Lebens zu stellen. Julia hoffte, daß ihr Onkel im selben Maß bereit war, sich mit dieser neuerlichen Krisensituation zu arrangieren, wie ihre Cousine es war.

George Ashton betrat leise das Zimmer und schloß die Tür hinter sich. Er hatte voll und ganz damit gerechnet, seine Tochter von ihrer Krankheit entkräftet vorzufinden; statt dessen saß sie kerzengerade auf dem Bett und strahlte ihn an. Ihm gefiel, wie sie seit ihrer Rückkehr aussah, und er bedauerte es, sie dazu gebracht zu haben, daß sie ihre Schönheit in all diesen Jahren verborgen hatte. Es war eine dumme Vorstellung gewesen, er könnte sie beschützen, indem er verhinderte, daß sie ein normales Leben führte. Gott sei Dank war sie nach Kalifornien gereist. Er würde sich seinem Bruder William immer dafür verpflichtet fühlen, daß er ihr dabei geholfen hatte, den schwierigen Schritt zu vollziehen und zur Frau zu werden.

»Papa, bitte. Komm, setz dich zu mir.« Mandy klopfte auf ihre Bettkante. »Ich muß dir etwas sagen.« Sie schaute ihren Vater an.

In den Monaten seit ihrer Abreise hatte er sich verändert. Er wirkte älter und gebrechlicher und doch irgendwie zufriedener mit seinem Schicksal. Sie nannte ihn jetzt wieder Papa, wie sie es als Kind getan hatte, ehe ihre Mutter gestorben war. Sie merkte, daß er sich darüber freute. Er setzte sich neben sie und küßte sie zart auf die Wange.

»Was ist, Schätzchen? Du siehst schon etwas besser aus, aber der Arzt wird bald kommen.«

Sie schaute flehentlich zu ihm auf und wünschte sich, er würde sie verstehen. »Papa... ich glaube, ich weiß, was mir fehlt.« Sie hatte mit ihm über ihre Beziehung zu Hawk geredet – ihm von ihrer Liebe zu dem großen, kräftigen Mann und von seinem Tod erzählt. Ihr Vater hatte sie getröstet – etwas, was sie nicht erwartet hatte –, das war der erste Schritt gewesen, sie wieder mit ihm zusammenzuführen. Das, was sie jetzt sagen würde, konnte dieses zarte Band vielleicht zerreißen lassen.

»Ich weiß, daß es sehr schwer für dich sein wird«, fuhr sie fort und riß ihren Mut zusammen, »aber du mußt versuchen, mich zu verstehen.«

Er blinzelte nur und starrte sie mit seinen traurigen grauen Augen an.

»Ich glaube, ich bin schwanger«, flüsterte sie leise, dann hob sie stolz den Kopf und sah in Augen, die jetzt vor Erstaunen weit aufgerissen waren. »Es ist nicht so, wie du denkst. Travis und ich sind in dem Cheyenne-Dorf getraut worden. Ich weiß, daß ich es dir hätte sagen sollen, das hatte ich auch vor, zum rechten Zeitpunkt. Wenn er noch am Leben wäre, hätten wir sofort nach unserer Ankunft hier noch einmal geheiratet. So, wie die Dinge stehen«, sagte sie und wandte den Blick ab, um mit den Wimpern die Tränen zurückzuhalten, die die schmerzlichen Erinnerungen mit sich brachten, »ist dieses Kind das kostbarste Geschenk, das er mir machen konnte.« Eine Träne rann über ihre Wange. »Falls du wünschst, daß ich von hier fortgehe, kann ich das gut verstehen.«

Seine ledrigen Arme schlangen sich um sie. Er zog sie eng an sich und drückte ihr einen zarten Kuß aufs Haar. »Samantha, Liebling, ich wußte nie, wieviel du mir bedeutest, bis ich dachte, du seist tot. Diese Tage, nachdem die Kutsche angezündet aufgefunden wurde, waren einfach entsetzlich. Mir ist bewußt geworden, wieviel Zeit ich darauf vergeudet habe, eine Mauer um dich herumzubauen. Damals ist mir klargeworden, daß der einzige Mensch, den diese Mauer von dir ferngehalten hat, ich selbst war.« Er hob ihr Kinn hoch, und seine zerfurchten Züge zeigten deutlich seine Zuneigung. »Du hast mir erzählt, wie sehr du diesen Mann geliebt hast. Du hast mir erzählt, daß er dir das Leben gerettet hat, und zwar nicht nur einmal, sondern gleich mehrfach. Dafür werde ich ihm immer dankbar sein. Er hat dich mir zurückgegeben ... ich habe dich sehr, sehr lieb, mein Schatz, und alle anderen soll der Teufel holen!«

Das war die leidenschaftlichste Ansprache, die er je gehalten hatte, und sie liebte ihn dafür. Sie drückte ihn an sich, wischte sich die Tränen weg und lächelte.

»O Papa, ich hab' dich so lieb. Ich danke dir.«

Er räusperte sich und stand auf, weil er nicht wollte, daß sie die Feuchtigkeit in seinen Augen sah. »Jetzt will ich erst recht, daß der Arzt nach dir sieht. Wir wollen doch ein gesundes Baby haben, oder etwa nicht? Es ist aber auch an der Zeit, daß ich endlich einen Enkel um mich habe.« Er ging zur Tür und schloß sie leise hinter sich.

Die nächsten Tage blieben ihr nur nebelhaft in Erinnerung. Mandys Instinke erwiesen sich als richtig. Das Kind würde in weniger als sieben Monaten geboren werden. Ihre Figur war schlank und straff, doch sie wußte, daß es nicht lange dauern würde, ehe man ihren Bauch sehen konnte. Sie und Julia versuchten, sich eine glaubwürdige Geschichte zurechtzulegen – bislang ergebnislos. Hätte sie doch bloß gleich nach ihrer Ankunft allen erzählt, daß sie verheiratet war. Natürlich lag das Lügen nicht in ihrer Natur, und wenn das Baby nicht gewesen wäre, hätte sie genau das getan, was ihre Cousine vorschlug – allen gesagt, sie sollten sich zum Teufel scheren.

Das Leben im Fort verlief weiterhin hektisch. Julia und Jason waren nach wie vor die glücklichen Frischvermählten, und Mandy war froh darüber, daß all ihre Mühen sich wirklich gelohnt hatten.

Max Gutterman stand in der Tür von Washburns Mietstall und beobachtete das hektische Treiben und das Kommen und Gehen im Fort. Er war vor drei Tagen angekommen und hatte seine Zeit mit Beobachtungen verbracht – insbesondere der einer ganz bestimmten Dame. Er lächelte dann und erinnerte sich an ihre sich wiegenden Hüften, als sie aus Johnsons Gemischtwarenladen gekommen war. Er hatte sie im Auge behalten und war ihr bis zu ihrem Haus gefolgt. Ein großer graumelierter Mann hatte sie begleitet. Anfangs war er eifersüchtig auf den Mann gewesen, doch nach ein paar Antworten, die er dem alten Ned Washburn entlockt hatte, hatte er in Erfahrung gebracht, daß der Mann der Vater des Mädchens war. Er hatte nicht lange gebraucht, um sie zu finden. Ein indianisches Mädchen aus dem Dorf der Cheyenne hatte ihm nur zu gern ihren Aufenthaltsort mitgeteilt. Jetzt konnte er sich Zeit lassen und jeden Augenblick seines Triumphes auskosten. Er rückte die Klappe über seinem Auge zurecht und lächelte durch trockene Lippen.

## *34. Kapitel*

Die Tage wurden wärmer. Der Sommer stand vor der Tür. Ihre Übelkeit hatte nachgelassen, und Mandy hatte beschlossen, den Frühjahrsputz heute zu beenden. Ihr Vater war im Morgengrauen zu einer Patrouille aufgebrochen und würde über Nacht fortbleiben.

Mandy band sich eine Schürze über ihr Baumwollkleid, holte den Besen, den Schrubber, den Eimer und die Seife und bereitete sich auf die bevorstehende Arbeit vor. Sie begann damit, daß sie die Abstellkammer auskehrte, und sie fand, daß ihr Leben zumindest wieder in einem ruhigen Trott verlief. Wäre ihr hartnäckiger Kummer nicht gewesen, hätte sie sich als glücklich angesehen.

Aber es war nun einmal eine Tatsache, daß Mandy Hawk entsetzlich vermißte. Keine Stunde verging, ohne daß sie an ihn dachte. *O Hawk*, dachte sie bekümmert, *wärst du doch nur da und sähst unser Kind.* Sie bedauerte die Mißverständnisse, die so lange zwischen ihnen gestanden hatten. *Häten wir doch bloß mehr Zeit gemeinsam verbringen können. Warum haben wir diese Monate bloß verplempert? Wie konnten wir nur so dumm sein?*

Wenn sie ihren Kummer auch vor ihren Freunden und Angehörigen verbarg, dann war doch jede Minute, die sie allein verbrachte, von qualvoller Einsamkeit erfüllt. Der heutige Tag bildete keine Ausnahme. Sie verzehrte sich danach, die Arme ihres Mannes um sich zu spüren, sie sehnte sich nach der Berührung seiner Lippen. Selbst als sie putzte und schrubbte, zog die Hochzeitsnacht wieder an ihren Augen vorüber, die Leidenschaft, die sie in seinen Armen erlebt hatte.

»Soso. Wen haben wir denn da?«

Es war eine Stimme aus ihrer Vergangenheit – eine, die sie bis ins Mark frösteln ließ. Als sie sich umdrehte, sah sie den einäugigen Blick ihrer Alpträume.

»Sie!« Der Mann stand eine Armlänge von ihr entfernt, schaute sie lüstern an und grinste. Sein Overall war schmutzig und sein Hemd verschwitzt. Seine Züge waren derb und seine Augenbrauen buschig. Sie warf den Besen hin und eilte zur Tür.

Trotz seiner massigen Gestalt vertrat er ihr gewandt den Weg. Sie versuchte ihm noch ein zweites Mal zu entkommen, doch sein Arm schlang sich um ihre Taille, und er zerrte sie an sich und preßte ihr eine fleischige Handfläche auf den Mund, um ihren Schrei zu ersticken. Sie wehrte sich und versuchte, sich loszureißen; dann dachte sie an ihr ungeborenes Kind, zwang sich aber zur Ruhe und war bemüht, nicht zu zittern und zu wanken.

Als sie den Blick senkte, sah sie eine blinkende silberne Klinge, die an ihre Kehle gepreßt war.

»So ist es schon besser, Fräulein. Wir beide werden gute Freunde werden.« Er lachte in sich hinein, und ein übelriechender Tabakatem hüllte sie ein.

»Was wollen Sie von mir? Woher wissen Sie, daß ich hier bin?« Sie suchte das Zimmer nach einer Fluchtmöglichkeit ab. Ihr Vater würde vor morgen abend nicht zurückkommen, und Julia hatte ihr bereits den gewohnten morgendlichen Besuch abgestattet.

»Ich bin nur ins Fort gekommen, weil ich dich sehen wollte. Seit drei Tagen beobachte ich dich schon. Du bist sogar noch hübscher, als ich dich in Erinnerung hatte.« Mit seiner rauhen Hand streichelte er ihre Wange. Sie erschauerte und fühlte sich von seiner verschwitzten Nähe abgestoßen.

»Wir beide haben noch eine Rechnung miteinander zu begleichen, wenn ich mich recht erinnere.«

»Bitte«, flüsterte sie, »lassen Sie mich in Ruhe.«

»Ich werde dich in Ruhe lassen, da kannst du sicher sein.« Er grinste gehässig.

Sie spürte, wie das Messer ganz leicht über ihre Kehle glitt, und eine winzige Blutspur sickerte heraus. Die Furcht packte sie. Das quälende Verlangen, laut zu schreien, befiel sie, doch sie fürchtete, dann würde er sie töten.

»Ich werde dich in Ruhe und ganz allein lassen«, sagte er gerade, »genauso, wie du und dieser große Indianer mich allein draußen in der Wildnis habt liegenlassen. Ihr dachtet wohl, ich sei tot, stimmt's? Aber ich habe euch zum Narren gehalten.« Er zerrte sie in den hinteren Raum des Hauses. Seine Finger gruben sich in das Fleisch an ihrer Taille, und Galle stieg in ihrer Kehle auf. Seine Berührungen machten sie benommen.

»Ich habe mir geschworen, es euch heimzuzahlen«, sagte er. »Ich dachte, in der Bucht hätte ich mir euch beide vom Hals geschafft, aber ihr hattet einfach zu viel Glück. Ich bin dem Indianer in den Osten gefolgt. Habe ihm wirklich einen sauberen Kopfschuß verpaßt.« Er lachte tief und irrsinnig.

Mandy erkannte plötzlich, daß der Mann verrückt war. Angst um ihr ungeborenes Kind verzehrte sie. Sie wankte, und es kostete sie ihre gesamte Willenskraft, fest auf den Füßen stehen zu bleiben.

Endlich begriff sie langsam, was er sagte. Er war der Mörder ihres Mannes! Sie dachte an Hawk, wie er tot dalag, von der Kugel dieses Irren getötet, und dieser Gedanke erfüllte sie mit Wut. Jetzt war Gutterman hier, um sie zu erledigen – und ihr Kind. Ihre Entrüstung machte ihr Mut, und sie richtete sich in seiner Umklammerung auf. Sie ging in Gedanken ihre Möglichkeiten durch. Sie waren begrenzt, aber wenn sie schon sterben mußte, dann würde sie es ihm nicht allzu leichtmachen. Sie versuchte, seinen Geisteszustand einzuschätzen. Sie war unsicher, ob er sich abhalten ließ, wenn sie ihm sagte, daß sie in anderen Umständen war, oder ob sie damit alles nur noch schlimmer machte.

»Bitte«, flehte sie, um Zeit zu gewinnen. »Sie haben meinen Mann getötet. Genügt das denn noch nicht?«

»Ich will das haben, was mir schon eher hätte gehören sollen. Du bist nicht die Tochter des Gouverneurs. Du hast mich und die Jungen reingelegt. Jetzt bin ich an der Reihe!« Er packte ihr Kleid, und der Stoff zerriß, als sie sich wehrte. Während sie mit ihm rang, versuchte sie zu schreien, doch seine Hand erstickte den Laut.

»Halt den Mund, du hurendes Miststück! Du bist genauso wie Myra. Ich habe es ihr heimgezahlt. Jetzt bist du dran.« Er schlug sie so fest ins Gesicht, daß sie auf den Boden fiel. Dann lag er auf ihr, und sein Gewicht preßte sie fest auf den harten Kiefernboden. Sie spürte, wie die Stahlklinge ein kleines bißchen weiter in das weiche Fleisch unter ihrem Kinn gepreßt wurde.

Sie wehrte sich und versuchte, sich loszureißen, und dann

entschloß sie sich, ihren letzten Trumpf auszuspielen. »Bitte ... ich bin schwanger.«

Einen Moment lang zögerte er, und ein Anflug von Unsicherheit trat in sein Auge, als erinnerte er sich an eine andere Zeit und einen anderen Ort. Dann schüttelte er den Kopf und wandte seine Gedanken wieder der Gegenwart zu.

»Um so besser, kleines Fräulein«, sagte er. Er grinste sie hämisch an und genoß ihre Pein.

Sie schloß die Augen und schluckte schwer, und sie spürte die Klinge und neuerliche Blutstropfen, die an ihr herunterrannen.

»Lassen Sie sie los, Gutterman«, befahl eine bedrohliche Stimme tief und ruhig.

Diesen vollen Klang und dieses Timbre hätte Mandy überall erkannt. Sie konnte sich unter dem Gewicht des schweren Sergeanten nicht rühren, doch ihr suchender Blick fand den Mann, den sie so sehr vermißt hatte. Er stand in der Tür, die Beine leicht gegrätscht und sein Gesicht war eine Maske erzwungener Ruhe. Ihr Herz klopfte heftig. Ein Kloß bildete sich in ihrer Kehle, Tränen traten in ihre Augen. Ihre Brust schnürte sich zu, als sich eine übermächtige Freude um ihr Herz schlang.

»Sie!« Gutterman zuckte vor Furcht zusammen, doch er preßte das Messer weiterhin an ihre Kehle. »Kommen Sie mir bloß nicht näher, oder ich töte das Mädchen.«

»Wie Sie schon versucht haben, mich zu töten?« Hawk umkreiste sein Opfer. Wildlederfransen bewegten sich, als sich die Muskeln in seinen Armen anspannten.

»Kommen Sie nicht näher. Ich warne Sie. Ich werde das Messer tief in sie stoßen – bis in das Kind hinein. Ich werde ihr das Balg einfach aus dem Bauch schneiden.« Sein Tonfall klang jetzt verzweifelt.

Hawk schaute auf seine wunderschöne Frau herunter. Das dunkle Haar fiel ihr um die Schultern; das zerrissene Oberteil ihres Kleides ließ ihn ihre zarte Haut sehen. Ihr Bauch war vollkommen flach, doch er zweifelte nicht an der Wahrheit von

Guttermans Worten. »Lassen Sie sie los, vielleicht haben Sie noch eine Chance weiterzuleben«, drohte er und kam weiterhin näher.

Gutterman zog Mandy auf die Füße. Seine dicken Finger quetschten das zarte Fleisch auf ihren Rippen. Er hielt ihr das Messer bedrohlich dicht an die Kehle.

Mandy sah, wie Hawk sich anspannte. »Bitte, mein Geliebter«, warnte sie ihn. »Es ist wahr, was er gesagt hat. Ich bekomme ein Baby.«

Hawk beachtete sie nicht weiter, denn er war nur noch auf ein einziges Ziel fixiert. Fast hatte er sein Opfer schon in seiner Reichweite.

»Zurück habe ich gesagt!« Gutterman sah ihn mit weit aufgerissenen Augen an, und die Panik stand auf seinem Gesicht geschrieben.

Mandy spürte, wie er das Messer für genau eine Sekunde zurückzog. Sie machte den Mund auf und grub die Zähne fest in das Handgelenk, das das Messer hielt. Mit einem Schmerzensschrei schlug Gutterman sie zu Boden. Sie prallte mit dem Kopf an den Tisch; eine Sekunde lang glaubte sie, ohnmächtig zu werden.

Im nächsten Moment lag Hawk auf Gutterman, entrang seiner Hand das Messer und kämpfte mit dem massigen Mann. Sie schlugen gegen den Boden, rangen miteinander, und mal war der eine oben, mal der andere. Gutterman hielt das Messer von seiner Kehle ab, denn kräftemäßig konnte er es mit Hawk aufnehmen. Hawk rollte sich auf die Seite, setzte seinen Körper als Hebelarm ein, änderte die Taktik und überrumpelte Gutterman. Hawk wälzte sich auf ihn, hielt Gutterman unter sich fest und stieß die Klinge tief in Guttermans schweratmende Brust. Blut sprudelte aus dem Mund des Mannes, als er ein letztes Mal ausatmete.

In ihrer Benommenheit verschwamm das grausige Bild vor Mandys Augen. Das einzige, was sie noch sah, war das gutgeschnittene Gesicht ihres Mannes. Hawk stand eilig auf und ging auf sie zu. Alles drehte sich vor ihren Augen. Er bewegte sich zwar schnell, doch es war so, als spielte sich alles in Zeitlupe ab. Sie bemerkte das dichte rotblonde Haar, das ihm in die Stirn fiel, die samtigen braunen Augen, die sie so liebevoll ansahen, wie sie es sich allabendlich vor dem Einschlafen ausmalte. Einen Moment lang fürchtete sie, sie könnte träumen. Dann schlangen sich seine kräftigen Arme um sie, und seine gebräunte Wange schmiegte sich an ihre.

»O Sam... Sam. Ich dachte, ich hätte dich wieder einmal verloren.« Hawk spürte, wie sich seine Kehle zuschnürte und die Stimme ihm versagen wollte. »Mein Gott, wie sehr ich dich vermißt habe. Es war qualvoll, nicht zu wissen, ob du in Sicherheit bist. Dich verständigen zu wollen, wieder mit dir zusammensein zu wollen.« Er küßte sie zärtlich und versuchte die Qualen auszudrücken, die er in diesen letzten Wochen durchgemacht hatte. Er hob sie sachte hoch und trug sie ins Wohnzimmer, wiegte sie in seinen Armen, als er sich hinsetzte. Seine Hand zitterte ein wenig, als er versehentlich eine volle Brust berührte. »Ich habe dich so sehr vermißt.«

Es gab so viel zu sagen, und doch wollten keine Worte herauskommen. Mandy hielt Hawks Hals umschlungen. Sie küßte seine Wange, seine Augen, dann seinen Mund. »Ich liebe dich«, flüsterte sie, und die Worte wurden von ihren Tränen erstickt.

Sie schlang die Arme noch enger um ihn, und auch er hielt sie fester. Sie vergaßen die einsamen Wochen und die quälenden Erinnerungen. Es gab tausend Fragen zu stellen, aber dafür war später noch Zeit.

Hawk benutzte ein Stück ihres zerrissenen Kleides, um ihr das Blut unter dem Kinn wegzuwischen. Es war nur eine oberflächliche Verletzung. Er preßte seine Lippen auf ihren schlanken Hals und ließ sie dann auf ihre Wangen gleiten. Er wollte ihr nur seine Liebe zeigen, ihr zeigen, wieviel er sich aus ihr machte, doch als sein Mund sich auf ihre vollen rubinroten Lippen legte, entzündeten sich weißglühende Flammen. Er spürte ihre weiche

Wärme. Seine Zunge fand den Weg in ihren Mund. Er streichelte ihre Brüste, bis sie stöhnte, und dann senkte er den Kopf und nahm eine bebende Spitze zwischen seine Lippen. Er knabberte an der harten Knospe, ließ seine Lippen wieder auf ihren Mund gleiten und küßte sie noch einmal.

Er trug sie in ihr Schlafzimmer, legte schnell seine Kleidung ab und zog sie dann aus. Er setzte sich neben sie auf das Bett und berührte sie unentwegt, als wolle er sich davon überzeugen, daß sie wirklich da war.

Mandy vergaß das Blutbad im anderen Zimmer. Vergaß das Grauen, das erst wenige Momente zurücklag. Er war ihre Welt, und er war zurückgekommen. Sie konnte nicht genug von ihm bekommen.

Plötzlich ließ er von ihr ab. »Was ist mit dem Baby?«

Sie zog ihn wieder an sich. »Das kommt erst in vielen Monaten. So schnell brauche ich dich noch nicht aufzugeben.« Sie küßte ihn leidenschaftlich, und er bedeckte sie mit seinem festen, muskulösen Körper. Sie zitterte, als sie den Druck seiner kräftigen Schenkel auf ihren Beinen spürte und die Glut seiner festen Brust sich an ihre Brustwarzen preßte. Sie spürte, wie seine Männlichkeit an sie stieß. Sie kostete die Vorfreude aus und begehrte ihn mehr als je zuvor. Sie ließ ihre Hände über seinen Rücken gleiten und preßte sie in dem Moment auf seinen straffen Hintern, in dem er sich in sie stieß. Ihre Berührung ließ ihn vor Lust stöhnen.

Sie paarten sich wild und leidenschaftlich – die Qualen und die Verzweiflung von Wochen fielen in diesem einen unbändigen Akt von ihnen ab. Ihre Leidenschaft schien unbegrenzt zu sein. Obwohl er lange Zeit keine Erlösung gefunden hatte, zwang Hawk sich, bis zum letztmöglichen Moment auszuhalten und ihrem Liebesakt für beide jeden erdenklichen Funken Lust zu entringen.

Mandy wurde zu immer höheren Gipfeln der Lust hinaufgetragen. Als die süße Qual ans Unerträgliche grenzte, brachen eine warme Woge und tausend winzige Nadelstiche der Ekstase über ihren Körper herein. Sie keuchte und rief stöhnend den Namen ihres Mannes.

Eine dünne Schweißschicht glitzerte auf Hawks Körper. Fieberhafte Erregung wallte in seinem Blut, als er seiner Frau in die Erlösung folgte. Seine lange Enthaltsamkeit und der warme Schein seiner Liebe verdoppelten seine Lust.

Als sie einander verausgabt und befriedigt in den Armen lagen, kehrte die Vernunft zurück, doch keiner von beiden war gewillt, sich zu rühren und etwas zu sagen. Hawk wußte, daß seine Frau eine Bestätigung dafür brauchte, daß all dies wahr war, doch der Nachmittag verflog schnell, und die Zeit, die sie miteinander verbringen konnten, war begrenzt.

Als er mit seiner Hand den Umriß ihrer Wange nachfuhr, spürte er, wie eine zweite Woge des Begehrens durch seine Adern strömte. Er lächelte über die Macht, die seine zierliche Frau über ihn hatte.

»Wenn ich noch lange neben dir liege, wird es mir früher oder später gleich sein, wer uns hier findet.«

Mit einem liebevollen Lächeln sah sie zu ihm auf. »Ich habe nicht den Mut, mich von deiner Seite zu rühren. Die Vorstellung, du könntest mehr als einen halben Meter von mir entfernt sein, ist mir absolut unerträglich.«

Er küßte sie zärtlich. »Wenn wir erst einmal zu Hause sind, in unserem eigenen Haus, dann könnte es gut sein, daß ich dich nie mehr aus dem Schlafzimmer lasse. Aber im Moment glaube ich, wir sollten besser miteinander reden. Es ist an der Zeit, daß ich den Kommandanten suche und ihm erkläre, was das alles zu bedeuten hat.«

»Ja«, antwortete sie resigniert, denn eigentlich interessierte sie nichts anderes wirklich, als ihren Mann in den Armen zu halten und das Wort *zu Hause* aus seinem Mund zu hören.

»Ich glaube, unser verstorbener Freund hat dir erzählt, er hätte mich erschossen?« sagte Hawk.

»Ja«, erwiderte sie matt, und plötzlich ließ der Gedanke sie frösteln.

»Tja, die Kugel hat mich lediglich gestreift. Was mich beinah umgebracht hätte, war das Treiben in den Stromschnellen. Der Fluß war derart angeschwollen, daß ich meilenweit flußabwärts gespült worden bin.«

Er schaute sie an und lächelte knabenhaft. »Das, was mich aufrechterhalten hat, war dieser kleine Lederbeutel, den du mir geschenkt hast. Es ist mir gelungen, den Kopf über Wasser zu halten, obwohl ich wußte, daß mein Körper ständig gegen die Felsen geschleudert worden ist. Als es gerade so ausgesehen hat, als würde ich es schaffen, muß ich mir den Kopf angestoßen haben. Das ist das letzte, woran ich mich erinnern kann. Bis ich zwei Wochen später in der Hütte eines Goldgräbers wieder zu mir gekommen bin. Anscheinend hat er mich aus dem Fluß gezerrt, aber ich war ziemlich übel zugerichtet. Ich hatte mir mehrere Rippen gebrochen, ein paar innere Verletzungen zugezogen, und dann habe ich eine Lungenentzündung bekommen.«

Sie umklammerte seine Hand, und ihr Herz schnürte sich zusammen. »Bist du jetzt wieder in Ordnung?« fragte sie besorgt.

Sein Mund verzog sich zu dem verschmitzten Lächeln, das sie so sehr mochte. »Ist es dir etwa nicht so vorgekommen?«

Sie spürte, wie heißes Blut bei der Erinnerung an ihr Liebesspiel in ihre Wangen strömte, und sie wußte, daß sie ihn jetzt schon wieder begehrte. Sie ließ eine Hand über seine feste Brust gleiten und zwang sich, ihm zuzuhören.

»Ich habe versucht, ihn dazu zu bringen, daß er dir eine Nachricht zukommen läßt«, sagte er zu ihr, »aber er hat in den Schwarzen Hügeln im Reservat von Dakota illegal Gold geschürft und wollte nicht von dort fortgehen.« Er schlang seine Finger in ihr Haar und küßte sie geistesabwesend auf die Schulter.

»Mir genügt es zu meinem Glück, daß du unbeschadet wieder

zu mir zurückgekommen bist«, flüsterte sie. Es war ihm bei ihr schon immer so ergangen, auch jetzt spürte er, daß ihre Stimmung sich plötzlich änderte, als sie tief Atem holte und den Blick abwandte.

»Denkst du gerade an Aufgehender Neumond?« fragte er behutsam, denn er wollte Mißverständnisse ausräumen.

»Ja.«

»Als ich ins Dorf zurückgekehrt bin, hat man mir dort gesagt, sie hätte dich aufgesucht. Es fällt mir nicht schwer, mir vorzustellen, was sie zu dir gesagt hat. Das ist der Grund, aus dem ich sie dir nie vorgestellt habe.«

»Sie hat gesagt, dein Tod sei meine Schuld; wenn du nicht mich, sondern statt dessen sie geheiratet hättest, wäre das alles nie passiert... Hattest du die Absicht, sie zu heiraten, ehe ich dir begegnet bin?«

Hawk fuhr sich mit einer Hand durch das Haar und seufzte. »Ehe ich als junger Mann das Dorf verlassen habe, habe ich mir eingebildet, ich sei in sie verliebt. Ich hatte mit dem Gedanken an eine Ehe gespielt, aber erst wenn – und falls – ich zurückkehren sollte.« Eine kleine Wolke verfinsterte Sams Augen, ehe er fortfuhr: »Als ich dann tatsächlich zurückgekommen bin, war ich älter und klüger. Ich konnte den Haß und die Bitterkeit erkennen, die sie den Weißen entgegengebracht hat. Mir ist klargeworden, daß ich sie nie geliebt habe, doch sie hatte sich eingeredet, sie liebte mich. Inzwischen wußte ich, daß meine Zukunft nicht bei den Indianern, sondern bei den Weißen lag. Bis ich dieses letzte Mal in mein Dorf zurückgekehrt bin, habe ich sie nicht wiedergesehen.«

»Und was hast du empfunden, als du sie wiedergesehen hast?« bohrte seine Frau beharrlich weiter.

»Dasselbe wie früher. Sie ist wirklich sehr schön, aber sie ist kalt und innerlich hohl. Inzwischen war sie mit Roter Bär verheiratet gewesen, doch er hatte sich von ihr scheiden lassen. Ihre Bitterkeit hat ihr Leben ruiniert. Ehe ich dich ins Lager gebracht habe, ist sie zu mir gekommen und hat mich gebeten, eine Heirat ins Auge zu fassen. Sie hat sich mir angeboten – ich habe abgelehnt. Ich wußte inzwischen, daß es nur eine Frau für mich gibt. Du hattest mein Herz bereits erobert.«

Mandy lächelte zufrieden. Sie schlang die Arme um seinen Hals und fuhr mit den Fingern durch sein dichtes rotblondes Haar. Sie zog seinen Kopf zu sich herunter und küßte ihn zärtlich. Ganz gleich, welche Probleme sie jetzt hatten, sie würden sich gemeinsam damit auseinandersetzen. Nach allem, was sie einzeln durchgemacht hatten, würde nichts mehr unüberwindlich sein. Solange sie nur zusammen waren, gab ihre Liebe ihnen genug Kraft und Mut.

Sie legte die Hand ihres Mannes auf ihren Bauch. In ihr wuchs sein Kind – der Beweis ihrer Liebe. Der Ausdruck des Stolzes auf seinem Gesicht war alles, was Mandy brauchte, um sich darin bestätigt zu fühlen, wie glücklich sie miteinander werden würden. Freudentränen traten in ihre Augen, als sein Mund sich zu einem langen, von Liebe erfüllten Kuß auf ihre Lippen legte.